Indomptable passion

Enceinte d'un inconnu

YVONNE LINDSAY

Indomptable passion

Traduction française de
MURIEL LEVET

PASSIONS

HARLEQUIN

Collection : PASSIONS

Ce roman a déjà été publié en 2018

Titre original :
LITTLE SECRETS: THE BABY MERGER

HARPERCOLLINS FRANCE
83-85, boulevard Vincent-Auriol, 75646 PARIS CEDEX 13
Service Lectrices — Tél. : 01 45 82 47 47 - www.harlequin.fr
ISBN 978-2-2804-9522-6 — ISSN 1950-2761

Composé et édité par HarperCollins France.
Imprimé en septembre 2023 par CPI Black Print (Barcelone)
en utilisant 100% d'électricité renouvelable.
Dépôt légal : octobre 2023.

FSC www.fsc.org MIXTE Papier issu de sources responsables FSC® C159065

Pour limiter l'empreinte environnementale de ses livres, HarperCollins France s'engage à n'utiliser que du papier fabriqué à partir de bois provenant de forêts gérées durablement et de manière responsable.

1

Kirk, assis dans la pénombre du bar, sirotait une bière en réfléchissant à la grosse journée de travail qui l'attendait le lendemain.

Soudain, son attention fut attirée par un éclat de cheveux dorés. Une femme venait de passer la porte d'entrée, suivie de près par un homme grand et musclé. Elle se tourna vers le colosse pour lui parler. Il fit mine de la contredire, mais elle se remit à parler en désignant la salle et il finit par sortir en acquiesçant. Intéressant, songea Kirk. L'homme devait être un employé, peut-être un garde du corps, et il avait à l'évidence été rabroué.

Tout en reprenant une gorgée de bière, il suivit du regard la belle blonde qui traversait la salle en jetant des coups d'œil autour d'elle, comme si elle cherchait quelqu'un. Elle se déplaçait avec une sensualité dont elle ne semblait pas avoir conscience. Vêtue d'un pantalon ajusté et d'une ample blouse à manches longues, elle semblait vouloir dissimuler ses courbes féminines et alléchantes, mais ce qu'il pouvait en voir suffisait à captiver son attention. La plupart des femmes qui ont des hanches rondes et des fesses dignes de ce nom sont complexées, et elle était de celles-ci, à en juger par la façon dont elle était habillée. Mais lui aimait les formes. Et particulièrement celles, voluptueuses, de cette jolie blonde.

Avec qui avait-elle rendez-vous ? Un amant ? se demanda-t-il, avec une petite pointe d'envie. Son esprit était de nouveau alerte. La lassitude qui l'avait mené ici, ce soir, en quête d'une compagnie plus intéressante que les fiches des employés et les livres de comptes, s'était subitement évaporée.

Soudain, il vit ses traits s'illuminer. Avait-elle fini par trouver la personne qu'elle cherchait ? Visiblement, oui. Elle leva la main en accélérant le pas. Instinctivement, il suivit son regard. Un couple venait de se lever pour la saluer affectueusement. Pas d'amant en vue, donc, songea-t-il avec une étrange satisfaction.

Sans pouvoir s'empêcher de sourire, il continua d'observer. L'homme qu'elle avait salué venait de lui tendre un martini, qu'il avait donc déjà commandé pour elle. Que pouvait-il en déduire ? Que c'était une femme fiable, à la fois ponctuelle et prévisible. Sans doute pas le genre à être intéressée par une brève et intense aventure d'un soir, la seule chose qu'il était disposé à proposer. Ses projets d'avenir étaient parfaitement clairs et définis, et si la fusion de sa société avec Harrison Information Technology était sur le point de se conclure, il ne se sentait pas prêt pour autant à s'engager dans une relation stable. Quand il l'aurait décidé, il passerait cette étape comme il avait passé toutes les autres : après avoir mené de longues recherches, afin d'être sûr de réussir parfaitement dès la première fois. Kirk Tanner ne commettait jamais d'erreur. Et il n'aspirait pas à trouver l'amour.

Il finit par se détourner de la jolie blonde, mais il y avait chez elle quelque chose qui l'intriguait. Quelque chose de familier, qu'il n'arrivait pas à définir. Troublé, il se retourna vers elle pour l'étudier attentivement, s'arrêtant une fois encore sur ses cheveux soyeux et dorés qui retombaient souplement sur ses épaules. Passer ses mains dans cette chevelure, pour voir si elle était aussi douce qu'elle en avait l'air... Voilà ce dont il avait envie en ce moment. Un rêve impossible, bien sûr. Il serra fermement son verre dans sa main, sentant une vague de frustration monter en lui.

Comme si elle avait senti son regard sur elle, elle se tourna un instant vers lui, avant de se reconcentrer sur ses amis.

Il en était sûr, désormais : il l'avait déjà vue quelque part. Néanmoins, s'il avait rencontré une femme si belle, il n'aurait pas pu l'oublier. Peut-être l'avait-il vue en photo dans une quelconque publication ?

Il essaya de fouiller dans ses souvenirs. Et il finit par trouver. Sally Harrison, fille unique d'Orson Harrison, lui-même président de Harrison Information Technology. L'entreprise avec laquelle sa propre société devait officiellement fusionner le lendemain, à 15 heures. Une fusion qui prenait soudain un aspect délicieusement attrayant. Il sourit. La tentation de l'interdit.

Le dossier de Sally avait piqué sa curiosité, bien que la photo d'identité qui lui était rattachée ne lui rendît pas justice. Il essaya de se souvenir des informations qu'il contenait. Depuis la fin de ses études, elle avait multiplié les postes dans les différents services de HIT. Elle devait d'ailleurs en savoir plus que son propre père sur les divers secteurs de l'entreprise, ce qui n'était pas rien. Elle avait un diplôme d'ingénieur et un master de ressources humaines. Mais malgré sa formation, son expérience et son statut de fille du président, elle ne semblait avoir jamais aspiré à obtenir un poste à hautes responsabilités.

Plusieurs de ses collègues avaient récemment bénéficié de promotions. Pourquoi n'avait-elle pas évolué dans la hiérarchie, elle aussi ? Son père ou d'autres membres de l'équipe dirigeante avaient-ils cherché à l'en empêcher ? Ou bien... Y avait-il autre chose, un secret par exemple, qui la mettait hors jeu ?

Et surtout, nourrissait-elle de la rancœur à l'égard de l'entreprise ? De son père ?

C'était étrange. Sa connaissance des rouages internes de HIT faisait d'elle la personne la mieux placée pour organiser l'enquête sur le personnel. Alors, pourquoi était-ce à lui que son père avait confié cette mission ?

Sous couvert de déterminer où les coupes budgétaires pouvaient être effectuées, Orson Harrison lui avait demandé de rechercher le responsable de fuites d'informations, délibérées ou dues à des négligences, qui avaient bénéficié à DuBecTec, le plus gros concurrent de HIT. Harrison soupçonnait cette société rivale d'accumuler des données dans le but de miner HIT et de pouvoir ainsi la racheter à moindre coût. Et il voulait donc enquêter minutieusement sur tous les employés. Tous, y compris sa très séduisante fille. Bizarre.

Tout en prenant une gorgée de bière, il releva les yeux vers elle. Elle n'avait pas touché à son martini, qu'elle ne cessait néanmoins de remuer. Mais tout à coup, sous ses yeux, elle retira le pic du verre et mit l'olive dans sa bouche, la dégustant d'un air gourmand. Face à ce spectacle, il sentit tous ses muscles se contracter sous l'empire d'un désir si intense qu'il faillit en crier.

Sally Harrison allait être un sujet d'enquête très intéressant, conclut-il en luttant pour reprendre le contrôle de son corps. Et il ne quitterait pas ce bar sans avoir trouvé un moyen d'apprendre à mieux la connaître.

« Une fusion. Une bonne chose. »

Sally avait beau s'enthousiasmer à l'écoute du récit que lui faisaient ses amis de leur voyage de noces, elle ne pouvait s'empêcher de repenser à la choquante annonce que lui avait faite son père au cours du dîner. Si elle ne l'avait pas entendue de sa propre bouche, elle aurait eu du mal à y croire. D'ailleurs, elle avait du mal à y croire tout de même. C'était incompréhensible. Au cours de la longue période de réflexion qui avait dû précéder cette décision, il n'avait jamais tenté une seule fois de lui faire part de ses intentions. Pourquoi ?

Certes, si elle avait épaulé son père depuis le début au lieu de se cacher derrière lui, elle aurait sans doute pris part aux discussions. Et surtout, si elle avait été assurée et charismatique, plutôt que timide et effacée, cette fusion n'aurait peut-être pas été nécessaire.

Quel échec... Rien qu'à y penser, elle avait mal partout, tout son corps souffrait. Naturellement, elle savait que son père n'aurait jamais planifié cette fusion si cela n'avait pas été la meilleure chose à faire pour Harrison Information Technology et ses milliers d'employés répartis dans le monde. Et puis ce n'était pas comme s'il avait besoin de son accord. En qualité de président et fondateur de HIT, il tenait fermement les rênes de l'entreprise, comme il l'avait toujours fait. Mais jusqu'alors, HIT avait été une entreprise familiale. Et n'était-elle pas sa famille ?

La société allait être rebaptisée « Harrison Tanner Tech ». À l'évidence, beaucoup de choses allaient changer.

Pour être honnête, elle n'avait pas été surprise par la réaction de son père quand elle l'avait interrogé sur l'ignorance dans laquelle il l'avait tenue.

— Je ne voulais pas t'inquiéter avec ça, lui avait-il répondu de son ton habituel, brusque mais plein d'affection.

Mais elle n'était pas inquiète. Ou du moins, pas au sujet de l'entreprise. Elle avait toutefois des questions auxquelles il semblait peu disposé à répondre de façon précise. Comme : pourquoi cette société plutôt qu'une autre ? Qu'avait-elle à apporter que HIT ne possédait pas déjà ? Pourquoi un vice-président allait-il être nommé dès le lendemain ? Et pourquoi son père voulait-il qu'elle soit présente pour le tournage de la vidéo sur laquelle lui-même et cet homme annonceraient la fusion à l'ensemble du personnel ? Seigneur, elle n'avait aucune envie d'apparaître dans cette vidéo ! D'abord parce qu'elle détestait se présenter en public. Et surtout parce qu'elle ne savait pas comment elle allait ensuite pouvoir regarder ses collègues en face. Ils la soupçonneraient d'avoir su dès le départ. Pis, elle allait devoir admettre que ce n'était pas le cas. Ce qui confirmerait qu'elle ne comptait pas pour grand-chose, dans l'entreprise. Quelle situation… Rien qu'à y penser, elle sentait son estomac se retourner.

Son père lui avait toujours dit qu'il travaillait dur pour qu'elle n'ait elle-même pas à le faire. Et il travaillait dur. Trop, à en juger par les plis qui creusaient son front, et le gris qui était venu ternir son teint. Encore une preuve qu'elle ne faisait pas le poids. Qu'elle ne lui avait pas apporté le soutien qu'il méritait et dont il avait peut-être besoin. Mais naturellement, il ne le lui avait jamais reproché. Il avait passé toute sa vie à la protéger. À sa grande honte, elle l'avait laissé faire.

Le problème, c'était qu'elle avait envie de travailler dur. Elle avait envie de devenir un membre important de HIT, d'être impliquée dans les décisions. Si seulement elle avait pu se débarrasser de l'anxiété qui la contraignait à rester dans l'ombre, elle aurait pu faire bénéficier les autres de ses idées, ce qui lui aurait certainement permis de se mettre en avant. Certes, toutes ses idées n'étaient pas brillantes, mais sa phobie de parler en public l'empêchait très souvent de les exprimer, et c'était pour cette raison qu'elle ne faisait que rarement l'objet de promotions, elle le savait bien. À cause de cette faille, on ne la percevait pas comme une personne aussi dynamique et responsable que celles à qui l'on confie généralement les postes à hautes responsabilités.

Elle remua sur sa chaise. Cette phobie était née après la mort de sa mère, et comme aucun traitement n'était jamais parvenu à en venir à bout, son père avait toujours cherché à la rassurer en lui disant qu'elle était une fleur tardive, qui avait simplement besoin de davantage de temps pour s'épanouir. Peut-être. Mais elle avait vingt-huit ans, désormais, et elle n'avait toujours pas réussi à surmonter son manque de confiance en soi. Pour son père, c'était une source de déception constante. Il ne le lui avait jamais dit, mais elle savait qu'il rêvait de la voir se tenir à son côté à HIT. D'ailleurs, elle en rêvait, elle aussi. Hélas, elle avait cru qu'il lui laisserait encore en peu de temps. Elle n'avait pas compris qu'il avait fini par renoncer à tout espoir. Jusqu'à ce jour.

Ce dernier rebondissement était le coup de grâce. Son père l'avait toujours incluse dans ses projets pour la société, allant même jusqu'à appliquer quelques-unes de ses idées, mais cette fois il avait agi seul.

Le choc continuait de se réverbérer en elle. C'était clair comme de l'eau de roche. Elle avait été tenue à l'écart. Et elle resterait à l'écart de toute décision majeure si elle ne faisait rien. Elle ne pouvait plus se chercher d'excuses. Elle n'était plus une enfant. Il était temps pour elle de développer son potentiel. Si elle n'y parvenait pas, elle resterait dans l'ombre pour le reste de sa vie, et elle n'avait pas du tout envie de cela. Les choses devaient changer. Elle devait changer. Maintenant.

Tandis qu'elle songeait à tout cela, Gilda et Ron continuaient de bavarder gaiement, en s'échangeant ces petits gestes affectueux et ces regards intimes qui sont l'apanage des couples heureux. C'était adorable, mais cela ne faisait que renforcer son sentiment d'exclusion. Dans sa vie privée comme sur son lieu de travail, les gens autour d'elle semblaient évoluer facilement et sans effort tandis qu'elle luttait à chaque pas. Elle était heureuse pour les autres, sincèrement. Mais triste pour elle.

Un nœud lui serrait la gorge et quand ils finirent par regarder leur montre en disant qu'ils devaient partir, elle ne chercha pas à les retenir. Elle les embrassa, leur sourit et resta seule avec son martini à peine entamé.

Elle aurait dû rentrer chez elle, aller se coucher pour se préparer à la grande annonce du lendemain. Mais elle avait l'impression que, toute sa vie, elle n'avait jamais fait que son devoir. Ou plutôt qu'elle avait toujours tout fait pour faire plaisir aux autres, reléguant ses désirs et besoins au second plan.

Bon. Elle en avait assez de cogiter : la mise en œuvre d'un changement demande de l'action, non ? Pourquoi ne pas commencer dès maintenant ? Pourquoi ne pas se montrer audacieuse ? Accepter de nouveaux défis ?

— Mademoiselle ? fit soudain une voix de femme. Le jeune homme qui se trouve là-bas m'a demandé de vous apporter ceci.

Une serveuse venait de poser sur sa table un nouveau verre de martini. Surprise, elle cligna des yeux plusieurs fois.

— Le jeune homme ?

— Là-bas, répondit la serveuse en pointant du doigt quelqu'un dans la pénombre du bar. Il est vraiment sexy...

— Vous êtes sûre que c'est pour moi ?

— Absolument. Voulez-vous que je le ramène ?

Seigneur, qu'allait-elle faire, maintenant ? Devait-elle répondre oui, comme une petite fille polie et bien élevée ? La petite souris craintive qui se cachait en elle avait envie de le faire. Mais n'était-ce pas là la façon dont elle aurait agi en temps normal ? Étant donné qu'elle avait renvoyé son garde du corps, n'aurait-elle pas dû partir avec Gilda et Ron, et partager un taxi avec eux pour ne pas rester toute seule ainsi ? Ouverte à de nouvelles expériences ? Comme rencontrer de nouvelles personnes ? Ou flirter avec un homme ?

Elle tourna la tête pour regarder l'inconnu en question. Elle l'avait remarqué en entrant mais l'avait immédiatement rangé dans la catégorie des hommes qui n'étaient pas faits pour elle. « Sexy » était un faible mot pour le décrire. Dans son costume sombre et sa chemise bleu clair dont le premier bouton était défait, il semblait respirer la confiance en lui. Puis leurs regards se croisèrent. Hochant la tête dans sa direction, il leva son verre et sourit. Un sourire qui la fit frissonner.

Sois audacieuse, fit une petite voix au fond de son esprit. *Amuse-toi un peu.* Et en relevant la tête vers la serveuse, elle sourit.

— Non, merci, laissez-le. Et transmettez-lui mes remerciements.

— Ce sera inutile, je pense. Il arrive.

Quoi ? En le voyant approcher, elle sentit la panique monter en elle, et ses vieux réflexes reprirent immédiatement le dessus, lui commandant de fuir. Mais elle n'allait pas leur obéir. Pas cette fois.

— Je peux ? demanda-t-il en désignant la chaise que Gilda avait quittée.

— Je vous en prie.

Malgré son cœur qui battait désormais à tout rompre, elle avait réussi à paraître relativement calme. Grisée, elle leva son verre pour le faire tinter contre le sien.

— Merci.

— De rien. Ça devient rare de voir des gens boire du martini.

Une boisson rétro. Aimez-vous défier la mode et les tendances du moment ?

Sa voix, douce et grave, semblait glisser sur sa peau comme du velours. Elle se sentit défaillir : cet homme était la virilité incarnée : ses larges épaules, son torse puissant sous le fin coton de sa chemise... Elle fut saisie d'une envie folle de lever la main pour effleurer sa poitrine, passer ses doigts sur le contour de ses muscles. Sentant le rouge lui monter aux joues, elle se concentra sur son visage. Ses traits étaient légèrement anguleux, son nez droit, et ses yeux, clairs mais d'une couleur qu'elle n'arrivait pas à déterminer. Sa bouche arborait un léger sourire. Et pourtant, elle n'aurait su dire pourquoi, il n'avait pas l'air d'un homme qui souriait facilement.

Ignorant comment elle devait réagir, elle baissa les yeux vers son verre.

— Peut-être, oui.

En relevant les yeux, elle vit que son sourire s'élargissait et elle en eut le souffle coupé. Une douce sensation de chaleur se diffusa entre ses cuisses. En lui seul, son sourire relevait presque de l'attentat à la pudeur.

— Je m'appelle Kirk, dit-il en lui tendant la main.

Elle sentit alors quelque chose céder en elle. En temps normal, jamais elle ne se serait laissée aller à accepter un verre de la part d'un inconnu. Mais elle était lasse de se comporter en petite fille modèle. De faire ce qu'on attendait d'elle. De n'agir que pour satisfaire les autres sans jamais se mettre en avant pour essayer d'atteindre ses objectifs. Si elle voulait changer la donne, elle allait devoir foncer tête baissée au lieu d'œuvrer discrètement dans l'ombre. Ne venait-elle pas de se promettre de prendre en charge sa vie et ses décisions ? Pour une fois, elle allait faire exactement ce dont elle avait envie, sans se soucier des conséquences.

Déterminée, elle serra la main qu'il lui avait tendue.

— Sally. La prochaine tournée est pour moi.

— Ravi de vous rencontrer. Mais je dois vous dire que, d'ordinaire, je ne laisse jamais une femme m'offrir un verre.

Une sensation de mal-être, qu'elle ne connaissait que trop bien, venait de s'emparer d'elle. L'angoisse qui la poussait toujours à se replier sur elle-même, de crainte d'avoir à parler. C'était l'un de ses principaux défauts. Mais elle était bien décidée : ce soir-là, elle allait le surmonter. Tout en se redressant un peu, elle sourit.

— Ah oui ? Pourquoi ?

— Je suis un peu rétro, moi aussi.

— Ah, fit-elle, décontenancée.

Bien qu'il fût dirigeant d'une multinationale cotée en Bourse, son père était l'incarnation même de l'éducation à l'ancienne. La dernière chose dont elle avait besoin dans sa vie était d'un homme semblable à lui sur ce point.

— Mais pour vous, je pourrais peut-être faire une exception.

Prise de court, elle cligna des yeux.

— Pour moi ? Pourquoi ?

— Parce que, si vous m'offrez un verre, je ne pense pas que ce sera dans l'intention de profiter de moi. Pour mon corps.

Elle ne put s'en empêcher. Elle éclata de rire. Pas un petit rire timide et retenu. Un véritable rire, sincère, généreux.

— Ça vous arrive souvent ? demanda-t-elle.

— Parfois.

— Ne vous en faites pas. Vous n'avez rien à craindre avec moi.

— Ah oui ?

Était-ce son imagination qui lui jouait des tours, ou paraissait-il légèrement déçu ?

— Eh bien... En fait, c'est à voir, répondit-elle en souriant.

2

Sally n'en revenait pas. Comment avaient-ils pu passer, Kirk et elle, de quelques verres et quelques danses à... cela ?

Il venait d'ouvrir la porte de son appartement et de lancer sa veste sur le dossier d'un canapé gris. Elle jeta un rapide coup d'œil autour d'elle : une grande pièce au décor luxueux mais anonyme, une table encombrée de piles de dossiers.

Ce fut la seule chose qu'elle eut le temps de remarquer avant qu'il ne relève ses cheveux pour déposer une pluie de baisers sur sa nuque. Le plaisir fut tel qu'elle en frissonna. Un instant plus tard, il lui prenait la main pour la conduire jusqu'à sa chambre. Et quand il se tourna pour la regarder, la lueur de désir qu'elle vit briller dans ses yeux la fit trembler.

Sois audacieuse, se répéta-t-elle. *Tu as envie de ça. Prends les choses en main. Prends ce qui te fait envie.*

Elle dénoua sa cravate, la fit glisser le long de son col. Puis elle s'attaqua aux boutons de sa chemise. C'était incroyable que ses doigts aient conservé un peu de leur dextérité, alors que son corps tout entier tremblait et qu'elle se sentait vaciller. Au fond d'elle, quelque chose tentait de lui dire de se montrer prudente, de réfléchir, mais elle relégua ces conseils inopportuns dans un petit recoin de son esprit. Elle avait envie de cet homme, et elle allait lui faire l'amour, point final. Elle désirait vivre une nuit de passion effrénée, s'accorder des moments magiques qui lui feraient le plus grand bien.

Tandis qu'elle continuait de le déshabiller avec impatience, il ne demeurait pas passif. Il la caressait à travers le tissu de sa blouse qui, sous ses mains chaudes et puissantes, semblait être devenue la tenue la plus sexy qu'elle ait jamais portée. Elle laissa échapper un soupir de plaisir quand il finit par se débarrasser de sa chemise, lui permettant ainsi de poser ses mains sur ses larges épaules avant de suivre du bout de ses doigts les contours si bien dessinés de ses pectoraux. Pendant qu'ils dansaient, elle s'était bien dit qu'il avait un corps magnifique, mais jamais elle n'aurait imaginé que c'était à ce point. L'espace d'une seconde, elle se sentit mal à l'aise, complexée par son propre physique : ses hanches trop larges, ses seins trop petits. Mais quand il enfouit fougueusement sa tête dans son cou et qu'elle sentit la chaleur de son souffle et de ses lèvres contre sa peau, toutes ces pensées s'évaporèrent comme neige au soleil.

Il n'y avait plus que ses caresses. Elle sentit ses mains glisser sur le tissu de ses vêtements, qu'il finit par lui ôter, et quand elle se retrouva devant lui dans son soutien-gorge de dentelle et sa culotte en coton blanc très simple, l'embarras et le manque d'assurance refirent surface.

— Désolée. Je ne m'attendais pas à ce que la journée se termine comme ça quand je me suis habillée ce matin, murmura-t-elle avec un rire nerveux.

— Ne t'excuse pas, répondit-il d'une voix vibrante de désir, qui lui fit aussitôt reprendre confiance en elle. Tu es magnifique. Parfaite, même. Et pour information, j'ai toujours trouvé le coton blanc incroyablement sexy.

Était-il sérieux ou lui disait-il simplement ce qu'elle avait envie d'entendre ? Elle le scruta, mais il y avait dans ses yeux une telle sincérité qu'elle sentit un nouveau frisson lui parcourir le corps. Prenant son visage entre ses mains, elle l'attira vers elle pour l'embrasser avec toute la passion et toute la fougue qu'il lui inspirait. Il l'ignorait peut-être, mais avec ces quelques mots, il lui avait rendu son assurance, donné l'impression d'être spéciale et extrêmement désirable.

Elle ne remarqua pas le moment précis où il dégrafa son

soutien-gorge, mais elle comprit qu'elle ne pourrait jamais oublier celui où il prit ses seins entre ses mains. Un geste assuré, fiévreux, mais tendre. Du bout de ses doigts, il se mit à caresser ses tétons durcis de désir. Incapable de se retenir, elle se cambra contre lui, pressant son corps contre ses paumes brûlantes pour mieux sentir ses doigts sur elle. Elle n'était pas une vierge effarouchée, mais elle n'avait jamais connu une telle passion auparavant. Ivre de désir, elle se laissa submerger par les sensations et le plaisir de l'anticipation.

Soudain, elle sentit ses lèvres se poser sur l'un de ses tétons. Elle laissa échapper un gémissement. Ses jambes ne la portaient plus et elle sentait son sexe palpiter d'un désir brûlant.

— Tu es merveilleuse, murmura-t-il d'une voix rauque en glissant sa main dans sa culotte, lui tirant un délicieux frisson de plaisir.

Un instant plus tard, il faisait descendre le bout de tissu le long de ses cuisses. Elle le regarda sans chercher à dissimuler le désir qu'il lui inspirait. Pour la première fois de sa vie, elle ne se sentait pas gênée par sa nudité.

— On dirait que j'ai un léger désavantage, dit-elle avec un sourire espiègle.

— On va se mettre sur un pied d'égalité, alors, répondit-il en souriant, avant d'écarter ses mains de chaque côté de son corps pour lui laisser accès à sa ceinture, qu'elle défit.

Il se débarrassa de ses vêtements et chaussures avec une assurance qui avait quelque chose de vraiment excitant. Et elle avait tellement hâte de le voir complètement nu, de pouvoir explorer le tracé si parfait de chacun de ses muscles.

Elle le sentit frissonner sous ses doigts quand elle put enfin faire glisser sa main sur ses hanches et sur ses fesses musclées. Son sexe, dur et bandé, était fièrement dressé vers elle.

— C'est toi qui me fais cet effet, dit-il en la regardant dans les yeux.

Une fois de plus, ses paroles lui donnaient l'impression qu'elle était belle, irrésistible. Que c'était elle qui avait le contrôle de la situation. Sans hésiter une seule seconde, elle prit en main son sexe pour le caresser d'avant en arrière, s'émerveillant du contraste de ses impressions : la douce chaleur satinée de sa peau et la dureté de fer qu'elle pouvait sentir en dessous.

Ils finirent par tomber ensemble dans le lit. Jamais elle n'avait vécu une telle symbiose auparavant. Explorer son corps tout en regardant ses réactions lui semblait être la chose la plus naturelle du monde. Malgré la fougue qui l'avait menée là, elle avait désormais envie de prendre son temps. Il semblait, par ailleurs, plutôt satisfait de la laisser mener ses explorations, découvrir ce qui l'excitait le plus, comment le mener au bord de l'orgasme avant de le faire redescendre lentement.

Ce fut ensuite son tour. De ses mains fermes et assurées, il se mit à la caresser avec une délicieuse sensualité jusqu'à ce qu'elle se sente trembler de la tête aux pieds. Elle avait envie que cette douce torture ne s'arrête jamais, de l'entendre répéter, encore et encore, qu'elle était belle. Parfaite. Jamais elle ne s'était sentie aussi bien de sa vie.

Quand il finit par écarter ses cuisses pour s'enfoncer en elle, ce fut un moment de pure extase. Instinctivement, elle se cambra pour mieux l'accueillir, et quand elle le sentit emplir son corps, elle comprit que jamais elle ne connaîtrait quelque chose d'aussi merveilleux.

— Ne bouge pas, l'implora-t-il quand elle contracta ses muscles autour de lui.

— Comme ça ? demanda-t-elle d'une voix taquine en recommençant et en se cambrant un peu plus contre lui.

— Exactement. Je t'en supplie...

Grisée par le pouvoir qu'elle avait sur lui, elle le refit, se délectant de toutes les sensations qui déferlaient sur elle. Tout en poussant un gémissement de résignation, il commença à se retirer. Pour mieux s'enfoncer à nouveau en elle. Et cette fois-ci, elle capitula. S'abandonnant tout entière, elle s'accrocha à ses larges épaules, enfonça ses ongles dans sa peau. Et elle répondit à chacun de ses assauts avec la même ardeur, laissant le plaisir monter en elle jusqu'à ce qu'elle perde toute notion de ce qui l'entourait et, sentant qu'il arrivait à la jouissance, elle laissa l'orgasme exploser en elle.

Le temps sembla s'arrêter. Son cœur battait toujours aussi frénétiquement, son ventre vibrait encore de l'orgasme qui l'avait éblouie. Rien dans sa vie ne pourrait jamais égaler ce moment. Oh ! il était bien dommage que ce ne fût qu'une aventure d'un soir ! Elle aurait bien aimé recommencer le lendemain, vivre encore une nuit de passion avec lui, puis une autre... Mais elle ne devait pas s'accorder ce genre de rêves. Elle avait des projets professionnels à réaliser. Une vie à bâtir, des choses à prouver, au moins à elle-même. En se lançant dans une tentative de toute manière vouée à l'échec de construire une relation satisfaisante, elle ne ferait que se distraire de ses objectifs. Non, il fallait qu'elle prenne cette soirée pour ce qu'elle était, une parenthèse enchantée, et qu'elle le remercie pour ce merveilleux moment qu'ils avaient partagé avant de se rhabiller pour rentrer chez elle.

Mais elle n'arrivait pas à s'y résoudre. À s'extirper de la chaleur accueillante de ses bras, à rompre le lien qui unissait leurs corps. Tout en murmurant quelque chose, il roula sur le dos, l'attirant avec lui. Qu'il était beau, songea-t-elle en admirant son torse musclé. Quelle chance elle avait de l'avoir rencontré. Doucement, elle posa sa tête contre sa poitrine pour écouter les battements de son cœur ralentir jusqu'à atteindre un rythme presque régulier. Sa respiration, également, changea, et il finit par cesser de lui caresser les cheveux.

Il s'était endormi. Encore quelques minutes, puis elle partirait. Doucement, elle finit par s'extraire de ses bras pour rassembler ses affaires éparpillées dans la chambre. Et après un court passage dans la salle de bains pour se rhabiller et se recoiffer, elle sortit. Elle ne voulait pas connaître avec lui la froide lumière du matin. Elle ne voulait pas d'un petit déjeuner aigre de regrets ou gâté par l'embarras.

Une fois dehors, elle sortit son téléphone de son sac. Et elle venait d'ouvrir une application pour réserver un taxi quand l'appareil, qu'elle avait pris soin de mettre en mode silencieux en arrivant dans le pub, lui signala un appel. Elle reconnut immédiatement le nom indiqué sur l'écran. Marilyn, qui était l'assistante de son père depuis près de trente ans et qui avait fait office de figure maternelle dans sa vie après le décès de sa propre mère. Mais il était minuit passé. Que pouvait lui vouloir Marilyn à cette heure-ci ? Un pressentiment lui noua le ventre tandis qu'elle la rappelait.

— Sally, où es-tu ? Ça fait deux heures que j'essaie de te joindre !

Il y avait dans sa voix quelque chose qu'elle n'avait jamais entendu auparavant. De la peur, songea-t-elle. Et elle sentit son corps se crisper.

— Qu'y a-t-il ?

— C'est ton père. Il est retourné au bureau ce soir, et les vigiles l'ont retrouvé pendant leur ronde. Il a fait une crise cardiaque, il est à l'hôpital.

— Quel hôpital ? parvint-elle à demander.

Marilyn la renseigna.

— Où es-tu ? demanda-t-elle ensuite. Je vais envoyer Benton te chercher en voiture.

— Non. Je ne suis pas loin de l'hôpital et je viens de réserver un taxi. Tu y es ?

— Oui, répondit Marilyn. Mais ils ne veulent rien me dire ; je ne fais pas partie de la famille.

Sally attendit le taxi pendant les cinq minutes les plus longues de son existence, et quand elle le vit arriver au loin, elle aurait presque pleuré de soulagement. Mais comment la vie pouvait-elle ainsi basculer ? Tout était parfait, passionnant et nouveau, et l'instant d'après, tout s'était effondré.

Elle n'aurait jamais dû laisser son père après le dîner, surtout pas la veille d'un événement aussi important que l'annonce de la fusion. Seulement, comment aurait-elle pu savoir qu'il allait retourner à son bureau et faire une crise cardiaque ? Et comment se faisait-il que les vigiles aient appelé Marilyn ? C'était elle qui aurait dû figurer dans les dossiers de l'entreprise comme première personne à contacter en cas d'urgence ! Bien sûr, son père l'avait toujours surprotégée...

Elle se remémora la soirée, ses traits tirés. Elle l'avait remarqué, mais elle avait mis cela sur le compte de la fatigue. Aussi n'avait-elle même pas daigné lui demander s'il se sentait bien. Et désormais, elle était rongée par les remords. Il n'avait pas voulu l'inquiéter au sujet de la fusion, alors pourquoi l'aurait-il inquiétée au sujet de son état de santé ? Sa décision de se montrer audacieuse et de ne songer qu'à son propre plaisir sans se soucier des conséquences lui paraissait désormais horriblement pathétique et égoïste. Si elle était rentrée chez elle après le départ de ses amis, elle aurait reçu le premier appel de Marilyn et aurait pu se rendre à l'hôpital des heures plus tôt. Elle ne savait pas ce qu'elle deviendrait si elle perdait son père. Il était son roc, son pilier, son refuge.

— Tiens bon, papa. S'il te plaît, tiens bon.

Kirk, qui avait toujours été matinal, se réveilla alors que les premières lueurs de l'aube filtraient à travers les stores. Il se sentait satisfait, rassasié. Il prit quelques minutes pour se délecter de cette sensation. Sally était magnifique, il avait pris un immense plaisir à découvrir son corps. Et à bien y réfléchir, il était prêt à recommencer. Il tendit le bras pour retrouver sa voluptueuse douceur mais ses mains ne rencontrèrent rien d'autre que le vide. Elle s'était donc levée. Il lui était rarement arrivé de dormir profondément au point de ne pas remarquer le départ de sa partenaire, mais la force de la passion qu'ils avaient partagée avait dû l'épuiser.

Peut-être était-elle dans la salle de bains. Il jeta un œil à la porte close puis regarda le sol où auraient dû se trouver ses vêtements. Ils avaient disparu, tout comme elle.

Cela n'aurait pas dû le déranger. Et pourtant, il aurait aimé se réveiller à côté d'elle ce matin. De toute façon, il allait la revoir au bureau, même si elle ne s'en doutait pas. Mais il y avait quelque chose de triste dans la façon dont elle était partie sans même lui dire au revoir. Comme si elle était embarrassée ou qu'elle préférait faire comme si rien ne s'était passé.

Et si elle n'avait pas trouvé cela aussi bon que lui ? Non. Impossible. Elle avait été avec lui à cent pour cent, il le savait. Elle avait pris les choses en main et lui avait permis de le faire à son tour. D'ailleurs, rien qu'à repenser à ses réactions — les doux gémissements qu'il lui avait tirés, la façon dont son corps avait répondu à ses caresses —, il sentait l'excitation reprendre le dessus en lui.

Tout en soupirant, il se leva en se rappelant qu'il ne s'était pas débarrassé du préservatif qu'il avait miraculeusement eu la présence d'esprit d'enfiler la veille au soir. Il s'aperçut alors que le préservatif en question était endommagé. Il poussa un juron.

Son esprit marchait désormais à toute allure, élaborant les différents scénarios possibles. Il se pouvait très bien qu'elle prenne la pilule. Mais il n'avait pas pris le temps de le lui demander. En réalité, il avait à peine eu le temps de se protéger lui-même. Enfin, pour ce que cette protection avait servi... Quoi qu'il en soit, il allait devoir le lui dire, et vite. Mais comment ? Il allait la retrouver dans la matinée au bureau. Et après ?

Son téléphone posé sur la table de chevet se mit soudain à sonner. Il reconnut aussitôt le numéro de la ligne privée d'Orson Harrison. Sans hésiter, il prit l'appel, mais fut surpris d'entendre la voix d'une femme, qui se présenta comme Marilyn, son assistante, et l'informa des événements qui s'étaient produits au cours de la nuit. Au moment où il apprit la nouvelle, il sentit son sang se glacer.

— Rassemblez le conseil d'administration aussi vite que possible, ordonna-t-il. Je serai là dans vingt minutes.

3

Kirk avait toujours du mal à y croire. À la réunion d'urgence du conseil d'administration, tout le monde avait été choqué d'apprendre la nouvelle de l'infarctus d'Orson, mais personne n'avait contesté l'idée que la société ne devait pas montrer de signes de faiblesse, et moins encore quand le rapport confidentiel d'Orson sur les raisons ayant induit la fusion avait été présenté. C'était à ce moment-là qu'il avait été nommé président par intérim.

Cette responsabilité nouvelle était un poids qui pesait lourdement sur ses épaules, de même que ses inquiétudes quant à la santé d'Orson Harrison. Et il fallait encore qu'il parle à Sally du préservatif déchiré. Il ferma les yeux l'espace d'un bref moment. Il était vraiment dans de beaux draps. Comment avait-il pu se mettre dans une situation pareille ? Il devait enquêter sur Sally, de même que sur tous les autres membres du personnel de l'entreprise, il n'aurait jamais dû laisser le sexe s'immiscer dans ses affaires.

Elle ne serait certainement pas contente d'apprendre la nouvelle qu'il allait lui annoncer, à savoir qu'il y avait une possibilité qu'elle soit enceinte.

De plus, elle se trouvait fragilisée par l'état de santé de son père. Jusqu'ici, l'hôpital n'avait révélé que très peu d'informations. On savait simplement qu'Orson se trouvait dans un état critique. Même Marilyn, qui le connaissait depuis près de trente ans, n'avait pas réussi à en savoir plus. Il avait d'ailleurs été surpris de trouver l'assistante à son bureau, ce matin. Quand il lui en avait fait la remarque, elle avait froidement répondu qu'il fallait bien que quelqu'un assure la gestion de l'entreprise en l'absence d'Orson. Après la réunion, il l'avait informée de sa nomination au poste de président par intérim, et elle avait fait montre d'un soulagement totalement insincère.

Il jeta un coup d'œil à l'horloge.

— Des nouvelles de M. Harrison ? demanda-t-il à Marilyn, après avoir enfoncé le bouton de communication avec le bureau adjacent.

— Non, monsieur, répondit-elle d'une voix glaciale.

Elle lui avait clairement fait comprendre qu'elle n'était pas contente qu'il utilise le bureau d'Orson, nomination au poste de remplaçant ou pas. Et elle s'était montrée plus réticente encore quand il avait commencé à prendre ses quartiers. Il lui semblait pourtant logique de s'installer. Le personnel de l'entreprise se sentirait rassuré en constatant que quelqu'un avait repris le gouvernail. Le personnel, mis à part Marilyn, naturellement.

— Merci, Marilyn, répondit-il en s'efforçant de conserver un ton courtois. Et Mlle Harrison ? Avez-vous parlé avec elle ?

— Je crois qu'elle est arrivée, mais je n'ai pas encore eu l'occasion de lui parler.

Il consulta sa montre. 14 h 30. La vidéo de l'annonce de la fusion devait être tournée et projetée en direct à 15 heures précises. Sally envisageait-elle toujours d'être présente ? Son père tenait à ce qu'elle soit à son côté, mais au vu des récents événements il n'aurait pas été surpris qu'elle se rétracte. Sa simple présence au bureau relevait déjà de l'exploit.

— Pourriez-vous lui demander de me rejoindre dans mon bureau aussi vite que possible ? J'aimerais m'entretenir avec elle avant l'annonce de la fusion.

— Certainement, monsieur.

Une fois encore, il perçut dans sa façon de prononcer le mot « monsieur » un léger mépris. Il lui avait demandé de l'appeler par son prénom, mais manifestement elle préférait ignorer sa proposition. Ce n'était pas le problème, cependant. Il avait d'autres chats à fouetter. Comme revoir Sally et lui parler.

Quelques minutes plus tard à peine, il entendit des voix de femmes dans le couloir. Les portes s'ouvrirent brutalement.

— Attends. Il y a quelqu'un..., fit Marilyn.

Et au même moment, Sally apparut. Le visage tourné vers Marilyn, elle affichait un sourire triste. Un sourire qui se figea en une expression de choc quand elle le vit se lever derrière le bureau de son père.

— Kirk ? bredouilla-t-elle.

Son visage pâlit, soulignant les ombres qu'avaient laissées sous ses yeux la fatigue et l'inquiétude. Alarmé, il se précipita vers elle pour la conduire doucement jusqu'à un fauteuil.

— Un verre d'eau, je vous prie, Marilyn, ordonna-t-il à l'assistante, qui disparut aussitôt.

Elle revint quelques secondes plus tard avec un verre qu'il mit dans la main tremblante de Sally.

— Monsieur Tanner, dit alors Marilyn d'une voix défiante, je ne pense pas que Sally devrait participer au tournage de cette vidéo. Elle n'est pas en mesure de...

— C'est à Mlle Harrison d'en décider. Pourriez-vous aller lui chercher quelque chose à manger ? Je suis sûr qu'elle n'a rien avalé de la journée. Je me trompe ? demanda-t-il directement en la regardant dans les yeux.

— Non, répondit-elle en secouant la tête. Mais je n'ai aucune envie de manger. Ça me soulève le cœur rien que d'y penser.

Elle fit mine de prendre une gorgée d'eau, mais ses mains tremblaient tant qu'il dut les prendre dans les siennes pour les stabiliser et l'empêcher d'en renverser. Au contact de sa peau, elle se crispa, une réaction qui n'échappa sans doute pas à Marilyn.

— Il faut manger, dit-il avant de se tourner vers l'assistante. Pourriez-vous aller chercher un bol de fruits et un yaourt à la cantine ?

— Tu en as envie, Sally ? demanda Marilyn. Tu ne préférerais pas que je reste avec toi pendant que M. Tanner va te chercher quelque chose à manger ?

Il dut se retenir de protester. Le moment était mal venu pour se lancer dans un conflit de pouvoir avec Marilyn. D'autre part, il devait à tout prix expliquer à Sally les raisons de sa présence ici et lui parler du problème qui le préoccupait. Le souvenir de leur étreinte surgit dans son esprit. Il la regarda : même dans ce tailleur bleu ciel strict et avec cette queue-de-cheval sévère, elle était belle à se damner.

Se pouvait-il qu'elle porte son enfant ? En songeant à cette perspective, il sentit une puissante émotion s'emparer de lui.

— Bonne idée, finit-il par dire.

Il préférait finalement lui parler quand ils auraient davantage d'intimité et de temps devant eux.

Le problème, pour l'heure, était de lui faire accepter sa présence en ces lieux, ainsi que le fait qu'il lui avait caché son identité la veille au soir. Mais une fois le choc passé, leurs rapports deviendraient certainement glaciaux, surtout quand elle découvrirait qu'il avait toujours su qui elle était.

— Si ça ne te dérange pas, intervint Sally en se tournant vers Marilyn, je préférerais que tu y ailles. Tu connais mes goûts et je ne me sens vraiment pas bien du tout.

— Pas de problème, Sally, dit Marilyn d'une voix radoucie en lui tapotant l'épaule. Ma pauvre chérie... Je reviens dans un instant.

En partant, l'assistante referma brusquement la porte derrière elle. Maintenant qu'ils étaient seuls, il pouvait la tutoyer et retrouver un peu de leur intimité de la veille.

— Bois une autre gorgée d'eau, dit-il à Sally, qui semblait avoir repris un peu de couleurs. Comment va ton père ? ajouta-t-il, déterminé à la distraire jusqu'au retour de l'assistante.

Elle prit une profonde inspiration.

— Ils l'ont plongé dans un coma artificiel et ils disent que son état est stable, mais j'ai du mal à voir le positif là-dedans.

Il a l'air tellement faible et il ne réagit à absolument rien. Ils espèrent pouvoir l'opérer demain. Un quadruple pontage, apparemment.

Sa voix avait tremblé mais elle avait poursuivi son récit jusqu'au bout.

— Je connais ton père, dit-il en posant doucement sa main sur son épaule. C'est un homme fort. Il s'en remettra.

Elle releva la tête vers lui, et une lueur de colère vint illuminer ses beaux yeux bleus.

— Et comment le connais-tu ?

Son sentiment d'embarras fut aussitôt contrebalancé par un léger amusement. Elle était bien la fille d'Orson : elle allait droit au but.

— Je l'ai toujours connu.

— En ce cas, comment se fait-il que je ne t'aie jamais rencontré avant hier soir ?

Sa voix était toujours légèrement tremblante, mais elle semblait reprendre des forces à chaque minute qui passait.

— Nos parents étaient amis avant la mort de mon père. Après cela, ma mère et moi avons déménagé. Je n'étais alors qu'un enfant. Il n'y avait aucune raison à ce que nous nous rencontrions avant hier soir.

Il s'était montré délibérément succinct dans son récit. Le moment n'était pas aux longues explications.

— Et maintenant, tu es de retour...

Elle garda le silence quelques instants avant de lui lancer un nouveau regard scintillant de colère.

— Tu savais qui j'étais, n'est-ce pas ?

Serrant les dents, il acquiesça. Il n'avait jamais été homme à regretter le passé, mais à cet instant précis, s'il avait pu remonter le temps jusqu'à la veille, il lui aurait dit la vérité. Ou pas. Car il ne pensait pas qu'elle l'aurait suivi jusque dans son appartement si elle avait su qu'il était son nouveau supérieur. Aurait-il manqué cette occasion de se perdre dans ses bras comme il l'avait fait ? De connaître la passion parfaite qu'ils avaient vécue ensemble ? De lui faire l'amour avec... un préservatif endommagé ? À bien y réfléchir, il aurait en tout cas changé certaines choses.

— Je vois, fit-elle avant de reprendre une gorgée d'eau. Marilyn t'a appelé M. Tanner. « Tanner » comme dans Harrison Tanner Tech. Tu es le nouveau vice-président ?

Comme il acquiesça, elle pinça les lèvres.

— On dirait bien que tu as pris l'avantage sur moi dès le départ. Ce qui m'amène à me demander pourquoi tu as fait ça. Ça t'excitait de coucher avec la fille du président ? Laisse tomber. Inutile de répondre, conclut-elle avec un geste dédaigneux de la main.

— Écoute, on pourrait peut-être en discuter plus tard. Pourquoi pas au dîner ?

— Je n'ai aucune envie de dîner avec toi. Pour tout te dire, je n'ai même pas envie d'être dans la même pièce que toi.

Ce fut à ce moment-là que Marilyn refit son apparition. Elle déposa un petit plateau sur les genoux de Sally.

— Tiens, ma chérie. Avec ton père qui est malade, il ne manquerait plus que tu t'évanouisses, toi aussi. Ça fait des années que je lui dis de lever le pied, mais crois-tu qu'il m'écouterait ?

Comme si elle avait soudain pris conscience de la tension qu'il y avait entre Sally et lui, Marilyn se figea.

— Y a-t-il autre chose que je puisse faire pour vous… monsieur ?

— Non, merci, Marilyn. Ce sera tout pour le moment. Vous pouvez nous laisser.

Une fois Marilyn sortie, il jeta un rapide coup d'œil à sa montre avant de se tourner vers Sally.

— Mange. Il ne nous reste qu'un quart d'heure.

— Je n'ai pas f…

— Essaie. Ça te permettra de tenir quelques heures. Que tu le veuilles ou non, nous devons travailler ensemble, aujourd'hui en particulier. Comme l'a si bien fait remarquer Marilyn, ce serait une catastrophe pour Harrison Tanner Tech si tu t'évanouissais en direct devant la caméra pendant l'annonce de la fusion ou celle de l'infarctus de ton père.

Ils se regardèrent pendant ce qui lui sembla être une éternité avant qu'elle ne prenne sa cuillère pour se mettre à manger.

— Mais il est hors de question que je dîne avec toi, marmonna-t-elle entre deux bouchées.

— Il faut qu'on parle d'hier soir et nous n'en avons pas le temps maintenant.

— Je n'ai aucune envie d'en parler. En fait, je crois que je préférerais oublier.

Ces mots lui firent l'effet d'un coup de poing. Le ressentiment et la méfiance qu'elle lui jetait à la figure le blessaient. La femme qu'il avait en face de lui était si différente de celle douce et confiante avec qui il avait couché la veille au soir. Il retint un juron. La tension entre eux ne ferait que s'accentuer quand elle aurait entendu ce qu'il avait à lui dire…

Quelqu'un frappa à la porte, et l'un des membres de l'équipe de communication apparut devant eux.

— Dix minutes, monsieur Tanner ! Il faudrait qu'on vous pose le micro.

— À moi aussi, intervint Sally d'une voix mal assurée.

— Vous êtes sûre, mademoiselle Harrison ?

À ces mots, il vit son visage devenir blême. Mais dans la plus pure tradition Harrison, elle reprit aussitôt le contrôle de la situation, se levant et réajustant sa veste.

— Absolument certaine. Allons-y.

L'attaché de communication sortit, les laissant seuls.

— Tu n'es pas obligée de parler, Sally. D'ailleurs, tu n'es pas obligée de faire quoi que ce soit. Je peux me charger de l'annonce.

— Ah oui ? Crois-tu vraiment que ce soit une bonne idée, alors que les gens s'attendent à voir mon père, un homme qu'ils connaissent et en qui ils ont confiance, et qu'ils vont se retrouver devant… toi ?

Sa voix était cinglante.

— Ils peuvent me faire confiance, répondit-il simplement. Et toi aussi.

— Tu m'excuseras si j'ai du mal à te croire.

Sally regrettait d'avoir mangé. Elle avait désormais la nausée. Comment Kirk avait-il osé lui dissimuler son identité ? Comment avait-il pu se montrer aussi ignoble ? Avait-il perçu leurs ébats de la veille comme un moyen de lui signifier sa place, de lui montrer qu'il pouvait la dominer ? Et s'il essayait de la faire chanter ?

Tout en carrant les épaules, elle le regarda en face.

— En l'absence de mon père, je préfère procéder moi-même à l'annonce.

La nausée se fit plus forte quand elle prit conscience du fait qu'elle allait se retrouver sur le devant de la scène. Mais elle pouvait le faire. Elle le devait, au moins pour sauver la face.

Il finit par hausser les épaules avant de ramasser un tas de papiers qu'il lui remit.

— Voici le texte que ton père a préparé hier. Si tu veux t'en occuper, je n'y vois pas d'objection. Je répondrai ensuite aux éventuelles questions. Une fois la vidéo terminée, il faudra que nous répétions le processus pour la conférence de presse.

— Je ne vois pas pourquoi ce serait toi qui répondrais aux questions. Pourquoi pas plutôt Silas Rogers, le directeur général, ou n'importe quel autre membre de l'équipe dirigeante ?

— Sally, ton père et moi avons travaillé ensemble sur cette fusion pendant plusieurs mois. Personne d'autre que moi ne peut apporter de réponses aux questions. Je suis le seul à pouvoir exposer et développer les projets que ton père et moi avons élaborés. C'est pour cette raison que j'ai été nommé président par intérim par le conseil d'administration qui s'est réuni ce matin.

C'est-à-dire pendant qu'elle était au chevet de son père, à se ronger les sangs. Elle se perdit quelques instants dans ce souvenir. Mais tout à coup, quelque chose lui vint à l'esprit.

— Tu as dit « plusieurs mois » ? Comment se fait-il que je n'ai rien su avant hier ?

— C'est ton père qui a décidé de garder le secret le plus longtemps possible. Il espérait faire cette annonce avec moi aujourd'hui pour présenter un front uni, mais comme il est dans l'impossibilité de le faire, nous devons trouver la meilleure solution de remplacement. Tu es d'accord ?

D'accord ? Non, elle n'était d'accord avec rien de tout cela. Mais il semblait bien que son père avait pris ses décisions. Sans se donner la peine de la consulter.

— Sally ?

— Laisse-moi lire l'annonce.

Elle parcourut le texte et entendit la voix de son père dans chacun des mots qu'elle lut. Ce n'était pas juste. Il aurait dû être là. Cette entreprise était sa fierté et sa joie, il l'avait bâtie à la sueur de son front, et il avait un respect profond pour chacun de ses employés. Il ne fallait pas qu'elle oublie cela dans ce qu'elle s'apprêtait à faire. Il fallait qu'elle mette de côté sa phobie pour se comporter comme le genre de personne à qui son père aurait dû pouvoir se fier.

À chaque seconde qui passait, elle pouvait sentir l'angoisse monter d'un cran en elle. *Sois audacieuse*, se dit-elle. *Tu peux le faire.* Prenant une profonde inspiration, elle regarda Kirk en face.

— Tu es sûre que ça va aller ? lui demanda-t-il.

Ses yeux bleu-vert, une couleur incroyable dont elle avait découvert toutes les nuances pendant leurs ébats, étaient pénétrants. Elle eut l'impression qu'il pouvait percer sa carapace et percevoir la gelée tremblotante au fond d'elle. Il savait. D'une façon ou d'une autre, sans doute par le biais de son père, il avait appris pour sa glossophobie : la terreur débilitante qui s'emparait d'elle à chaque fois qu'elle devait s'exprimer en public. Un sentiment de honte vint s'ajouter à l'angoisse, mais elle refusa de faire marche arrière.

— Ça va aller, répondit-elle d'une voix dont le calme était

en contradiction totale avec le trouble qui l'agitait. C'est juste une vidéo. Il n'y aura qu'un cameraman et nous.

— Écoute, Sally, tu n'es pas obligée de...

Elle secoua la tête.

— Non. Fais-moi confiance. Ça va aller.

Il ne le comprenait peut-être pas, mais c'était désormais une question essentielle pour elle. Un moyen de prouver sa valeur. Un moyen de montrer à son père, quand il serait en mesure de l'apprendre, qu'elle avait fait ce qu'il fallait et qu'il pouvait se fier à elle pour prendre le relais.

Il lui adressa un bref hochement de tête, visiblement résigné.

— Bon. Mais n'oublie pas que je serai juste à côté de toi.

Son attitude surprotectrice, après les événements de la veille au soir, l'agaçait et elle lui en voulut d'avoir dit cela. Pourtant, quand ils sortirent du bureau de son père pour se diriger vers la salle de conférences, sa proximité généra en elle un sentiment de réconfort inattendu. Mais il lui fallait l'ignorer, car elle n'avait aucune envie de faire confiance à cet homme. Un homme qu'elle connaissait intimement sans le connaître du tout. *Ne pense pas à la nuit passée ! Ne pense pas à son corps nu, au plaisir qu'il t'a donné.*

De toute façon, quand elle passa la porte de la salle de conférences, elle oublia tout. Son esprit se braqua sur la caméra pointée sur eux. Derrière, contre le mur, s'étalait une rangée d'écrans sur lesquels on pouvait voir les visages des employés dans leurs bureaux respectifs. Des visages qui ne regardaient qu'elle.

4

Kirk ressentit un changement d'attitude chez Sally aussitôt qu'ils passèrent les portes de la salle de conférences. On aurait dit qu'elle s'apprêtait à tourner les talons pour s'enfuir en courant. Elle était désormais figée sur place, le regard rivé sur les dizaines d'écrans de l'autre côté de la pièce. Son visage était pâle. Et surtout, elle tremblait de la tête aux pieds.

— Sally ? dit-il d'une voix douce.

Il la vit ravaler sa salive avec peine avant de tourner son regard dans sa direction.

— Je vais y arriver, affirma-t-elle avec la même dignité qu'une aristocrate française menée à la guillotine.

Le corps raide et crispé, elle gravit les marches de l'estrade. Les documents qu'il lui avait remis un peu plus tôt étaient froissés dans son poing serré. Elle fit l'effort de les lisser du plat de la main après les avoir posés sur le pupitre.

Elle était impressionnante. Malgré son évidente terreur, elle n'avait pas cherché à se défiler. Il aurait cependant préféré qu'elle le fasse et qu'elle lui rende les papiers. Il s'agissait à l'évidence d'une épreuve pour elle, et elle en avait déjà traversé suffisamment. Rien qu'à y penser, il sentait son cœur se serrer. Il aurait vraiment préféré pouvoir lui épargner ça.

Cependant, le cameraman lui fit signe de prendre place, et il se hâta de s'asseoir à côté d'elle.

— Cinq minutes ! cria quelqu'un à l'autre bout de la pièce. Quelqu'un pourrait leur mettre les micros ?

Il se tourna vers elle et, doucement, il posa sa main sur la sienne.

— Laisse-moi m'en occuper. J'ai eu le temps de me préparer. Pas toi.

Dans l'attente de sa réponse, il retint son souffle, mais ils furent interrompus par les techniciens venus leur poser les micros pour procéder aux essais son.

— Une minute !

Décontenancé, il serra sa main dans la sienne.

— Tu n'es pas obligé de le faire, Sally. Personne n'attend ça de toi. Et moins encore ton père. Certainement pas, compte tenu des circonstances.

— Ce que tu ne comprends pas, murmura-t-elle sans le regarder, c'est que c'est exactement pour ça que je dois le faire.

— Dix, neuf, huit...

— Il faut simplement que tu sois présente, Sally. C'est plus que suffisant au vu de ce que tu as enduré.

— Trois, deux, un.

Il attendit qu'elle commence à parler, mais le silence emplit la pièce. Elle ne regardait pas la caméra, mais les écrans sur lesquels s'affichaient les visages des employés de Harrison IT. Et soudain, il s'aperçut que, très discrètement, elle était en train de faire glisser les papiers vers lui. Prenant cela comme un signal, il se présenta en souriant avant de prononcer l'introduction qu'Orson avait préparée et d'expliquer brièvement qu'un problème de santé avait empêché ce dernier de participer à l'événement.

À son côté, Sally resta comme pétrifiée durant toute la durée de l'annonce et la séance de questions-réponses qui suivit. Et à l'instant même où la lumière rouge de la caméra s'éteignit, elle se débarrassa de son micro et se précipita vers la sortie.

Il la rattrapa dans le couloir.

— Laisse-moi ! cria-t-elle quand il lui prit la main pour l'obliger à se tourner vers lui.

Horrifié, il remarqua que des larmes coulaient sur son visage.

— Ne pleure pas. Tu as fait ce qu'il fallait.

— Ce qu'il fallait ? Je suis restée là comme une andouille. Je n'ai même pas réussi à te présenter.

— Comme une andouille ? répéta-t-il en essayant de tirer parti du comique de l'expression pour la distraire. Je peux t'assurer que tu ne ressembles pas du tout à une andouille.

L'air agacé, elle secoua la tête, mais il constata avec satisfaction qu'elle avait cessé de pleurer.

— Ne sois pas si littéral.

— Excuse-moi, répondit-il en haussant les épaules. Mais quand je te regarde, une andouille est la dernière chose qui me vient à l'esprit.

Il avait délibérément baissé la voix et fut ravi de voir que ses joues avaient repris des couleurs.

— Tu es impossible.

— Tu m'expliqueras pourquoi au dîner après la conférence de presse.

— Non.

— Sally, il faut qu'on parle. De ce qui s'est passé hier soir. De ce qui se passe maintenant.

Il vit qu'elle s'apprêtait à protester, mais au même moment il aperçut du coin de l'œil le responsable de la communication qui approchait. Il était attendu pour la conférence.

— S'il te plaît. Juste un dîner. Rien de plus.

Il fallait absolument qu'il lui parle du préservatif déchiré. Mais pour être honnête, il devait également admettre qu'il brûlait d'envie d'apprendre à mieux la connaître. Il ne s'était pas rendu compte qu'il retenait son souffle jusqu'à ce qu'il la voie hocher brièvement la tête.

— Pas de dîner. Mais je suis d'accord : il faut qu'on parle. Je vais retourner à l'hôpital pour quelques heures. On se retrouve après, dans mon bureau. Tu pourras me dire ce que tu as à me dire.

Ce n'était pas ce qu'il avait espéré, mais il allait devoir s'en contenter. Pensif, il la regarda marcher jusqu'aux ascenseurs.

— M. Tanner, fit une voix derrière lui, le ramenant brusquement à la réalité. Vous êtes attendu au rez-de-chaussée.

À contrecœur, il se reconcentra sur son travail. Malheureusement pour lui, Sally allait devoir attendre.

Il était tard, et la plupart des employés étaient rentrés chez eux. La conférence de presse avait été plus longue que prévu, après quoi Kirk avait dû assister à un entretien improvisé avec le directeur général et quelques autres dirigeants qui, même s'ils l'avaient nommé président par intérim, avaient tenu à lui faire comprendre qu'ils souhaitaient garder le contrôle de l'entreprise. Une situation stressante, mais sachant qu'il avait l'appui et la confiance totale d'Orson il n'était pas inquiet quant à sa position.

Il avait par ailleurs un problème beaucoup plus important à régler. À l'approche du bureau de Sally, il dénoua sa cravate et la rangea dans sa poche. Et après avoir pris une profonde inspiration, il frappa à la porte. Pas de réponse. Déterminé, il tourna la poignée et entra.

Elle était immobile, le visage enfoui dans ses bras croisés sur le bureau. Il sentit la panique s'emparer de lui. Mais son côté rationnel finit par reprendre le dessus quand il remarqua que ses épaules se soulevaient légèrement au rythme régulier de sa respiration. Elle avait retiré sa veste, et sous le tissu immaculé de son chemisier, il pouvait discerner les contours d'un caraco bordé de dentelle.

Un élan de désir le traversa, si fort qu'il dut enfoncer ses ongles dans ses paumes pour résister à son instinct, qui lui dictait de glisser ses mains sous le chemisier. Ce caraco était-il aussi soyeux que sa peau ? Il en doutait, mais il aurait bien cédé à la tentation de vérifier.

Il ne devait pas faire cela, cependant. Il ne pouvait pas. Il ignorait ce qui l'attirait si fort chez elle, mais il devait y résister. D'une façon ou d'une autre. Comme ils allaient devoir se côtoyer au bureau tous les jours, cela serait un véritable défi. Mais il avait toujours aimé relever des défis et surmonter des obstacles. Se forçant à ignorer les sensations qui faisaient vibrer son corps, il se concentra sur la réalité de la femme qui dormait devant lui si profondément qu'elle ne l'avait pas même entendu arriver.

Elle devait être épuisée. Elle avait enduré beaucoup d'épreuves au cours des vingt-quatre dernières heures. N'importe qui aurait été affaibli par ce déluge d'émotions. Sans compter sa phobie. Orson lui avait confié qu'elle souffrait de terribles crises de panique quand elle devait s'exprimer en public. Ayant vu ce que cela produisait, il comprenait désormais mieux pourquoi elle s'était cantonnée dans des postes à responsabilités limitées plutôt que de gravir les échelons de la société pour se tenir au côté de son père.

Il n'avait jamais été le témoin d'une telle peur de parler en public, et il n'avait jamais vu un courage semblable à celui dont elle avait fait preuve en se forçant à essayer. Si elle n'avait pas été si préoccupée par l'état de santé de son père, peut-être aurait-elle pu affronter ses démons. Mais ce n'était pas le cas, et à la lumière de la conversation qu'ils avaient eue dans le couloir, il pensait pouvoir dire sans se tromper qu'elle avait perçu cela comme un échec.

Il poussa un petit sifflement d'admiration et elle battit un peu des paupières, avant de se redresser d'un coup.

— Quelle heure est-il ? demanda-t-elle d'une voix à la fois lasse et méfiante. Je t'ai fait attendre ?

Elle avait une légère marque sur la joue, sans doute la trace laissée par sa manche. Pourquoi trouvait-il cela attendrissant ? C'était une femme qui avait besoin d'être protégée. Elle était aux antipodes de celles qu'il avait l'habitude de fréquenter. Et pourtant, il se sentait irrésistiblement attiré par elle.

— Pas longtemps, finit-il par répondre. Il est tard. Excuse-moi, j'ai été retenu. Comment va ton père ?

— Toujours plongé dans le coma, toujours dans un état stable. Ils disent penser pouvoir l'opérer demain.

Il ferma un instant les paupières. Cela lui rappelait les propos que lui avaient tenus les médecins qui veillaient sur sa mère avant l'opération à laquelle elle n'avait pas survécu.

— Mais tu n'es pas venu pour me parler de mon père, je suppose. Que voulais-tu me dire ?

Sa voix le ramena à la réalité et il rouvrit les yeux. Elle s'était levée.

— J'avais espéré pouvoir t'en parler au cours d'un dîner. Je ne sais pas toi mais, moi, je meurs de faim.

— Je croyais qu'on s'était mis d'accord pour parler ici.

— On ne pourrait pas faire d'une pierre deux coups ?

Elle poussa un soupir d'exaspération.

— Est-ce vraiment nécessaire ? Écoute, je ne vois pas l'intérêt de parler une heure de la pluie et du beau temps avant d'en venir aux faits. Autant crever l'abcès tout de suite. Pour ma part, j'aimerais oublier ce qui s'est passé hier.

Pour ce qui le concernait, il ne voyait pas comment il pourrait oublier leurs ébats de la veille. Et moins encore après ce qu'il avait découvert.

— Mais je pense tout de même qu'un bon dîner ne nous ferait pas de mal, insista-t-il.

L'espace d'une seconde, il crut qu'elle allait refuser, mais au bout du compte elle soupira et déclara :

— Très bien. Je vais informer mon garde du corps que je pars avec toi.

Il devait s'agir du colosse qu'il avait remarqué à l'entrée du bar la veille au soir.

— Tu as un garde du corps qui te suit partout où tu vas ?

— C'est là l'une des nombreuses illustrations du côté surprotecteur de papa. Quand j'étais petite et que HIT a commencé à prendre son essor, il a reçu des menaces de kidnapping me concernant. Depuis, il insiste pour que j'aie un garde du corps. Mais ne t'y méprends pas : ce n'est pas aussi glamour que ça en a l'air.

— Je ne trouve pas que cela dénote un côté surprotecteur, commenta-t-il en l'aidant à enfiler sa veste. Il me semble normal que ton père veille à ton bien-être.

Il ressentit une petite pointe de déception quand elle

boutonna sa veste, dissimulant ainsi la vision tentante de la dentelle en transparence.

— Il aime me savoir en sécurité.

— Je protège ce qui est à moi, aussi.

— N'est-ce pas un peu primitif ? demanda-t-elle en haussant les sourcils.

— Ce que je voulais dire, c'est que, tout comme ton père, je prends mes responsabilités très au sérieux.

— Eh bien, étant donné que tu remplaces mon père à son poste, j'imagine que je devrais trouver cela rassurant.

— Je ferai tout ce qui est en mon pouvoir pour cette entreprise. Pour ton père, entre autres. Tu peux en être assurée. J'ai pour lui le plus grand respect.

— Tu m'as dit que tu l'avais toujours connu, et pourtant, je n'ai jamais entendu parler de toi. Jamais.

Elle affichait un air désorienté, mais soudain, elle sembla se ressaisir.

— J'appelle Benton, et on y va.

Elle était troublée que son père ne lui ait pas parlé de la fusion, il le voyait bien. Mais était-ce parce qu'elle était déçue qu'il ait pris cette décision sans la consulter ou parce qu'elle avait quelque chose à cacher ? Il n'était pas sûr de ce qu'il devait en penser.

Quand elle eut appelé son garde du corps, ils descendirent au parking souterrain, où il la conduisit jusqu'à sa voiture.

— Tu dois être soulagée que ton père soit dans un état stable.

— Je serai soulagée quand on me dira qu'il va mieux. Il avait l'air tellement diminué quand je l'ai quitté cet après-midi. Tellement vulnérable. Je ne l'ai jamais vu comme ça. Même pas après la mort de maman. Et c'est dans cet état qu'il va devoir subir cette longue opération...

— Je n'ai jamais rencontré personne avec autant de force et de détermination que ton père. Il est très bien suivi à l'hôpital. Tout ira bien, Sally.

Apparemment, ses paroles eurent l'effet escompté : semblant se ressaisir un peu, elle releva les yeux vers lui pour lui adresser un faible sourire. L'espace d'une seconde, il lui sembla revoir la femme avec qui il avait dansé la veille. Hélas, elle disparut à nouveau. Quand elle se fut assise, il referma sa portière et alla s'installer au volant. Elle était toujours pâle mais paraissait moins bouleversée. Ce n'était pas la femme qu'il avait rencontrée la veille, mais ce n'était pas non plus celle en proie à une crise de panique qu'il avait côtoyée l'après-midi.

— Une préférence pour le restaurant ? demanda-t-il en quittant le parking.

— Quelque chose de rapide.

— Du chinois, ça te va ?

— Parfait.

Quelques centaines de mètres plus loin, il se gara dans le parking d'un restaurant qu'il connaissait bien.

On les conduisit immédiatement à une table.

— Tu veux un verre ? lui demanda-t-il quand on vint leur apporter les menus.

— Juste de l'eau, merci, répondit-elle en se tournant vers la serveuse.

Compte tenu de la situation, cela valait sans doute mieux.

— Je connais bien le restaurant. Tu veux que je commande pour nous deux ?

Comme elle avait acquiescé, il demanda des amuse-bouches, ainsi que plusieurs petits plats chauds et froids à partager.

— Tu as vraiment faim, hein ? lui dit-elle alors en lui adressant un bref sourire.

Elle avait retiré sa veste. Et en la regardant, il remarqua à nouveau l'excitante bande de dentelle que laissait entrevoir son chemisier par jeu de transparence.

— Je crois qu'on peut dire ça, oui, répondit-il avec un sourire en coin.

Il avait faim, oui, mais d'une faim qui ne serait pas rassasiée par le dîner de ce soir. Pour éviter d'y songer, il se débarrassa à son tour de sa veste et entreprit de rouler les manches de sa chemise. Mais en relevant les yeux, il s'aperçut que le regard de Sally était rivé sur ses mains. Et malgré l'éclairage tamisé, il la surprit à rougir un peu. Songeait-elle aux parties de son corps que ses mains avaient touchées la nuit dernière ? S'imaginait-elle à quel point il avait envie de les toucher à nouveau ?

Comme si elle avait senti son regard, elle tourna la tête sur le côté pour regarder les autres clients du restaurant. Et tout à coup, elle se retourna vers lui.

— Bien. Qu'avais-tu de si important à me dire ?

Pris de court, il se passa nerveusement une main sur la nuque.

— C'est au sujet de la nuit dernière...

Il s'interrompit, cherchant ses mots.

Sally se sentit rougir à nouveau. Cette conversation était-elle vraiment nécessaire ? Elle avait envie de partir.

— On en a déjà parlé, l'interrompit-elle. Je trouve gênant que nous nous retrouvions au bureau après avoir eu cette aventure d'un soir. Tournons la page, cela ne se reproduira plus. Nous sommes tous les deux suffisamment responsables pour ne pas laisser cela interférer avec nos relations professionnelles. Le mieux c'est d'oublier définitivement ce qui s'est passé.

— Tu as terminé ?

— Terminé ?

— Ton petit discours ?

— Eh bien... oui, j'ai terminé.

— Parfait. J'aimerais pouvoir te dire que je suis d'accord avec toi. Mais malheureusement, nous avons un petit problème.

Décontenancée, elle le regarda quelques instants sans rien dire. Et s'il ne voulait plus travailler avec elle ? Lors de son allocution, il avait parlé de coupes budgétaires. Il n'envisageait tout de même pas de la licencier ? Était-ce pour lui annoncer cette nouvelle qu'il avait tant insisté pour l'inviter ? Un frisson glacial lui parcourut le dos.

— Un problème ? répéta-t-elle.

— Le préservatif s'est déchiré.

5

Sally sentit la tension monter encore de quelques crans. Elle s'attendait à tout sauf à cela. Elle n'avait donc pas à craindre pour son poste, mais... Elle se rendit soudain compte que Kirk l'observait. Aussi se força-t-elle à se ressaisir. Elle lui avait déjà montré suffisamment de signes de faiblesse. Inutile d'en rajouter.

— C'est tout ? demanda-t-elle en se forçant à sourire. Pendant un instant, j'ai cru que tu allais me dire que tu envisageais de me licencier.

— Te licencier ? Certainement pas. Mais sérieusement, Sally... Il faut que tu me dises si...

— Tu n'as aucun souci à te faire, l'interrompit-elle.

Elle n'avait pas envie d'imaginer qu'une grossesse était possible, bien qu'elle eût toujours rêvé d'avoir des enfants. Mais au moment qu'elle aurait choisi et, plus important encore, avec l'homme qu'elle aurait choisi. Certainement pas avec celui qui lui avait dissimulé son identité pour profiter d'elle.

— Je prends la pilule. Il n'y a donc absolument aucun risque.

— Tu en es sûre ?

— À cent dix pour cent. Ou plutôt à cent pour cent. Cent dix pour cent, ça ne se peut pas, non ? Si on est dans les « pour cent », on ne peut pas avoir plus que « cent ».

Elle était en train de divaguer. La nervosité lui faisait souvent cet effet quand elle parlait avec une personne qu'elle ne connaissait pas très bien. Il lui adressa un sourire qui, étrangement, eut pour effet de déclencher en elle une douce sensation de chaleur. Sous la dentelle de son soutien-gorge, elle sentit ses seins s'alourdir, ses tétons se dresser. Mais cette trahison de son corps raviva la colère qui couvait en elle. Il s'était servi d'elle. Elle ne devait pas l'oublier.

— Tant mieux, alors, dit-il d'une voix douce. Tout va bien. Mais s'il arrivait quoi que ce soit, tu me le dirais, hein ?

— Naturellement.

À son grand soulagement, ce fut à ce moment-là que les amuse-bouches furent servis. Elle n'était pas d'humeur à discuter de la pluie et du beau temps, et heureusement, depuis qu'il lui avait annoncé ce dont il voulait parler, il semblait moins intéressé par les bavardages que par le plaisir de la nourriture.

Peu de temps après, cependant, la conversation s'orienta vers le travail. Curieusement, il posait beaucoup de questions et répondait assez laconiquement aux siennes, mais surtout, elle fut surprise de constater qu'il était d'accord avec la plupart des principes qui lui tenaient à cœur pour la société, et notamment son projet d'utilisation d'énergies renouvelables pour les locaux de HIT.

Elle ne savait pas si c'était grâce à son habile questionnement ou à l'énergie que lui avait apportée ce premier vrai repas en vingt-quatre heures, mais elle se trouvait de plus en plus éloquente.

— On pourrait devenir des leaders dans ce domaine si on fait les choses bien, dit-elle avec passion. Et une fois les bons systèmes mis en place, on pourrait proposer ces services à notre clientèle.

— Fais-le.

— Faire quoi ? demanda-t-elle, surprise.

— Rédige ta proposition. Je vois parfaitement ce qu'elle pourrait apporter à l'entreprise, mais je ne suis pas la seule personne que tu dois convaincre, tu comprends ?

Ce projet avait toujours été déterminant à ses yeux, mais il avait été dédaigné par la plupart des cadres quand elle s'était risquée à l'évoquer succinctement. Son enthousiasme, cependant, avait été ravivé par la réaction de Kirk, même si celui-ci n'était qu'un salaud...

— Je m'occupe de ça dès que possible. Ce sera rapide, j'ai déjà rassemblé toutes les données.

— J'ai hâte de lire ça. Bien. Je pense qu'on s'est tout dit et qu'il est sans doute temps de rentrer. J'imagine que je ne te verrai pas au bureau, demain.

La chute fut dure et brutale. L'opération de son père. Comment avait-elle pu oublier ?

— Ne t'inquiète pas, Sally. Orson va s'en tirer. J'en suis certain.

Des larmes vinrent lui brûler les yeux. Après tout ce qui s'était passé, sa compassion inattendue n'avait pas l'effet escompté. Luttant pour se reprendre, elle cligna vivement des yeux pour s'empêcher de pleurer.

— Merci, finit-elle par dire. Maintenant, si tu veux bien m'excuser, je vais prendre un taxi.

— Je vais te raccompagner. C'est le moins que je puisse faire.

Trop épuisée pour protester, elle accepta sa proposition.

— C'est juste à côté des bureaux ? dit-il en souriant quand elle lui eut donné son adresse.

— Oui. C'est tout proche de Downtown Park.

Une fois devant l'immeuble, il insista pour la raccompagner jusqu'à son palier.

— Ça va aller, maintenant, dit-elle quand les portes de l'ascenseur s'ouvrirent.

— Je vais t'escorter jusqu'à ta porte. N'est-ce pas ce que ton garde du corps aurait fait ?

Elle retint son souffle dans l'ascenseur et ne se remit à respirer qu'au moment où les portes s'ouvrirent. Mais sur le palier, impossible d'insérer la clé dans la serrure. Ses mains tremblaient. Elle faillit hurler de rage quand elle finit par laisser tomber le trousseau.

— Je vais le faire, lui dit-il en se penchant pour le ramasser.

Avec assurance, il ouvrit la porte et lui remit les clés. Et quand elle releva les yeux vers lui, elle se figea, transie. Quelque chose d'inattendu se produisit. Inattendu et magique. Malgré la fatigue qui tenaillait ses muscles, elle sentit un élan de désir la traverser. Une douce sensation de chaleur vint se nicher entre ses cuisses. Et tout à coup, elle ne put plus penser qu'à son odeur, à la chaleur de son corps, aux caresses qu'il lui avait prodiguées avec ses mains, sa bouche, sa langue.

Un petit gémissement s'échappa de sa gorge. Elle essaya de le dissimuler en toussant.

— Ça va ? lui demanda-t-il.

— Oui, merci. Et merci pour le dîner, aussi.

— De rien.

Un silence s'étira entre eux, et comme si c'était la chose la plus naturelle du monde, il finit par lui caresser doucement la joue. À l'instant où ses doigts l'effleurèrent, elle sentit son corps se changer en un véritable brasier. Elle avait envie de lui. Mais elle lutta pour se maîtriser. Elle ne pouvait pas refaire cela. Pas avec lui. Déterminée, elle fit un pas en arrière.

— Bonne nuit, dit-elle aussi fermement qu'elle le put avant de passer le seuil.

— Bonne nuit, Sally. Fais de beaux rêves.

Une fois la porte refermée, elle prit une profonde inspiration pour essayer d'apaiser les battements de son cœur. Une seconde de plus, et elle lui aurait demandé de rester. Elle serra fort les paupières mais ce ne fut d'aucune utilité. Elle pouvait toujours voir son visage, son corps puissant et viril.

Après avoir pris une rapide douche, elle alla s'asseoir sur le bord de son lit, où elle ouvrit son sac à main pour en sortir la plaquette de pilules qu'elle emportait partout avec elle.

Elle la regarda puis la retourna pour vérifier les dates. Et quand elle fut certaine de son oubli, elle sentit sa gorge se serrer d'anxiété. Elle avait manqué un jour. Sans doute deux semaines plus tôt, quand elle était allée dans le petit royaume européen de Sylvain pour le baptême du bébé de sa meilleure amie. Entre le décalage horaire, le voyage et la fatigue, elle avait dû sauter une prise. En temps normal, cela n'aurait pas été gênant ; sa vie sexuelle n'était pas très intense. Mais compte tenu de ce qui s'était passé hier...

Non, elle ne pouvait pas être enceinte. Elle ne pouvait tout simplement pas. Les chances étaient si minces qu'elles en étaient presque inexistantes. Presque.

« Fais de beaux rêves », lui avait-il dit. Comment pouvait-elle faire de beaux rêves alors que sa vie était devenue un cauchemar ?

Quatre semaines s'étaient écoulées depuis l'opération de son père, et malgré une infection postopératoire mineure localisée à la jambe, tout s'était bien passé. Il était retourné à son domicile, où des infirmières se relayaient nuit et jour pour veiller à ce qu'il se remette du mieux possible. Sally supportait ses plaintes avec bonne humeur, notamment celles concernant son nouveau régime sans sel et sans gras.

Elle était trop soulagée qu'il soit encore en vie et en voie de guérison pour lui en tenir rigueur. Il avait encore du chemin à parcourir, mais paradoxalement, à chaque jour qui passait, il semblait gagner en énergie, alors que c'était le contraire pour elle.

Le surmenage, sans doute. Entre le bureau, la rédaction de son rapport sur les énergies renouvelables et les visites qu'elle rendait quotidiennement à son père, il n'y avait rien d'étonnant à ce qu'elle se sente plus fatiguée que de coutume.

Elle ne se faisait plus de souci au sujet du préservatif endommagé. Elle connaissait des femmes qui avaient dû attendre des années avant de tomber enceintes. Les probabilités qu'une telle chose se soit produite après seulement un rapport avec Kirk étaient... Mais elle ne voulait plus penser à cela. Par acquit de conscience, deux semaines plus tôt, elle avait acheté un test de grossesse, qui s'était révélé négatif. À son grand soulagement. Elle était fatiguée, rien de plus. Elle se sentirait mieux après la présentation.

La réussite de cette dernière était devenue pour elle une

question essentielle. Elle n'avait pas le droit à l'erreur. Il y avait dans l'entreprise de nombreuses personnes réfractaires aux concepts de durabilité et d'énergies renouvelables. Il suffisait qu'elle commette un impair ou fasse l'objet d'un commentaire désobligeant de la part du très conservateur et très puissant Silas Rogers pour que le projet tombe à l'eau, malgré tout le soutien que pourrait lui apporter Kirk.

Au cours des quelques semaines passées, elle avait observé avec intérêt la réaction des employés face à l'arrivée de Kirk au poste de président par intérim. Une forte dose de méfiance, alliée aux comportements intéressés de ceux qui craignaient de perdre leur emploi au cours de la phase de transition. C'était d'ailleurs l'une des raisons pour lesquelles elle désirait tant que sa présentation soit irréprochable. Si elle réussissait, elle deviendrait directrice de projet, garantissant ainsi la stabilité de son poste et de ceux de ses collègues. Et avec un peu de chance, ou beaucoup de chance, elle parviendrait aussi à prouver à son père qu'elle avait ce qu'il fallait pour réussir.

Une semaine plus tard, tout était prêt. La salle de conférences était réservée, elle avait transmis le dossier à son équipe et elle connaissait le sujet sur le bout des doigts.

Elle était tellement enthousiasmée par son projet, et toutes les merveilleuses choses qu'il pourrait apporter à Harrison Tanner Tech, qu'elle n'avait même pas eu le temps de s'angoisser. En temps normal, sa phobie aurait pourtant dû la paralyser. Mais quelque chose avait changé, elle se sentait différente. Elle avait le sentiment qu'elle pouvait réussir, et c'était de la confiance, et non de la peur, qu'elle sentait courir dans ses veines.

Ce matin-là, elle accorda une attention particulière à son apparence en choisissant une robe qui la mettait en valeur. Kirk serait présent à la présentation. Rien qu'à y songer, elle sentait le rouge lui monter aux joues. Si elle ne l'avait pas croisé depuis qu'ils avaient dîné ensemble, il l'avait en revanche appelée à plusieurs reprises. Pour prendre des nouvelles de son père, prétendait-il, mais elle avait eu le sentiment que ses appels avaient davantage trait à ses inquiétudes concernant le préservatif endommagé. Des soupçons qui s'étaient d'ailleurs confirmés quand il avait rompu toute forme de communication après qu'elle l'eut informé des résultats négatifs du test de grossesse.

Elle savait qu'il avait dû effectuer beaucoup de déplacements, professionnels mais aussi personnels : selon les rumeurs qui circulaient, il avait vendu sa maison en Californie et jeté son dévolu sur une magnifique propriété située à l'autre bout de Seattle, près du lac. Elle était contente que leurs chemins ne se soient pas croisés.

Benton finit par venir la chercher pour la conduire au bureau. Une fois dans les locaux, elle se rendit directement dans la salle de conférences. Le moment était venu d'affronter ses démons. La dernière fois qu'elle s'était retrouvée dans cette pièce, elle s'était ridiculisée devant Kirk et tous les employés de la société. Elle avait d'ailleurs eu vent d'un ou deux commentaires désobligeants à ce sujet. Si la plupart des employés savaient qu'elle devait sa position dans l'entreprise familiale à son seul mérite, certains, dont le directeur général, ne cherchaient pas à dissimuler leurs soupçons de népotisme.

Elle allait avoir tant de choses à prouver ce jour-là. En temps normal, cette idée lui aurait semblé particulièrement angoissante, mais curieusement elle avait l'impression d'avoir le contrôle total de la situation. Elle jeta un coup d'œil autour d'elle. L'écran était prêt, les chaises disposées comme elle l'avait demandé. Tout était parfait.

Dix minutes plus tard, tous les cadres étaient là. Elle retint son souffle à l'arrivée de Kirk. Et quand il s'approcha d'elle pour la saluer, elle huma son délicieux parfum. Un frisson de désir lui parcourut le corps. Frisson qu'elle s'efforça aussitôt de réprimer.

— Bonjour, murmura-t-elle tout bas, pour que personne n'entende. J'espère que ton retour de Californie s'est bien passé.

Son regard glissa sur elle comme une caresse.

— Oui, je te remercie, répondit-il sur le même ton. Et toi, comment ça va ?

— Très bien.

Ils furent interrompus par une voix d'homme :

— Tanner ! Vous êtes de retour ? Bonjour, mademoiselle Harrison.

Silas Rogers. Il attendait sans doute avec impatience de la voir échouer. Il ne l'avait jamais aimée. Et malgré le sourire qu'il affichait, il n'appréciait pas non plus la présence de Kirk, elle croyait pouvoir l'affirmer. D'un côté, c'était presque compréhensible : celui-ci aurait été le principal candidat au remplacement de son père si Kirk n'avait pas été nommé président par intérim par le conseil.

Sûre d'elle, elle fit signe à Nick, son assistante, de procéder à l'introduction. Elle avait décidé de limiter son rôle personnel à l'exposition du concept et des moyens de le développer au cours des cinq années à venir.

Tandis que Nick parlait, elle eut un haut-le-cœur. Pour apaiser cette sensation de nausée, elle but une gorgée d'eau. Nick était en train de terminer son intervention. Bien vite, tous les regards seraient tournés vers elle. Une nouvelle vague de nausée fit remuer son estomac. C'était étrange, elle se sentait pourtant bien, pour la première fois depuis très longtemps elle n'était pas inquiète à l'idée de prendre la parole en public ! Elle but une autre gorgée d'eau et se concentra sur sa respiration. La désagréable sensation, cependant, demeura.

— ... de ce concept. Je laisse maintenant notre chef d'équipe, Sally Harrison, vous expliquer pourquoi nous sommes tous si enthousiasmés par ce que ce projet pourrait apporter à HIT.

Elle se leva en prenant sa tablette et commença son discours. Les premières minutes se déroulèrent extrêmement bien. Elle expliqua pourquoi il était si important que HIT évalue les énergies renouvelables dont l'entreprise pouvait disposer. La suppression des supports papier serait la première étape. Elle expliqua, chiffres à l'appui, les bénéfices que pourrait en tirer la société sur le plan économique et écologique.

— Vous imaginez donc l'impact que cela pourrait avoir si le concept était appliqué aux locaux du siège social et à toutes les agences HIT du monde.

Il y eut un murmure d'approbation émanant d'environ soixante-dix pour cent de l'assemblée. Satisfaite, elle prit une profonde inspiration avant de poursuivre.

— De petits changements menés à grande échelle. Voilà ce qu'il nous faut. Remplacer les véhicules de fonction par des véhicules hybrides, équiper le toit des locaux de panneaux solaires. On réduirait ainsi considérablement l'empreinte carbone de la société. Certes, les coûts initiaux seraient conséquents, mais au bout du compte ces investissements se révéleraient payants.

Un nouveau haut-le-cœur, violent, lui secoua le corps. Elle s'interrompit et dut se soutenir en posant une main sur la table qui se trouvait devant elle.

— Sally, ça va ? lui demanda Kirk, un peu plus loin.

Elle se força à sourire, mais des taches sombres commençaient à danser devant ses yeux. Elle ne connaissait que trop bien les effets de l'angoisse de s'exprimer en public, mais ceci était différent... et effrayant. Quelque chose n'allait pas, c'était certain. Mais parviendrait-elle à le cacher jusqu'à la fin de la présentation ?

— Oui, merci, finit-elle par répondre d'une voix faible.

Elle observa son assistance. Tous les regards étaient rivés sur elle. Silas Rogers affichait un petit sourire satisfait. Tout à coup, elle sentit ses jambes vaciller. Le regard fixé sur Kirk, elle laissa tomber sa tablette, qui s'écrasa sur la moquette, immédiatement suivie de son propre corps. Puis tout devint noir.

6

Suivant son instinct, Kirk se précipita vers Sally pour la secourir.

— Finissez la présentation, ordonna-t-il aux membres de son équipe qui, pétrifiés, observaient la scène d'un œil vide. Sally compte sur vous.

Il quitta la pièce, la portant dans ses bras jusqu'au bureau d'Orson.

— Qu'est-ce qui lui arrive ? s'écria Marilyn en les voyant arriver.

— Elle s'est évanouie.

— Je vais appeler l'infirmière.

Il déposa doucement Sally sur un canapé. À son grand soulagement, elle semblait reprendre conscience.

— Qu'est-ce que... ?

— Tu t'es évanouie. Ou du moins, je crois. Je vais te conduire à l'hôpital pour vérifier que tout va bien.

Elle fit mine de se redresser.

— À l'hôpital ? Mais qu'est-ce que tu racontes ? Je vais bien. Il faut que j'y retourne. Que je finisse ce que j'ai commencé.

Il comprenait ce qu'elle ressentait. Sa peur de s'exprimer en public l'avait empêchée de grimper dans la hiérarchie. Il avait d'ailleurs été surpris qu'elle ait si bien réussi le début de son discours. Et plus surpris encore par la fierté qu'il avait ressentie à la regarder.

S'il n'avait pas été si anxieux de la faire sortir de la salle de conférences, il se serait sans doute arrêté pour faire disparaître du visage de Rogers cette ridicule expression de satisfaction. Mais il ne manquerait pas d'aller le voir plus tard et de le remettre à sa place. Sally était tellement plus intéressante que ce que pensait ce petit esprit étriqué. Il y avait en elle tellement d'aspects qu'il avait envie de découvrir et d'explorer. Au cours des semaines passées, il avait essayé de se dire que l'attirance qu'il y avait entre eux n'avait été qu'un feu de paille. Mais en la revoyant ce matin-là, il avait compris que ce n'était pas du tout le cas. Il en avait voulu à ce prétentieux de Rogers d'avoir interrompu leurs retrouvailles. Sans parler de l'intense panique qu'il avait ressentie quand elle s'était évanouie et était tombée à terre. Face à son envie, presque un besoin, de la protéger, il avait compris que ce qu'il ressentait pour elle n'avait rien de passager.

Sa réflexion fut interrompue par l'arrivée de Marilyn et de l'infirmière.

— Je lui ai amené de l'eau, annonça l'assistante en posant une carafe sur une petite table.

— Ne lui faites rien ingérer tant que nous ignorons ce qu'elle a, dit l'infirmière d'une voix ferme mais aimable. Pourriez-vous m'expliquer ce qui s'est passé, mademoiselle Harrison ?

Tandis que l'infirmière lui prenait sa température et sa tension, Sally lui expliqua brièvement ce qu'elle avait ressenti avant son évanouissement.

Et en l'écoutant, il sentit s'éveiller en lui quelques soupçons.

— Votre tension est un peu basse, votre température normale. Vous dites avoir ressenti des nausées avant de vous évanouir ?

Sally lui jeta un regard rapide avant de se retourner vers l'infirmière.

— Oui. Il n'est pas rare que je ressente cela, notamment quand je dois m'exprimer devant un groupe de personnes. C'était une présentation importante et j'imagine que je me suis un peu laissé dépasser par les événements.

— Ça vous est déjà arrivé de vous évanouir en parlant

devant un public ? s'enquit-il en reprenant ses distances en présence de Marilyn et de l'infirmière.

— Non. D'habitude, j'ai des nausées et j'ai froid. Ce n'était pas la même chose aujourd'hui. Mais une fois encore, cette présentation était très importante pour moi. Et je ne ressentais aucune anxiété avant que les nausées se manifestent.

— Vous avez été parfaite, affirma-t-il. Et je suis certain que votre équipe, que vous avez bien formée, finira la présentation sans problème.

— Mais...

— J'ai bien compris que vous voulez mettre cela sur le compte de votre phobie mais, au vu des problèmes de santé de votre père, j'insiste pour que vous alliez à l'hôpital passer des examens. Et puis, à l'heure actuelle, HIT ne peut souffrir d'aucune faiblesse, dans aucun de ses services.

Ayant parlé d'une voix plus dure qu'il ne l'aurait souhaité, il se força à sourire pour adoucir ses propos. Le problème était que cette affirmation était sans doute plus vraie qu'il ne l'avait pensé. HIT était pour l'heure vulnérable. Le matin même, il avait appris qu'ils venaient de perdre un nouveau contrat au profit de leur principal concurrent. Ce qui l'avait rendu plus déterminé encore à trouver la taupe qui continuait de détruire toutes les nouvelles chances de réussite de l'entreprise.

Alors qu'il se faisait ces réflexions, une lueur de méfiance s'était allumée dans les beaux yeux bleus de Sally.

— Très bien, dit-elle entre ses dents serrées. Mais je ne veux pas aller à l'hôpital, ce sera trop long. Je suis d'accord pour aller soit dans une clinique de soins d'urgence soit chez mon médecin. Et je reviendrai juste après.

— Cela dépendra des résultats des examens, répondit-il fermement.

Elle leva les yeux au ciel, mais il ne se laissa pas impressionner. Si ses soupçons se confirmaient... Non, c'était impossible. Elle lui avait dit qu'elle avait fait un test et que les résultats étaient négatifs. Mais ce genre de test était-il sûr à cent pour cent ?

De toute façon, il ne servait à rien d'émettre des suppositions.

Ils allaient attendre qu'elle ait été auscultée et ils aviseraient ensuite de ce qu'ils feraient.

Après une rapide discussion, l'infirmière donna son aval pour qu'il accompagne Sally jusqu'à une clinique proche. Là, on lui fit passer toutes sortes d'examens. Et quand tout fut terminé, à son grand soulagement, elle l'autorisa à venir à son chevet pour attendre avec elle les résultats.

Après ce qui lui sembla être une éternité, un médecin vint les trouver.

— Mademoiselle Harrison, vous êtes un peu anémiée, mais ce n'est pas rare dans votre cas. En dehors de cela, vous êtes en excellente santé. Vous pouvez rentrer chez vous, mais il est important de ne pas sauter de repas, de bien boire et de bien vous reposer. Je vais également vous prescrire des suppléments pour contrecarrer l'anémie.

— Attendez, l'interrompit-elle. Ce n'est pas rare dans mon cas ? Que voulez-vous dire par là ? Je n'ai jamais été anémiée. Il est vrai que j'ai été soumise à beaucoup de stress ces derniers temps, mais je ne vois pas pourquoi cela générerait une anémie.

— L'infirmière ne vous a rien dit ?

— Je ne l'ai pas revue. Qu'aurait-elle dû me dire ?

Elle paraissait déroutée, mais Kirk avait pour sa part sa petite idée sur la question.

— Vous êtes enceinte, répondit le médecin sans préambule.

Sally protesta en faisant valoir que c'était impossible, mais le médecin lui montra alors ses analyses sanguines, preuve incontestable.

La pièce s'était mise à tourner autour de Kirk. Bon sang ! Il essayait d'intégrer la nouvelle. Il s'était senti soulagé quand elle lui avait dit que le test était négatif. Immensément soulagé. À force de volonté, il avait commencé à construire ses projets d'avenir dès le début de son adolescence, et il ne voyait aucune raison de dévier de sa trajectoire. Le mariage et les enfants n'avaient jamais figuré dans la liste de ses objectifs pour les dix années à venir. Et pourtant...

Il allait devenir papa. Le mot ne cessait de résonner dans

son esprit. Et la mère de son enfant était la femme qui se trouvait dans ce lit d'hôpital, une femme à laquelle il avait été complètement incapable de résister le soir où il l'avait rencontrée et qui semblait par ailleurs avoir beaucoup plus de peine que lui à accepter la nouvelle.

— Je ne peux pas être enceinte, répéta-t-elle d'une voix plus faible. Je ne comprends pas comment cela a pu arriver.

— Bon, on va réfléchir à ça ensemble, intervint-il.

— J'imagine qu'on n'a pas le choix, répondit-elle amèrement. Je n'ai pas voulu ça.

— Je ne l'avais pas envisagé non plus. Mais maintenant que nous le savons, nous devons élaborer nos projets en conséquence.

Et des projets, il comptait bien en faire. Il était hors de question qu'il soit absent de la vie de son enfant comme son père avait été absent de la sienne. Sa dépendance à la drogue l'avait non seulement amené à perdre son poste de directeur du développement de Harrison IT, mais aussi à se suicider quelques années plus tard, laissant sa femme et son fils de douze ans avec plus de questions que de réponses et très peu d'argent pour faire face aux aléas de la vie. Sans l'aide d'Orson Harrison, qui sait comment ils auraient terminé ?

Son enfant ne vivrait pas ce genre d'épreuve. Ni sur le plan émotionnel, ni sur le plan matériel.

— Je peux retourner travailler, maintenant ? demanda-t-elle au médecin, tirant Kirk de ses pensées.

— Naturellement. La grossesse n'est pas une maladie. Mais j'aimerais que vous essayiez de réduire le stress, de manger sainement et régulièrement, de prendre des vitamines et de faire un peu de sport chaque jour.

— Sally, tu ne vas tout de même pas reprendre le travail aujourd'hui, intervint-il. Ton corps a subi un choc. Prends au moins ta journée pour te reposer.

— Tu as entendu le médecin, répondit-elle en lui jetant un regard noir. Je suis enceinte, pas malade. Et puis il faut que je retrouve mon équipe pour m'informer des résultats de la séance de questions-réponses qui a suivi la présentation.

Vu sa détermination, il ne gagnerait pas cette bataille, c'était évident.

— Très bien. Alors retournons-y.

— Merci, répondit-elle sur un ton légèrement ironique.

Manifestement, elle avait l'habitude de prendre ses décisions seule et elle n'accepterait pas qu'il lui dise ce qu'elle avait à faire. Il allait donc devoir se montrer particulièrement ingénieux s'il voulait être présent dans sa vie et celle de leur bébé. Mais c'était une idée qui ne le dérangeait nullement. Il aimait les défis, et celui-ci était de taille.

Le retour en taxi se fit dans un silence presque total. Elle avait à l'évidence encore du mal à assimiler la nouvelle de sa grossesse. Naturellement, il n'avait aucune intention de la laisser affronter cela seule, mais ce n'était pas le genre de discussion qu'il souhaitait avoir à l'arrière d'un taxi. Il allait donc devoir attendre.

Le laissant payer le chauffeur, elle partit sans attendre vers l'immeuble qui abritait les bureaux. Il la rejoignit au niveau de l'ascenseur, sentant la colère monter en lui.

— Tu es si pressée que ça de retourner travailler ?

— C'est important pour moi, Kirk. Ça t'a peut-être échappé, mais je suis la fille du patron. Et pour cette raison, soit les gens me traitent comme leur meilleure amie en pensant que cela leur permettra d'évoluer dans l'entreprise, soit comme leur pire ennemie, parce qu'ils croient que j'irai les dénoncer à mon père au moindre faux pas. Beaucoup pensent que je n'ai même pas ma place ici. Il faut que je travaille deux fois plus que tout le monde pour être prise au sérieux. Et tu vois, tous les efforts que j'ai faits jusqu'ici ont été anéantis par ma pitoyable prestation de ce matin.

— Tu exagères.

— Tu crois ? Hormis les membres de mon équipe et Marilyn, il y a très peu de personnes ici qui me pensent capable de faire le travail pour lequel j'ai été embauchée. Et je dis bien « embauchée ». Car j'ai postulé à cet emploi, comme n'importe qui.

— Si c'est si dur, pourquoi restes-tu ? Pourquoi ne pas rechercher un poste dans une autre entreprise ? Tu es très compétente. Tu as un esprit aiguisé et d'excellentes idées. N'importe quelle société serait ravie de te compter parmi les membres de son personnel.

Il était déjà au courant concernant son expérience et ses compétences, mais il ignorait qu'elle était traitée en paria par tant d'employés de la société.

Il poussa un soupir, comprenant un peu mieux son attitude.

— C'est mon père qui a fondé cette entreprise. C'est dans mon sang, je me sens impliquée dans cette affaire. Et même si je ne serai sans doute jamais assez bien pour reprendre les rênes quand il s'en ira, comme j'en rêvais quand j'étais plus jeune, j'estime que l'entreprise et mon père méritent que je leur donne le meilleur de moi-même.

Là-dessus, les portes de l'ascenseur s'ouvrirent et elle se mit à avancer.

— Sally, attends ! Il faut qu'on parle !

— Merci de m'avoir aidée aujourd'hui, dit-elle en se retournant. Si tu veux qu'on parle, appelle-moi pour qu'on trouve un moment. Mais pour l'instant, je...

Elle s'interrompit, comme si elle ne parvenait pas à se résoudre à parler de l'enfant qu'elle portait en son sein.

— C'est trop compliqué, conclut-elle en rougissant.

Et sur ce, elle repartit dans le couloir d'un pas déterminé. Il eut envie de réfuter son affirmation : pour sa part, il ne voyait pas ce qu'il y avait de compliqué. Elle portait son enfant, et par conséquent, ils avaient un avenir ensemble, qu'elle le comprenne ou non.

Avec l'alchimie qu'il y avait entre eux, il n'avait aucun mal à s'imaginer en couple avec elle. Mais apparemment, il allait devoir la convaincre du bien-fondé de cette idée.

Quand son équipe se rassembla autour d'elle, Sally dut répondre aux multitudes de questions sur sa santé en feignant la bonne humeur.

— Ça va. J'ai juste fait un peu trop d'efforts et sauté un peu trop de repas. Vous savez à quel point ce projet est important pour chacun d'entre nous. J'en ai sans doute fait un peu trop. Mais dites-moi, que s'est-il passé ?

— La présentation s'est très bien déroulée, répondit Nick. Je dirais que la majorité des cadres présents ont semblé très intéressés. Tout le monde a compris que cela permettrait d'économiser du temps et de l'argent sur le long terme, même si l'investissement de départ est important.

Quelque chose dans le ton de la voix de Nick la rendit anxieuse.

— Mais le projet a-t-il été voté ?

Nick garda le silence. Ce fut un autre membre de l'équipe qui le rompit :

— Avant que le vote ait pu avoir lieu, M. Rogers a pris la parole.

Un nœud lui serra l'estomac, mais elle refusa de montrer à ses collaborateurs à quel point elle était bouleversée.

— Je vois. J'en déduis qu'il n'est pas d'accord avec les changements suggérés, c'est ça ?

Ses employés la regardèrent avec une déception semblable à celle qui devait se lire sur son propre visage. Ensemble, ils secouèrent la tête.

— Nous allons devoir faire davantage d'efforts, alors. Présenter les choses sous une autre perspective.

— Ce ne sera pas nécessaire.

Surprise par ce propos, elle se retourna vivement et trouva Kirk derrière elle. Dans l'embrasure de la porte, il tenait à la main des sacs qui semblaient contenir des repas à emporter. Ne pouvait-il donc pas la laisser tranquille une seconde ?

— Et pourquoi pas ? demanda-t-elle, sur la défensive.

Son équipe se retira, ayant sans doute compris au ton de sa voix qu'il valait mieux les laisser discuter seuls.

— Parce qu'il n'y a aucun problème avec la façon dont tu as présenté les choses, répondit-il en posant les sacs sur la table de réunion. À ce que j'ai cru comprendre, tu as beaucoup travaillé sur ce projet. J'aimerais qu'il soit développé.

— Et Silas Rogers ?

— Il n'est ni le président de HIT, ni son président par intérim.

— Mais il reste le directeur général. Son avis compte, fit-elle.

— C'est vrai.

Ayant pris place à côté d'elle, il ouvrit l'un des sacs et lui tendit une salade composée.

— Mange. On en discutera après.

Son ton autoritaire la fit tiquer, mais en contemplant la salade au rosbif froid elle sentit immédiatement l'eau lui monter à la bouche, et la faim finit par l'emporter sur sa fierté. Vaincue, elle coupa un morceau de pain frais dans lequel elle mordit avec gourmandise. Un petit soupir de satisfaction s'échappa de ses lèvres. C'était délicieux. Et elle ne s'était pas rendu compte qu'elle avait aussi faim.

En lançant un regard dans sa direction, elle s'aperçut que les yeux de Kirk étaient rivés sur sa bouche. Il la désirait, à cet instant même, elle le sentait. Malgré toute sa détermination, elle ne put pourtant réprimer le délicieux frisson qui la parcourut tout entière. Elle trouvait grisant de savoir qu'elle pouvait exciter un homme si beau, sans même se donner la peine d'essayer. Le souvenir de leurs ébats la fit trembler et elle ressentit une douce palpitation entre ses cuisses. *Non !* se dit-elle en se redressant brusquement sur sa chaise.

— C'est bon ? lui demanda-t-il avec une curieuse expression sur le visage.

— Très.

Elle prit une autre bouchée. Il allait falloir qu'elle se contrôle. Ce qui ne serait pas trop difficile. Car elle n'avait aucune intention de manger de nouveau en sa compagnie à l'avenir. Et même de passer du temps avec lui en dehors des horaires de bureau.

Pour quelque obscure raison, cette idée déclencha une

douloureuse émotion en elle, qu'elle se refusa cependant à nommer. *Il t'a menti*, se rappela-t-elle. Par omission, certes, mais il lui avait délibérément dissimulé sa véritable identité le soir de leur rencontre, et elle ne savait toujours pas pourquoi il avait agi ainsi. *Tu n'as qu'à lui demander*, lui dit une petite voix au fond d'elle.

Peut-être aurait-elle dû le faire. Mais il aurait fallu pour cela qu'elle passe davantage de temps avec lui. D'autre part, évoquer cette soirée avec lui aurait fait resurgir les souvenirs de son comportement si peu convenable. De ce qu'ils avaient fait. Et de ce qu'elle avait ressenti.

Elle n'avait jamais été très portée sur le sexe. Elle se sentait d'ailleurs légèrement embarrassée quand ses amies ou collègues de travail évoquaient devant elle leur vie sexuelle. Mais il y avait quelque chose chez lui qui avait ouvert en elle les vannes de délicieux flots voluptueux dont elle ignorait alors l'existence. Elle avait toujours pensé qu'elle était différente des autres femmes. Moins passionnée, moins sensuelle. Mais peut-être était-ce simplement parce qu'elle n'avait pas rencontré le bon.

Sauf que ce n'était pas le bon, non. C'était son supérieur. Pourtant, ce serait sans doute le meilleur amant qu'elle aurait jamais dans sa vie.

Et elle attendait son enfant.

Seigneur, comment allait-elle faire ?

Tout en soupirant, elle reposa son assiette en carton désormais vide. Elle était tellement perdue dans ses pensées qu'elle ne s'était même pas rendu compte qu'elle avait terminé.

Pendant les quelques heures qui suivirent leur repas, il anima une discussion avec elle et son équipe sur le meilleur moyen de commencer à mettre en œuvre la proposition. Puis arriva l'heure de quitter le bureau. Devait-elle se réjouir de voir son projet se concrétiser ou s'inquiéter du travail qui l'attendait ? Elle l'ignorait. Quoi qu'il en soit, elle éprouvait un profond sentiment de satisfaction et commençait à voir Kirk sous un jour nouveau.

Il avait, fait rare chez HIT, bien écouté ce que son équipe avait à dire. Et quand il avait présenté ses propres idées et sentiments, il avait accepté avec simplicité les quelques critiques qui lui avaient été faites. D'un côté, elle regrettait d'être tombée sur lui ce soir-là. Elle aurait préféré le rencontrer dans le cadre normal de son travail, voir si l'attirance qui crépitait entre eux se serait naturellement développée au fil du temps plutôt que d'exploser d'un coup comme elle l'avait fait au cours de leur brève aventure.

Mais désormais, ils étaient liés par un bébé. À cette idée, elle sentit sa gorge se nouer. Bien qu'elle eût préféré avoir le moins de contacts possible avec Kirk, elle n'envisageait en aucune façon de l'empêcher de voir son enfant. Au vu de l'importance et de la place qu'occupait dans sa vie sa propre relation avec son père, cette idée lui paraissait inconcevable. Mais comment allaient-ils pouvoir élever ensemble un enfant alors qu'il y avait toujours autant de tension entre eux ?

Peut-être allait-elle trop vite. Elle avait encore tout le temps d'y réfléchir. Tout le temps d'élaborer des stratégies adaptées et de discuter raisonnablement avec lui de la situation.

Mais allaient-ils devoir travailler ensemble et lutter contre cette attraction magnétique qui lui semblait aussi puissante que l'influence de la lune sur les marées ? Elle ne voulait pas songer à cela maintenant. Il allait falloir qu'elle refoule ces pensées dans un petit coin de son esprit aussi longtemps qu'elle le pourrait. Seulement voilà, à en juger par les regards brûlants que lui jetait régulièrement l'homme qui se trouvait à côté d'elle, elle ne tiendrait sans doute pas longtemps.

7

La réunion terminée, Kirk prit le temps de discuter avec Nick tandis que Sally rangeait ses affaires. Il aimait la regarder en action. En fait, il aimait la regarder tout court. Comme si elle avait senti qu'il l'observait, elle tourna la tête dans sa direction et soutint son regard. Une fois de plus, ses joues rougirent. Il trouvait cela plus excitant encore à chaque fois.

Quand elle fut enfin prête à partir, il l'accompagna jusqu'à l'ascenseur.

— Ça va ?

— Bien sûr que oui, répondit-elle en levant les yeux au ciel. Je te répète que je ne suis pas malade.

— Mais tu portes mon enfant, chuchota-t-il à son oreille. J'ai donc tout de même le droit de me faire du souci.

À ces mots, elle s'immobilisa.

— Et que veux-tu faire ? Rester avec moi vingt-quatre heures sur vingt-quatre, c'est ça ?

L'idée était tentante.

L'air exaspéré, elle soupira.

— Écoute, je peux t'assurer que je ferai tout ce qui est en mon pouvoir pour rester en bonne santé et veiller au maximum à celle du bébé.

Cette réponse ne le satisfaisait pas. Pour des raisons que lui-même ne comprenait pas, il lui semblait que ce n'était pas suffisant.

— Je n'en doute pas. Mais tu dois admettre que le partage des responsabilités a aussi ses avantages.

— Qu'est-ce que tu veux dire par là ? lui demanda-t-elle alors qu'ils entraient ensemble dans l'ascenseur.

— Je ne sais pas si tu as déjà rencontré ce genre de problème, mais que comptes-tu faire si tu as des nausées ?

— Je ferai avec, répondit-elle sèchement. Je suis une grande fille, Kirk. Je me débrouille seule depuis des années. Je suis parfaitement à même de vivre ma grossesse.

— Je n'ai aucun doute là-dessus. Mais j'aimerais vraiment participer à cette étape. Je sais que cette nouvelle a été un véritable choc pour nous deux, mais j'aime à penser qu'ensemble nous réussirons à surmonter tous les obstacles. Et si on se retrouvait chez moi pour discuter de cela dans un cadre plus intime ?

De nouveau, elle leva les yeux au ciel.

— Tu ne me laisseras pas tant que je n'aurai pas accepté, hein ?

Il ne voulait pas la laisser du tout.

Cette pensée lui fit l'effet d'une bombe, mais parallèlement elle lui parut juste.

— Je me sentirais rassuré si tu concédais qu'il s'agit là d'un sujet que nous devrons traiter le plus tôt possible.

— Très bien, si cela peut te rassurer, dit-elle ironiquement, j'accepte que tu me raccompagnes chez moi. Benton doit m'attendre au rez-de-chaussée ; je vais l'en informer.

Ce n'était qu'une petite victoire, mais il en fut ravi.

Quand ils arrivèrent à son immeuble quelques minutes plus tard, il se gara sur l'emplacement de parking qu'elle lui indiqua. Son appartement était vaste et élégamment décoré. Des tons neutres, où quelques touches de couleur attiraient l'œil çà et là. Mais de façon générale, on ne pouvait pas dire que ce décor éclairait beaucoup sur la personnalité de la femme qui l'attirait bien plus qu'il ne voulait l'admettre.

Il s'approcha de la vaste fenêtre qui donnait sur le lac Washington. La nuit commençait à tomber, et des lumières scintillaient à son pourtour. Quand il se retourna, elle avait retiré l'élastique qui retenait sa queue-de-cheval et passait délicatement ses doigts dans sa masse de cheveux dorés. Il préférait cette version décontractée d'elle que celle, plus sérieuse, de la femme qui évoluait dans les locaux de la société. Mais à bien y réfléchir, il préférait encore davantage la version nue, pleine de chaleur et de désirs voluptueux, qu'il avait connue un mois plus tôt. Hélas, c'était une version qu'il ne verrait peut-être plus jamais, comme elle le lui avait clairement fait comprendre.

Pourtant, ils avaient vécu quelque chose de magique, il le savait. Tâchant de ne plus y penser, il la regarda plus attentivement. Sous le maquillage, des ombres marquaient son visage : elle devait être épuisée.

— Écoute, je ne vais pas te prendre beaucoup de temps. Je sais qu'il faut que tu manges et que tu te couches tôt.

Elle eut un petit rire cynique.

— Tu te prends pour ma mère ou quoi ?

— Excuse-moi, dit-il en souriant. Je crois que j'en fais un peu trop.

— Tu crois ? répéta-t-elle ironiquement, avant de se diriger vers la cuisine. Tu veux boire quelque chose ? Bière, eau, vin ?

— Une bière, merci.

Elle lui servit la bière et ouvrit pour elle une bouteille d'eau minérale pétillante. Naturellement, elle ne pouvait pas boire d'alcool. Cette idée le frappa de plein fouet. Elle allait devoir changer tellement de choses à sa vie. Procéder à tellement d'adaptations. Cela lui paraissait injuste.

— Assieds-toi, lui dit-elle en posant les boissons sur une table basse.

Il prit place à un bout du canapé, elle à l'autre. Un silence gêné s'étira entre eux.

— Tu voulais qu'on parle, n'est-ce pas ? finit-elle par dire. De quoi exactement ?

— Du bébé, pour commencer. Qu'est-ce que tu ressens à ce sujet ?

— De la stupéfaction, de l'étonnement. Et de la peur.

— Oui, moi aussi. Je n'avais pas prévu que cela arriverait à cette étape de ma vie.

— Puis-je savoir pour quand était-ce prévu ? demanda-t-elle en se redressant un peu.

Ne sachant pas si cette remarque était ironique ou exprimait une curiosité sincère, il finit par se dire que l'honnêteté était sans doute la réponse la plus adaptée.

— J'avais espéré me marier dans cinq ans et fonder une famille quelques années après.

— Quoi, comme ça ?

— Je sais que ça a l'air très rationnel et froid, mais j'ai grandi dans un environnement instable. Ce sont mes projets et ma capacité à m'y tenir qui m'ont permis de garder les pieds sur terre quand la situation était très difficile à la maison, même avant la mort de mon père.

Il ne voulait pas évoquer la faiblesse de son père devant elle. Il avait passé toute sa vie d'adulte à lutter pour effacer ces souvenirs, oublier les épreuves que sa mère et lui avaient endurées. Et il avait réussi.

Tout en haussant les épaules, elle prit une gorgée d'eau.

— Je comprends. Je suis désolée que tu aies dû endurer cela.

— Tu connais ce dicton qui prétend que ce qui ne nous tue pas nous rend plus fort ? Eh bien j'en ai fait mon credo il y a des années de cela. Et si j'ai réussi tant de choses, c'est parce que je suis resté fort et concentré sur mes objectifs. Mais il va maintenant falloir que je modifie mon plan. Ce bébé que nous allons avoir, je voudrais vraiment faire partie de sa vie, Sally. Je ne veux être ni un père absent ni un père du week-end. Je veux être présent, pour tout.

— Ça risque d'être difficile puisque nous ne sommes même pas un couple.

— Mais nous pourrions le devenir. Nous savons déjà que sur le plan sexuel nous nous entendons à merveille.

— En effet, il semblerait, commenta-t-elle d'une voix acerbe.

— Si je n'ai jamais envisagé d'avoir une relation sérieuse

ou de fonder une famille avant d'avoir atteint mes objectifs professionnels, c'est parce que je ne voulais pas que mes enfants manquent de quoi que ce soit, sur le plan financier comme émotionnel. Tu es d'accord sur ce principe, j'imagine ? Je veux dire la nécessité que notre enfant ait tout ce dont il a besoin pour être heureux, en bonne santé et en sécurité ? Eh bien, je pense qu'un couple heureux est indispensable pour garantir cela à son enfant. Alors je pense qu'on devrait peut-être envisager d'en devenir un.

— Tu crois qu'on devrait vivre ensemble ? demanda-t-elle avec un petit rire incrédule.

— Mieux que ça. Je crois qu'on devrait se marier. Réfléchis-y, c'est logique. Tu vis dans un deux pièces, je me trompe ? Où vas-tu mettre le bébé quand il sera né ? Et pour ton travail ? Envisages-tu de devenir mère au foyer ou de poursuivre ta carrière ?

Très lentement, elle reposa son verre sur la table.

— Kirk, nous venons tout juste d'apprendre que je suis enceinte. Nous avons encore beaucoup de temps devant nous pour prendre nos décisions. Ne précipitons pas les choses.

— Je n'ai pas l'impression de précipiter les choses. C'est important qu'on envisage le futur ensemble.

— Je suis désolée, mais on se connaît à peine, et je ne pense pas avoir envie de me marier avec toi. De toute façon, ce n'est pas le genre de décision qu'on prend sur un coup de tête.

Il ne lui opposa pas les arguments qu'il avait sur le bout de la langue. Elle était à l'évidence déstabilisée par sa proposition, ce qui était tout à fait compréhensible. Elle avait besoin de temps, et lui de même. S'il voulait la convaincre de devenir sa femme, il allait devoir se montrer très astucieux.

— Au moins, réfléchis-y. Et n'hésite pas à me parler. De tout ce qui te vient à l'esprit. Si tu rencontres le moindre problème fais-m'en part, et nous le résoudrons ensemble.

— Je vais y réfléchir, dit-elle en secouant la tête d'un air désorienté. J'imagine même que je ne vais plus penser qu'à cela. Au fait, j'aimerais que tout ceci reste entre nous pour le moment.

Il acquiesça. La seule à qui il aurait pu faire part de la nouvelle était sa mère, mais comme elle était partie, il n'avait personne. Personne en dehors du bébé que portait en son sein la femme qui se trouvait à côté de lui. Un agréable sentiment vint faire gonfler son cœur : de la fierté, mêlée à une émotion dont il n'avait que peu d'expérience. L'amour. Il lui semblait curieux de pouvoir aimer un être avant qu'il n'existe vraiment dans le monde. Mais il aimait son enfant, il le savait. Et l'intensité de cette émotion le bouleversait totalement.

Sally ne savait pas ce qui se passait dans l'esprit de Kirk, mais à en juger par le regard déterminé qu'il affichait, elle allait avoir beaucoup de combats à mener dans les mois qui allaient suivre. Les mois, et même les années. C'était un homme habitué à obtenir ce qu'il voulait. Des confrontations étaient donc à prévoir quand il s'agirait de déterminer ce qui était le mieux pour le bébé.

Elle avait mal à la tête. La découverte de sa grossesse avait constitué un immense choc. Et cette discussion avec le père de son enfant la contrariait, surtout quand il parlait de mariage.

Les deux années passées lui avaient appris qu'il faut se battre pour les choses qui comptent. C'était sa meilleure amie, Angel, qui lui avait fait comprendre à quel point il était important de suivre ses rêves.

Refusant un mariage arrangé aux fondements purement politiques, Angel, officiellement princesse Mila du petit royaume de Sylvain en Europe, avait rompu avec la tradition et fait tout ce qui était en son pouvoir pour gagner le cœur de son fiancé, au risque même de le perdre totalement.

À peine quelques semaines plus tôt, le couple royal avait célébré le baptême de leur premier-né, un petit garçon qui allait devenir prince de Sylvain. Lors de la cérémonie, il lui avait semblé qu'elle n'avait jamais vu Angel ni son mari, le roi Thierry, plus heureux.

Et elle avait envie de cela. Elle avait envie d'un homme qui la regarde comme le roi Thierry regardait Angel, la princesse de son cœur. Si elle avait toujours voulu devenir un jour maman, elle avait espéré débuter cette nouvelle étape de sa vie aux côtés de l'homme idéal à ses yeux. Dans ses rêves, son enfant venait au monde dans un foyer déjà empli d'amour et de confiance. Mais elle ne voyait pas comment elle pourrait obtenir cela avec Kirk. Elle ne l'aimait pas, elle le connaissait à peine ! Quant à la confiance, impossible. Les seules qualités qu'elle pouvait lui reconnaître étaient son physique, ses talents pour le sexe et le fait qu'il semblait être un dirigeant très capable. Son supérieur, d'ailleurs. Ce qui ne simplifiait pas les choses.

Elle voulait réussir sa vie. Elle voulait accomplir son potentiel. C'était dans cet objectif qu'elle avait mis tant d'énergie dans ses études puis son travail pour Harrison IT. Et pourtant, en dépit de ses rêves, elle était restée dans l'ombre. La cause en était bien sûr sa phobie sociale, mais avec un bébé la situation ne risquait-elle pas de se compliquer encore davantage ?

Kirk avait évoqué ses projets de carrière, mais quel impact cet enfant aurait-il sur ses objectifs à elle ? Quoi qu'on puisse en dire, la vie est différente pour les femmes au travail. Le plafond de verre existe toujours et rares sont les femmes à atteindre les niveaux supérieurs de la hiérarchie. Elle avait espéré qu'un jour, si elle parvenait à vaincre sa phobie, elle gagnerait sa place dans ces hautes sphères. Alors les personnes avec qui elle travaillait la respecteraient pour avoir gravi un à un les échelons grâce à son seul mérite.

Mais personne ne la prendrait au sérieux si elle était mariée au vice-président. Toute avancée dans sa carrière serait attribuée à son statut, et non à son travail.

— Bon, finit-elle par dire, il faut que je réfléchisse à beaucoup de choses, et tu as raison : je suis fatiguée et j'ai besoin de me coucher tôt. Pourrais-tu me laisser, maintenant ?

— Tu m'avais promis que tu mangerais...

Elle le regarda sans chercher à dissimuler sa stupéfaction. Il insistait encore pour veiller sur elle, sans s'apercevoir qu'il l'étouffait.

— D'accord, d'accord, fit-il en levant une main devant lui. Mais tu ne peux tout de même pas me reprocher de faire attention à toi.

Il avait l'air sincèrement déçu.

— Très bien. Je vais manger.

— Je pourrais te cuisiner une omelette. Je suis très fort pour ça.

Elle poussa un soupir.

L'idée lui parut soudain très alléchante.

— D'accord, finit-elle par dire. Je vais prendre une douche. Je ne sais pas trop ce qu'il y a dans la cuisine, mais n'hésite pas à fouiller.

S'il la voyait manger, peut-être cesserait-il de lui tourner autour comme un papa poule. Mais à bien y réfléchir, n'était-ce pas ce qu'il était, désormais ? Un papa, oui. Et elle une maman. Secouant la tête, elle se rendit machinalement dans la salle de bains et, une fois déshabillée, se regarda dans le miroir.

— Tout est pareil, dit-elle à haute voix.

Mais sa main s'attarda sur son ventre tandis qu'elle songeait aux invisibles changements qui étaient en train de se produire en elle. Des changements qui allaient l'obliger à procéder à d'importants ajustements dans sa vie. Elle se trouva soudain prise d'un vertige. Tout cela lui paraissait beaucoup trop radical, beaucoup trop dur. Mais elle se rappela que Kirk avait dit vouloir l'accompagner à chaque étape. Elle ne serait pas seule.

Avait-elle la force de s'embarquer dans cette aventure avec lui ?

Au moment où elle sortit de la douche et enfila un pantalon de yoga et un T-shirt à manches longues, elle n'avait toujours pas trouvé de réponse à cette question. Guidée par la délicieuse odeur qui flottait dans l'air, elle le rejoignit donc dans la cuisine.

— Tu arrives à point nommé, lui dit-il en déposant l'omelette dans une assiette qui contenait déjà une bonne portion de pommes de terre sautées, d'oignons et de tranches de bacon.

— Tu as trouvé tout ça dans ma cuisine ? demanda-t-elle, incrédule, en s'installant sur une chaise.

— On peut faire beaucoup de bonnes choses avec quelques bons ingrédients. Quand j'étais petit, j'aidais souvent ma mère à faire la cuisine. Elle m'a beaucoup appris.

Elle sentit son cœur se serrer en pensant au petit garçon qu'il avait dû être. Son enfance avait été tellement différente. Elle avait eu à sa disposition du personnel de maison, dont une cuisinière, et elle avait beau fouiller dans ses souvenirs, elle ne se rappelait pas avoir jamais vu sa mère derrière les fourneaux.

— Mange, avant que ce ne soit froid, lui enjoignit-il, coupant court à ses pensées.

Elle prit une bouchée d'omelette et ferma les yeux quand les délicates saveurs de fines herbes et de fromage vinrent lui chatouiller les papilles.

— C'est délicieux. Merci. J'espère que tu en as fait une pour toi aussi.

— Je mangerai plus tard.

— Mais il y en a beaucoup trop pour moi toute seule. Aide-moi au moins à finir ça.

— Et si je me faisais une autre omelette et que je te prenais un peu de pommes de terre ?

— Marché conclu.

Curieusement, il ne lui semblait pas bizarre de le voir s'activer dans sa cuisine. Il se mouvait avec une grâce et une assurance qui lui semblaient beaucoup trop séduisantes. *Il t'a dissimulé sa véritable identité*, se rappela-t-elle. *Et il a couché avec toi alors qu'il savait parfaitement qui tu étais.*

Et désormais, ils allaient avoir un bébé.

S'il voulait qu'elle accepte de coopérer avec lui et, surtout, qu'elle accepte de réfléchir sérieusement à sa proposition, il lui devait des explications quant à ce qui s'était passé ce soir-là. Mais pas maintenant. Pas ce soir. Elle était beaucoup trop désorientée.

Quand ils eurent terminé leur dîner improvisé, il entreprit de faire la vaisselle. Elle était trop fatiguée pour protester. Le repas lui avait donné un regain d'énergie, mais cette énergie était rapidement retombée, et désormais, elle ne pensait plus qu'à aller se coucher. Une fois qu'il eut terminé, elle le raccompagna à la porte.

— Merci pour le dîner, dit-elle d'une voix douce.

— Ça a été un plaisir. Je...

Il s'interrompit quelques secondes comme s'il se demandait s'il devait ou non lui dire ce qu'il avait sur le cœur.

— J'apprécie ta compagnie.

Que devait-elle répondre à cela ? Elle appréciait également la sienne et se sentait attirée par lui, mais il y avait tellement de choses sur lui qu'elle ignorait. Et qui lui inspiraient de la méfiance. Sans rien dire, elle lui ouvrit donc la porte.

Il était désormais tout près d'elle. Trop près. Les effluves de son parfum se mêlaient à la chaleur de son corps, l'enveloppant dans une bulle sensuelle, capiteuse. En relevant la tête vers lui, elle vit ses pupilles se dilater. Elle n'aurait su dire qui avait fait le premier pas mais, soudain, leurs lèvres se joignirent.

8

Sally poussa un petit soupir de reddition. Un instant plus tard, Kirk la hissait dans ses bras comme si elle n'était pas plus lourde qu'une plume, son sexe durci appuyé contre elle envoyant des décharges de désir dans son corps tout entier.

Enroulant ses jambes autour de ses hanches étroites, elle le serra fort contre elle. Son baiser était brûlant et possessif, et elle le lui rendit avec tout autant de passion, mêlant sa langue à la sienne, mordillant ses lèvres. Sans arrêter de l'embrasser à en perdre haleine, il la porta dans la chambre et après l'avoir doucement déposée sur le lit, il se pencha vers elle.

— J'ai envie de te voir nue, murmura-t-il, avant de tracer un chemin de baisers ardents le long de sa gorge.

Elle était à court de mots. Ils étaient en train de se dire au revoir, et l'instant d'après, ils se déshabillaient mutuellement et impatiemment, comme s'ils ne pouvaient pas attendre une seconde de plus avant de se retrouver peau contre peau. À l'instant présent, la seule chose qui comptait pour elle était de se perdre dans ses caresses, dans les sensations intenses qui déferlaient sur son corps à chaque effleurement de ses mains ou de sa bouche.

— Ta peau... Elle est aussi douce que dans mes souvenirs, dit-il d'un air émerveillé, après avoir glissé sa main sous son haut.

— Tu te souviens de la texture de ma peau ?

— Entre autres choses.

— Parle-moi de ces choses, demanda-t-elle.

Et il le fit, à grand renfort de détails très précis, ponctuant chacun de ses propos de caresses de sa langue sur sa chair brûlante, de baisers dévorants sur ses tétons douloureusement dressés sous la dentelle de son soutien-gorge, d'effleurements de ses doigts sur son clitoris palpitant de désir. Un premier orgasme déferla sur elle, vague après vague, et elle cria son plaisir dans un long gémissement.

Et tandis qu'elle flottait encore, emportée par une douceur sauvage, il se mit à retracer avec sa bouche chacun des contours de son corps. Quand elle le sentit nicher sa tête entre ses cuisses, elle tressaillit. Il venait de poser sa bouche sur son clitoris encore vibrant de plaisir. Quelques instants plus tard, le second orgasme, tout aussi puissant et délicieux, la laissa toute tremblante. Mais quand elle le vit s'éloigner un peu pour enfiler un préservatif, l'étonnement fut tel qu'elle ne put s'empêcher de rire.

— Tu ne crois pas qu'il est un peu tard pour ce genre de précaution ? dit-elle d'une voix taquine.

— C'est vrai, répondit-il en souriant. J'imagine qu'il va me falloir un peu de temps pour intégrer la nouvelle.

La réponse qu'elle voulut lui apporter se changea en un doux gémissement quand il se positionna à l'entrée de son sexe humide et brûlant pour s'enfoncer très profondément en elle. Aussitôt, elle se mit à onduler sensuellement sous son corps, répondant à chacun de ses assauts, d'abord lentement et langoureusement puis plus vite à mesure que le plaisir montait en elle. Et cette fois-ci, ils jouirent ensemble, dans une parfaite harmonie, leurs deux corps, submergés par les sensations, ne faisant plus qu'un dans ce parfait instant de bonheur.

Quelques minutes plus tard, épuisée, elle sombra dans le sommeil, nichée dans la douce chaleur de ses bras.

Kirk resta immobile, attendant que son cœur reprenne un rythme normal. S'il ne se montrait pas plus prudent, c'était lui qui risquait de terminer au service cardiologie. Ce petit trait d'humour noir le ramena brutalement à la réalité. C'était avec la fille d'Orson Harrison qu'il venait de coucher. Et si Orson se remettait plutôt bien de son infarctus, il n'avait pas encore recouvré toute sa force et comptait sur lui pour porter le poids de son entreprise. La découverte de la grossesse de Sally l'avait déboussolé, mais il ne pouvait pas la prendre comme prétexte pour oublier ses autres responsabilités.

Tout en caressant doucement le dos de Sally, il écoutait son souffle doux et régulier. Il allait falloir qu'il se fasse violence pour s'écarter de son corps chaud et voluptueux. Mettre de la distance entre eux de sorte qu'il ait les idées claires pour faire ce qu'il avait à faire.

S'il était toujours possible qu'elle soit la taupe qui fournissait des informations confidentielles au plus gros concurrent de HIT, au fond il ne croyait pas en cette éventualité. Pas la mère de son enfant. Pas la fille de l'homme qu'il estimait le plus au monde.

Cette grossesse représentait une complication, mais ils parviendraient à résoudre leurs problèmes. Alors qu'il se faisait cette réflexion, elle s'était blottie davantage contre lui et, instinctivement, il l'avait serrée plus fort dans ses bras. Ce n'était pas la réaction d'un homme déterminé à quitter le lit de sa maîtresse, mais il ne parvenait pas à trouver en lui la force de s'éloigner. Pour une fois, juste une fois, ne pouvait-il pas se laisser aller à sombrer dans un sommeil bien mérité ? Ce n'était pas la chose la plus sensée à faire, peut-être. Mais pour l'heure, elle était certainement la plus juste.

Il faisait toujours noir quand Kirk se réveilla. Mais l'aube approchait. Sally, à côté de lui, semblait profondément endormie. Doucement, il s'extirpa de ses bras. Et aussitôt, son corps protesta par une dure érection, qui semblait lui intimer l'ordre de rester dans ce lit. Mais il lui fallait rentrer se changer pour aller travailler. Et examiner les sentiments grandissants qu'il éprouvait pour la femme qui se trouvait près de lui. Après s'être rapidement rhabillé, il ouvrit la porte pour sortir.

Mais quelque chose le poussa à se retourner pour jeter un dernier regard à Sally, allongée sur le côté, le drap remonté jusqu'à sa taille exposant son dos et la gracieuse courbe de ses seins. Il lui fallut lutter de toutes ses forces pour résister à la tentation de revenir sur ses pas pour la reprendre dans ses bras.

Le travail, se dit-il en lui-même. *Pense au travail.* Il voulait avoir les idées claires quand leurs chemins se recroiseraient au bureau ce jour-là. En sortant de l'immeuble, il vit une voiture se garer dans le parking des visiteurs. Il reconnut aussitôt l'homme qui était au volant : Benton, le garde du corps de Sally. Ce qui l'amena à se poser une question : et si la taupe qu'il devait trouver et éradiquer de HIT n'était autre que ce type ? Il savait d'expérience qu'il n'était pas rare de mener une conversation professionnelle au téléphone à l'arrière d'une voiture sans se soucier de ce que pourrait en entendre le chauffeur.

En sortant du véhicule, Benton regarda dans sa direction. Ses yeux s'étrécirent au moment où il sembla l'identifier. Autant prendre le taureau par les cornes. Kirk avança vers lui, en gardant à l'esprit qu'il ne voulait pas de rumeurs sur sa relation avec Sally.

— Bonjour, dit-il au garde du corps en lui tendant la main.

La poigne de Benton était ferme. Peut-être même un peu trop.

— Bonjour, monsieur.

— J'imagine que les intérêts de Mlle Harrison sont votre priorité, Benton ?

— Toujours, monsieur.

— Alors j'espère pouvoir vous faire confiance pour garder pour vous que vous m'avez vu ici ce matin.

Benton sembla hésiter quelques secondes.

— Cela dépend, monsieur, finit-il par dire.

— De quoi ?

— D'une chose : si votre présence ici est dans l'intérêt de Mlle Harrison.

Il acquiesça.

— Très juste. Je ne ferai jamais de mal à Mlle Harrison. Soyez rassuré sur ce point.

— Alors nous n'avons aucune raison de nous inquiéter, n'est-ce pas, monsieur ?

— C'est exact. Passez une bonne journée, Benton.

— Vous également, monsieur.

Kirk acquiesça à nouveau avant de retourner à sa voiture. Il n'arrivait pas à imaginer qu'un homme qui prenait sa mission tant au sérieux puisse trahir une entreprise, mais il allait tout de même devoir enquêter. Sur Benton, ainsi que sur toutes les personnes de l'entourage direct de Sally.

En relevant la tête vers la fenêtre qui devait correspondre à la chambre de cette dernière, il s'aperçut que la lumière était allumée. Il fallait qu'il parte.

Ce soir-là, après le travail, Sally se rendit chez son père. Après avoir remercié Benton, elle entra dans la maison, où la gouvernante l'accueillit avec un chaleureux sourire.

— Bonsoir, mademoiselle Harrison. Monsieur vous attend dans la bibliothèque.

— Comment va-t-il aujourd'hui, Jennifer ?

— Il est presque redevenu lui-même, mais nous avons dû retirer toutes les salières de la maison.

Sally se prit à rire. Malgré les recommandations du cardiologue, son père était toujours fermement opposé à l'idée de restreindre quoi que ce soit dans son alimentation.

— Nous avons beaucoup de chance que vous soyez là pour veiller sur lui. Je ne sais pas ce que nous ferions sans vous.

— C'est un honneur de travailler pour M. Harrison. Et je suis ravie qu'il se rétablisse si bien.

— Et moi donc, répondit-elle en souriant.

Elle trouva son père assis devant la cheminée, occupé à siroter l'unique verre de vin qui lui était autorisé chaque jour. Dès qu'il la vit, il posa le verre pour la prendre dans ses bras. *Il n'y a rien de mieux au monde*, songea-t-elle en laissant la force chaleureuse de son père s'infiltrer en elle. Quand elle pensait qu'elle avait manqué de si près de le perdre...

— Salut, papa. J'ai entendu dire que tu persécutais encore le personnel au sujet de ton régime, dit-elle en souriant.

Il eut un petit rire espiègle.

— Ce n'est tout de même pas à eux de décider de ce que je vais manger. Tu veux un verre de vin ? C'est un excellent pinot noir. Tu devrais goûter.

— Euh... Pas aujourd'hui, merci. Je vais m'en tenir à l'eau.

À un moment ou à un autre, il faudrait bien qu'elle lui explique pourquoi elle ne pouvait pas boire d'alcool. Elle n'était pas pressée d'en arriver à cette révélation, mais elle préférait nettement qu'il l'entende de sa bouche plutôt que de celle de quelqu'un d'autre. Les rumeurs allaient bon train, au bureau. Sans parler du fait qu'elle s'était évanouie la veille en pleine réunion. Était-ce seulement la veille ? Elle avait l'impression qu'une éternité s'était écoulée depuis.

Elle sentit ses joues rougir quand elle repensa aux mains de Kirk qui la caressaient. Faire l'amour avec lui avait éclipsé dans son esprit ce désagréable moment.

— Tu as trop chaud ? lui demanda son père en lui tendant un verre d'eau.

— Non, répondit-elle, troublée. Je suis bien, merci.

— Tu n'es pas bien, non. Qu'est-ce qui ne va pas ?

C'est tout le problème quand on est très proche avec l'un de ses parents, songea-t-elle. *Ils nous connaissent trop bien.*

— Quelques petits trucs.

— Au travail ? J'ai entendu dire que Kirk avait pris des décisions controversées. Et été ravi d'apprendre qu'il avait donné le feu vert à ton projet. Depuis le temps que tu en parles.

On le lui avait déjà rapporté ? Elle dut se retenir de soupirer. Quelles autres choses lui avait-on racontées ?

— En fait, je crois que j'attendais un petit coup de pouce. Et tu n'avais toi-même pas l'air très enthousiasmé par cette idée.

— Je ne pouvais pas mettre en avant ma propre fille. Et je voulais que tu fasses des efforts pour atteindre ton objectif. Je crois fermement qu'on arrive toujours à ses fins quand on se passionne suffisamment pour quelque chose.

Il prit une gorgée de vin avant de reposer son verre devant lui.

— Maintenant, dis-moi ce que tu penses de Kirk.

De nouveau, elle sentit le rouge lui monter aux joues. Ah oui, Kirk. L'homme avec qui elle avait couché après avoir découvert qu'elle portait son enfant et après avoir refusé sa proposition de mariage. C'était encore pire qu'un scénario de soap opera. Furieuse contre elle-même, elle regarda son père qui attendait apparemment une réponse de sa part.

— Il a l'air très... déterminé.

— Et il est très beau, non ?

— Papa ! protesta-t-elle.

— Déterminé..., répéta-t-il d'un air songeur. Kirk semble tout droit sorti de la couverture d'un magazine de mode, il a un QI de 150, et tu me dis simplement qu'il est « déterminé » ? Tu es attirée par lui, c'est ça ?

— Papa, je ne crois pas que...

Elle s'interrompit.

Elle ne pouvait tout de même pas lui dire qu'elle le trouvait si irrésistible que, le soir même où elle l'avait rencontré, elle avait couché avec lui. Et recommencé la nuit dernière.

Son père s'était mis à rire.

— Excuse-moi, ma chérie, je ne peux pas m'empêcher de te taquiner. Tu m'as l'air tellement guindée depuis quelque temps. Tu ne peux tout de même pas reprocher à ton père de t'asticoter un peu. Et puis, tu ne peux pas nier l'évidence, je me trompe ?

Ignorant cette dernière question, elle décida de détourner la conversation.

— Au fait, maintenant que tu vas mieux, pourrais-tu m'expliquer pourquoi tu l'as fait venir à Harrison IT ? On se débrouillait très bien jusqu'ici. On n'avait pas besoin de fusionner avec qui que ce soit, non ?

Avant de répondre, il prit son verre de vin et le fit doucement tourner dans sa main.

— Pour tout te dire, ma décision a été en partie motivée par la culpabilité, finit-il par répondre. Le père de Kirk, Frank, était mon meilleur ami au lycée. Nous avons commencé dans le milieu ensemble. Frank avait toujours été du genre fêtard, mais je pensais qu'il deviendrait plus responsable en entrant dans la vie active. Malheureusement, c'est le contraire qui s'est produit. Après l'alcool, il est passé à la drogue et il est devenu dépendant au point qu'il lui en fallait des doses importantes pour tenir tout au long d'une simple journée. Quand je m'en suis rendu compte, il était déjà trop tard. À ce moment-là, il avait une femme et un fils, et il était réfractaire à toute forme d'aide. Il a fini par sauter du Deception Bridge.

Manifestement perdu dans ces douloureux souvenirs, il garda le silence quelques instants.

— Je me suis senti responsable, reprit-il après avoir pris une profonde inspiration. J'aurais dû voir le problème plus tôt, intervenir plus vite, l'aider davantage.

— Mais certaines personnes refusent d'être aidées.

— Je le sais, maintenant, mais à l'époque j'avais l'impression que tout était de ma faute. J'ai fait ce que j'ai pu pour aider Sandy et Kirk quand ils ont déménagé en Californie et j'ai placé de l'argent pour les études du petit. Puis j'ai gardé un œil sur lui. Et je suis satisfait de ce qu'il est devenu. J'ai l'impression qu'il a obtenu la place qu'il méritait, celle qu'il aurait dû avoir si les choses s'étaient passées différemment avec son père. Mais en dehors de cela, la fusion avec Tanner Enterprises constituait pour moi une évolution logique : elle nous confère davantage de poids dans un marché toujours plus compétitif.

En dépit de ces explications détaillées, Sally eut le sentiment qu'il lui cachait quelque chose. Et elle lui en voulait d'avoir eu une telle influence sur la vie de Kirk et de ne lui en avoir jamais parlé.

— Marilyn m'a appelé juste avant ton arrivée, reprit-il. Elle m'a dit que Kirk t'avait emmenée chez le médecin hier parce que tu t'étais évanouie ou je ne sais quoi pendant ta présentation. Ne force pas trop, ma chérie. Si tu n'arrives pas à surmonter ta phobie, ce n'est pas grave. Mais en dehors de cela, dis-moi... Tu vas bien ?

Ses yeux bleu clair, si semblables aux siens, étaient empreints d'inquiétude. S'il ne semblait pas disposé à l'inclure dans ses projets professionnels, il était toujours son papa, et elle n'avait aucun doute sur le fait qu'il l'aimait.

— Tout va bien, papa. Tu n'as pas de souci à te faire.

Son regard se fit plus pénétrant.

— Toi, tu me caches quelque chose.

— Je pourrais en dire autant à ton sujet, répondit-elle en riant. Pourquoi ne m'avoir jamais parlé de Kirk avant l'annonce de la fusion ? Tu ne penses pas que c'est une chose que tu aurais dû partager avec moi à un moment ou à un autre ? Si j'ai bien compris, tu l'as traité comme un fils.

Une horrible pensée lui traversa l'esprit. Et si Kirk était bel et bien son fils ? Comme à son habitude, son père sembla lire dans ses pensées.

— Ne fais pas l'idiote. Tu as trop d'imagination. Si j'ai gardé le secret, c'est uniquement parce que sa mère souhaitait que rien ne vienne lui rappeler son défunt mari et sa vie à Seattle. Elle a accepté mon soutien financier avec réticence, mais c'est là qu'elle a fixé la limite. J'ai eu très peu de relations avec elle ou Kirk.

À ces mots, elle sentit la tension en elle se relâcher d'un coup. Ce fut à ce moment-là que Jennifer réapparut.

— Le dîner est servi.

Bras dessus, bras dessous, ils se rendirent ensemble dans la salle à manger.

— Papa, cette maison est beaucoup trop grande pour toi. N'as-tu jamais pensé à en prendre une plus petite ?

— Et pourquoi ferais-je cela, ma chérie ? Cette demeure était la fierté de ta mère, et elle en aimait chacune des pièces. Elle n'est peut-être plus avec nous, mais je ressens sa présence dans chaque recoin de la maison et je reconnais son style dans chaque meuble et chaque objet de décoration. D'autre part, j'aime à penser qu'un jour ce sera toi qui t'installeras ici pour fonder ta propre famille.

Elle sentit quelque chose se serrer dans sa poitrine. Elle aurait dû lui parler du bébé, mais comment ? Elle ne pouvait tout de même pas lui expliquer que cet enfant était le fruit d'une aventure d'un soir. Certes, il tenait le père du bébé en haute estime, mais ce facteur ne risquait-il pas de compliquer encore la situation ?

Après lui avoir tiré une chaise, son père s'installa à table. Un instant plus tard, Jennifer apportait l'entrée : filets de saumon fumé sur lit de laitue et de tranches d'avocat. Sally regarda son assiette avec méfiance. Elle n'avait pas eu le temps de beaucoup se renseigner sur le régime qu'elle devait adopter, mais elle se souvenait avoir lu que le poisson fumé était à éviter.

Aussi discrètement que possible, elle repoussa le saumon sur le bord de son assiette.

— Tu n'en manges pas ? demanda aussitôt son père. Je croyais que tu adorais ça. Ne me dis pas que tu suis une sorte de régime bizarre, ou je ne sais quoi.

Lasse, elle soupira. Tôt ou tard, il allait bien falloir qu'elle lui dise.

— Non, papa. En fait, j'ai une nouvelle à t'annoncer.

— Quoi ? Tu ne vas tout de même pas me dire que tu es enceinte ? demanda-t-il d'une voix taquine.

Mais l'expression de son visage se modifia quand il releva les yeux vers elle.

— On dirait bien que tu m'as coupé l'herbe sous le pied, murmura-t-elle.

— C'est vrai ? Je vais être grand-père ?

Son visage s'était illuminé.

Elle fut étonnée de sa réaction. Elle ne fréquentait personne, et il s'était toujours montré très clair sur ses opinions concernant les enfants élevés par un seul parent. C'était d'ailleurs pour cela qu'il avait dû aider Sandy et Kirk Tanner.

— Apparemment, finit-elle par répondre.

— Est-ce pour cette raison que tu t'es évanouie au bureau hier ?

Elle acquiesça.

— Alors tu as réussi à t'exprimer ?

Curieux. Pourquoi ne lui demandait-il pas qui était le père de l'enfant ? De nouveau, elle acquiesça.

— Que des bonnes nouvelles ! s'exclama-t-il en affichant un sourire heureux.

— Ça ne te dérange pas ? demanda-t-elle, déstabilisée par son comportement.

Elle s'attendait à beaucoup de questions, un véritable interrogatoire. Elle ne comprenait pas pourquoi il réagissait ainsi.

— Quoi, le bébé ? Pourquoi cela devrait-il me déranger ?

— Mais tu ne veux pas savoir qui... ?

Il l'interrompit en prenant ses mains dans les siennes.

— Ne t'inquiète pas, ma chérie. Je sais comment on peut faire les bébés de nos jours. J'imagine que tu t'es lassée d'attendre le prince charmant et que tu t'es donc tournée vers l'un de ces donneurs anonymes. Naturellement, je suis un peu déçu que tu n'aies pas osé m'en parler avant, mais...

— Papa ! s'exclama-t-elle, sidérée.

— Eh bien... À ma connaissance, tu n'as pas de petit ami. J'avais espéré que tu rencontrerais quelqu'un de spécial à l'université, comme moi avec ta mère, mais ça ne s'est pas fait. J'ai bien l'impression que tu vas venir t'installer ici plus tôt que prévu, hein ?

— Et pourquoi ferais-je ça ?

— Parce qu'il te manque désormais une chambre dans ton appartement.

Excédée, elle leva les yeux au ciel. Comment se faisait-il

que tout le monde veuille désormais prendre les décisions à sa place ? D'abord Kirk, ensuite son père. La jugeaient-ils tous incapable de se débrouiller seule ?

— J'ai encore tout le temps d'y réfléchir. Et puis je peux toujours trouver un appartement plus grand.

— Mais pourquoi ferais-tu ça, alors que tu as toute la place ici ?

Ce ne fut qu'à ce moment-là qu'elle remarqua qu'un troisième couvert avait été dressé sur la table.

— Tu attends quelqu'un d'autre ? demanda-t-elle.

Et au même moment, la sonnette retentit.

— Il est en retard, mais il m'a appelé pour s'excuser et nous inviter à ne pas l'attendre pour commencer le dîner.

— Qui ?

Elle n'eut pas à attendre bien longtemps pour avoir la réponse à sa question. Sans laisser à son père le temps de s'expliquer, Jennifer ouvrit la porte et fit signe à quelqu'un d'entrer. Son cœur fit un bond dans sa poitrine. Kirk. Il ne manquait plus que lui.

— Content de te voir ! dit joyeusement son père en échangeant avec lui une poignée de main. Je vais pouvoir trinquer avec quelqu'un pour fêter la bonne nouvelle. Écoute ça : je vais être grand-père !

Kirk se tourna vers elle. Elle s'était mise d'accord avec lui pour ne rien révéler à personne. C'était même elle qui avait formulé cette requête. Et maintenant, qu'allait-elle faire ? Elle se sentait comme un animal pris au piège.

— Papa, tu sais que tu n'as droit qu'à un verre d'alcool par jour, dit-elle pour détourner l'attention de sa grossesse.

— Une coupe de champagne ne me tuera pas. Il faut bien fêter ça, que tu saches ou non qui est le père.

— Que tu saches ou non qui est le père ? répéta Kirk d'un air désorienté, en jetant un regard appuyé dans sa direction.

— Je sais parfaitement qui est le père, se sentit-elle obligée de dire.

— C'est vrai ? demanda son père. Je le connais ?

Comme s'il avait senti la tension qu'il y avait entre eux, il s'était mis à les regarder à tour de rôle.

— Oui, répondit Kirk d'une voix ferme, en carrant un peu les épaules. C'est moi. Je suis le père.

9

— Je ne m'étais pas rendu compte que vous vous connaissiez si bien, tous les deux, marmonna Orson en se laissant tomber sur sa chaise.

— Ce n'est pas le cas, répondit froidement Sally.

Kirk s'inquiétait de la mine qu'affichait désormais Orson. Apprendre que son associé était le père de son futur petit-fils lui avait visiblement fait un choc. Ce fut à ce moment-là que la gouvernante entra à nouveau pour lui apporter son entrée. Embarrassé, il prit place à table tandis que le silence emplissait la pièce.

— Qu'est-ce que tu envisages de faire ? finit par demander Orson en prenant son verre d'eau. Épouser ma fille ?

— Je le lui ai proposé.

— Et ? demanda Orson, qui semblait soudain avoir repris des couleurs.

— Et elle a refusé, répondit Sally, visiblement contrariée que l'on parle d'elle comme si elle n'était pas là.

— Mais pourquoi ? demanda son père d'un air décontenancé.

— Il est encore tôt, dit-il doucement. Nous ne nous connaissons pas encore très bien, mais j'aime à penser que, quand le bébé viendra au monde, nous serons devenus beaucoup plus proches.

— Mais vous êtes déjà suffisamment proches pour…

— Papa, je t'en prie ! Ne pourrait-on pas discuter de cela plus tard ? Nous ne le savons nous-mêmes que depuis hier et nous nous étions mis d'accord pour ne rien dire à personne. Si je t'en ai parlé, c'est uniquement parce que tu avais presque deviné et parce que je déteste qu'il y ait des secrets entre nous.

— Ça me paraît tout à fait normal que tu l'aies dit à Orson, déclara Kirk.

— Je n'ai pas besoin de ton approbation, rétorqua-t-elle d'une voix tendue.

— Inutile de te montrer désagréable, ma chérie, intervint Orson. J'ai beau être un peu choqué, je me sens soulagé que tu aies quelqu'un avec toi. Un enfant, c'est beaucoup de changements dans une vie. Et quand on est seul, c'est plus difficile encore. Ce qu'il faut que tu comprennes, c'est que tu es désormais plus vulnérable que tu ne l'as sans doute jamais été et que tu vas devoir faire des choix en songeant aux intérêts de ton enfant, et pas seulement aux tiens.

— J'en suis consciente.

Kirk voyait bien qu'elle n'appréciait pas qu'on lui donne des leçons, d'ailleurs il commençait à la connaître, et son père sembla s'en rendre compte lui aussi.

— Et maintenant, tu es fâchée contre moi.

— J'aimerais juste que tu me laisses être moi-même, de temps en temps. Je suis une grande fille. Je suis capable de prendre mes décisions toute seule.

Ce dernier reproche était également dirigé contre lui, il n'en doutait pas.

— Eh bien, ma chérie, je souhaiterais que tu réfléchisses longuement aux décisions que tu prends, désormais. Je sais que ton travail est important pour toi. Le mien l'a toujours été aussi, et j'ai souvent eu tendance à en faire la toute première de mes priorités. Désormais, j'ai quelques regrets à ce sujet.

— Des regrets ? répéta-t-elle en reposant sa fourchette sur le bord de son assiette.

— Oui. Je n'ai pas été assez présent à ton côté, notamment après la mort de ta mère. Mes affaires m'ont pris du temps que j'aurais dû consacrer à ma famille, et s'il m'est impossible de revenir en arrière pour réparer mes erreurs, je peux en revanche te soutenir, désormais, et j'espère que tu accepteras l'aide que je pourrais t'apporter.

Des larmes s'étaient mises à couler des yeux de Sally, et Kirk sentit quelque chose se serrer dans sa poitrine en observant cet échange entre père et fille. Son propre père, qui avait son lot de problèmes, ne lui avait jamais apporté le moindre soutien. Ce souvenir ainsi que la scène dont il venait d'être le témoin ne firent que renforcer sa détermination à participer activement à la vie de son enfant. Quoi qu'il puisse se passer entre Sally et lui, il serait présent pour leur fils ou leur fille.

Il n'avait pas réussi à voir Sally au bureau ce jour-là. Après avoir quitté son lit peu avant l'aube, il était rentré chez lui se préparer et avait ensuite enchaîné les rendez-vous, dont l'un, d'ailleurs, avait été particulièrement troublant. C'était en partie pour cette raison qu'il avait accepté de dîner avec Orson ce soir-là.

Manifestement, le projet de Sally avait été révélé à leur principal concurrent, la société DuBecTec, qui avait aussitôt informé les médias de sa volonté de développer les énergies renouvelables dans ses différents locaux, annihilant ainsi tous les bénéfices qu'aurait pu obtenir HIT en procédant à une annonce similaire dans le futur. Ses premiers soupçons s'étaient portés sur Silas Rogers, qui semblait entretenir de la rancœur à l'égard de Sally. Mais il avait demandé l'aide d'un spécialiste de l'informatique, et il apparaissait que l'information avait été envoyée depuis l'ordinateur même de Sally.

Cette révélation l'avait rendu complètement malade. Parce qu'il s'était rendu compte qu'il avait commencé à développer pour elle des sentiments désormais inextricablement liés au fait qu'elle portait son enfant, complication supplémentaire qu'il ne pouvait ignorer.

La déception qu'il avait ressentie en découvrant la preuve qu'elle était l'informateur qu'il recherchait depuis le début avait été immense. Et une fois que le spécialiste avait découvert cette trace, il n'avait pas eu de mal à en découvrir d'autres.

Toutes les informations qui avaient filtré étaient passées par l'ordinateur de Sally.

À tous ces sentiments venait s'ajouter la tristesse de savoir qu'Orson allait être dévasté. Sa propre fille à l'origine de la chute potentielle de l'entreprise qu'il avait bâtie à la sueur de son front et qui faisait son bonheur et sa fierté… Ils allaient devoir agir rapidement pour empêcher Sally de commettre davantage de dégâts. La consternation de l'équipe qu'elle dirigeait serait un autre coup porté à la société. Ces femmes et hommes allaient se sentir profondément trahis après tout le travail qu'ils avaient fourni. Naturellement, HIT allait tout de même mettre en œuvre le projet de Sally ; c'était une évolution naturelle, et il était d'ailleurs surpris qu'elle n'ait pas été lancée plus tôt. Mais ils ne seraient pas perçus comme les leaders de leur branche ; non, aux yeux du public, ils auraient simplement copié une tendance. Encore une injustice.

Surtout, qu'allait devenir Sally, la mère de son enfant, dans tout cela ?

Il joua néanmoins le jeu devant Orson, acceptant de trinquer avec lui pour fêter la bonne nouvelle du bébé, mais il n'avait pas le cœur à la fête et il voyait bien qu'elle non plus. Le dîner passa cependant rapidement. Quand la gouvernante apporta le dessert, Sally s'excusa, prétextant la fatigue pour partir. Son père se leva pour la raccompagner à la porte, où son chauffeur l'attendait.

Resté seul à table, il sentit alors son estomac se nouer en songeant à ce qu'il s'apprêtait à dire à Orson à son retour. Il y avait beaucoup de choses qu'il devait savoir, même s'il n'apprécierait certainement pas de les entendre. Pour commencer, Orson ne serait sans doute pas ravi d'apprendre qu'il avait délibérément dissimulé son identité à Sally le soir de leur rencontre, mais il savait qu'il devait tout lui exposer de façon aussi honnête que possible. Tout, y compris la preuve qui avait été découverte ce jour-là.

La veille au soir, Kirk avait dû surmonter le moment le plus pénible de toute sa vie professionnelle. Et aussi un des plus durs d'un point de vue personnel, parce qu'il tenait à Orson. Et à sa fille. Quand il avait vu la dévastation sur le visage de celui-ci, il n'avait pu s'empêcher de songer qu'il était le messager responsable de ce malheur, et il avait lui-même souffert comme jamais il ne l'aurait cru possible. Mais le pire était encore à venir. Après la découverte de la preuve, une réunion spéciale du conseil d'administration avait été organisée d'urgence, et Orson avait insisté pour y assister. Assis à côté de lui, derrière son bureau, ce dernier lui fit signe de passer le coup de téléphone tant redouté.

À contrecœur, il composa donc le numéro du poste de Sally.

— Bonjour, pourrais-tu te rendre en salle de conférences à 10 heures ce matin ? Je pense qu'il serait préférable que tu amènes avec toi quelqu'un pour te soutenir.

— Pour me soutenir ? répéta-t-elle, manifestement confuse. Pourquoi aurais-je besoin de quelqu'un pour me soutenir ?

— Je t'expliquerai tout quand tu arriveras, mais tu vas avoir besoin d'un avocat.

— Kirk, qu'est-ce qui se passe ?

— 10 heures. Ne sois pas en retard.

Il raccrocha sans lui laisser le temps d'ajouter quoi que ce soit. De l'autre côté du bureau, Orson paraissait profondément malheureux.

— Je n'avais jamais imaginé qu'une telle chose pourrait arriver. Pourquoi ? Pourquoi a-t-elle fait ça ?

C'était également la question qui le taraudait. Elle avait, à son sens, peu de choses à gagner à ce sabotage. Si son objectif était de précipiter la faillite de l'entreprise, on ne pouvait pas vraiment dire qu'elle avait réussi. La société avait certes vu son nombre de nouveaux clients diminuer, mais elle était toujours aussi populaire auprès de son ancienne clientèle. Le développement demeurait cependant la clé de toute réussite industrielle, et sa trahison avait porté un coup à celui de HIT.

Leur concurrent l'avait-il soudoyée ou fait chanter ? Que s'était-il exactement passé ?

À 9 h 30, Orson et lui rejoignirent le conseil dans la salle de conférences, où ils mirent les autres au parfum de leurs dernières découvertes. Personne ne sembla s'en réjouir ; et quand une assistante finit par annoncer l'arrivée de Sally, chacun prit un air sombre et concentré.

En entrant, elle parut surprise de constater que tout le conseil était rassemblé, son visage blême rappelant à Kirk la réaction qu'elle avait eue durant le tournage de la vidéo.

— Papa ? Qu'est-ce qui se passe ?

— Assieds-toi, Sally, répondit Orson d'un air grave.

Marilyn se trouvait juste derrière elle. Elles s'assirent, et il remarqua que la main de Sally tremblait quand elle prit le verre d'eau qui se trouvait devant elle. Il dut se forcer à ignorer l'élan de compassion qu'il avait aussitôt senti au fond de lui. Il avait couché avec cette femme. Conçu un enfant avec elle. Et désormais, elle était son ennemie. Le sentiment de trahison qui le transperçait était violent et douloureux.

— Merci d'être venues ce matin, mesdames, dit-il en guise de préambule.

Marilyn lui jeta un regard mauvais avant de se tourner vers Orson, face auquel son expression s'adoucit légèrement.

— Qu'est-ce qui se passe, Orson ? Comment se fait-il que tu aies anticipé ton retour ?

L'air immensément triste, Orson fixa son regard sur sa fille. Kirk se prit à regretter que ce ne soit pas quelqu'un d'autre que Sally qui lui ait fait ça. N'importe qui. Être vendu à la concurrence par l'un de ses employés était déjà une chose difficile à vivre. Mais par sa propre fille ?

Sally serrait ses mains sur ses genoux pour les empêcher de trembler. Elle sentait que quelque chose d'horrible allait se passer. Son père ne lui avait rien dit de cette réunion la veille au soir, mais à bien y réfléchir il avait été un peu distrait par la nouvelle qu'elle lui avait annoncée. Quand Kirk l'avait convoquée et lui avait conseillé de venir accompagnée et de prendre un avocat, elle avait été pour le moins choquée. C'était la procédure habituelle quand un employé était menacé d'une sanction disciplinaire ou, pire encore, d'une mise à pied. Mais elle ne comprenait pas comment l'une ou l'autre de ces situations pouvait la concerner.

Et si elle se retrouvait contrainte à parler devant ces personnes ? Rien qu'à y penser, elle sentit sa gorge se serrer, des gouttes de sueur couler le long de son dos. À son côté, Marilyn plaça doucement sa main sur la sienne.

— Ça va aller, ne t'inquiète pas. Ton père ne permettrait jamais qu'il t'arrive quoi que ce soit, dit-elle d'une voix rassurante.

Mais elle ne parvint pas à répondre. Sa bouche était sèche, sa gorge bloquée. Devant elle, Kirk se leva et se mit à parler. Tous les regards se tournèrent vers lui. À cause de son charisme. Ou bien parce que personne ne voulait la regarder en face. Pas même son père. Le petit déjeuner qu'elle avait avalé à la hâte le matin dans son bureau, pour le bien du bébé, menaçait de ressortir par où il était passé.

La seule personne qui semblait lui prêter attention était Kirk, qui s'adressa à elle directement en lui faisant part de ce qu'il décrivit comme des informations qu'il avait transmises au conseil avant son arrivée. Elle l'écouta à moitié tandis qu'il énumérait une série d'initiatives de HIT qui avaient été illégalement transmises à la connaissance d'une autre entreprise avant la fusion, raison qui expliquait la mission que son père lui avait confiée. Les contrats perdus n'étaient pas une découverte pour elle. Elle avait elle-même été choquée par tout ce qui s'était passé.

— La seule conclusion logique à laquelle nous sommes parvenus est que quelqu'un de chez nous a œuvré contre les intérêts de la société. Nous avons donc diligenté une enquête, et nous pensons désormais savoir qui est cette personne.

Elle lança un regard circulaire autour de la table. Tous les visages étaient tournés vers elle. Ce fut alors qu'elle comprit.

Ils pensaient que c'était elle.

10

Sally fixa toutes les personnes présentes, ébahie, incapable de prononcer le moindre mot. Elle ne pouvait croire ce qui lui arrivait.

— Vous sous-entendez que c'est moi ? Que c'est moi qui suis derrière tout ça ? balbutia-t-elle enfin.

— À l'appui des preuves qui nous ont été présentées, oui. Mademoiselle Harrison, souhaitez-vous répondre à ces allégations ? demanda Kirk d'un ton glacial.

Un élan de colère la traversa alors, si fort qu'il balaya totalement sa crainte de s'exprimer en public. Elle se leva d'un bond.

— Bien sûr que oui ! Comment osez-vous m'accuser de ça ? Et toi, papa, comment peux-tu le croire ?

— Je suis désolé, ma chérie. Je n'avais aucune envie de le croire, mais les faits sont là. C'est de ton ordinateur que sont sorties les informations.

À ces mots, elle eut l'impression que le monde venait de s'effondrer sous ses pieds. Son ordinateur ? Qu'elle emportait partout avec elle ? Qui était protégé par deux mots de passe ? Lentement, elle se rassit, secoua la tête.

— Ce n'est pas moi. Quelqu'un d'autre a dû y avoir accès.

— Dois-je en déduire que quelqu'un d'autre connaît vos mots de passe ?

— Bien sûr que non ! C'est contraire au règlement de la société.

Permettre à quelqu'un d'accéder à son ordinateur aurait été une faute presque aussi grave que celle dont il l'accusait.

— Je veux un avocat, déclara-t-elle.

Sa voix s'était remise à trembler. La colère était retombée aussi rapidement qu'elle était arrivée, la laissant comme vidée. La réalité avait repris ses droits. Elle ne savait pas qui l'avait piégée, mais on pouvait dire que cette personne avait réussi. Elle ne pourrait pas s'en sortir sans l'aide d'un professionnel.

— Oui, je pense que vous allez en avoir besoin, répondit Kirk fermement. Entre-temps, vous êtes déchargée de toutes vos responsabilités envers la société. Durant tout le déroulement de l'enquête externe, vous ne pourrez plus avoir accès au matériel de HIT.

— Déchargée de mes responsabilités ?

— C'est la procédure habituelle dans ce genre de cas, intervint Marilyn. Mais ne t'inquiète pas. Je suis sûre que tout va bien se passer.

Sally prit le temps de réfléchir. Des bouleversements ne cessaient de survenir dans sa vie, touchant tous ses aspects, et ce depuis le jour où elle avait rencontré Kirk Tanner. Curieux, non ? Elle resta assise à sa place tandis que, un à un, les membres du conseil, son père et Marilyn quittaient la pièce. Au bout du compte, elle se retrouva seule avec Kirk.

— Tu t'es bien moqué de moi, dit-elle amèrement quand la dernière personne eut refermé la porte derrière elle.

— Comment ça ? demanda-t-il en feignant l'étonnement.

— Quand tu m'as rencontrée ce soir-là au pub, me soupçonnais-tu déjà ?

Il fallait qu'elle sache, même si l'entendre de sa bouche était un épouvantable calvaire.

— Tout le monde était soupçonné, mais...

— Mais rien. Tu me soupçonnais, et tu m'as séduite, en sachant parfaitement qui j'étais. Tu pensais que j'allais laisser échapper quelque chose dans le feu de l'action ? Si c'est le cas, tu as perdu ton temps. Je suis innocente. Je me suis fait piéger. Je t'ai déjà expliqué à quel point il était difficile pour moi de faire mes preuves dans l'entreprise. Mais si l'un des employés en est arrivé à de telles extrêmités pour me discréditer, ça va encore plus loin que ce que je pensais.

— Si tel est le cas, l'enquête le révélera et tu pourras reprendre tes fonctions. En attendant, aux yeux des autres employés, tu seras officiellement absente pour raisons médicales.

Elle eut un petit rire amer.

— Ça aussi, ça t'arrange bien, hein ?

— Que veux-tu dire ?

— Tu m'as fait clairement comprendre que tu n'avais pas envie que je travaille pendant que je porterai ton enfant. Apparemment, tu as trouvé un moyen radical de parvenir à tes fins. Tu t'es déjà révélé être le fils que mon père n'a jamais eu. Tu comptes me voler beaucoup d'autres choses, après ça ?

Elle aurait voulu pouvoir effacer les mots qu'elle venait de prononcer, mais d'un autre côté, maintenant qu'ils étaient sortis, elle pouvait affronter la vérité. Et la vérité était qu'elle ne serait jamais assez bien, assez déterminée, assez forte pour être la personne dont son père avait vraiment besoin.

À sa grande consternation, elle éclata en sanglots. Il se précipita vers elle, mais elle le repoussa.

— Ne me touche pas ! Ne me touche plus jamais !

D'un revers de main, elle essuya ses larmes. Elle le regarda et vit une ombre d'inquiétude sur son visage.

— Tu n'as pas répondu à ma question, dit-elle d'une voix tremblante. Tu m'as déjà avoué que, la première fois, tu savais parfaitement qui j'étais. Mais pensais-tu déjà que c'était moi ? Est-ce pour cette raison que tu m'as dissimulé ton identité le soir où nous nous sommes rencontrés ? Parce que tu me soupçonnais d'être la personne responsable du sabotage de HIT ? Est-ce pour cette raison que tu as couché avec moi ?

Comme il ne répondait rien, elle comprit qu'elle avait vu juste. Il fallait qu'elle affronte la réalité : il s'était moqué d'elle dès le départ. Il s'était servi d'elle pour essayer d'obtenir des informations. Au-delà de cela, elle ne l'intéressait pas.

Un frisson glacial lui parcourut le dos. Et dire qu'elle avait commencé à envisager de l'épouser. De bâtir une famille avec lui. Quelle idiote elle avait été.

— Sally, rien ne s'est passé comme je l'avais prévu. Tu n'es pas comme je l'avais prévu...

— Arrête ! l'interrompit-elle en levant sa main devant elle. Ne te donne pas cette peine. J'ai compris. Si tu n'avais pas eu l'intention de me soutirer des informations, nous ne nous serions jamais rencontrés avant l'annonce de la fusion.

— Je n'ai pas feint mon attirance pour toi, Sally. À la seconde même où tu es entrée dans ce bar, tu as captivé mon attention. Mais je l'avoue, je me suis rendu compte que je t'avais déjà vue quelque part, et il ne m'a pas fallu bien longtemps pour comprendre que c'était dans les dossiers que ton père m'avait remis. J'avais passé en revue le profil de chacun des employés pour apprendre à connaître les personnes avec qui j'allais travailler et aussi, je l'admets, pour essayer de trouver qui pouvait avoir des raisons de fournir à notre concurrent des informations confidentielles.

Il sembla à Sally que son cœur s'arrêtait de battre.

— Mon père me soupçonnait-il ?

— Non, mais il devait t'inclure dans le dossier. S'il ne l'avait pas fait, il aurait pu être soupçonné de partialité. Tu comprends, je pense ?

Elle poussa un lourd soupir, à la fois soulagée et déçue.

— Et maintenant, tu crois que c'est moi... Mais que comptes-tu faire ? Demander aux vigiles de m'escorter dans mon bureau pour que je vide mes affaires ?

— Ce ne sera pas nécessaire. Marilyn se verra confier la tâche de débarrasser tes effets personnels de ton bureau. Quant aux appareils électroniques et à ton téléphone, ils seront conservés pour les besoins de l'enquête.

Elle avait beau être innocente, elle se sentait sale. Ou plutôt salie. Quand tout serait terminé, comment réussirait-elle à faire son retour la tête haute ? Ses collègues parviendraient-ils à la regarder dans les yeux ? À lui faire confiance à nouveau ? On allait leur dire qu'elle devait s'absenter pour raisons médicales, mais ils ne seraient pas dupes. Un congé maladie juste après l'annonce par un concurrent d'un projet identique à celui qu'elle avait présenté à peine deux jours plus tôt ? Ils ne manqueraient pas de faire le rapprochement, c'était certain.

— Très bien, fit-elle avec toute la dignité qu'elle put rassembler. Mais dis-moi, Kirk, est-ce que ça en valait la peine ?

— Quoi donc ?

— Le sacrifice que tu as fait en couchant avec moi ?

Sans lui laisser le temps de répondre, elle posa violemment son téléphone sur une table et tourna les talons. Une fois devant l'ascenseur, elle appuya sur le bouton et pria pour qu'il arrive rapidement. Toute sa vie, elle n'avait rêvé que de prouver ses qualités, de devenir un membre éminent de l'équipe, et désormais, elle était définitivement mise à l'écart. Son chagrin était immense. Et son père ? Elle avait vu l'expression de son visage, la déception, les soupçons, les interrogations. Elle espérait qu'il croirait en son innocence une fois qu'elle aurait eu l'occasion de lui parler mais, dans la mesure où Kirk semblait être une personne si digne de confiance à ses yeux, quelles étaient ses chances qu'il croie en sa parole plutôt qu'en la sienne ?

L'ascenseur finit par s'ouvrir et elle s'y engouffra avec soulagement. Elle appuya sur le bouton « rez-de-chaussée », et les portes commencèrent à se refermer, mais soudain quelqu'un glissa son bras à l'intérieur, et elles s'ouvrirent à nouveau. Kirk, naturellement.

Mais que voulait-il encore ?

Elle le fixa, incrédule, tandis que les portes se refermaient derrière lui.

— Tu ne peux pas me tenir pour responsable de ce qu'il vient de se passer, Sally. Tu sais parfaitement que tout ce que je t'ai demandé relève de la procédure standard.

— N'insiste pas. Tu m'as menti dès le moment où je t'ai rencontré. Tu ne pourrais pas te montrer un peu honnête, pour changer ?

— Tu veux de l'honnêteté ? Eh bien je vais t'en donner. Tu

as captivé mon attention dès l'instant où tu es entrée dans ce pub ce soir-là. Je ne t'ai pas reconnue tout de suite, mais je ne pouvais pas détacher mon regard de toi.

Agacée, elle poussa un lourd soupir.

— Je suis peut-être un peu naïve, parfois, mais ne t'imagine pas que je vais croire ça. Il y avait des tas de femmes beaucoup plus belles que moi dans ce bar.

— Et pourtant je n'avais d'yeux que pour toi.

Elle le regarda sans chercher à dissimuler son scepticisme.

— Un peu cliché, tu ne crois pas ?

— Sally, arrête d'essayer de dresser des murs entre nous.

— Moi ? s'exclama-t-elle, furieuse. Je te rappelle que tu viens de m'accuser d'espionnage industriel !

— Écoute, cette situation me rend malade. Nous allons poursuivre l'enquête et il faut que nous le fassions dans les règles. Je n'ai aucune envie de t'imaginer coupable, mais les preuves sont tellement convaincantes qu'elles laissent peu de place au doute.

Au grand soulagement de Sally, les portes finirent par s'ouvrir. Il fallait qu'elle sorte de là. Qu'elle sorte de cet ascenseur, de ce bâtiment, de la sphère d'influence de Kirk. D'un pas déterminé, elle commença à avancer.

— Sally ! cria-t-il derrière elle quand elle passa les portes vitrées de l'immeuble.

Elle s'arrêta sur le trottoir pour se retourner.

— Tu n'as plus aucune autorité sur moi ici, dans la rue. Je ne suis pas obligée de te répondre.

— Où est Benton ?

— Je ne sais pas, et ça m'est égal. On a peut-être décrété que je n'avais plus besoin de garde du corps. Ne t'inquiète pas pour ça.

Le regard rivé sur elle, il la prit par le bras.

— Mais tu portes toujours mon enfant, dit-il d'une voix froide. J'ai le devoir de veiller sur mon enfant.

Lasse, elle ferma les yeux quelques instants. Bien sûr. Le bébé. Il y aurait toujours quelque chose ou quelqu'un de plus important qu'elle. En ouvrant les yeux, elle regarda sa main sur son bras avant de relever la tête vers lui. Il ne la tenait pas très fermement mais il était clair qu'il n'envisageait pas de la lâcher. La vie qu'elle pensait avoir ne lui appartenait pas. Elle ne lui avait jamais appartenu et il était désormais peu probable qu'elle lui appartienne un jour.

Kirk finit par la lâcher. Tournant les talons, elle se dépêcha de s'éloigner de lui.

Cela faisait une semaine que Sally était coincée chez elle. Le temps était devenu lugubre et froid. Il ne restait que quelques jours avant Thanksgiving, et elle se demandait pourquoi elle aurait dû remercier le ciel. L'avocat qu'elle avait contacté lui avait expliqué qu'il ne pouvait pas faire grand-chose tant que l'entreprise n'avait pas officiellement porté plainte contre elle. En attendant, elle continuait de dîner avec son père, mais l'atmosphère entre eux était pour le moins tendue. La bonne nouvelle, c'était que son état de santé avait permis à celui-ci de reprendre le travail. À mi-temps, certes, bien qu'elle le soupçonnât de travailler aussi un peu depuis chez lui. Quoi qu'il en soit, ses résultats d'examens étaient bons et son cardiologue était ravi qu'il ait si bien récupéré. Pour cela, au moins, elle pouvait s'estimer heureuse.

Pour passer le temps, elle lisait des romans au chaud chez elle et, entre deux averses, allait se promener dans le parc, mais elle brûlait d'envie de remettre son esprit en action. Elle n'était pas faite pour l'oisiveté. D'autre part, elle était tourmentée par l'idée que la taupe soit toujours dans les locaux de l'entreprise, où elle pouvait poursuivre à loisir le travail de sabotage qu'elle avait commencé.

Elle avait passé beaucoup de temps à réfléchir à la situation et à ce qu'elle pouvait faire pour prouver son innocence. Et elle en était arrivée à la conclusion qu'elle devait mener sa propre enquête. En commençant par se concentrer sur Kirk Tanner.

Elle avait toujours aimé faire des recherches et aller au cœur des problèmes. Elle en avait désormais un sérieux à régler. Kirk. L'épicentre du tremblement de terre qui avait ébranlé sa vie jusque dans ses fondations.

Il ne lui fallut pas beaucoup de temps pour dénicher des informations sur son passé. Grâce à la digitalisation de la presse locale, on pouvait trouver sur Internet beaucoup de données sur sa famille. À commencer par un article dans lequel Frank Tanner et le père de Sally annonçaient avec enthousiasme la fondation de HIT.

Elle regarda longuement la photo qui l'illustrait et sur laquelle on pouvait voir son père, plus jeune, et un homme qui ressemblait beaucoup à Kirk. La fierté des deux amis transparaissait à travers l'image. Elle imprima l'article avant de passer au suivant. Celui-ci était beaucoup moins glorieux. Il décrivait l'arrestation d'un homme sous l'emprise de la drogue après que la police eut été appelée pour un problème de violences conjugales. Cet homme était Frank Tanner.

Un frisson lui parcourut le dos tandis qu'elle lisait un résumé de sa condamnation. Quelques années plus tard, il était de nouveau passé devant le juge, encore une fois pour consommation de drogue, encore une fois pour violences conjugales. Pour finir, un court article relatait sa mort, suite à une chute du Deception Bridge. L'autopsie avait révélé que la quantité de drogue présente dans son corps aurait de toute façon suffi à le tuer, même si la chute ne lui avait pas été fatale.

Pensive, elle regarda la première photo qu'elle avait imprimée. Frank et son père étaient alors si jeunes, si pleins d'espoirs et de rêves pour l'avenir. À son grand étonnement, elle éprouva un élan de compassion pour Kirk. Qu'avait-il pu ressentir en voyant ainsi son foyer se désintégrer ? Elle ne le saurait jamais. Elle avait de la chance. Son père avait beau être très pris par son travail, il n'avait jamais levé la main sur elle et s'était toujours bien comporté envers les siens.

Maintenant qu'elle en savait davantage sur le passé du père de Kirk, elle n'avait aucun mal à comprendre pourquoi sa mère avait été si déterminée à quitter la région pour refaire sa vie en Californie avec son fils. Et pourquoi Kirk était lui-même si motivé par le plan de vie qu'il tenait absolument à suivre. Son enfance avait dû être particulièrement difficile et déstabilisante.

Elle savait que son père avait aidé financièrement les Tanner, notamment en payant les études de Kirk. Mais... Et si Kirk avait pensé qu'une place lui revenait de droit à HIT ? Et si c'était lui qui avait proposé à son père de faire fusionner leurs deux sociétés ? Et s'il avait inventé de toute pièces cette menace de rachat pour se ménager un accès à la place qu'il aurait selon lui dû occuper depuis le départ ?

Après avoir longuement réfléchi, elle appela son père pour lui demander si elle pouvait passer le voir. Il se montra un peu froid avec elle à son arrivée, mais quand ils s'assirent ensemble devant la cheminée de la bibliothèque, elle décida d'entrer directement dans le vif du sujet.

— Papa, tu crois vraiment que je suis responsable de ces fuites ?

Il la regarda comme s'il était choqué qu'elle lui pose une telle question.

— J'aimerais ne pas le croire, ma chérie. Après tout, pourquoi ferais-tu une chose pareille ? Mais Marilyn dit que tu étais frustrée de ne pas évoluer dans la société, même si je n'ai jamais eu l'occasion de le constater de mes yeux. J'ai toujours pensé que tu me ferais part de tous les problèmes que tu pourrais rencontrer. Ce qui m'amène à me demander ce que tu espérais obtenir en agissant ainsi.

Elle se retrouva un peu prise de court. Ainsi donc, Marilyn avait dit à son père qu'elle n'était pas satisfaite de sa carrière ? Certes, elle avait confié à cette dernière qu'elle souhaitait grimper dans la hiérarchie, que son objectif était de soutenir son père par tous les moyens possibles. Mais il ne lui semblait pas avoir jamais ressenti ou exprimé de la déception à l'égard de sa vie professionnelle.

— Rien, naturellement, finit-elle par répondre. Je n'ai rien à y gagner. Ce n'est pas moi. Je veux que tu le saches, je veux que tu me croies.

— Je veux le croire, moi aussi. Mais l'important n'est pas ce que je pense. Il va donc falloir que nous le démontrions, preuves à l'appui.

Elle fut touchée par son emploi du pronom « nous » plutôt qu'un simple « tu ».

— Et si tu me parlais du bon vieux temps, papa, quand Frank Tanner et toi avez fondé HIT. Ça devait être une époque géniale.

Un doux sourire se dessina sur ses lèvres.

— Une époque vraiment géniale, oui. C'était le boom des technologies informatiques, et on était pleins d'idées et d'enthousiasme. De belles années, ponctuées de défis et de réussites.

Comme il se mura soudain dans le silence, elle comprit qu'il devait penser à la mort de son associé.

— Je me suis un peu renseignée sur la dépendance de Frank Tanner. À ton avis, comment se fait-il qu'il soit tombé dans la spirale de la drogue ?

Tout en joignant ses mains, il poussa un lourd soupir.

— Je ne sais pas, vraiment. À l'université, il était du genre fêtard, mais il était tellement brillant que ça n'avait pas d'impact sur ses résultats. Il n'avait aucun effort à faire pour réussir ses examens. Je l'enviais beaucoup pour ça. Tout ce que j'ai réussi, je l'ai réussi à la sueur de mon front.

Comprenant parfaitement ce qu'il entendait par là, elle hocha la tête.

— En revanche, il avait une certaine tendance à se mettre la pression pour se surpasser. On aurait dit qu'il avait des choses à se prouver. Il voulait toujours plus, toujours mieux. Dans les mois qui ont suivi la fondation de l'entreprise, on faisait beaucoup d'heures et on se payait très peu. Frank travaillait encore plus que moi. Je pense qu'il a commencé à prendre de la drogue pour rester éveillé au cours de nos longues journées de travail. Je me demandais toujours comment il faisait pour tenir ; avec le recul, je pense avoir compris.

Quoi qu'il en soit, quand je me suis rendu compte qu'il était dépendant, il était déjà trop tard. Il est mort peu de temps après. J'étais son ami, j'aurais dû le voir, j'aurais dû lui poser davantage de questions. J'aurais dû comprendre qu'il avait besoin d'aide, notamment quand j'ai vu que les choses ne se passaient pas bien entre lui et sa femme.

— Elle l'a accusé de violences conjugales, c'est bien ça ?

— J'aurais dû me douter que tu finirais par découvrir cette horrible histoire.

— Que veux-tu que je te dise ? Je suis curieuse. Tel père, telle fille.

Il lui adressa un sourire et un regard pleins de tendresse, une expression qu'elle avait regretté de ne plus voir sur son visage depuis les accusations de Kirk.

Une douce chaleur se répandit dans sa poitrine.

— Ce qui est arrivé à Frank n'est pas ta faute, papa, dit-elle avec une profonde conviction. Il avait commencé son autodestruction bien avant que vous ne fondiez cette entreprise ensemble. Même si tu l'avais remarqué à ce moment-là, penses-tu vraiment que tu aurais pu y changer quelque chose ? Il n'avait pas la volonté d'arrêter. S'il n'a pas réussi à le faire pour sa famille, il ne l'aurait pas fait pour toi.

Ses paroles étaient directes, mais elles avaient le poids de la vérité. Et elle espérait que son père le perçoive.

— Au fond de moi, je crois que je savais tout ça, mais demeurait la douleur d'avoir perdu un ami. Quand il est mort, il a fallu que j'aide Sandy. Elle était complètement dévastée, même si elle a tout fait pour tenir le choc pour le bien de Kirk. Il avait douze ans à la mort de son père, une période toujours difficile pour les enfants, même quand tout va bien. J'en ai discuté avec ta mère et nous nous sommes mis d'accord pour faire tout ce que nous pourrions pour aider Sandy et Kirk à prendre un nouveau départ.

Elle le regarda longuement. Cette incursion dans le passé

l'avait manifestement beaucoup peiné, mais elle ne regrettait pas pour autant de l'avoir interrogé. Il fallait qu'elle comprenne la situation dans sa globalité. Il lui semblait par ailleurs que mieux elle connaîtrait l'histoire de HIT, mieux elle serait armée pour découvrir qui essayait désormais de porter tort à la société. Elle était bouleversée que son père puisse l'imaginer coupable de ce sabotage. Tant qu'elle n'aurait pas prouvé son innocence, il y aurait ces doutes dans son regard. Et elle n'avait aucune envie de continuer à vivre ainsi.

— Papa, quand as-tu commencé à soupçonner l'existence d'un problème de sécurité au sein de l'entreprise ?

Manifestement mal à l'aise, il changea de position sur son fauteuil.

— Ça dure depuis environ un an, finit-il par admettre.

Elle ne chercha pas à dissimuler sa consternation. Un an ? Cela coïncidait avec sa nomination au poste de chef de son service.

— J'ai fait ce que j'ai pu pour essayer de trouver qui était derrière tout ça, mais je me suis heurté à des murs, poursuivit-il. Alors je me suis tourné vers Kirk.

— Pourquoi lui ?

Pourquoi ne pas avoir partagé tes inquiétudes avec moi ?

— J'imagine que tu m'en veux de ne pas t'avoir parlé de ça avant...

— C'est vrai. Je ne veux pas te mentir. Ça m'a fait mal de le découvrir derrière ton bureau le lendemain de ton infarctus. D'autant plus que tu m'avais annoncé l'affaire conclue au dîner la veille au soir seulement, sans m'en avoir glissé le moindre mot au préalable.

— Eh bien, à ma décharge, j'envisageais de me trouver ce jour-là à son côté. Je n'imaginais pas que mon palpitant me ferait ce coup-là.

Machinalement, elle se leva pour s'approcher de la cheminée, tendant les mains pour laisser les flammes les réchauffer.

— Pourquoi ne m'avoir jamais parlé de tes liens avec Kirk et sa mère ?

— Ce n'était pas une chose que tu avais à savoir, répondit-il sèchement.

Après quelques secondes de réflexion, elle se retrouva contrainte de concéder qu'il avait sans doute ses raisons. Mais restait un petit détail : au moment où l'entreprise s'était retrouvée affaiblie, c'était vers Kirk qu'il avait décidé de se tourner. Pas vers elle. Troublée, elle décida de changer l'orientation de la conversation.

— À ton avis, pourquoi quelqu'un a-t-il transmis ces informations ?

— Pour l'argent, évidemment ! rétorqua-t-il, l'air furibond. Pour quelle autre raison trahirait-on l'entreprise pour laquelle on travaille ? L'espionnage industriel est une chose terrible ; il crée des faiblesses qui permettent aux concurrents de gagner du poids dans des tentatives de rachat agressives.

— Est-ce ce qui va nous arriver ?

Comme s'il en avait dit plus qu'il ne l'aurait souhaité, son père prit un air soucieux. Mais il finit par acquiescer.

— Il y a donc menace de rachat, murmura-t-elle, pour elle-même. Comment peux-tu savoir que ce n'est pas Kirk le responsable ? Et s'il avait monté ça de A à Z pour pouvoir ensuite arriver en chevalier blanc et proposer une fusion avec sa société ?

— Kirk ? répéta-t-il, l'air incrédule. Non. Il ne tomberait jamais si bas. Il n'est pas du genre à agir dans l'ombre. C'est un garçon franc et honnête.

Franc et honnête ? Mais ne lui avait-il pas dissimulé son identité le soir où ils s'étaient rencontrés ? Manifestement, si son père refusait de considérer Kirk comme un suspect, il n'avait aucun mal à envisager cette possibilité pour elle. Rien qu'à y penser, elle sentait la colère et la vexation bouillir dans ses veines.

— En plus, c'est moi qui suis venu le trouver pour lui demander son aide. J'ai toujours gardé un œil sur lui. C'est peut-être grâce à moi qu'il a pu faire des études, mais c'est grâce à son travail et son mérite qu'il a réussi à faire quelque chose de sa vie. Heureusement, il a hérité des qualités de son père, pas des défauts. Pour être totalement honnête avec toi, Sally, HIT avait bien plus besoin de Tanner Enterprises que Tanner Enterprises de HIT. C'est moi qui me suis appuyé sur lui. La fusion était pour lui une manœuvre risquée.

Elle voyait bien que son père était sincère, mais cela ne faisait rien pour combler le vide qu'elle ressentait. Autant se l'avouer : elle aurait beau se montrer audacieuse, elle n'aurait jamais l'énergie et la soif de réussite qui animaient Kirk. Sinon, n'aurait-elle pas déjà trouvé un moyen de surmonter son manque de confiance en elle ?

Elle ne pouvait plus attendre. Il fallait qu'elle prouve qu'elle était innocente des accusations portées contre elle. Et le plus tôt serait le mieux.

11

Au cours des deux jours qui suivirent, Sally passa des heures à essayer de découvrir l'identité de la taupe. Sa table de salle à manger était désormais recouverte de papiers barbouillés de dates, de données et de noms reliés entre eux. Sur d'autres feuilles, elle avait fait des listes de noms et noté ce que chacun pouvait espérer gagner d'un acte d'espionnage industriel.

Avec ses années d'expérience au sein de HIT, elle en était venue à connaître une grande partie des employés des divers services. Mais grâce à la bonne ambiance de travail et à la rigoureuse éthique de la société, les problèmes étaient rares. Qu'un employé aigri puisse vouloir se venger de son employeur, elle le comprenait, mais qui chez HIT était déçu à ce point ? Cela n'avait aucun sens. Malgré tout le temps qu'elle passa à étudier la question, elle ne parvint pas à aboutir à une solide conclusion.

Les jours se succédèrent dans une ambiance morne, et la perspective de son rendez-vous chez le gynécologue ne parvenait même pas à lui rendre sa bonne humeur. Kirk avait insisté pour l'accompagner, mais l'atmosphère entre eux était toujours aussi tendue. Sa présence ne ferait que lui rappeler ses liens avec cet homme qui ne lui faisait pas confiance et en qui elle n'avait pas confiance. Et pourtant, à chaque fois qu'elle songeait à lui, elle sentait la chaleur du désir emplir son corps.

Une semaine après Thanksgiving, qu'elle avait passé avec son père et Marilyn, elle se trouvait en train de tricoter dans son appartement quand l'Interphone sonna. Le bruit la fit sursauter. Elle n'attendait personne. Décontenancée, elle répondit, et quand elle entendit la voix de Kirk, elle se trouva incapable de réprimer le délicieux frisson qui lui parcourut le corps. Puis la panique s'empara d'elle. Elle envisagea même de lui demander de partir sans avoir écouté ce qu'il avait à lui dire. Mais après avoir pris une profonde inspiration, elle se décida à lui ouvrir.

En attendant son arrivée, elle se précipita dans la salle de bains pour se brosser les cheveux et appliquer sur sa peau une noisette de crème teintée.

— C'est quand même mieux, murmura-t-elle à son reflet dans le miroir. Dommage que tu n'aies pas le temps de te changer.

Mais quelle importance, de toute façon ? Cela ne pouvait pas être une visite de courtoisie. De nouveau, la panique s'empara d'elle. S'il était venu la voir, ça ne pouvait être que pour lui annoncer de mauvaises nouvelles : sa mise à pied, sans doute.

Bien qu'elle s'attendît désormais à son arrivée, le coup qu'il frappa à la porte la fit une nouvelle fois sursauter.

Respire, se dit-elle mentalement en se dirigeant vers l'entrée.

Son apparition lui fit un choc. Élégamment vêtu d'un costume, il emplissait de sa présence tout l'espace, lui donnant honte de son pantalon de yoga, son sweat et ses chaussons, qui avaient fini par devenir son uniforme au cours des deux semaines passées. Mais, à son grand étonnement, le regard qu'il posa sur elle était vibrant de désir.

— Bonjour, lui dit-elle, gênée de constater que sa voix se brisait déjà.

— Tu es très belle. Je peux entrer ?

— Bien sûr, répondit-elle en l'y invitant d'un geste de la main.

Quand il passa devant elle, elle essaya de retenir son souffle. De ne pas inhaler cette odeur qui était si fondamentalement sienne. Mais naturellement, sa tentative échoua lamentablement. Elle ignorait le nom de son parfum, mais il devait contenir des essences aphrodisiaques, se dit-elle en luttant pour reprendre sur elle un semblant de contrôle. Ou alors, c'était juste qu'elle était totalement et irrémédiablement sous son emprise.

Plutôt la deuxième possibilité, songea-t-elle à regret tandis qu'elle lui proposait à boire.

— Je veux bien un café, merci.

— Assieds-toi. Je reviens.

Prenant place sur le canapé qu'elle venait de quitter, il attrapa la pelote de laine et les aiguilles.

— Tu tricotes ? demanda-t-il d'un air vaguement amusé.

— J'essaie, répondit-elle avec défiance. Il faut bien que je fasse quelque chose pour m'occuper l'esprit.

Elle n'était pas très douée pour le tricot, mais elle s'y essayait régulièrement. Et à chaque fois qu'elle le faisait, elle ne pouvait s'empêcher de songer à sa mère, dont c'était l'un des passe-temps préférés.

— Tu es plus courageuse que moi, dit-il simplement en reposant le tout sur la table basse.

Elle lui fit couler un café et se prépara une tisane, après quoi elle prit place sur le canapé en face de lui. C'était à son sens plus sûr que de se poster à son côté. En mettant un peu de distance entre eux, peut-être parviendrait-elle à ignorer la façon dont son corps réagissait à sa présence. Elle prit une profonde inspiration et se lança.

— Pourquoi es-tu venu ? lui demanda-t-elle sans préambule, en prenant son mug entre ses mains.

— Je voulais t'annoncer la nouvelle moi-même.

Son regard était devenu intense et pénétrant.

— Quelle nouvelle ?

— Tu as été blanchie.

Elle avait beau savoir qu'elle était innocente, elle se sentit tout à coup submergée par une vague de soulagement si forte que les larmes lui montèrent aux yeux. Ses mains se mirent à trembler et un peu de tisane se renversa sur ses doigts quand elle essaya de reposer le mug sur la table. D'un bond, il s'était levé et s'était assis à côté d'elle, sortant de sa poche un mouchoir en papier avec lequel il lui essuya la main.

Elle tressaillit au contact de sa peau, mais elle parvint à ignorer la douce sensation de chaleur qui courut dans ses veines quand il prit tendrement ses mains dans les siennes. Libérant ses doigts, elle se redressa et mit de la distance entre eux.

— Évidemment, je ne suis pas surprise, dit-elle d'une voix dont la fermeté était en contradiction totale avec ce qu'elle ressentait. Je t'avais bien dit que ce n'était pas moi.

— Ton père m'a dit la même chose, répondit-il d'une voix douce.

Elle prit quelques instants pour savourer cette preuve que son père l'avait toujours crue. Puis elle revint à la question qui l'intéressait :

— Ce qui ne t'a pas empêché de douter de moi.

Mais il ne releva pas.

— L'enquête a révélé qu'un dispositif avait été utilisé pour que les données semblent avoir été envoyées depuis ton ordinateur. Pour le moment, on ne sait toujours pas qui a mis en place ce dispositif. Mais il s'agit apparemment de quelqu'un qui a d'importantes connaissances en informatique.

— Ce qui réduit la liste des suspects à environ quatre-vingt-dix pour cent du personnel de notre société, rétorqua-t-elle, sans chercher à dissimuler son amertume. Tu envisages de suspendre tout le monde jusqu'à ce qu'on ait trouvé le coupable ?

— Ce serait contre-productif, répondit-il avec un sourire en coin. Comme tu le sais sans doute aussi bien que moi.

Elle le regarda, regrettant de se sentir si troublée à chaque fois qu'elle le voyait. Et regrettant plus encore que ces horribles doutes et soupçons soient venus s'immiscer entre eux, leur volant la chance d'explorer ce qu'ils pourraient devenir en tant que couple sans la défiance que cette histoire sordide allait nécessairement laisser entre eux.

— Suis-je libre de reprendre mes fonctions ? demanda-t-elle.

— Dès demain, si tu le souhaites.

— Bien sûr que je le souhaite. J'ai du retard à rattraper.

— J'étais sûr que tu dirais ça, répondit-il en sortant du sac qu'il avait apporté son ordinateur, sa tablette et son smartphone. Voilà tes affaires.

Folle de joie, elle se jeta littéralement dessus pour les récupérer. Et quand elle ralluma son téléphone et vit le nombre de messages et autres appels manqués, elle soupira. Il allait lui falloir des heures pour passer en revue tout ça. Mais au moins, elle avait récupéré son matériel. Et sa dignité, ce qui était bien plus important.

Après avoir calmement reposé le tout sur la table, elle le regarda dans les yeux.

— Tu es content que j'aie été blanchie ?

Il poussa un lourd soupir.

— Bien plus que tu ne peux te l'imaginer.

— Tant mieux. Parce que je serais vraiment déçue si tu continuais à me soupçonner.

— Pourquoi dis-tu ça, Sally ?

— Parce que, malgré tout ce qui s'est passé, nous allons devoir élever un enfant ensemble.

Était-ce son imagination ou avait-elle perçu une ombre de déception dans ses yeux bleu ciel ?

— J'espère que nous réussirons à le faire en conservant des relations courtoises, reprit-elle.

— Courtoises ? répéta-t-il. Quand je te regarde, la courtoisie est la dernière chose qui me vient à l'esprit.

Sa voix avait baissé d'un ton, et elle ressentit l'intensité de ses mots comme s'il s'agissait d'une caresse brûlante. Elle lutta pour reprendre le contrôle d'elle-même, déterminée à ne pas s'abandonner aux émotions contradictoires qu'il faisait naître en elle.

— Mon père m'a parlé du tien et expliqué les raisons qui l'avaient poussé à te proposer une fusion de vos deux sociétés. Ce qu'il n'a pas réussi à m'expliquer, c'est pourquoi tu as accepté.

Elle était là, l'occasion que Kirk attendait. Une opportunité de commencer à faire tomber les barrières qui les séparaient. Il avait été tellement soulagé d'apprendre qu'elle avait été blanchie qu'au lieu de lui téléphoner il s'était directement rendu chez elle. Ses motivations n'étaient pas totalement dénuées d'égoïsme. Elle lui avait manqué et il brûlait d'envie de la revoir. Depuis son départ, il avait passé toutes ses journées à se demander ce qu'elle faisait, comment elle se sentait, et à espérer qu'elle s'occupe bien d'elle.

Elle méritait qu'il se montre honnête.

— Pour plusieurs raisons, dit-il prudemment, en la regardant directement dans les yeux. La première étant que j'ai toujours eu beaucoup d'estime pour ton père. Il ne nous devait rien, à ma mère et moi, mais au décès de mon père il nous a aidés à prendre un nouveau départ. Loin des souvenirs qui rendaient ma mère si malheureuse, loin de la tristesse qu'elle portait dans son cœur de ne pas avoir su aider son mari, de ne pas l'avoir empêché de se tuer.

Allait-elle accueillir ces informations avec du dégoût ? Il la regarda attentivement. Mais il ne lut en elle que de la compassion. Ce qui fit renaître en lui un faible espoir.

— Ce sentiment d'impuissance, je l'ai connu moi aussi, reprit-il. Tu sais, durant toute mon enfance, je me suis convaincu que, si je rangeais bien ma chambre, ma mère ne pleurerait pas et mon père ne se mettrait pas en colère. Ou que si j'avais des bonnes notes à l'école, mon père sourirait et viendrait jouer dehors avec moi plutôt que de rester sur le canapé à trembler. Il est alors devenu essentiel pour moi de contrôler tout ce qui m'entourait, de faire tout mon possible pour arracher un sourire à ma mère, apaiser mon père, détourner l'attention des voisins les soirs où les choses tournaient mal. Et ensuite, faire comme si rien ne s'était passé à chaque fois que la police venait pour emmener papa. J'ai appris qu'il faut mériter chacune des bonnes choses que l'on veut voir arriver dans sa vie. Or, ton père n'a jamais attendu quoi que ce soit en contrepartie de l'aide qu'il nous a apportée, à ma mère et moi. Il voulait juste nous aider.

Il la regarda en se demandant si elle pouvait comprendre, ne serait-ce qu'un peu, l'immensité de la gratitude qu'il éprouvait à l'égard de son père.

— Papa a toujours eu un grand cœur. Je pense que c'est grâce à ça qu'il a si bien réussi. Ça, ainsi que sa volonté et sa détermination, bien sûr. D'ailleurs, il ne tolère pas plus la paresse que l'injustice.

— Exactement. En fait, quand j'étais étudiant, c'est sur HIT que j'ai choisi de faire mon mémoire. J'imagine qu'à cause de mon histoire familiale j'éprouvais le besoin de comprendre ce que mon père avait fait avant de si mal tourner. Et tout cas, avec ça, le respect que j'avais pour ton père a encore grandi. Tant et si bien que j'ai modelé la structure de ma propre entreprise sur la sienne... Et même modelé ma vie sur la sienne. Alors, quand il m'a contacté pour me demander si j'accepterais une fusion avec HIT, j'ai vu dans cette idée de nombreux avantages pour lui comme pour moi. D'un point de vue professionnel, c'était une décision solide et raisonnée qui devait bénéficier aux deux sociétés. Et d'un point de vue personnel... Eh bien, il m'a expliqué qu'il avait besoin de moi, et j'ai vu là un excellent moyen de lui rendre tout le bien qu'il nous avait fait, à maman et à moi.

Elle le regardait, les yeux brillants d'émotion.

— Je suis désolée que tu aies eu une enfance aussi horrible. J'aurais vraiment voulu que les choses soient différentes pour toi.

— Pas moi. Plus maintenant. Cela a contribué à faire de moi l'homme que je suis désormais. Cela m'a aidé à déterminer ce que j'attendais de la vie.

— Ah oui, dit-elle avec un doux sourire. Ton plan.

— Eh ! Ne te moque pas. Tout le monde a besoin d'un plan, non ?

Il lui semblait juste d'avoir partagé cela avec elle. Il avait l'impression qu'on lui avait ôté un poids des épaules.

— Et maintenant, que va-t-il arriver à HIT ? demanda-t-elle. Maintenant que tout le monde sait que je ne suis pas la taupe ?

— Nous allons continuer à enquêter, répondit-il d'une voix plate. Et nous allons trouver le coupable. C'est un acte délibéré, un délit passible d'emprisonnement.

— Et pour nous, que va-t-il se passer ?

— Que voudrais-tu qu'il se passe ?

Elle parut soudain plus fragile, désorientée.

— Je ne sais pas, Kirk. Je ne sais pas qui je suis quand je suis avec toi. Le soir où nous nous sommes rencontrés, tu m'as fait croire des choses sur moi qui m'ont donné de l'assurance et de la force. Mais quand j'ai découvert qui tu étais, cette assurance a volé en éclats et je me suis remise à douter de moi et de mon pouvoir de séduction.

Elle sembla hésiter un instant avant de reprendre :

— Tu sais, j'ai eu une enfance mille fois plus facile que la tienne, et beaucoup plus stable aussi, mais on a toujours placé beaucoup d'espoirs en moi. Des espoirs que j'ai parfois déçus. Tu as été témoin du pire, ma peur de m'exprimer en public...

— Mais tu as réussi à surmonter ça, Sally. Je t'ai vue lors de ta présentation sur les énergies renouvelables. Tu maîtrisais parfaitement la situation.

— Pas parfaitement, répondit-elle en souriant, mais mieux que dans le passé, je le reconnais. Enfin, jusqu'à ce que je m'évanouisse.

— Ce n'était pas de ta faute. C'était à cause de ta grossesse, pas ta phobie.

De nouveau, elle acquiesça.

— Mais, au bout du compte, le résultat est le même. J'ai fait ce que tout le monde s'attendait à ce que je fasse. J'ai échoué. C'est un art dans lequel je me suis particulièrement illustrée depuis l'enterrement de ma mère. Je lui avais écrit un poème. La seule chose que j'avais à faire était de le lire, mais je n'ai pas réussi. Les mots ont refusé de sortir de ma bouche. Je n'ai même pas pu dire au revoir à ma mère comme je l'aurais souhaité. Et maintenant, à chaque fois que je dois parler devant un groupe de plus de deux ou trois personnes, je me revois dans cette église, devant tous ces visages pleins d'espoir. À décevoir tout le monde et à ternir la mémoire de ma mère.

Sa voix s'était brisée et des larmes s'étaient mises à couler le long de ses joues.

— Rien que d'y penser...

Elle s'interrompit, secoua la tête.

— J'ai l'impression que c'était hier. C'est toujours présent en moi.

Il se sentait perdu et démuni. Il savait par Orson qu'elle avait été suivie par des médecins qui avaient tenté de l'aider à surmonter cette phobie, mais que toutes ces tentatives avaient échoué. Instinctivement, il prit ses mains dans les siennes et les serra fort pour l'attirer vers lui. Le corps tendu, elle se nicha néanmoins contre lui avant de laisser échapper un sanglot. Tendrement, il se mit à lui caresser le dos pour lui offrir le réconfort que ses mots ne parviendraient pas à lui donner.

Contre lui, il la sentit inspirer profondément.

— J'ai déçu mon père aussi. C'est ça le pire. Toute ma vie, je n'ai jamais voulu être que son bras droit, la personne intelligente et capable à qui il pourrait se fier. J'ai beaucoup travaillé à l'université, puis j'ai intégré HIT en qualité de stagiaire. J'aurais dû devenir un roc pour lui, pas une source de déception. Mais ne t'y méprends pas : il ne m'a jamais fait le moindre reproche à ce sujet. Je ne pense d'ailleurs même pas qu'il se soit jamais attendu à ce que je le rejoigne à la direction de HIT. Parfois, je me dis qu'il aurait sans doute été plus heureux si j'étais restée à la maison pour reprendre le rôle de ma mère auprès des associations dont elle s'occupait. Il m'a toujours dit qu'il me soutiendrait quoi que je décide de faire. Mais je voulais le soutenir moi aussi.

— Il a beaucoup d'estime pour toi, Sally. Ne va pas penser le contraire.

— Mais ce n'est jamais vers moi qu'il se tourne. Je ne suis pas présente pour lui comme je devrais l'être. En tout cas, pas dans son esprit. Quand les problèmes ont commencé à survenir et qu'il a eu besoin d'aide pour la société, c'est vers toi qu'il s'est tourné.

Encore une fois, il se retrouva à court de mots. Tout ce qu'elle venait de dire était juste. Son père l'aimait. Mais il ne la voyait pas comme la femme forte et capable qu'elle était vraiment. La femme qui se cachait derrière ses peurs et son insécurité.

D'une façon ou d'une autre, il fallait qu'il l'aide à vaincre ses démons, à atteindre les objectifs qu'elle s'était fixés. Il était bien placé pour savoir à quel point c'était important.

Comme elle faisait mine de s'éloigner de lui, il la lâcha à contrecœur. Elle essuya ses larmes d'un revers de main, redressa les épaules.

— Excuse-moi de me plaindre comme ça, finit-elle par dire avec un sourire penaud. Ça doit être les hormones. J'ai entendu dire que ça rendait les femmes plus émotives.

— Tu peux te plaindre tant que tu veux. Sally, je ne veux pas que tu te sentes seule dans tout ça.

— Tu parles de ma grossesse ou du fait que tu m'as soupçonnée d'avoir trahi l'entreprise ?

Elle avait prononcé ces mots d'une voix détachée, mais il percevait bien la souffrance qu'il y avait derrière.

— Je sais que ce n'est pas une excuse, mais j'ai été contraint de suivre la procédure quand les preuves semblaient pointer vers toi. Cependant, j'ai toujours su que tu n'étais pas coupable.

— Sur le moment, en tout cas, on ne peut pas dire que tu as donné l'impression d'être certain de mon innocence.

— Je regrette, dit-il sincèrement. Je regrette de ne pas avoir été honnête avec toi quand nous nous sommes rencontrés, et je regrette d'avoir dû te faire endurer ça au cours des quelques semaines passées. Je sais que ça ne fera rien pour te consoler, mais je me suis senti extrêmement soulagé quand ton innocence a été prouvée. Il était cependant déterminant pour l'intégrité de l'enquête que nous suivions la procédure normale.

Il s'interrompit. Les mots qui étaient sortis de sa bouche étaient tellement rationnels. Ce n'était pas du tout ce qu'il aurait voulu lui dire. Il aurait voulu lui faire comprendre à quel point elle lui avait manqué, à quel point son absence avait été douloureuse pour lui. À quel point il avait envie de la prendre dans ses bras pour lui montrer ce qu'il ressentait pour elle.

— Tu as raison, ça ne me console pas, mais c'est toujours bon à prendre. Ce qui me ramène à ma précédente question : que faisons-nous, maintenant ?

De son côté, il n'avait pas besoin de réfléchir longuement. Ce qu'il voulait faire, c'était la prendre dans ses bras. En espérant que les gestes seraient plus parlants que les mots. Doucement, il fit glisser ses doigts sur la courbe gracieuse de sa joue.

— Il y a bien quelque chose que j'aimerais que nous fassions..., dit-il d'une voix basse.

Et il se pencha vers elle. Au même instant, elle écarta légèrement les lèvres et ferma les yeux. Au moment où leurs lèvres s'effleurèrent, il sentit une vague de désir lui traverser le corps. Un besoin primitif monta en lui : il devait s'emparer de cette bouche, sentir le corps de cette femme contre le sien, s'immerger dans sa chaleur. Il sentait ses mains glisser dans ses cheveux, le serrer plus fort contre elle tandis qu'ils approfondissaient leur baiser. N'y tenant plus, il passa ses mains sous son sweat, se réjouissant de la douce sensation de sa peau de satin, de la douce sensation de son corps brûlant. Mais il en voulait plus. Beaucoup plus.

Comme elle se cambrait contre lui, il détacha ses lèvres des siennes pour tracer un chemin de baisers le long de sa gorge, et il la sentit frissonner sous sa caresse, s'accrocher plus fermement à lui. Ivre de désir, il releva son sweat, exposant son soutien-gorge de dentelle. D'une main, il fit sortir son sein parfait de sa coupe. Son téton était déjà rose et durci. Plus excité que jamais, il prit entre ses lèvres ce petit bout de chair sensible qu'il se mit à caresser de sa langue, lui tirant ainsi de doux gémissements de volupté qui ne firent qu'accroître son excitation.

La hissant dans ses bras, il la conduisit alors jusqu'à la chambre. Après cela, le temps sembla s'arrêter.

— Épouse-moi.

Sally venait d'ouvrir les yeux, et ces deux mots se réverbéraient dans sa tête.

— Comment ?

Sa voix était toujours lourde de sommeil.

— Épouse-moi.

— Bonjour à toi aussi, répondit-elle en se levant du lit pour attraper son peignoir.

— Je suis sérieux, Sally. Tu peux emménager avec moi dès maintenant. Mais nous pouvons acheter une maison, si tu préfères. On pourra créer la chambre du bébé ensemble. Faire des projets d'avenir ensemble. Voyager pour le travail ensemble. C'est parfaitement sensé.

Sensé ? Peut-être. Mais une proposition de mariage ne devait-elle pas être assortie d'une déclaration d'amour ? Ne devait-elle pas être davantage que la meilleure chose à faire ?

— Je vais y réfléchir. Je... Je ne suis pas sûre d'être prête pour le mariage.

Il se redressa pour s'asseoir et elle détourna le regard quand le drap retomba sous sa taille.

— Je ne pensais pas être prêt, moi non plus, mais je suis sûr qu'on trouvera un moyen de réussir. Il y a beaucoup de choses entre nous.

— Au lit, peut-être, admit-elle en nouant fermement son peignoir autour de sa taille. Mais nous nous connaissons toujours à peine.

— Nous apprendrons plus vite à nous connaître si nous vivons ensemble.

— Tu es têtu, hein ? dit-elle en riant. Mais j'ai besoin de temps. Inutile de précipiter les choses. J'ai dit que j'allais y réfléchir et je vais le faire.

À ces mots, il se leva, exposant son beau corps nu à ses yeux, et en arrivant devant elle, il lui releva le menton du bout des doigts. Le baiser qu'il lui donna fut brûlant et plein de passion. De sa langue, il l'encouragea à s'ouvrir à lui.

— J'attendrai ta réponse, finit-il par dire, la voix, comme toutes les autres parties de son anatomie, lourde de désir. Puis-je te frotter le dos dans la douche ?

Elle se sentit fondre dans la chaleur de ses bras. Déjà, il avait dénoué son peignoir. De ses mains, il s'était mis à caresser impatiemment son corps, attrapant ses seins, frottant ses tétons qui ne tardèrent pas à durcir et à envoyer des décharges de plaisir dans son corps tout entier. Faisant glisser ses mains vers le bas, il finit par masser son clitoris, la rendant littéralement vibrante de désir...

Ils arrivèrent tout juste à l'heure au travail. Elle avait eu le temps de se coiffer de son habituelle queue-de-cheval, mais ses cheveux étaient encore humides. Elle espérait simplement qu'aucun de ses collègues ne le remarquerait et en tirerait la bonne conclusion en la voyant arriver en compagnie de Kirk.

À son étage, elle fut chaleureusement accueillie par plusieurs membres de son équipe, qui paraissaient sincèrement inquiets de son état de santé, ce qu'elle trouva particulièrement gratifiant. Elle était un membre à part entière de l'entreprise, une partie du tout. Mais elle ne pouvait se contenter de ça. Elle en voulait plus. Elle voulait la certitude de bien accomplir tout son potentiel, de réussir par elle-même, grâce à son seul mérite.

Si elle acceptait d'épouser Kirk, ne serait-elle pas happée par la vie qu'il avait créée pour lui ? Réussirait-elle à poursuivre son dur combat pour s'imposer ? Comment ses collègues pourraient-ils la traiter en égale si, en plus d'être la fille du président, elle devenait la femme du vice-président ?

Sur un plan plus personnel, il avait avoué avoir modelé son existence sur celle d'Orson. Elle avait déjà dans sa vie un père très protecteur ; elle n'avait pas besoin d'un autre homme qui la dorlote constamment. Quand elle se marierait, ou plutôt si elle se mariait, elle voulait que son mari la traite sur un pied d'égalité.

Des doutes l'assaillaient de toute part. Peut-être ne réussirait-elle jamais à devenir meilleure que celle qu'elle avait toujours été, soit la femme du huitième étage qui restait dans l'ombre et laissait les autres s'attribuer le mérite de ses idées.

Au cours de la journée, alors qu'elle se replongeait dans ses projets professionnels, elle se surprit plusieurs fois à resonger à tous ces problèmes, tant et si bien qu'elle finit par en avoir mal à la tête.

À l'heure du déjeuner, en mangeant sa salade à son bureau, elle se força à réévaluer ses objectifs. Et après une longue réflexion, elle arriva à la conclusion que, quoi qu'il puisse advenir, elle voulait jouer son rôle chez Harrison Tanner Tech.

Quand Benton la raccompagna chez elle ce vendredi soir, elle était toujours aussi troublée. Au cours du week-end, elle passa beaucoup de temps à penser à la demande en mariage de Kirk.

Quoi qu'on puisse en penser, finit-elle par se dire au bout de deux jours de réflexion, une vie sexuelle heureuse ne garantit pas un mariage heureux, s'il n'y a pas d'amour.

Quand elle alla se coucher le dimanche soir, elle était sûre de sa décision. Ne restait plus qu'à l'annoncer à Kirk.

12

Kirk était dans son bureau depuis 5 heures du matin. Garder une longueur d'avance sur la taupe était un défi qu'il était content de relever. Mais il serait plus content encore quand le traître serait démasqué et conduit devant les juges pour recevoir le traitement qu'il méritait.

En attendant, la société continuait de progresser régulièrement et la fusion était désormais pleinement engagée. Il y avait beaucoup à faire, c'est pourquoi il était ravi qu'Orson ait décidé de reprendre sa place à plein temps à compter de ce jour, d'autant plus qu'ayant retrouvé son énergie il avait hâte de se remettre au travail.

Il resongea à la discussion qu'il avait eue avec lui la veille au soir. Celui-ci lui avait répété qu'il approuvait sa décision d'épouser Sally. Il préférait que son petit-fils ou sa petite-fille naisse dans le cadre d'un mariage, mais il l'avait prévenu que, si Sally semblait douce et effacée, elle était animée d'une forte volonté et d'une farouche indépendance qui ne faiblissaient pas quand elle avait fixé son esprit sur quelque chose.

Il avait été touché qu'il ait perçu cela en elle, certes, mais Orson avait-il jamais exprimé devant sa fille son admiration pour ces traits de caractère ? Il se le demandait. Elle aurait sûrement été beaucoup plus à même de surmonter sa phobie si elle avait su que son père ne s'attendait pas à ce qu'elle échoue dans tout ce qu'elle faisait ; que, bien au contraire, il avait confiance en ses capacités à réussir. Mais il se pouvait aussi qu'elle l'ait toujours su, et que cette idée, en soi, ait constitué un poids supplémentaire pesant sur ses épaules.

Il se sentait enthousiasmé à l'idée de l'épouser, de former un couple avec elle. De se réveiller à son côté tous les matins, de passer son temps libre avec elle. Il avait hâte de voir le bébé arriver. La vie de son fils ou de sa fille serait tellement différente de la sienne. Et sa femme ne vivrait aucune des souffrances que son père avait fait endurer à sa mère. Jamais Sally ne craindrait de se faire battre, et son enfant grandirait avec la certitude que son père serait présent à son côté à chaque étape du chemin. Il n'y aurait pas de violence. Pas de peur. Il y aurait de l'amour, de la stabilité et toutes ces choses dont il avait rêvé quand il avait planifié son avenir il y avait si longtemps de cela.

Un coup frappé à la porte le tira de sa rêverie. Sally. Le bonheur qu'il ressentait à chaque fois qu'il la voyait lui était désormais familier. Il avait eu l'occasion de la voir dans différentes tenues, mais ce jour-là, avec son tailleur-pantalon noir et son chemisier gris clair imprimé, elle paraissait vraiment très sérieuse. Portait-elle sous son chemisier l'un de ses excitants petits caracos ? Ses mains brûlaient d'envie de le découvrir.

— Bonjour, dit-il en se penchant pour l'embrasser sur les lèvres.

Elle ne chercha pas à le repousser mais se hâta de s'éloigner de lui.

Quelque chose n'allait pas, il le pressentait.

— Tu aurais une minute pour discuter ? demanda-t-elle sans préambule.

— Pour toi, bien sûr, répondit-il en l'invitant à s'asseoir.

Il la regarda : était-elle fatiguée, tendue ?

— Tu m'as manqué, ce week-end, lui dit-il.

Le vendredi soir, elle lui avait clairement fait comprendre qu'elle avait besoin de temps pour réfléchir à leur situation. Aussi le lui avait-il donné. Mais désormais, il se demandait s'il avait bien fait. L'expression de son visage était indéchiffrable quand elle releva les yeux vers lui. Son corps était-il aussi brûlant de désir que le sien ? Avait-elle passé le week-end à resonger à leurs ébats ? Cherchant visiblement à éviter son regard, elle se mit à gigoter nerveusement sur son siège.

— De quoi voulais-tu qu'on parle ? l'encouragea-t-il.

— J'ai pris ma décision concernant ta proposition.

Une décharge d'adrénaline lui traversa le corps.

— Quand allons-nous pouvoir commencer à faire des plans ?

— Je ne veux pas me marier avec toi.

Avait-il bien entendu ?

— Je comprends, répondit-il lentement.

Mais il ne comprenait pas du tout. Quand ils étaient arrivés ensemble au bureau le vendredi matin, tout lui avait semblé si juste, si naturel. Comme s'ils avaient toujours été ensemble et qu'ils le seraient encore à l'avenir. Il observa son visage pour essayer de lire dans ses pensées, et il la vit porter la main à sa gorge comme si elle avait du mal à ravaler sa salive. Vaguement inquiet, il se leva pour lui verser un verre d'eau.

— Merci, dit-elle après en avoir pris une petite gorgée. Je ne voyais pas l'intérêt de te faire attendre plus longtemps. Bref, si nous n'avons plus rien d'autre à nous dire, je vais retourner travailler.

Elle se leva et commença à avancer vers la porte.

— Attends !

— Oui ? fit-elle en se retournant.

— Je nous croyais un peu plus proches que ça. Pourrais-tu au moins me dire pourquoi ? Tu es sûre d'avoir bien réfléchi ?

— En réalité, depuis la première fois que tu me l'as demandé, je n'ai quasiment jamais cessé d'y réfléchir. Nous ne sommes plus au Moyen Âge. Avoir un bébé ensemble n'est pas une raison suffisante pour se marier. Nous pourrons élever cet enfant tout aussi efficacement en vivant nos vies chacun de notre côté. Je ne vois pas pourquoi le bébé devrait changer quoi que ce soit.

Sa voix s'était faite plus tendue à chacun des mots qu'elle avait prononcés. Elle paraissait désormais vraiment à cran.

Peut-être était-elle tellement bouleversée par l'idée de le repousser que la panique avait pris le dessus sur elle.

— Respire, Sally, lui dit-il gentiment.

— Ça va, répondit-elle d'une voix hésitante. Je suis parfaitement capable de me débrouiller toute seule. Je savais qu'il ne serait pas facile de te faire part de ma décision et je me doutais bien qu'elle ne te plairait pas. Mais je voudrais que tu respectes mon choix, que tu nous permettes de commencer à avancer.

— Tu as raison : ça ne me plaît pas, dit-il en poussant un soupir. Si je t'ai proposé de m'épouser, ce n'est pas uniquement pour une raison de convenances ou à cause du regard des autres, c'est aussi parce que je veux participer activement et quotidiennement à la vie de mon fils ou ma fille. Je veux tout faire pour que mon enfant ait ce qui m'a tant manqué pendant mon enfance.

Fermant brièvement les yeux, elle prit une profonde inspiration.

— Nous pouvons trouver des moyens de faire savoir à notre enfant que nous serons tous deux toujours présents pour lui. Mais nous ne sommes pas obligés de nous marier ou même de vivre ensemble pour ça. La garde alternée me semble être une solution très adaptée dans notre situation. Écoute, Kirk, un mariage n'est pas la garantie d'un foyer heureux quand les deux principaux intéressés ne s'aiment pas. Et même quand ils s'aiment, d'ailleurs.

Sa voix était montée d'un ton quand elle avait prononcé cette dernière phrase. Elle s'interrompit pour reprendre son souffle.

— Je comprends ce que tu ressens, reprit-elle d'une voix plus posée, mais tu n'es pas ton père. Tu n'es pas dépendant à la drogue. Tu ne décevras pas cet enfant, ou tout autre enfant que tu pourrais avoir dans le futur. Ce n'est pas dans ta nature. Je suis certaine que tu feras un bon papa et je suis contente que tu souhaites t'impliquer pleinement dans la vie de notre enfant. C'est juste que je ne veux pas t'épouser. Puis-je te demander de respecter ma décision ?

Malgré ces propos déterminés, son ton était hésitant, il le

percevait clairement. Il y avait peut-être encore une chance de la faire changer d'avis. Mais en tirant trop sur la corde, il risquait de la perdre pour de bon. Il se força à se détendre. Le temps serait peut-être son meilleur allié.

— Je respecte ta décision, finit-il par dire d'une voix lourde. Mais je t'en supplie : donne-moi encore une possibilité.

— Non. S'il te plaît, n'insiste pas.

Sa voix était de nouveau ferme. Elle semblait avoir repris le contrôle d'elle-même.

— En fait, je pense qu'il vaudrait mieux que l'on limite nos relations à un cadre strictement professionnel.

— Tu plaisantes ?

Il n'avait pas pu se retenir. Les mots étaient sortis tout seuls de sa bouche. Voulait-elle vraiment faire une croix sur tout ce qui s'était passé entre eux ? Tout ce qu'ils partageaient ?

— Je te tiendrai au courant de mes rendez-vous médicaux, et naturellement, tu pourras m'accompagner, mais pour tout le reste...

Elle agita une main devant elle.

— ... Cela doit s'arrêter maintenant.

Pour essayer d'apaiser ses nerfs, il se força à compter jusqu'à dix. Après quoi il hocha la tête.

— Comme tu voudras.

— Merci.

Submergé par la déception, il la regarda s'en aller. Il s'attendait à tout sauf à ça. On a beau planifier les choses pour se mettre à l'abri de la souffrance, parfois tout finit par s'effondrer.

En rentrant chez elle, Sally se demanda comment elle avait fait pour tenir tout au long de la journée. Après son départ du bureau de Kirk, elle n'avait pas eu une minute de répit. La première voiture de service hybride ayant été livrée, il avait fallu qu'elle s'entretienne avec les services concernés, notamment celui de la communication, de sorte que l'annonce en soit faite dans la prochaine newsletter de la société. En revanche, il avait semblé inutile à tout le monde d'informer les médias. Sur ce plan, DuBecTec leur avait coupé l'herbe sous le pied.

Fatiguée, elle se laissa tomber sur son canapé. Elle n'avait qu'une envie : dormir. Mais au moment même où elle fermait les paupières, la sonnerie de son téléphone retentit. Tout en poussant un soupir, elle sortit l'appareil de son sac.

Kirk. Fallait-il vraiment qu'elle réponde ? Après avoir hésité quelques secondes, elle se décida à décrocher.

— Allô !

— Je voulais juste te prévenir : les médias ont appris que tu étais enceinte et que l'enfant était de moi.

Son cœur lui sembla s'arrêter.

— Quoi ? Mais comment ? Par qui ?

— C'est ce que je compte bien découvrir, dit-il d'une voix amère. Je voulais juste t'en informer.

— Mais nous nous sommes mis d'accord pour n'en parler à personne. Comment une chose pareille a-t-elle pu arriver ?

Était-ce une manœuvre de sa part pour essayer de la convaincre de l'épouser ?

— La seule autre personne dans le secret est ton père, et je doute qu'il ait pu faire ça, mais je vais tout de même lui poser la question.

Après lui avoir promis de la rappeler dès qu'il en saurait davantage et lui avoir conseillé de bien filtrer ses appels pour ne pas être harcelée par la presse à scandale, il coupa la communication.

Piégée dans cet horrible cauchemar, elle resta immobile quelques instants. Peu importait ce qu'elle allait faire désormais. Tout le personnel de l'entreprise serait au courant. Il allait y avoir des regards en coin, des chuchotements et, sans aucun doute, des questions directes. Comment allait-elle affronter la situation, alors qu'elle avait encore du mal à se faire à l'idée ?

Au cours des quelques semaines passées, il n'y avait pas eu de nouvelles fuites d'informations. En revanche, la société avait subi quelques critiques de la part des médias. Il y avait eu un peu de cynisme dans la façon dont avait été traitée la maladie de son père, des questions rhétoriques : le dynamique leader de HIT pouvait-il rester aussi puissant et entreprenant qu'il l'avait été dans le passé ? Mais grâce à la ferme prise en main de Kirk, ces interrogations avaient disparu aussi rapidement qu'elles étaient survenues. Les choses, cependant, étaient différentes désormais. Il s'agissait d'une attaque personnelle, menée contre elle et son droit à l'intimité. Elle en était malade rien qu'à y penser.

Il fallait qu'elle fasse quelque chose. Mais quoi ? Ses tentatives pour trouver le coupable par le biais d'un raisonnement logique avaient toutes échoué. Alors, que lui restait-il ? Elle avait dû passer à côté de quelque chose, mais elle avait beau se creuser la cervelle, elle ne trouvait pas.

Soudain, son téléphone fixe se mit à sonner. Personne de sa connaissance ne l'appelait jamais sur le fixe. Pas même son père. Ne reconnaissant pas le numéro affiché, elle décida de laisser le répondeur se charger de l'appel.

En attendant, elle alla prendre une douche et se changer pour la nuit. Mais elle venait à peine de sortir de la salle de bains que la sonnerie de l'Interphone retentit. Le concierge l'informa qu'une équipe de journalistes souhaitait lui parler.

Luttant pour bien choisir ses mots, elle demanda au concierge de s'assurer qu'elle ne soit pas dérangée par ces journalistes ou toute autre personne ne figurant pas sur sa liste de visiteurs. Après quoi elle s'approcha de la fenêtre pour observer le parking. Une équipe de télévision venait d'arriver. Elle soupira. Elle allait s'enfouir sous les draps et essayer de tout oublier.

13

Fort heureusement, dès le lendemain matin, la presse people s'était recentrée sur les dernières frasques d'une actrice célèbre, reléguant au second plan la grossesse de Sally. Ceci étant, en quittant son appartement ce jour-là, elle découvrit que deux gardes du corps lui avaient été assignés : Benton resterait dans la voiture, tandis que l'autre l'escorterait partout pour s'assurer qu'elle ne soit pas harcelée. Elle fut surprise d'apprendre que le second homme avait été mandaté par Kirk, mais elle ne chercha pas à se plaindre. Elle n'avait aucune envie de découvrir que sa voiture avait été mise sur écoute ou de se retrouver piégée par un journaliste muni d'un micro.

Elle avait prévu ce jour-là de déjeuner avec Marilyn et avait hâte de rattraper avec elle le temps perdu. Elle avait tellement de travail ces temps derniers qu'elle avait l'impression de ne pas lui avoir parlé depuis une éternité. La matinée passa lentement, mais le shooting de la nouvelle voiture se déroula comme prévu. Elle avait l'impression de reprendre les choses en main. À 13 heures, elle descendit dans le hall pour retrouver Marilyn, qui arriva avec à peine quelques minutes de retard.

Elle l'embrassa chaleureusement sur la joue. Escortées par le nouveau garde du corps, les deux femmes se rendirent ensuite à pied jusqu'au restaurant italien où elles avaient leurs habitudes.

— Dis-moi, demanda Sally quand la serveuse leur eut remis le menu, comment se passent les choses dans la tour d'argent ?

Marilyn sourit du surnom qui avait été donné à la direction, située au dernier étage du bâtiment.

— Bien. Mais je suis débordée. M. Tanner n'a pas encore embauché d'assistante. Je dois donc travailler pour deux.

— Tu n'as qu'à te plaindre. Je suis sûre que papa...

— Oh ! je ne veux pas embêter ton père avec ça. Je fais quelques heures supplémentaires, mais j'en suis encore capable. J'imagine que je devrais m'estimer chanceuse. À un âge où la plupart prennent leur retraite et profitent de leurs petits-enfants, moi, je continue de m'épanouir dans mon travail.

Peut-être était-ce son imagination, mais il lui semblait avoir perçu des regrets dans la voix de Marilyn, voire de la rancœur.

— Je suis sûre que papa comprendra, Marilyn. Tu sais que tu peux lui parler de tout. Depuis combien d'années, d'ailleurs, travailles-tu pour lui ?

Le visage de Marilyn se radoucit.

— Cela fera trente ans la semaine prochaine.

— Waouh ! Un vrai record.

— Ton père et moi sommes les deux seuls survivants de l'époque de la création de l'entreprise. Je n'arrête pas de lui dire de passer les rênes. De lever le pied et de profiter de ce qu'il lui reste à vivre. De prendre sa retraite, avec moi.

Elle pinça les lèvres, et ses yeux devinrent durs.

— Mais tu connais ton père : le travail, toujours le travail. Je m'étais dit que, avec cette histoire de fuites, et ensuite sa crise cardiaque, il finirait par comprendre qu'il était temps de s'arrêter. Mais penses-tu.

C'était la première fois qu'elle décelait de l'amertume dans la voix de Marilyn quand elle parlait de son père. En temps normal, cette dernière ne tolérait aucune critique à l'égard de son supérieur de la part de qui que ce soit. L'entendre prodiguer elle-même ces critiques était un véritable choc. Les heures supplémentaires qu'elle avait dû faire pour soutenir les deux dirigeants avaient peut-être eu un impact sur son humeur, et Sally pouvait le comprendre, mais elle se sentit tout de même obligée de prendre la défense de son père.

— Il a toujours essayé de consacrer du temps à sa famille, et HIT est en quelque sorte son bébé. Tu ne devrais pas te montrer si dure avec lui.

— Tu sais que j'aime beaucoup ton père. Je ne souhaite que son bonheur. Je voudrais juste qu'il arrête de se concentrer autant sur son travail pour s'intéresser un peu plus à ce qui se passe autour de lui. Ce qui m'amène à une question qui me trotte dans la tête depuis un certain temps maintenant : quand comptais-tu me parler du bébé, Sally ?

Embarrassée, elle avala sa salive avec peine.

— Je ne voulais pas que ça se sache au travail. J'imagine que tu comprends, compte tenu de tous les efforts qu'il me faut faire pour obtenir le respect de mes pairs.

— Mais moi, je ne suis pas n'importe qui. Je pensais que nous étions plus proches que cela.

— C'est le cas, se hâta-t-elle de répondre pour la rassurer.

Marilyn semblait sincèrement peinée de ne pas avoir été tenue informée. Peut-être aurait-elle dû lui faire part de la nouvelle. Mais elle avait ses raisons de garder le secret, et elles n'avaient pas changé.

— Je suis vraiment désolée, Marilyn. Je ne sais pas quoi dire d'autre.

Cette dernière essuya une larme qui s'était mise à couler au coin de son œil.

— Excuses acceptées. Bon, qu'est-ce que tu prends, toi ? Les fettucine au poulet ?

Sally réfléchit quelques secondes avant de refermer le menu.

— Je crois, oui.

Marilyn passa la commande et les plats furent rapidement servis, mais Sally se surprit à repousser les appétissantes pâtes sur le bord de son assiette. Elle ne manquait pourtant pas d'appétit, mais la façon dont Marilyn avait parlé de son père la tracassait. Ses propos l'avaient mise en alerte.

Cette dernière avait accès à quasiment tout ce qui se trouvait sur le bureau de son père. Au vu de son apparent désenchantement, se pouvait-il qu'elle soit la taupe que recherchaient son père et Kirk ? Elle était la dernière personne sur qui les soupçons auraient pu se porter, compte tenu de ses longues années de bons et loyaux services pour la société, et plus particulièrement son fondateur. Était-il vraiment possible qu'elle ait commis ces actes au potentiel si destructeur pour HIT ? Qu'aurait-elle pu gagner à agir ainsi ?

Elle ne cessa de se tourmenter tout au long de la journée, et le soir venu, elle craqua. Il fallait qu'elle en parle à son père. Elle l'appela pour lui demander si elle pouvait passer.

Ce fut Jennifer qui lui ouvrit quand elle arriva.

— Papa est dans la bibliothèque ? lui demanda Sally.

— Où voulez-vous qu'il soit à cette heure-ci ? lui répondit la gouvernante en souriant. M. Tanner est avec lui.

Elle s'immobilisa. Son père ne lui avait pas parlé d'une visite de Kirk quand elle avait appelé. Peut-être pour ne pas la dissuader de venir. Quand elle lui avait dit qu'elle avait refusé sa demande en mariage et qu'elle ne voulait plus le voir en dehors du bureau, son père lui avait fait part de sa déception, affirmant qu'il croyait fermement qu'un enfant devait être élevé par des parents mariés, mais qu'il acceptait sa décision.

Cela faisait quelques jours qu'elle n'avait pas eu l'occasion de croiser Kirk au bureau. Elle n'arrêtait pas de se dire que c'était mieux ainsi. Malheureusement, elle avait du mal à s'en convaincre. Dès le moment où elle avait appris qu'il était là, elle avait senti les battements de son cœur s'accélérer. *Tu peux le faire*, se dit-elle en elle-même. Elle pouvait lui parler de façon parfaitement détachée sans laisser son corps trahir ses émotions.

— Merci, finit-elle par dire à la gouvernante. Je vais aller les rejoindre.

— Puis-je vous servir quelque chose à manger ?

— Je n'ai pas faim, merci.

Elle n'avait aucune envie de manger. Les soupçons qui la taraudaient lui donnaient la nausée. Il était évidemment possible qu'elle se trompe, mais si ce n'était pas le cas ?

À son arrivée dans la bibliothèque, son père et Kirk se

levèrent. Après avoir embrassé son père, elle adressa un bref salut de la tête à Kirk.

— Quelle bonne surprise que tu aies appelé ce soir ! lui dit son père quand ils se furent tous trois installés.

— Tu ne la jugeras peut-être pas si bonne quand tu auras entendu ce que j'ai à te dire.

Nerveusement, elle se mit à lisser sa jupe sur ses cuisses. Mais elle s'interrompit lorsqu'elle remarqua que ce mouvement avait attiré l'attention de Kirk. Brusquement, elle releva les yeux vers son visage et eut le temps de voir dans son regard une lueur de désir. Le désir était une bonne chose, se dit-elle, mais ce n'était pas de l'amour, et tant qu'il ne pourrait pas lui offrir cela, il lui faudrait tenir bon.

— Ça n'a pas l'air très réjouissant, dit Kirk.

— Je me trompe peut-être, mais je crois avoir découvert l'identité de la taupe.

Vivement, les deux hommes se penchèrent vers elle.

— C'est vrai ?

— Qui ?

Elle regarda son père dans les yeux.

— Papa, j'imagine que tu n'auras aucune envie d'y croire, mais je pense que c'est Marilyn qui est derrière tout ça.

— Marilyn ? Elle travaille avec moi depuis trente ans. Je la connaissais avant même de rencontrer ta mère.

Une idée lui traversa l'esprit. Cela pouvait-il expliquer le comportement de Marilyn ? Elle avait dit qu'elle avait de l'affection pour son père, mais si elle en était amoureuse ? Depuis le début ? Était-ce pour cette raison qu'elle semblait tant vouloir qu'il lève le pied ?

— Réfléchis, papa. Qui d'autre a accès aux informations qui ont été diffusées ? Et c'est pareil pour le bébé. En dehors de nous trois, personne ne savait à HIT. À moins bien sûr que tu n'en aies parlé à Marilyn...

Tout en soupirant, son père se mit à gigoter nerveusement sur son siège.

— Eh bien, je lui ai confié que j'étais ravi à l'idée de devenir grand-père. À partir de là, il se peut très bien qu'elle ait raccroché les wagons. Quant au lien qui vous unit, toi et Kirk, c'est une femme très perspicace, et il faudrait vraiment être aveugle pour ne pas voir qu'il y a quelque chose entre vous.

Sous le choc, elle resta figée sur place. Était-ce vraiment si évident ? Elle regarda Kirk, qui semblait tout aussi étonné qu'elle. L'air soucieux, il se passa une main sur la nuque.

— Sally, qu'est-ce qui t'a amenée à cette conclusion ?

Naturellement, Kirk demandait des preuves. Tout comme elle en aurait demandé si elle avait été dans sa position. Cependant, elle était gênée que ce soit lui, et non son père, qui ait posé cette question.

— Certaines choses qu'elle m'a dites quand nous avons déjeuné ensemble.

Elle leur répéta les paroles qui avaient été à l'origine de ses soupçons.

— Il y avait dans le ton de sa voix quelque chose de dur que je n'avais jamais entendu auparavant. Elle avait l'air vraiment amère, aigrie, en colère. Et en plus, c'est elle qui a jeté le doute sur moi en disant à papa que je lui avais dit être frustrée par mon travail. Ce qui n'est pas le cas.

— Il va falloir qu'on l'interroge, dit Kirk en se tournant vers son père. Tâter le terrain sans formuler d'accusations directes. Il faut nous montrer très prudents. Nous ne pouvons pas risquer un procès pour diffamation.

— Marilyn ne ferait jamais ça..., protesta son père.

— Si c'est bien elle qui a dévoilé les informations, alors elle a déjà prouvé qu'elle avait la volonté de nuire à l'entreprise. Voilà ce qu'on va faire. Je vais moi-même procéder à quelques vérifications puis je demanderai à mon expert d'enquêter un peu plus en profondeur. Si c'est bien elle la responsable, elle est très, très douée pour se cacher. Ça ne sera peut-être pas facile à prouver.

Embarrassée, elle se tordait les mains. Elle s'en voulait horriblement d'avoir pensé que Marilyn pouvait être la coupable, mais si tel était le cas, ils devaient l'arrêter avant qu'elle ne provoque des dommages irréversibles pour la société. Chacune des informations dévoilées avait été un coup porté à HIT. Ils n'arrivaient pas à recruter de nouveaux clients et même les plus fidèles se mettaient à douter de la sécurité de leurs données. L'entreprise finirait par être rachetée si les choses continuaient comme ça.

— Dois-je lui suggérer de prendre quelques jours de congé ? demanda son père à Kirk. Elle a beaucoup d'heures à récupérer.

— Non. Si on le fait, je pense qu'elle se doutera qu'on la soupçonne. Mieux vaut ne rien changer au fonctionnement habituel.

Il y eut alors une brève discussion visant à définir un plan. Après quoi Sally se leva pour partir.

— Il est tard et je suis fatiguée. J'aimerais rentrer si vous n'avez plus besoin de moi.

Kirk se leva à son tour.

— Je vais te raccompagner. Il faut que j'y aille aussi.

— Pas la peine. J'ai mon chauffeur et mon garde du corps.

— S'il te plaît, j'aimerais te parler.

— Je vais dire à Jennifer de renvoyer tes hommes, intervint son père en commençant à avancer vers la porte. Bon, à demain !

Et il disparut, les laissant seuls. La proximité de Kirk la fit frissonner. Après avoir repris son sac à main, elle s'approcha de la porte, mais il la devança et lui ouvrit.

À cet instant, son odeur vint lui chatouiller les narines, lui rappelant ce qui lui manquait tant, ce qui était là, juste sous ses yeux, ce qu'elle pouvait prendre si elle en avait envie.

Et elle avait envie de lui. Mais elle voulait aussi son amour. Et ça, il ne semblait pas disposé à le lui offrir.

— Sally, attends ! s'exclama-t-il alors qu'elle partait comme une furie vers la porte d'entrée.

— Tu es pressée ? lui demanda-t-il en la prenant par le bras pour la forcer à ralentir.

— Oui. Je ne mentais pas quand j'ai dit que j'étais fatiguée. Il faut vraiment que je rentre.

Kirk observa Sally plus attentivement. Dans la lumière

tamisée de la bibliothèque, il n'avait vu que sa beauté, mais sous l'applique du hall, il pouvait discerner des ombres sous ses beaux yeux.

— Tu vas bien ? Le bébé aussi ?

Il avait été tellement déçu qu'elle ait repoussé sa demande en mariage qu'il avait tout fait pour l'éviter au cours des quelques jours passés. D'un côté, il espérait que cette séparation la rendrait plus disposée à reconsidérer sa proposition, mais de l'autre, il se disait qu'il fallait qu'il apprenne à accepter de ne pas toujours obtenir ce qu'il voulait. Ce n'était pas une chose qu'il avait souvent eu à faire au cours de sa vie d'adulte, et il se trouvait qu'il n'aimait pas plus cela que quand il était un enfant impuissant. Mais il ne pouvait pas la forcer à accepter et elle lui avait clairement fait comprendre qu'elle ne se laisserait pas amadouer. Ce qui était encore plus frustrant.

Quand il lui ouvrit la portière de sa voiture, elle s'immobilisa.

— Ce n'est pas ton SUV ?

— Non. C'est un hybride.

— C'est vrai ? demanda-t-elle en se tournant pour le regarder.

— Je ne peux tout de même pas demander aux autres de suivre ton projet si je ne le fais pas moi-même.

En refermant la portière, il dut résister à l'envie de pousser un petit cri de triomphe. Il était vraiment ravi du regard approbateur qu'elle lui avait adressé. Un point pour lui, songea-t-il, tout sourire, en s'installant au volant.

— Et les autres cadres ? lui demanda-t-elle alors.

— Dès que nos contrats de location auront expiré, même ce bon vieux Silas devra conduire une voiture hybride ou électrique.

— Sérieusement ?

— Je ne vois pas l'intérêt de faire les choses à moitié.

— Dans ce cas précis ou dans la vie en général ?

Soutenant son regard, il hésita quelques secondes avant de répondre.

— Dans la vie en général. Quand je le peux.

Sans répondre, elle se détourna de lui.

— Tu es sûre que ça va ? Tu es sûre que tu ne travailles pas un peu trop ?

— Je vais bien. Tu as reçu mon planning pour les consultations médicales ?

Il acquiesça. Mais n'étant pas satisfait de tourner autour du sujet qu'il voulait vraiment aborder, il décida de prendre le taureau par les cornes.

— Sally, j'aimerais que tu changes d'avis concernant ma proposition. Je te promets que je ferai tout pour que ça fonctionne. Pour être un bon mari et un bon père de famille.

Elle secoua doucement la tête.

— Je croyais qu'on s'était mis d'accord pour ne plus en reparler.

Ayant mis le contact, il s'engagea dans l'allée qui menait au grand portail.

— Pas tout à fait. C'est toi qui as dit que le sujet était clos. Mais moi, je suis toujours ouvert aux négociations. Notre relation me manque.

À ces mots, il la sentit se crisper à côté de lui.

— Notre relation est en réalité limitée à quelques brèves rencontres sexuelles. Rien de plus.

— C'est vraiment comme ça que tu vois les choses ? Tu en sais bien plus sur mon passé qu'aucune autre femme avec qui je suis jamais sorti.

— Si elles en savaient moins que moi, c'est vraiment dommage pour elles, répondit-elle ironiquement. Je ne connais même pas ta couleur préférée. Ton plat préféré. Ton auteur préféré. Nous ne nous connaissons pas du tout.

— Le bleu, le bœuf braisé et J.K. Rowling.

— Kirk, ce n'est pas suffisant. Et il n'y a pas que ça. Je n'ai pas envie de t'épouser. S'il te plaît, respecte ma décision.

Un long silence suivit ses propos. Et tout à coup, elle se mit à glousser.

— Qu'est-ce qu'il y a ? lui demanda-t-il, surpris.

— J.K. Rowling, sérieusement ?

— Un peu de magie ne fait pas de mal, répondit-il en

haussant les épaules. Ça fait trente-quatre ans que je me confronte tous les jours à la dure réalité du quotidien. Alors quand je lis, j'ai plutôt envie de m'évader.

Elle ne fit pas de commentaire. Mais quand il se gara dans le parking de sa résidence, elle poussa un lourd soupir.

— Excuse-moi d'avoir ri. Je ne voulais pas me moquer de toi. Je t'imagine plus lire des livres pratiques ou des récits d'aventure.

— Il m'arrive aussi d'en lire. Mais mon auteur préféré reste J.K. Rowling.

Voulant lui ouvrir la portière, il sortit, mais le temps qu'il contourne la voiture, elle était déjà descendue.

— Merci de m'avoir raccompagnée. Je suis désolée si je t'ai encore une fois déçu. Bonne nuit, dit-elle.

Et sans lui laisser l'opportunité de répliquer, elle entra dans l'immeuble et referma la porte derrière elle.

Il resta interdit quelques secondes avant de regagner son véhicule. Elle pensait peut-être avoir le dernier mot sur le sujet de leur mariage, mais ce qu'elle ignorait, c'était que la déception n'avait jamais fait que renforcer sa détermination et sa volonté de réussir. D'une façon ou d'une autre, il finirait bien par trouver comment passer outre ses défenses. Il n'avait pas le choix. Car avec le temps, elle était devenue pour lui quelque chose qui s'apparentait moins à un défi qu'à une nécessité vitale.

14

Sally se força à gratifier Marilyn d'un sourire en arrivant dans le bureau de son père. Elle aurait fait une très mauvaise espionne. Elle n'avait qu'une envie : se jeter sur elle pour la supplier de lui expliquer pourquoi elle avait agi ainsi. Il lui avait fallu une semaine pour ça, mais l'expert avait fini par trouver une trace, bien cachée, des informations que l'assistante avait illégalement transmises. Marilyn et elle avaient été convoquées dans le bureau de son père pour discuter de ce qui allait suivre. Kirk souhaitait la traîner en justice, et il était parfaitement en droit de le faire, mais elle espérait sincèrement qu'il n'aurait pas à aller si loin.

— Tu sais pourquoi on nous a demandé de venir, toi ? demanda Marilyn en lissant ses cheveux impeccablement coiffés.

— Non, répondit Sally d'une voix qui lui parut à elle-même peu convaincante. On ne t'a rien dit ?

— Rien. Mais d'un autre côté, depuis que Tanner est là, je suis toujours la dernière personne à être mise au courant des choses importantes, y compris ta grossesse, d'ailleurs.

Cette attaque à peine voilée la fit frissonner. Consternée, elle regarda l'assistante sortir un miroir de poche pour retoucher son maquillage. Comment avait-elle pu en arriver là ? Marilyn avait toujours été une figure maternelle dans sa vie. Trahir l'entreprise était une chose, mais trahir son père et sa famille allait bien au-delà de cela. Comment avait-elle ainsi pu passer du statut d'employée loyale à celui de traîtresse ?

Alors qu'elle se faisait ces réflexions, Marilyn avait fini par ranger son miroir dans son sac.

— Bien, dit-elle en se levant. Il est l'heure.

Sally se contenta de hocher la tête, avant d'accompagner Marilyn dans le bureau de son père. Son regard se porta d'abord sur Kirk, qui affichait une expression qu'elle n'avait jamais vue sur son visage auparavant et qu'elle espérait ne jamais revoir. Ses yeux étaient brûlants de colère, ses lèvres pincées. Son père, de même, ne semblait pas dans son état normal. À l'instant même où elle le vit, Marilyn se précipita vers lui.

— Orson, ça va ? Tu n'as pas l'air bien. Tu es sûr que tu as bien fait de venir au bureau aujourd'hui ? Je t'avais dit qu'il était trop tôt pour reprendre le travail.

Son père avait fait un pas en arrière.

— Je t'en prie, Marilyn, n'en rajoute pas. Je vais très bien. Assieds-toi.

— Mais on peut sûrement remettre ça à plus tard. Tu as besoin de te reposer.

— Assieds-toi, s'il te plaît, répliqua-t-il sèchement.

Manifestement offensée par le ton qu'il avait employé, Marilyn regarda à tour de rôle ses deux employeurs avant de s'exécuter. La gorge serrée, Sally prit place à côté d'elle. Joignant ses mains sur ses genoux, elle garda son regard fixé sur le sol. Tandis que son père reprenait sa position derrière son bureau, Kirk prit la chaise qui se trouvait de l'autre côté de Marilyn.

Quand tout le monde fut installé, son père prit la parole.

— Nous avons eu au cours de l'année passée quelques... difficultés... à gagner des parts de marché sur DuBecTec. J'ai d'abord simplement pensé qu'ils avaient de la chance et qu'ils avaient un meilleur réseau que nous, mais le problème est devenu récurrent. J'ai alors commencé à soupçonner qu'un traître, au sein de notre entreprise, fournissait à notre concurrent des informations sur les clients que nous démarchions.

Marilyn ne disait rien. La tension était désormais telle qu'elle en était presque palpable.

— Il semblerait par ailleurs que ce traître ait été ravi de faire porter à Sally la responsabilité de ses actes à la fois insidieux et illégaux. Je peux pardonner beaucoup de choses, mais ça, ça, je ne le pardonnerai jamais.

À sa grande surprise, sa voix s'était brisée. Elle ne s'attendait pas à ce qu'il évoque les soupçons qui avaient pesé sur elle, et moins encore à ce qu'il la défende de cette façon. Il avait à peine parlé de ces accusations depuis qu'elle avait repris le travail, mais en cet instant, elle percevait une colère froide qui transparaissait sous la façade professionnelle. Elle ressentit un élan de compassion pour Marilyn, qui se dissipa cependant aussitôt que celle-ci se mit à parler.

— Mais Sally a été blanchie, non ? Elle n'avait rien à voir avec ça. Je l'ai toujours su, et toi aussi !

— Non, elle n'avait rien à voir avec ça, intervint Kirk, qui s'était brusquement levé pour venir se poster avec son père de l'autre côté du bureau. Mais la pression que vous lui avez fait subir en nous faisant croire que c'était elle… C'est inexcusable.

— Quoi ? Moi ? fit Marilyn d'un air incrédule.

— Nous avons des preuves, Marilyn. Nous avons découvert le coupable, affirma son père. Ce que nous ignorons, c'est… pourquoi ?

— Je ne comprends pas de quoi tu parles, insista Marilyn, mais son visage était blême et humide de sueur.

En désespoir de cause, cette dernière se tourna vers Sally.

— Dis-leur, ma chérie. Dis-leur que je ne pourrais jamais faire une chose pareille. J'adore cette entreprise et j'adore ton pè…

Marilyn s'interrompit brusquement, comme si elle avait tout à coup compris qu'elle en avait trop dit. L'air décontenancé, elle se tourna à nouveau vers son père.

— Ça fait trente ans que je t'aime, Orson. Et c'est comme ça que tu me traites ?

Son père avait pâli.

— Nous ne sommes pas ici pour parler de moi, marmonna-t-il. Et tu sais très bien qu'il n'y a jamais eu qu'une seule femme dans ma vie.

Marilyn se mit à rire. Un petit rire sec et amer.

— Mais fut une époque où j'étais assez bien pour toi, me semble-t-il.

— C'était une erreur. Je suis désolé. Je te l'ai déjà dit et je te le répète. J'étais fou de chagrin et j'avais besoin de réconfort. Je n'aurais jamais dû te mettre dans cette position.

Sally regarda son père en ouvrant de grands yeux. Il avait eu une aventure avec Marilyn après la mort de sa mère ? Comment avaient-ils pu continuer de travailler ensemble pendant si longtemps après ça ? Était-ce l'amour qui avait permis à Marilyn de tenir le coup et de revenir, jour après jour, travailler avec son père, dans l'espoir qu'il finisse par changer d'avis ? Bouleversée, elle sentit son cœur se serrer.

Marilyn avait toujours été présente dans sa vie. Comme elle n'avait plus de mère vers qui se tourner, c'était elle qui lui avait expliqué les choses que les filles doivent savoir sur leur corps, qui lui avait parlé de ce qu'il fallait faire et ne pas faire avec les garçons, qui l'avait emmenée acheter son premier soutien-gorge, qui avait séché ses larmes quand sa camarade préférée avait déménagé ou quand son premier petit ami l'avait quittée.

À chaque événement important de sa vie, Marilyn avait été la figure féminine sur qui elle s'était reposée. Et désormais, elle apprenait qu'elle était amoureuse de son père depuis des années ? Et que, malgré cela, et malgré tout ce qu'elles avaient vécu ensemble, Marilyn l'avait laissée endosser la responsabilité de cet acte horrible qu'elle avait elle-même commis ?

— Je n'arrive pas à croire que tu m'aies mis ça sur le dos.

— Je t'en prie. Comme si ça aurait été un problème pour toi. Ton père n'aurait jamais entrepris des démarches contre toi. Tu es née avec une petite cuillère en argent dans la bouche. Non, on aurait balayé ça sous le tapis, et avec un peu de chance, ou beaucoup de chance, le choc aurait ouvert les yeux à Orson, et il m'aurait vue à nouveau. Sais-tu pourquoi il n'a jamais souhaité que nous poursuivions notre aventure ? À cause de toi. Parce qu'il ne voulait pas te donner l'impression qu'il avait remplacé ta mère. Quand tu as craqué à l'enterrement, il a compris que tu étais faible. Dépendante. Et il s'est débarrassé de moi.

— Ce n'est pas vrai ! s'exclama son père en se levant d'un bond.

Marilyn se leva à son tour.

— Ah oui ? En tout cas, c'est l'impression que ça m'a donnée. Te rends-tu compte de tout ce que j'ai dû abandonner pour toi ? Tout. Je dis bien *tout*. Ma jeunesse. Mes espoirs. Mon rêve de fonder une famille. Mais ça t'était bien égal. Et quand j'ai pensé que tu allais finir par revenir, qu'avec quelques encouragements tu finirais par te retirer des affaires et prendre ta retraite avec moi, qu'est-ce que tu as fait ? Tu as fusionné avec lui ! Le fils de l'homme qui a failli détruire cette société alors qu'elle venait à peine d'être créée.

D'un geste rageur, elle avait pointé son doigt en direction de Kirk.

— Même après cet infarctus, reprit-elle en se retournant vers Orson, tu as repris le travail, alors que n'importe quel homme sain d'esprit aurait abandonné. Tu ne comprends pas ? J'ai fait tout ça pour toi, pour toi ! Tu ne comprends pas ce que j'ai vécu ? À cause de toi, je vais finir mes jours seule. Je t'ai donné toute ma vie, Orson. Et toi, en échange, que m'as-tu donné ? Rien. Rien du tout.

Kirk fit un pas dans sa direction.

— Je pense que vous en avez suffisamment dit, Marilyn. À compter de maintenant, vous êtes démise de vos fonctions au sein de Harrison Tanner Tech. Je vais appeler la police, qui prendra votre déposition et vous transférera certainement devant un juge.

— Non, attends ! intervint son père. Tout est ma faute.

— Papa, non ! s'exclama-t-elle en se levant.

— Je suis assez grand pour reconnaître mes erreurs, ma

chérie. Je n'aurais jamais dû me tourner vers Marilyn après la mort de ta mère, mais j'ai commis une plus grande erreur encore en pensant qu'il n'y aurait pas de répercussions. Marilyn, je te demande pardon. J'aurais dû avoir davantage d'égards pour toi. J'aurais dû te trouver une place dans une autre société plutôt que de prendre ta loyauté envers moi comme un fait acquis.

— Orson, elle a trahi tout le personnel de l'entreprise. Elle aurait pu détruire tout ce que tu as construit, dit Kirk.

— Mais nous l'avons arrêtée à temps, non ? Je ne veux pas porter plainte contre elle.

Marilyn parut surprise par ces propos.

— Mais ce que tu as fait est impardonnable, poursuivit-il. Tu as mis en danger non seulement ma famille, mais aussi celles de toutes les personnes qui travaillent ici. C'est dégoûtant.

— Je l'ai fait pour toi, répéta Marilyn en le regardant dans les yeux.

L'air profondément attristé, il secoua la tête.

— Non. Tu l'as fait pour toi. Mais je vais réparer mes torts. Je vais te donner une certaine somme d'argent à la condition que tu quittes la ville, que tu ne reviennes jamais et que tu ne cherches jamais à me recontacter. Je vais demander aux ressources humaines de rédiger un rapport de confidentialité. En le signant, tu accepteras de ne plus rien révéler de ce qui s'est passé durant tout le temps où tu as travaillé ici. Tu ne divulgueras plus d'informations sur la société, moi ou ma famille. Tu as bien compris ?

Tout en hochant faiblement la tête, Marilyn se laissa retomber contre son dossier.

— Je te donne une chance de prendre un nouveau départ, Marilyn. C'est désormais à toi de choisir. La saisir pour te reconstruire ou rester ici pour affronter les conséquences de tes actes.

Sans surprise, Marilyn accepta la proposition avec le peu de dignité qu'il lui restait, avant de se tourner vers elle.

— Tu penses que je n'ai agi que par intérêt, pour obtenir

de l’argent, mais tu te trompes. Un jour, Sally, tu finiras exactement comme moi : toute seule.

Elle se leva pour lui faire face.

— Non, je ne serai jamais comme toi, Marilyn, parce que je ne ferai jamais de mal aux personnes qui m’aiment et me soutiennent.

Après avoir reconduit Marilyn à son bureau, Kirk ordonna aux vigiles de l’aider à ramasser ses effets personnels et de la raccompagner jusqu’à la sortie. Il sentait toujours la colère bouillir en lui. Il ne faisait aucune confiance à Marilyn et il n’était pas d’accord avec l’offre d’Orson, mais il n’avait pas d’autre choix que de respecter sa volonté.

Marilyn, qui rangeait ses affaires, paraissait brisée. Ses années d’amertume semblaient s’être brusquement imprimées sur son visage désormais marqué.

Tant de dégâts, tant de risques. Et tout cela pour un amour non partagé. Elle n’avait pas fait cela par vénalité ou par esprit de vengeance. Non, elle avait agi pour essayer de forcer l’homme qu’elle aimait à la remarquer. Pour l’empêcher enfin d’être la bête de travail qu’il avait toujours été.

Mais n’était-il pas comme cela, lui aussi ? N’avait-il pas modelé sa vie sur celle d’Orson Harrison ? N’aspirait-il pas à jouir du même succès qu’Orson ? Mais à quel prix ? Quand Marilyn eut quitté les lieux, il poussa un lourd soupir avant de repartir vers le bureau d’Orson. Il avait demandé plusieurs fois à Sally de l’épouser, mais jamais il n’avait pris le temps de réfléchir à ce qu’il lui proposait réellement. Certes, il avait maintenu qu’il voulait être un père très présent dans la vie de son enfant. Mais avait-il pris en compte les sentiments qu’elle éprouvait ?

Qu’en était-il de ses besoins à elle, ses rêves d’avenir ? Avait-il pris le temps de lui demander ce qu’elle désirait vraiment ? Non, il n’avait pensé qu’à lui. Lui et son désir d’être tout ce que son père n’avait pas été.

Il ne s'était jamais considéré comme un homme égoïste. Ce trait de caractère, c'était à son père qu'il l'attribuait, lui qui avait toujours fait passer ses besoins et addictions avant tout. Mais vu sous cet angle, il n'était pas beaucoup mieux que lui. Il allait falloir qu'il change. S'il voulait espérer gagner son cœur, il devait devenir un homme digne de Sally Harrison.

En arrivant dans le bureau d'Orson, il se laissa tomber sur la chaise qu'avait occupée Marilyn quelques heures plus tôt.

— Elle est partie ? lui demanda Orson.

Il paraissait toujours bouleversé mais, derrière son visage pâle, Kirk n'avait aucun mal à percevoir la détermination de fer qui lui avait permis d'atteindre la réussite qui était la sienne. De l'autre côté du bureau, Sally paraissait tout aussi secouée, mais il sentait en elle la même force. Le père et la fille avaient-ils conscience de leur ressemblance ?

— Oui, finit-il par répondre. Le service juridique attend tes instructions.

— Bien. Je vais y aller. Mais avant cela, j'aurais quelque chose à vous dire à tous les deux. Il faut qu'on parle.

— J'ai un peu de temps devant moi, répondit Sally, mais si tu préfères, on peut remettre ça à plus tard. J'imagine que tu es encore sous le choc. Moi-même, je le suis. Je lui ai fait confiance toute ma vie.

— Et je lui ai fait confiance toute la mienne. Mais j'en ai tiré les leçons. L'erreur de jugement qui m'a conduit à avoir cette brève aventure avec Marilyn l'a elle-même conduite à nourrir de faux espoirs me concernant. Pour ma part, après cette aventure d'un soir, je n'ai jamais rien ressenti d'autre que de la culpabilité et de la déception à mon égard. J'imagine que c'est en partie pour cela que je l'ai maintenue à son poste. J'avais l'impression que je lui devais quelque chose.

Il poussa un lourd soupir avant de poursuivre :

— Regarder en arrière ne changera rien, mais nous devons aller de l'avant, et mon infarctus est un rappel à l'ordre que je ne dois pas négliger. J'ai beaucoup réfléchi et je pense être prêt à me retirer et à me décharger de la plupart de mes responsabilités au sein de l'entreprise. Je veux pouvoir profiter du reste de ma vie, et de mon petit-fils ou ma petite-fille, quand il ou elle sera là. Je veux prendre le temps de me concentrer sur ce qui compte vraiment avant que tout cela ne me soit enlevé.

— Tu es sûr, papa ? D'un point de vue médical, il n'y a aucune raison de...

— Je sais. D'un point de vue médical, il n'y a aucune raison pour que je ne reste pas dans la course pendant de nombreuses autres années. Le problème, c'est que je n'en ai plus envie. Je commence par ailleurs à me dire que c'est inutile. La société sera entre de bonnes mains même si je me retire, et tu... J'imagine que, si je suis resté, c'est en partie parce que je ressentais le besoin de veiller sur toi. Je me suis tourné vers Marilyn pour lui demander conseil à ton sujet après le décès de ta mère, quand ta phobie est devenue manifeste. Elle m'a dit de ne pas trop te bousculer, et j'ai suivi son conseil. En fait, je n'ai même pas cherché à t'encourager à accomplir pleinement ton potentiel. J'aurais dû être plus présent, mais plutôt que d'écouter mon cœur, je m'en suis remis à ce que je pensais être un meilleur jugement que le mien. Et malgré tout cela, tu as toujours visé l'excellence. Regarde-toi : chef de ton service, tu as convaincu toute la société d'adhérer à ton projet. Et tout cela grâce à ton propre mérite et ton propre travail, sans que je ne te donne le moindre coup de pouce. Je sais que ça n'a pas été facile pour toi. J'ai entendu les rumeurs qui prétendaient que tu n'étais là que parce que tu étais ma fille. Même si j'ai tout fait pour te protéger, ou plutôt parce que j'ai tout fait pour te protéger, d'autres t'ont rendu la tâche difficile. Et pourtant, tu n'as jamais abandonné.

— Je tiens ça de toi, papa. Tu es le roi de la ténacité, répondit-elle en souriant.

Et à observer l'expression douce-amère de son visage, Kirk sentit son cœur se serrer.

Les mots d'Orson se répétaient dans son esprit. Il avait agi exactement de la même façon que lui en essayant de protéger Sally. Prendre des décisions pour elle plutôt que de lui faire confiance pour prendre ses propres décisions. Pour être elle-même.

— Je suis très fier de toi, Sally. Je tiens à ce que tu le saches. Et pas seulement pour ce que tu es devenue en tant que femme. Je suis également incroyablement fier de ce que tu as accompli au sein de l'entreprise. Si tu n'avais pas été ma fille, j'aurais fait campagne pour que tu sois promue, que tu obtiennes un poste avec davantage de responsabilités au sein de la direction. Mais tu étais ma fille et j'avais mes propres préjugés à ce sujet. Alors je te pose désormais la question : as-tu envie d'obtenir davantage de responsabilités et de grimper dans la hiérarchie ?

— Je n'ai jamais voulu que ça, répondit-elle d'une voix ferme.

Ses beaux yeux bleus pétillaient d'enthousiasme, et en la regardant, Kirk eut un aperçu de la femme qu'elle était vraiment. Elle n'était pas que la jolie blonde qui lui avait fait tourner la tête dans ce pub ce soir-là. Elle n'était pas que la maîtresse passionnée qui par ses caresses bouleversait son univers tout entier. Elle n'était pas que la femme qui portait désormais son enfant. Il la voyait, tout simplement : une personne forte et intelligente qui méritait de briller.

— Parfait, répondit Orson. Maintenant, Kirk, si tu pouvais nous laisser quelques instants, Sally et moi.

— Avec plaisir.

Il se leva et s'arrêta à côté de Sally, luttant pour résister au besoin de poser sa main sur son épaule.

— Je t'appellerai cet après-midi, Sally. Nous avons des dossiers à voir ensemble.

— Oui, d'accord, répondit-elle en hochant brièvement la tête.

Mais il quitta le bureau avec la nette impression que cette perspective ne l'enchantait pas vraiment.

S'il y avait ces murs entre eux, c'était à cause de lui et du comportement qu'il avait dès le départ adopté. Il allait avoir beaucoup d'efforts à faire s'il voulait caresser l'espoir de renouer des liens suffisamment forts entre eux pour qu'elle accepte de le voir revenir dans sa vie.

15

Sally regardait son père agiter nerveusement des papiers sur son bureau. Manifestement, il n'était pas pressé de lui dire ce qu'il avait à lui dire. Comme il n'avait jamais été très démonstratif, l'entendre manifester sa fierté à son égard comme il l'avait fait un peu plus tôt avait été une grande joie pour elle. Pour la première fois depuis cet horrible moment à l'enterrement de sa mère où elle était restée pétrifiée devant tout le monde, elle avait l'impression qu'elle avait toute son attention. Et pour de bonnes raisons.

Il s'éclaircit la voix avant de parler :

— Tu es sûre, Sally, de vouloir monter dans la hiérarchie ?

— Comme je te l'ai dit, papa, je n'ai jamais voulu que ça. C'est juste que je n'ai jamais imaginé que tu croirais un jour suffisamment en moi pour me le suggérer.

Elle se sentait gênée, elle aussi. Elle n'avait jamais eu ce type de discussion avec son père auparavant. Jusqu'alors, chacun d'entre eux avait fait ce qu'on attendait de lui, sans jamais penser aux désirs de l'autre. Il avait raison : il était temps de changer.

— D'accord, répondit-il en hochant la tête avant de fixer son regard dans le sien. Et que comptes-tu faire de tes sentiments pour Kirk ?

— Mes quoi ?

— Ne fais pas l'innocente. Il est inutile de nier. Je ne suis peut-être pas le meilleur père du monde, mais je connais ma fille. Tu es amoureuse de lui, n'est-ce pas ?

À ces mots, elle resta figée sur place. Elle avait essayé de refouler ses sentiments pour Kirk quand elle avait compris qu'ils n'étaient pas partagés. Mais son amour pour lui était-il si évident ? Tandis qu'elle se faisait ces réflexions, son père avait poursuivi :

— Ce que je voudrais savoir, c'est si tu envisages de te servir de ces sentiments ou de passer à côté de la chance de vivre un mariage heureux parce que tu as trop peur de formuler ce que tu veux vraiment.

— Je n'ai pas peur. Et je sais ce que je veux : réussir dans mon travail. Point.

— Tu en es sûre ? Ta mère et moi n'avons pas eu la chance de vivre bien longtemps ensemble. Et pourtant, il ne se passe pas un jour sans que je ne pense à elle et sans que son absence me fasse souffrir. Je suis très occupé par mon travail. Mais ça ne la remplace pas. Ne deviens pas comme moi, ma chérie. S'il te plaît. Toi et mon petit-fils ou ma petite-fille méritez mieux que ça.

Elle regarda son père, surprise. Était-ce des larmes qu'elle voyait briller dans ses yeux ? Non, elle devait se tromper. Toutefois, il avait changé depuis sa crise cardiaque. Apparemment, il avait beaucoup repensé à sa vie et trouvait que certains points laissaient à désirer. Il avait raison, cependant. Il fallait qu'elle réfléchisse attentivement à son futur et à celui du bébé. Elle ne chercherait évidemment pas à empêcher Kirk de voir son enfant, mais de là à se marier avec lui ? Elle ne se sentait pas prête à faire une croix sur sa vision du mariage : un engagement absolu par lequel fusionnaient les vies de deux personnes qui s'aimeraient jusqu'à leur mort, et même au-delà.

Elle prit le temps de bien choisir ses mots.

— J'ai longuement réfléchi avant de prendre ma décision. Et cette décision, je voudrais que tu la respectes. Je ne peux pas me contenter d'un mariage de sécurité. Entre mon salaire et l'argent que maman m'a laissé, j'ai la chance de ne rien avoir à craindre pour mon avenir. Mais si j'envisage d'épouser un homme, je veux être certaine qu'il puisse me procurer ce dont j'ai besoin sur le plan émotionnel. Or, je ne crois pas qu'il puisse le faire.

Manifestement partagé entre déception et résignation, il baissa la tête.

— Merci, papa, de t'être montré honnête avec moi. Savoir que tout cela compte pour toi est plus important pour moi que tu ne l'imagines. Et je suis désolée si ce n'est pas ce que tu as envie d'entendre, mais c'est ma vie, et il faut que je pense à moi, aussi, pas seulement au bébé.

Impulsivement, elle se leva pour le prendre dans ses bras.

— Je t'aime, papa.

— Je t'aime aussi, ma chérie.

Là-dessus, elle retourna s'enfermer dans son bureau, mais elle ne parvenait pas à se concentrer sur son travail. Son esprit ne cessait de revenir à ce qui s'était passé ce jour-là. Tant de choses à intégrer, à accepter. Mais si l'exemple de son père et de Marilyn lui avait appris quelque chose, c'était bien qu'elle ne pouvait pas se contenter d'une relation qui lui apporterait moins que ce qu'elle désirait réellement.

Elle voulait davantage qu'un simple mariage de raison. Que ce soit pour le bébé ou pour elle. Et un jour peut-être, elle pourrait obtenir cela. Grimper dans l'échelle hiérarchique, acquérir davantage de responsabilités avait toujours été son rêve pour sa vie professionnelle. Or, elle était sur le point de le réaliser. Si elle finissait par trouver le véritable amour, elle ne le lâcherait pas. Dans le cas contraire, elle ferait tout simplement sans. Elle n'avait aucun doute sur ses capacités à cumuler vie de maman et vie professionnelle. Naturellement, ce ne serait pas facile, mais n'y avait-il pas des milliers de femmes dans le monde qui réussissaient leur carrière tout en s'occupant de l'éducation de leurs enfants ? Elle s'adapterait, et elle y parviendrait, elle aussi.

Elle était pleinement satisfaite de sa décision. Pas de compromis. Pas de mariage sans amour partagé. Malgré l'alchimie sexuelle qu'il y avait entre eux, Kirk et elle avaient le droit d'aspirer à une relation plus riche et profonde. Ils réussiraient à s'entendre pour élever leur enfant comme des milliers d'autres parents dans le monde. Et même si le voir chaque jour au travail serait une véritable torture physique et émotionnelle, elle préférait cela plutôt que de trahir tout ce en quoi elle croyait.

On ne peut pas obliger quelqu'un à nous aimer ; Marilyn l'avait bien prouvé. Il ne servait à rien d'espérer, de rêver, d'insister. Et vivre avec un amour non partagé équivalait à vivre malheureux toute sa vie.

Si elle était certaine d'une chose, c'était qu'elle méritait bien mieux que cela.

Kirk resta à distance de Sally bien que cela lui fût extrêmement difficile. Orson ayant réduit ses horaires de travail à deux journées par semaine, il avait désormais encore plus de responsabilités. Heureusement, il avait pu engager rapidement une nouvelle assistante, qui s'était révélée être un véritable génie de l'organisation.

Aussi discrètement que possible, il gardait néanmoins un œil sur Sally, qui travaillait beaucoup. Il était étonné de sa ténacité mais, à bien y regarder, son parcours professionnel ne révélait-il pas qu'elle s'était montrée tenace toute sa vie ?

Elle faisait des merveilles pour le projet d'exploitation d'énergies renouvelables, qui s'implantait également dans d'autres branches de HIT, ce qui l'amenait parfois à se déplacer. Il avait entendu dire qu'elle commençait à surmonter son blocage. Naturellement, les groupes auxquels elle devait faire face étaient généralement assez restreints, mais Nick l'avait tenu informé qu'elle s'améliorait à chaque présentation.

Comme il était inquiet quand elle était absente, il avait également demandé à Nick de veiller à ce qu'elle mange correctement. La jeune employée avait paru surprise par sa requête mais n'avait pas protesté. De cette façon, quand il appelait Sally comme il le faisait tous les soirs, il n'avait pas à la soumettre à un interrogatoire pour savoir si elle avait bien pris ses vitamines et si elle dormait suffisamment.

Noël était passé. Sally, enceinte de seize semaines, arborait désormais un adorable petit ventre rond. Il consultait régulièrement un site qui évoquait toutes les étapes de la grossesse et s'émerveillait chaque jour des changements qui se produisaient dans le corps de la jeune femme. Il avait toujours du mal à se faire à l'idée que c'était son enfant qui grandissait en son sein. Mais depuis la dernière échographie, où ils avaient pu entendre le cœur du bébé, les choses lui paraissaient beaucoup plus concrètes. Et plus émouvantes encore.

Machinalement, il consulta sa montre. À l'heure qu'il était, elle devait être rentrée de sa présentation à New York. Son avion avait dû arriver une heure et demie plus tôt. Serait-elle agacée s'il l'appelait pour vérifier qu'elle était bien rentrée chez elle ? Si c'était le cas, tant pis. Il ne pouvait pas résister.

Mais quand il composa son numéro de fixe, il ne reçut pas de réponse. Étrange. Il essaya le portable et tomba directement sur la messagerie. Un horrible pressentiment s'empara de lui. Il n'était pas du genre à se faire du souci pour rien, mais il sentait que quelque chose n'allait pas.

Il était sur le point d'appeler Nick quand son téléphone lui signala un appel d'Orson.

— Kirk, Sally a été hospitalisée.

Un frisson glacial lui parcourut le dos.

— Pourquoi ? demanda-t-il, le cœur battant à tout rompre. C'est le bébé ?

— Je ne sais pas, je n'arrive pas à la joindre. En sortant de ma réunion, j'ai vu qu'elle m'avait laissé un message pour me dire que son avion était arrivé, mais que sa jambe lui faisait mal et était enflée, et qu'elle avait demandé à Benton de l'emmener à l'hôpital. Une jambe enflée après un voyage en avion, ce n'est pas bon, non ?

Ce n'était pas bon, non, quelles que soient les circonstances.

S'étant informé sur les risques de la grossesse, il savait qu'une jambe enflée pouvait être synonyme de thrombose.

— Où l'a-t-il emmenée ?

— Elle ne me l'a pas dit. Elle m'a dit de ne pas m'inquiéter, mais ce n'est pas facile quand on aime quelqu'un, non ?

Il se figea. Était-ce pour cette raison que la peur lui avait glacé le sang ? Parce qu'il l'aimait ?

— Je m'en occupe, Orson. Je vais voir ce que je peux trouver et te rappellerai à la minute même où j'aurai du nouveau.

— D'accord, merci. Et de la même façon, si elle me rappelle, je te tiens au courant.

Il appela Nick, qui ne lui fut d'aucune aide. À l'en croire, Sally allait bien quand elle l'avait laissée avec Benton à l'aéroport. Raccrochant aussi vite qu'il le put, il appela le garde du corps, qui se trouvait dans la salle d'attente de l'hôpital. Après avoir passé un rapide coup de fil à Orson pour l'informer de ce qu'il venait d'apprendre, il se précipita dans sa voiture et partit pour l'hôpital.

À son arrivée, il remercia Benton et lui dit qu'il le tiendrait au courant dès qu'il aurait la moindre nouvelle. Et aussitôt que le garde du corps fut parti, il essaya d'obtenir des informations sur l'état de santé de Sally. Mais le personnel de l'hôpital ne se laissa pas amadouer. Et ainsi commencèrent les deux heures les plus longues de sa vie.

C'était pire encore que quand sa mère était morte. Quand son cancer avait été diagnostiqué, il était trop tard pour commencer un traitement, et on leur avait clairement expliqué qu'il ne lui restait que quelques mois à vivre. Quelques mois pour accepter l'idée de la mort. Cela avait été horrible, mais la différence, c'était qu'il avait connu et compris chacune des étapes de son parcours. Ce qui lui avait permis de s'adapter.

Là, il n'avait aucun contrôle sur la situation. Et il avait peur non seulement pour le bébé, mais aussi pour Sally. La simple idée de la perdre le terrifiait. Il avait accepté sa décision de ne pas l'épouser, mais désormais il le regrettait amèrement.

S'il avait été son mari, il aurait eu le droit de savoir ce qui se passait, comment elle allait.

N'y tenant plus, il se leva pour faire les cent pas et finit par s'adosser au mur, le regard rivé sur les portes closes qui menaient aux salles de soins. Et tandis que les aiguilles de l'horloge murale égrainaient les secondes, il resongea aux paroles d'Orson. « Elle m'a dit de ne pas m'inquiéter, mais c'est difficile quand on aime quelqu'un, non ? »

L'amour. Il n'aurait jamais imaginé connaître un jour ce qu'était le véritable amour. Il avait vu ce que l'amour avait fait à sa mère, dont l'affection pour son père avait lentement été remplacée par la tristesse et le désespoir. Quand il avait conçu ses projets d'avenir, il avait envisagé de vivre son mariage dans le respect et l'affection, mais sans les hauts exaltants et les bas dévastateurs qui constituaient le quotidien de tant de couples. Il n'avait pas le temps pour ça, il n'en ressentait pas le besoin, il n'en avait pas l'envie.

Mais il avait envie de Sally. Il voulait tout vivre avec elle : être à son côté, la guider et la voir atteindre ses objectifs professionnels, la voir devenir maman, vivre avec elle cette aventure. Mais surtout, finit-il par comprendre, il voulait l'aimer. Il voulait être celui vers qui elle se tournerait dans les moments difficiles comme dans les moments de joie. Il voulait être celui qui emplirait son cœur de bonheur, qui l'aiderait à surmonter tous ses problèmes. Il voulait rire avec elle, vivre avec elle et l'aimer pour toujours.

Il se rendit soudain compte qu'il tremblait. Son désir était devenu si fort, si puissant que des larmes lui piquaient désormais les yeux. Il n'avait pas pleuré depuis le décès de sa mère. Mais la situation était horrible et il ne s'était jamais senti aussi impuissant de toute sa vie.

Les portes, devant lui, s'ouvrirent, et ce fut Sally qui apparut. Accompagnée d'un infirmier, elle tenait à la main un petit tas de documents et affichait un sourire las. Sourire qui se changea en expression de surprise quand elle le vit accourir vers elle.

— Kirk, qu'est-ce que tu fais là ?

— Je suis venu pour toi, Sally.

Il n'avait jamais pensé une chose aussi sérieusement de sa vie. Mais malheureusement, la salle d'attente de cet hôpital n'était pas le lieu pour cette discussion dont ils avaient si désespérément besoin.

Elle parut un peu déconcertée mais finit par acquiescer.

— Ça va, ne t'inquiète pas. Ils me renvoient chez moi.

— Tout va bien ?

— Oui. C'est Benton qui a réagi de façon un peu excessive. Quand je suis arrivée à l'aéroport, je lui ai dit que ma jambe était endolorie et légèrement enflée, et il a insisté pour me conduire directement ici.

— Il a eu raison. C'est exactement ce que l'on attend de lui. Tu ne lui en veux pas, j'espère ? demanda-t-il tandis qu'ils marchaient ensemble vers la sortie.

— Non. Pour tout t'avouer, j'étais moi-même inquiète et contente que quelqu'un d'autre prenne la décision à ma place. Mais je ne comprends toujours pas pourquoi tu es là.

— C'est ton père qui m'a appelé. Il a eu ton message, et comme il ne connaissait pas tous les détails, nous nous sommes fait du souci tous les deux.

— J'aurais dû l'appeler, dit-elle en sortant son téléphone de son sac. J'ai eu plusieurs appels. De papa. Et de toi, ajouta-t-elle en faisant défiler la liste sur l'écran.

— Nous étions inquiets.

Ces trois mots semblaient bien faibles pour décrire le sang d'encre qu'il s'était fait. Une fois dans la voiture, il attendit qu'elle ait appelé son père pour démarrer.

— Non, non, ça va. Pas besoin que je reste chez toi. Tout est normal, c'est juste un peu de rétention d'eau. Non, papa, tu n'as vraiment pas de souci à te faire. Ils m'ont fait passer un scanner, et tout le tralala.

Quand elle finit par raccrocher, elle soupira.

— Fatiguée ?

— Épuisée.

— Je vais te raccompagner. Tu es sûre que tu ne veux pas aller chez ton père ? Ou chez moi ?

— Je vais bien. Qu'est-ce que vous ne comprenez pas là-dedans ? s'exclama-t-elle en agitant ses documents de sortie d'hôpital devant lui.

Mais il y avait dans sa voix une faiblesse qui le frappa et le toucha. Elle avait peur et elle était seule. Il ne prit pas le temps de réfléchir. Instinctivement, il se pencha vers elle pour la prendre dans ses bras, l'attirer près de lui. Dans l'espace restreint, il lui était difficile de lui apporter le réconfort dont elle avait besoin, mais il fit de son mieux.

Dans un premier temps, elle se crispa et essaya de se libérer, mais au bout d'une seconde elle s'effondra sur lui et il la sentit passer ses bras autour de sa taille.

— Je suis tellement content que tu ailles bien, Sally. Pour tout te dire, j'ai eu très peur pour toi. Et je ne veux plus jamais ressentir cela à nouveau.

Comme elle avait reniflé, il la libéra de son étreinte pour sortir de sa poche un mouchoir en papier qu'il lui tendit.

— Merci, dit-elle après s'être essuyé les yeux et le nez. On peut rentrer, maintenant ?

— Bien sûr.

Il la reconduisit en silence jusqu'à son appartement, dans lequel il la suivit.

— Assieds-toi, lui dit-il une fois qu'ils furent rentrés. Je vais te faire une tisane.

Elle ne chercha pas à protester, ce qu'il prit comme une preuve de sa fatigue. Rapidement, il lui prépara une camomille. Dans sa grande main, la petite tasse en porcelaine semblait d'une délicatesse incongrue, un symbole de la fragilité de leur relation qui pouvait si facilement se briser s'il ne se montrait pas prudent.

Il resta assis à côté d'elle tandis qu'elle sirotait l'infusion, et quand elle eut terminé, il passa son bras autour de ses épaules pour l'encourager à se blottir contre lui. C'était si bon de l'avoir dans ses bras. Sans même parler de l'attirance sexuelle, il y avait quelque chose d'incroyablement satisfaisant dans le simple fait d'être avec elle. Ils n'avaient pas appris à se connaître l'un l'autre, à s'apprécier de cette façon. S'il s'était montré moins renfermé, peut-être auraient-ils eu davantage de chance.

Mais désormais, il était déterminé à se battre. Il savait, avec certitude, qu'il était tombé fou amoureux de cette femme merveilleuse. Il avait juste refusé de voir que ses sentiments allaient bien au-delà de la simple attirance physique. Sans doute parce qu'il craignait de se retrouver dans une position de vulnérabilité. Mais ce qui s'était passé ce jour-là lui avait montré qu'il s'était complètement trompé.

— Sally ? dit-il doucement comme il se demandait si elle s'était endormie.

— Hum ?

— Je peux rester ce soir ?

Brusquement, elle s'écarta de lui.

— Rester ? Ici ?

— Je peux dormir sur le canapé. Je ne te demande pas... Je voudrais juste être certain que tu vas bien et être là si tu as besoin de quoi que ce soit.

Comme elle commençait à protester, il leva sa main devant lui.

— Écoute, je sais que tu es épuisée par ton voyage à New York et ton passage à l'hôpital. Mais si je te laisse ici toute seule, je ne dormirai pas. Je resterai éveillé toute la nuit à me faire du souci pour toi. Laisse-moi t'aider, dans notre intérêt à tous les deux. D'accord ?

Les ombres qui cernaient ses beaux yeux bleus lui donnaient envie de la hisser dans ses bras pour la porter au lit et d'insister pour qu'elle y reste toute la semaine durant. Mais il n'avait pas le droit de faire cela.

— Si tu veux.

— Merci.

— Mais pourquoi, Kirk ? Tu sais que je vais bien. Je n'ai pas besoin qu'on me surveille.

— Je sais. Mais moi, j'ai besoin d'en être sûr. J'ai eu très peur tout à l'heure, plus que je ne l'aurais cru possible. Ce qui m'a fait prendre conscience de certaines choses.

— Quoi ?

— Ça m'a donné l'occasion de réfléchir à ma vie, à ce que je veux vraiment. Je pensais ce que je t'ai dit à l'hôpital. Je veux être là pour toi. Et j'aimerais vraiment être en droit de rester avec de toi de façon permanente.

Tout en soupirant, elle détourna son regard de lui.

— Kirk, on en a déjà parlé. Je t'ai dit que je ne voulais pas t'épouser.

— Je sais. Mais je me suis comporté comme un idiot. Tu as eu parfaitement raison de refuser ce que je t'ai proposé. Je pensais que l'important était simplement que nous acceptions de vivre en couple, mais grâce à ce qui s'est passé aujourd'hui, j'ai compris qu'il y avait bien plus que cela. Je voulais une vie de rêve : une belle femme, un enfant parfait et la carrière que tous les hommes envient. Mais je n'étais pas prêt à faire suffisamment d'efforts pour obtenir tout cela. Je n'étais pas prêt à me rendre vulnérable ou même à admettre que j'avais besoin de quelqu'un d'autre pour atteindre mes objectifs. Je reconnais que ce que je t'ai proposé relevait moins du mariage que de l'association professionnelle, et j'ai vraiment honte de l'admettre.

Elle fronça les sourcils, parut incertaine.

— Qu'est-ce que tu veux dire ?

— Je veux dire que je ne pensais pas que l'amour, le véritable amour, était nécessaire à la réussite d'un mariage. Mais maintenant, je sais que, pour qu'un mariage signifie vraiment quelque chose, un homme et une femme doivent avoir des sentiments forts l'un pour l'autre.

Lentement, elle hocha la tête.

— C'est aussi comme ça que je vois les choses. Et je ne me contenterai pas de moins que ça.

— Moi non plus. Quand j'étais dans cette salle d'attente, à me dire que je n'avais pas le droit d'être là pour toi, pas le droit de te soutenir comme tu méritais d'être soutenue...

Sa voix se brisa, et il eut du mal à reprendre.

— Sally, ça m'a fait prendre conscience de quelque chose d'important.

— Quoi ?

— Que je t'aime. Je ne suis pas très doué pour exprimer mes sentiments, mais crois-moi quand je te dis que cette journée a été pour moi un véritable enfer. Tu es tout pour moi. Je veux passer le reste de ma vie à te le prouver, si tu es d'accord.

— Et le bébé ?

— Et à le prouver au bébé aussi, bien sûr. Mais indépendamment de tout le reste, je t'aime. Et que tu acceptes ou non de m'épouser, je t'aimerai toujours.

Ses yeux s'étant à nouveau emplis de larmes, elle détourna le regard. L'espace d'un instant, il crut qu'elle allait une fois encore le repousser, mais quand elle se retourna vers lui, un sourire hésitant se dessinait sur ses lèvres pleines.

— Toujours ? demanda-t-elle.

— Toujours. Je te le jure.

Il retint son souffle.

— Je ne pouvais pas accepter ta proposition sans amour, Kirk. Mes parents ont vécu un mariage bref, mais heureux. Tout le monde a besoin d'amour. Y compris toi.

Désorienté, il se demanda si elle allait de nouveau le repousser. Était-elle en train de lui dire qu'elle ne pouvait pas l'aimer ? Devoir accepter ce fait l'achèverait.

— Merci de m'avoir ouvert ton cœur ce soir, dit-elle alors en prenant doucement ses mains dans les siennes. J'avais besoin de l'entendre, besoin de savoir que ce que tu ressens au fond de toi est aussi fort que ce que je ressens, moi. Parce que je t'aime, moi aussi.

Peinant à croire ce qu'elle venait de dire, il prit une profonde inspiration.

— Merci, souffla-t-il. Tu ne t'imagines même pas à quel point ça me rend heureux.

Tout en hochant la tête, elle se pencha vers lui, rapprochant sa bouche de la sienne.

— Moi aussi, dit-elle avant de déposer un baiser sur ses lèvres. Il y a juste une chose que je voudrais te demander.

— Je t'écoute, s'empressa-t-il de dire. Si tu me le demandes, je décrocherai la lune pour toi.

Tout en haussant les épaules, elle lui adressa l'un de ses doux sourires.

— Tu n'auras sans doute pas besoin d'aller jusque-là.

— Alors, dis-moi ce que tu veux.

— Veux-tu m'épouser ?

— Oui ! répondit-il, fou de joie, avant de joindre à nouveau ses lèvres aux siennes.

Quand ils finirent par s'écarter l'un de l'autre, il la regarda, émerveillé par le cadeau qu'elle venait de lui offrir.

— Tu ne le regretteras pas. Je te promets de passer le reste de ma vie à m'assurer que tu ne le regrettes pas.

— Moi de même, répondit-elle solennellement.

Pendant quelques instants, ils restèrent sans rien dire, à se délecter de leur bonheur. Mais tout à coup, il se souvint de quelque chose.

— Euh... Pour ce qui est de dormir sur le canapé...

Elle se mit à rire gaiement. Ce joli rire qui savait si bien le toucher.

— Je crois qu'on peut oublier le canapé pour ce soir.

Elle se leva, lui tendit la main.

Et en la suivant jusqu'à la chambre, il se dit qu'il était l'homme le plus heureux du monde. Il avait eu la chance de découvrir la vérité sur l'amour avant qu'il ne soit trop tard. La chance d'avoir conçu un enfant. Et surtout, la chance d'avoir cette femme si merveilleuse dans sa vie.

ANDREA LAURENCE

Enceinte d'un inconnu

Traduction française de
ROSA BACHIR

PASSIONS

HARLEQUIN

Titre original :
LITTLE SECRETS: SECRETLY PREGNANT

Ce roman a déjà été publié en 2018.

Prologue

Mardi gras

La fête battait son plein, et tout le monde dansait et s'amusait. Tout le monde, excepté Emma Dempsey. Ce qui n'était pas inhabituel : il y avait bien longtemps qu'Emma avait oublié comment s'amuser.

Depuis sa récente rupture, elle se demandait s'il n'y avait pas un problème chez elle. Son ex-petit ami, David, avait déclaré qu'elle était soporifique, sur le plan sexuel comme sur tous les autres plans. Elle avait commis l'erreur d'en parler à son ancienne camarade d'université, Harper Drake. Et celle-ci l'avait entraînée de force à cette soirée costumée, dans un loft de Tribeca.

Emma avait pourtant fait des efforts : elle portait un joli masque en forme de papillon et une jupe moulante. Mais ce genre de soirées n'était vraiment pas sa tasse de thé. Peut-être devrait-elle simplement appeler un taxi et s'en aller pour ne pas gâcher le plaisir de Harper. Elle mordillait distraitement un bâtonnet de carotte quand son regard se posa sur un bar à tequila installé sur le comptoir de la cuisine. Et si, pour une fois, elle noyait ses soucis dans l'alcool ?

Elle avait un choix à faire, elle le savait. Elle pouvait rentrer chez elle et s'apitoyer sur son sort, ou prendre le taureau par les cornes et s'amuser, pour une fois.

Dans un accès de courage, elle posa son assiette et se dirigea vers le bar. Il y avait un assortiment de petits verres en carton, des quartiers de citron vert, une salière et plusieurs bouteilles de tequila. Elle se lécha la main, y versa du sel, prit un quartier de citron et se servit un verre. Elle était consciente qu'une fois qu'elle se serait lancée elle ne pourrait pas revenir en arrière.

Être avec toi, c'est comme sortir avec ma grand-mère. Le souvenir douloureux des paroles de David acheva de la décider.

Sans hésiter plus longtemps, elle lécha le sel, but le verre d'un trait puis aspira furieusement le jus de citron pour atténuer le goût de l'alcool. La tequila lui brûla la gorge et le ventre presque aussitôt.

Le goût était absolument terrible, mais après quelques secondes, elle sentit un changement en elle. Elle avait l'impression d'être plus détendue, plus souple, presque féline. Ce qui était très agréable. Avec un sourire satisfait, elle prépara un second shot. Lorsqu'un invité approcha d'elle, elle fut aussitôt mal à l'aise. Un rapide regard dans sa direction confirma ses craintes. C'était un homme déguisé en Batman, à l'air libidineux.

— Bonsoir, beauté, dit-il en s'appuyant contre le bar.

Le compliment était peu crédible, puisque les trois quarts de son visage étaient couverts par son masque. Elle soupira et avala le second verre de tequila sans sel ni citron. Elle en avait bien besoin. Elle s'en servit un troisième, ignorant ouvertement son admirateur.

— Vous aimeriez danser ? demanda-t-il. Je me débrouille pas mal sur une piste.

Elle en doutait.

— Désolée, je ne danse pas.

Batman fronça les sourcils.

— Dans ce cas, ça vous dirait de quitter cette soirée pour aller dans un endroit calme et sombre où nous pourrions... discuter ?

Un frisson glacé la parcourut. Se retrouver seule avec lui ici était déjà assez désagréable. Mais dans le noir ? Ce serait tout bonnement terrible.

— Non, je suis venue avec quelqu'un. Désolée.

Batman se redressa, et son langage corporel exprima la colère que son masque cachait.

— Qui ?

Elle allait lui répondre quand un autre homme arriva derrière elle et posa des mains lourdes et chaudes sur ses épaules. Il déposa un baiser sur sa joue, et Batman finit par reculer.

Emma entendit une voix grave gronder contre son oreille :

— Bonsoir, chérie, désolé d'être en retard.

Elle avait bien envie de s'écarter de ce second soupirant non désiré, mais les mains qui pressaient ses épaules avec insistance la suppliaient de coopérer. Cet homme n'était pas en train de lui faire des avances ; il essayait de la sauver de Batman. Soulagée, elle se tourna pour lui faire face et le saluer.

Eh bien ! Il était plus grand qu'elle ne l'aurait pensé. Il mesurait environ un mètre quatre-vingt-cinq. Mais si elle voulait convaincre Batman de ficher le camp, elle devait cacher sa surprise. Elle se mit sur la pointe des pieds et embrassa les lèvres de son faux petit ami, la seule partie visible de son visage sous le masque vénitien vert et or.

Dès que leurs lèvres se touchèrent, ce qu'elle pensait n'être qu'un simple petit baiser se révéla bien plus puissant. L'électricité du contact faillit la projeter en arrière, mais son sauveur la maintint en équilibre, tenant ses bras de manière ferme et néanmoins douce. Ses sens furent aussitôt excités par son eau de toilette épicée, par la douce caresse de ses lèvres contre les siennes, par la chaleur de sa peau.

Elle ne savait pas si c'était la tequila ou le baiser, mais soudain, elle était très consciente de son propre corps. Cet homme provoquait des picotements en elle et accélérait son pouls. Elle se sentit s'abandonner contre lui, malgré elle. C'était sûrement la tequila. Pas étonnant que les gens aient tant d'ennuis quand ils buvaient cet alcool !

Elle se ressaisit un peu, et recula pour mettre fin à leur baiser. Mais l'inconnu ne la lâcha pas pour autant. Batman les regardait sans doute encore, supposa-t-elle.

— Tu m'as manqué, dit-elle, se blottissant contre lui de manière suggestive.

Il l'attira contre le mur solide de sa poitrine et l'étreignit. Il se pencha pour respirer le parfum de ses cheveux et murmura :

— Il est parti, mais il nous observe depuis l'autre côté de la pièce. Continuez à jouer la comédie si vous ne voulez pas qu'il revienne.

Elle hocha la tête et recula un peu. Elle frotta affectueusement la bouche de son chevalier blanc à l'endroit où elle avait laissé une marque de rouge à lèvres. Le geste était intime et assez convaincant, elle en était sûre. Maintenant que plusieurs centimètres les séparaient, elle avait une meilleure vue sur sa silhouette. Le masque cachait l'essentiel de son visage, mais elle remarqua ses larges épaules, son jean ajusté, son sourire radieux et charmeur.

— Vous enchaînez les shots de tequila ? demanda-t-il.

— Oui, mais je crois que je vais m'arrêter là.

Elle en avait pris assez pour rendre cette scène authentique mais, si elle en buvait davantage, elle récolterait certainement des ennuis.

— Ne me laissez pas boire seul, dit-il.

Il se servit un verre, puis afficha un sourire malicieux, avant de se pencher vers elle et de lécher sa peau, juste au-dessus de son décolleté. Stupéfaite, elle retint son souffle. Elle ne parvenait pas à réagir. Son esprit lui commandait de reculer, de lui dire d'arrêter, mais elle resta immobile, et muette.

Il hésita, la salière dans la main. Ses yeux bleu nuit plongèrent dans les siens, attendant sa permission. Pouvait-elle la lui donner ? Elle en avait envie. C'était ce qu'elle avait recherché ce soir, même si elle n'en avait pas eu conscience jusqu'à cet instant. Les grands-mères ne laissaient pas des inconnus lécher du sel sur leur peau dans des soirées costumées. Malgré tout, elle n'arriva pas à prononcer le moindre mot pour donner son accord. Alors, elle se contenta de rejeter la tête en arrière pour le laisser saupoudrer de sel la courbe de ses seins et glisser délicatement un quartier de citron entre ses lèvres entrouvertes.

Il approcha le visage, son verre à la main. Emma avait le corps en feu quand son souffle chaud caressa sa peau. Il lécha lentement sa poitrine, prenant bien plus de temps que nécessaire pour retirer chaque grain de sel. Batman ne les regardait plus, sans doute. Quand son sauveur avala la tequila d'un trait, Emma put enfin libérer l'air qu'elle avait douloureusement retenu dans ses poumons jusqu'à maintenant. Puis, il reposa son verre sur le comptoir.

Lorsqu'il glissa la main sur sa nuque et approcha son visage du sien, Emma se tendit d'anticipation. Il baissa la tête, ses lèvres effleurant les siennes un bref instant avant qu'il ne morde dans le fruit. Elle sentit un filet froid et acide couler dans sa propre bouche, avant qu'il ne retire le quartier avec ses dents.

Quand il fit un pas en arrière, elle fit de même. Elle avait eu bien du mal à ne pas gémir quand il l'avait touchée cette fois. Il valait mieux qu'elle se sorte de cette situation maintenant, tant qu'il lui restait un peu de contrôle sur ses sens. Elle avait sans doute les joues rouges, car elle était embarrassée, mais aussi... excitée.

Elle porta timidement la main à son visage et fut surprise quand elle toucha la surface rêche et pailletée de son masque. Elle avait oublié que l'inconnu ne pouvait pas la voir. Même si elle était rouge comme une pivoine, il ne le saurait pas. Ce soir, elle était anonyme. Étrangement, cette pensée la rendit audacieuse. Et, au lieu de fuir, elle décida de rester là où elle était.

Il prit le verre plein qu'elle avait laissé sur le comptoir et le lui tendit, en guise de proposition silencieuse et dangereuse. Qu'allait-elle décider de faire ?

Un regard rapide lui confirma que Batman avait disparu, et qu'il n'y avait pas de raison de continuer ce petit jeu. Mais elle avait très envie de le continuer.

— Il est parti, dit-elle, lui donnant l'occasion d'arrêter s'il le souhaitait.

— Je sais, répondit-il.

Il lui tendit la salière, qu'elle accepta.

Puisqu'il portait une chemise noire à manches longues, elle ne pouvait verser le sel que sur son cou. Elle se mit sur la pointe des pieds pour l'atteindre. Elle lécha sa peau, laissant une traînée humide depuis le creux de son cou jusqu'à sa pomme d'Adam, où sa langue effleura sa barbe naissante. Elle sentit son point de pulsation battre quand elle s'en approcha. Elle remarqua que sa peau avait un parfum très masculin. Salé, et légèrement musqué. Elle ne put s'empêcher de s'attarder pour le respirer profondément, afin de graver le souvenir de son odeur dans sa mémoire. La réaction de son corps fut immédiate et presque primaire. Ses muscles les plus intimes se contractèrent de désir.

— Attendez, dit-il alors qu'elle s'apprêtait à saupoudrer le sel sur son cou.

Il s'agenouilla devant elle, posa les mains sur la courbe de ses hanches, et leva ses grands yeux bleus vers elle.

Elle ne pouvait pas vraiment distinguer son expression derrière son masque, mais son regard intense la poussait à agir. Elle avait presque l'impression qu'il était à sa merci, agenouillé ainsi devant elle, et elle aimait cette idée.

Elle tenta de se concentrer sur sa tâche, songeant qu'elle devrait verser le sel avant que sa peau ne sèche. Elle ne voulait pas qu'il devine son inexpérience en matière de shots de tequila. Elle n'avait jamais rêvé de faire quoi que ce soit d'aussi ouvertement érotique avec un inconnu. Elle n'aurait pas cru en être capable.

Elle saupoudra le sel sur sa gorge et plaça le citron entre ses lèvres pleines et douces. Serrant nerveusement le verre de tequila dans une main, elle se pencha de nouveau pour lécher le sel. Elle sentit sa gorge vibrer sous sa langue quand il émit un grondement. Elle recula, avala rapidement le verre, puis posa les mains de chaque côté de son visage. Juste avant qu'elle puisse mordre dans le quartier de fruit, il le recracha. Elle n'eut pas le temps de s'arrêter, et leurs lèvres se rencontrèrent, provoquant un courant électrique inattendu.

En temps normal, elle aurait reculé. Mais avec son masque, elle avait l'impression d'être une autre femme. Une femme audacieuse et téméraire.

Ce second baiser lui fit oublier le premier. L'inconnu serra ses hanches pour l'attirer contre lui. Elle se sentit fondre contre sa bouche et, peu à peu, elle se baissa jusqu'à ce qu'elle soit elle aussi à genoux sur le sol de la cuisine. Le bar les séparait de la foule d'invités, à seulement quelques mètres d'eux. Elle noua les bras autour de son cou, ses lèvres s'accrochant aux siennes tandis qu'il explorait sa bouche avec sa langue.

C'était un baiser indécent, et délicieux. Elle aurait voulu qu'il dure toujours, mais l'inconnu finit par détacher ses lèvres des siennes. Son souffle chaud effleurait son cou quand il appuya la joue contre la sienne et resta là, immobile, le temps de se reprendre. Ils étaient toujours enlacés, et aucun d'eux n'avait envie de se libérer de cette étreinte. Il y avait une intensité chez cet homme qui l'excitait et l'effrayait à la fois, et qui éveillait la même intensité en elle.

— Venez avec moi, murmura-t-il.

Il se leva et lui tendit la main.

Elle n'était pas naïve. Elle savait bien ce qu'il lui proposait, et chaque cellule de son corps la poussait à accepter son offre. Elle n'avait jamais rien fait de tel. Jamais. Mais il y avait quelque chose chez son héros qui la poussait à le suivre.

Alors, elle le suivit.

1

Trois mois plus tard

Serrant rageusement sa tasse de café, Jonah Flynn tonna dans son téléphone :

— Où est Noah, bon sang ?

— Il... n-n'est pas là, monsieur.

L'assistante administrative de son frère, Melody, était manifestement surprise par son ton, et il se reprit aussitôt. Il n'élevait jamais la voix avec ses employés. À dire vrai, la seule personne sur laquelle il criait, c'était son frère Noah. Et il dirigerait sa colère sur ce bon à rien dès qu'il le retrouverait.

— Navré d'avoir crié, Melody. Je sais bien qu'il n'est pas dans son bureau, il n'y est jamais. Ce que je voulais dire, c'est : savez-vous où il est allé ? Chaque fois que je l'appelle, je tombe sur sa boîte vocale, comme s'il avait éteint son téléphone.

Melody hésita un instant. Il entendit le cliquetis de son clavier en fond sonore.

— Il n'y a rien de noté dans son agenda, mais il a mentionné qu'il allait à Bangkok.

Jonah faillit s'étouffer avec son *latte*. Il déglutit et posa sa tasse à bonne distance.

— Bangkok, en Thaïlande ?

— Oui, monsieur.

Il prit une grande inspiration pour ravaler sa colère. Il ne passerait pas ses nerfs sur Melody. Elle l'avait déjà appelé monsieur par deux fois, ce qui prouvait qu'il était allé trop loin. Oui, il était le P-DG, mais il portait aussi un jean et un T-shirt à l'effigie des Monty Python. Tout le monde l'appelait Jonah.

— Une idée de la date de son retour ?

— Non, mais il a envoyé le numéro de l'hôtel dans lequel il séjourne. Vous pourrez sans doute le joindre là-bas.

— Ce serait super, merci, Melody.

Elle lui communiqua le numéro qu'il nota rapidement sur son bloc-notes avant de raccrocher. Puis, il appela l'hôtel. On lui passa la suite de son frère sans trop de problèmes. Bien entendu, Noah ne répondit pas. Il était sans doute en train de batifoler avec une beauté exotique. Jonah se força à laisser un message vocal qui ne trahissait pas la vraie raison de son appel et raccrocha, écœuré.

La Thaïlande.

À présent, Jonah n'avait plus le moindre doute. C'était Noah, le responsable de toute cette pagaille. Si les rapports comptables préliminaires étaient exacts, son petit frère s'était envolé pour l'Asie du Sud-Est en emportant trois millions de dollars qui ne lui appartenaient pas.

Jonah se cala dans son fauteuil de cuir et se massa doucement les tempes.

Un détournement de fonds était toujours un problème, mais son frère avait vraiment mal choisi son moment. Noah passait peu de temps au bureau et, si Jonah l'avait engagé, c'était uniquement pour faire plaisir à leur mère. Néanmoins, Noah savait — il savait — qu'ils étaient sur le point de signer le contrat avec Game Town. L'auditeur envoyé par leur futur partenaire devait commencer sa mission aujourd'hui. Aujourd'hui !

Ces trois millions manquants pourraient tout gâcher. Ce n'était pas un montant immense pour leur entreprise, mais Noah avait eu la bêtise de prendre la somme d'un coup, pour la transférer vers un compte *off-shore* dans les Caraïbes. Quelqu'un finirait par le remarquer, forcément. Game Town comptait confier à FlynnSoft la gestion de son service d'abonnement à des jeux en ligne. Si les dirigeants de Game Town avaient des doutes sur les finances de leur futur partenaire, ils renonceraient sûrement à cette association. À leur place, Jonah ferait la même chose.

Il fallait qu'il règle la situation, et vite. Même s'il n'en avait pas envie, il pouvait vendre des actions et des biens pour obtenir des liquidités et compenser la perte. Son frère le rembourserait, bien entendu. Plus tard. Peut-être Jonah l'obligerait-il à vendre sa voiture de sport européenne hors de prix. Peut-être même le ferait-il travailler pour de vrai, gratuitement, jusqu'à ce qu'il ait remboursé sa dette.

Mais Noah paierait. Quand Jonah en aurait fini avec lui, son petit frère regretterait qu'il n'ait pas simplement appelé la police.

Mais Jonah ne le dénoncerait pas aux autorités. Pas par amour pour son frère inutile, mais pour préserver leur mère. Angelica Flynn souffrait d'insuffisance cardiaque et devait éviter toute source de stress. Si Noah, le benjamin et sans nul doute le préféré de sa mère, finissait en prison, elle aurait une attaque. Si elle découvrait que Noah avait été dénoncé par son propre frère, elle mourrait de honte. Au bout du compte, Jonah serait désigné comme responsable, et il refusait d'être le méchant dans cette histoire.

Alors, il s'occuperait de son frère à sa manière, sans que leur mère l'apprenne.

Sur le plan public, Jonah pouvait gérer la situation exactement comme il le souhaitait. Sa société de jeux vidéo étant privée, il pouvait se permettre ce luxe. Dieu merci, il n'avait pas écouté ceux qui lui avaient conseillé de faire entrer sa société en bourse. Certes, cela lui aurait permis de gagner une fortune du jour au lendemain, mais il aurait aussi eu des actionnaires et un conseil d'administration à qui rendre des comptes. Il aurait même pu être renvoyé, perdant ainsi le contrôle de l'empire qu'il avait fondé quand il n'était encore qu'un étudiant.

FlynnSoft était à lui, et il ne voulait rendre de compte à personne, surtout pas à des cadres pompeux qui croyaient savoir mieux que lui comment diriger son entreprise. Il renflouerait les caisses, d'une manière ou d'une autre. Ses employés méritaient qu'il se démène pour eux. Et ils méritaient une part des bénéfices que ce nouveau contrat avec Game Town générerait. Si Noah n'avait pas tout gâché.

Quel bazar.

Il s'adossa à son fauteuil et laissa son regard dériver vers le cadre posé sur son bureau. Il contenait une photographie d'un papillon. Un morpho bleu qui prenait le soleil sur une fleur jaune vif.

Cette photo lui avait valu plusieurs regards surpris, car il n'était pas un amoureux de la nature. Il avait passé toute son adolescence à jouer à des jeux vidéo et à séduire les filles, deux activités qui pouvaient être pratiquées dans le confort climatisé de sa chambre.

Bien sûr, il ne pouvait avouer à personne la véritable signification de cette photo. Car, comment expliquer une soirée telle que celle qu'il avait vécue ? Personne ne le croirait. S'il n'y avait pas la preuve gravée sur sa peau, lui-même aurait pu croire que cette femme était une hallucination due à la tequila. Son regard se porta sur sa main droite et sur le tatouage entre son pouce et son index. Il représentait une moitié de cœur.

L'autre moitié avait disparu avec la jeune femme au masque en forme de papillon. Il n'aurait jamais cru que la fête de mardi gras qu'il avait organisée pour ses employés se transformerait en une nuit incroyable, émaillée de shots de tequila, d'ébats effrénés et d'une séance de tatouage en pleine nuit. Pour une raison qu'il ignorait, sa belle inconnue l'avait charmé presque instantanément. Depuis son doux soupir quand il avait léché le sel sur sa gorge jusqu'à la façon dont elle l'avait supplié de lui faire l'amour, tout était gravé dans son esprit.

Malgré la pagaille dont il devait s'occuper, il ne put empêcher ses pensées de dériver vers elle, une fois de plus. Une seule nuit, avait-elle dit. Ils n'avaient échangé ni leurs noms, ni aucune information personnelle. Leur nuit avait été digne de ses plus beaux fantasmes. Le masque pailleté multicolore ne lui avait permis de voir d'elle que ses cheveux soyeux noués en queue-de-cheval, sa bouche pulpeuse et son regard émeraude ensorcelant.

Comment avait-il pu la laisser partir ?

Il avait été idiot, il le savait à présent. Depuis des années, il accumulait les aventures. Les femmes qu'il fréquentait étaient splendides, souvent célèbres et talentueuses. Elles étaient attirées par sa réussite professionnelle et par la vie de luxe qu'il pouvait offrir. La plupart des hommes se satisferaient des belles femmes se jetant à leur cou, mais ça n'avait jamais été son cas. Il finissait inévitablement par se lasser et par tourner la page. Résultat, il était devenu l'un des célibataires les plus convoités et les plus endurcis de Manhattan.

Mais son papillon avait éveillé son intérêt durablement. Trois mois s'étaient écoulés, pourtant il pensait encore à cette femme. Il se demandait où elle était. Qui elle était. Et il essayait de déterminer si la femme réelle derrière ce masque pourrait être à la hauteur du souvenir qu'il avait d'elle. Elle lui avait assuré qu'au matin il ne voudrait plus d'elle, comme si elle allait se transformer en citrouille au douzième coup de minuit. Était-ce son anonymat qui rendait son inconnue si excitante ? S'il avait vu son visage et su comment elle s'appelait, aurait-elle rejoint la longue liste des femmes qu'il avait séduites puis oubliées ? Il n'avait pas la réponse à ces questions.

Il passa la main dans sa crinière brune. Il devait oublier cette histoire. Oublier cette fille. S'il continuait de regarder le décolleté de toutes les femmes qu'il rencontrait, en quête d'un demi-cœur tatoué, il finirait par récolter une gifle. Ou un procès.

Mais il ne pouvait cesser de penser à son papillon. C'était plus fort que lui.

Poussant un soupir, il reporta son attention sur l'écran de son ordinateur. Il devait se concentrer. Noah finirait par rentrer, et il paierait pour ce qu'il avait fait, mais d'ici là,

Jonah devait remettre les choses en ordre. Il chercha dans la liste de ses contacts le numéro de son comptable et conseiller financier, Paul. Il allait piocher dans ses liquidités et vendre des actifs pour obtenir la somme dont il avait besoin. Il avait des investissements divers et s'assurait que son argent travaille pour lui, contrairement à Noah qui dilapidait sa fortune comme un enfant gâté.

Jonah aurait ces trois millions. Simplement, cela pourrait prendre quelques jours.

En attendant, il devrait trouver un moyen de gagner du temps avec l'expert-comptable que Game Town lui enverrait pour auditer sa société. Cette personne devait arriver cet après-midi à 14 heures. Personne n'avait mentionné son nom, alors Jonah ne savait pas s'il s'agissait d'un auditeur ou d'une auditrice. Il adapterait sa stratégie en fonction de ce critère.

S'il s'agissait d'un homme, Jonah l'emmènerait jouer au golf. Il détestait ce sport, mais c'était un outil important dans le monde des affaires. Rares étaient les P-DG qui se réunissaient pour jouer à *Madden* sur leur Xbox. Ce qui était dommage. En général, ils préféraient les parcours de dix-huit trous. Jonah lui paierait quelques verres et un bon repas. Si le comptable était suffisamment éméché, il mettrait plus longtemps à jongler avec les chiffres.

S'il s'agissait d'une femme, Jonah adopterait une autre tactique. Ses clubs de golf resteraient au placard, et il ferait appel à son charme. Que cette femme soit bossue ou qu'elle ait l'allure d'un mannequin, peu importait. Depuis l'âge de quinze ans, Jonah avait du succès auprès des femmes. Une chance dont il savait profiter. Il inviterait l'auditrice à dîner, comme il l'aurait fait avec un homme, mais cette corvée serait bien plus agréable.

Il n'aurait pas besoin de la toucher. Il ne tenait surtout pas à ce qu'elle retourne chez Game Town en racontant qu'il l'avait séduite. Un beau sourire, des regards torrides et quelques compliments suffiraient, surtout si c'était une comptable effacée peu habituée à ce qu'on lui accorde de l'attention. S'il s'y prenait bien, elle serait si troublée et embarrassée qu'elle ne se rappellerait même plus son prénom et qu'elle ne verrait pas le moindre problème dans les comptes de la société.

Si, malgré tout, il devait affronter Carl Bailey, le P-DG de Game Town, et lui expliquer la situation, il le ferait. Mais pour éviter cela, il jouerait au golf ou il emmènerait une comptable esseulée à Broadway.

Il n'était pas un grand amateur de comédies musicales, mais il trouvait la plupart tolérables. Excepté *Cats*. Les quatre cents dollars qu'il avait dépensés pour ce spectacle étaient un énorme gâchis. Cette somme représentait une semaine de fournitures pour le *coffee shop* qu'il avait fait installer au vingt-troisième étage.

Ce qui lui fit penser que son café était à présent froid. Il irait en chercher un autre après avoir parlé à Paul. Prenant son téléphone, il appela son comptable, tout en se disant qu'il devrait annuler tous ses rendez-vous de la semaine prochaine. Car il serait occupé avec l'audit commandé par Game Town.

Pourvu qu'on lui envoie une femme. Il détestait vraiment le golf.

Son patron était sûrement un sadique caché, songea Emma. Sinon, pourquoi l'enverrait-il chez FlynnSoft pour deux ou trois semaines ? Tim aurait pu envoyer n'importe qui. Mark. Dee. Mais non, il avait fallu qu'il l'envoie elle. Elle était la seule capable de s'en sortir dans un tel environnement, avait-il dit.

Elle alluma la lumière de son dressing d'un geste rageur. Tim voulait juste la tourmenter. Elle aimait penser qu'elle avait été engagée grâce aux excellentes notes qu'elle avait obtenues à Yale et aux recommandations de ses professeurs, mais elle soupçonnait son père d'avoir joué un rôle dans son embauche.

Tim n'appréciait pas que de riches héritiers soient parachutés dans son service contre son gré, et il leur menait la vie dure. Emma était d'autant plus déterminée à prouver sa valeur. Elle allait faire du bon travail. Non, de l'excellent travail. Elle ne se laisserait pas perturber par l'ambiance décontractée qui régnait chez FlynnSoft. Elle ne se laisserait pas charmer par Jonah Flynn et ses sourires séducteurs.

D'ailleurs, elle doutait que le célèbre P-DG lui accorde un seul regard. Elle n'était pas vilaine à regarder, mais Jonah Flynn fréquentait plutôt des mannequins lingerie. Elle ne pouvait tout simplement pas rivaliser avec les abdominaux d'acier et les seins siliconés de ces créatures. Et elle n'essaierait même pas.

Un homme comme Jonah Flynn ne l'intéressait pas, de toute façon. Il incarnait tout ce contre quoi sa mère, Pauline, l'avait mise en garde. « Ne fais pas les mêmes erreurs que Cynthia », lui avait-elle seriné. La sœur aînée d'Emma n'était pas morte à cause de ses mauvais choix — elle avait péri dans un accident d'avion —, mais quand ces mauvais choix avaient été révélés au grand jour après sa mort, la famille avait été humiliée par le scandale. Résultat, Emma était devenue l'exact opposé de sa défunte sœur.

C'était sans doute pour cela que Tim lui avait confié l'audit de FlynnSoft. Dee, quoique compétente, était une jeune femme attirante, très sensible au charme masculin. Si Flynn lui accordait le moindre regard, elle tomberait en pâmoison. Avec Emma, aucun risque qu'une telle chose se produise.

Elle considéra les rangées de vêtements dans son dressing. Même si FlynnSoft offrait un environnement de travail très décontracté, il était hors de question qu'elle s'y rende en jean et en tongs. Au risque de détonner au milieu des concepteurs de jeux vidéo, elle porterait un tailleur et des escarpins. Sa seule concession serait de laisser ses bas au placard. L'été approchait, et elle préférait s'habiller légèrement, pour ne pas souffrir de la chaleur new-yorkaise.

Prenant un tailleur gris anthracite et un chemisier bleu pastel, elle se fendit d'un sourire approbateur. Le chemisier amidonné et le blazer bien coupé lui donneraient le supplément d'assurance dont elle avait besoin aujourd'hui.

C'était l'armure qu'il lui fallait pour se battre contre Jonah Flynn.

Se battre était peut-être un peu fort. Flynn n'était pas l'ennemi. Il était un partenaire potentiel pour Game Town. FlynnSoft avait conçu un système extrêmement solide et efficace permettant la gestion des abonnements et des contenus additionnels payants de leur jeu en ligne addictif, *Infinity Warriors*. Depuis peu, la société proposait de gérer les abonnements d'autres jeux en ligne et de fournir des options payantes pour les entreprises qui avaient besoin d'aide dans ce domaine. Cela permettait à des start-up du jeu vidéo de se concentrer sur la création, pendant que FlynnSoft se chargeait de la logistique.

Avant de signer un contrat, il était fréquent qu'une entreprise envoie l'un de ses comptables contrôler les comptes du partenaire potentiel pour s'assurer que tout était en ordre. Carl Bailey, qui avait fondé Game Town vingt ans plus tôt et dirigeait maintenant le conseil d'administration, détestait les surprises.

Même si FlynnSoft jouissait d'une excellente réputation, Carl, un homme d'un certain âge, se méfiait des entreprises qui n'exigeaient pas de ses employés qu'ils portent un costume et une cravate. Bailey ne travaillerait pas avec une société qu'il ne trouvait pas convenable. Par conséquent, Emma devrait passer tous les comptes au peigne fin.

Elle serait bien accueillie, et on lui fournirait tout ce dont elle avait besoin pour faire son travail, elle n'en doutait pas. Toutefois, personne n'aimait qu'une auditrice fourre son nez partout. Les auditeurs étaient considérés comme des menaces.

Ce qui était assez injuste. Emma ne serait une menace que si l'entreprise avait commis des fautes. Si tout était irréprochable, FlynnSoft n'avait rien à craindre d'elle.

Elle-même s'efforçait d'être irréprochable. Lorsqu'elle était adolescente, sa mère ne cessait de lui répéter : « Ne dis ou ne fais jamais quoi que ce soit que tu ne voudrais pas voir en une du journal. »

Avant sa mort dans un accident d'avion, sa sœur Cynthia était fiancée au propriétaire du *New York Observer*, Will Taylor, qui était aussi le partenaire d'affaires de leur père, George. Le journal était livré chez eux chaque matin lorsque Emma était enfant et, encore aujourd'hui, elle vivait dans la crainte qu'une de ses mauvaises actions paraisse vraiment dans le journal. Les scandales provoqués par la seule fille en vie des Dempsey vaudraient la peine d'être publiés.

Jusqu'ici, tout va bien.

Après avoir consulté sa montre, elle sortit de son dressing et commença à se préparer. Elle devait être chez FlynnSoft à 14 heures, pour rencontrer M. Flynn. Il avait insisté pour la recevoir en personne.

En temps normal, elle aurait porté la même tenue toute la journée mais, aujourd'hui, elle était rentrée à l'heure du déjeuner pour se changer. Sa tenue de ce matin était plus que convenable, cependant Emma avait le sentiment qu'elle devait être parfaite.

Après trente minutes de préparation, elle observa son reflet une dernière fois. Elle avait noué ses cheveux châtains en un chignon strict. Quand David l'avait quittée, elle les avait fait couper à hauteur d'épaule, comme pour prendre un nouveau départ, mais ils étaient encore assez longs pour être attachés. Son maquillage était parfait : frais, pas trop chargé. Elle distinguait encore les petites taches de rousseur sur son nez qu'elle détestait et contre lesquelles elle ne pouvait rien faire.

Elle flottait un peu dans son tailleur, à cause de sa récente perte de poids due à sa rupture, ce qui lui permettait de cacher toute rondeur non désirée qu'elle n'avait pas envie de montrer. Le chemisier qu'elle portait sous sa veste était d'un bleu flatteur et, surtout, le col était suffisamment haut pour cacher son tatouage.

Le demi-cœur gravé sur sa poitrine n'était pas la seule preuve de sa nuit de folie, mais pour l'instant, c'était la plus difficile à cacher. Ce ne serait pas le cas très longtemps.

Tel un petit diable assis sur son épaule, Harper lui avait

conseillé de s'amuser ce soir-là. Et Emma l'avait bien écoutée. Elle n'avait pas eu l'intention d'aller aussi loin, mais elle n'avait pas pu résister à son héros masqué. Avant qu'elle s'en rende compte, ils s'étaient livrés à des ébats inoubliables dans la buanderie, puis avaient déambulé dans les rues de New York au cœur de la nuit, en quête d'aventure.

Chaque fois qu'elle faisait une lessive et sentait le métal froid du lave-linge contre sa peau, elle rougissait de honte. Elle s'était efforcée d'oublier ce qu'elle avait fait, et la tequila avait réussi à transformer l'expérience en un souvenir brumeux et onirique. S'il n'y avait pas eu le pansement au-dessus de son sein quand elle s'était réveillée le lendemain, elle aurait pu se convaincre que cette nuit ne s'était jamais produite.

Mais elle s'était produite. Emma s'était autorisée à se laisser aller, pour une fois. Parce qu'elle s'était laissé déstabiliser par les critiques de David. Elle avait remis en question toute son existence alors que, en vérité, sa vie était très bien comme elle était. Emma faisait tout ce qu'une femme correcte de l'Upper East Side était censée faire. Elle était bien élevée, instruite, raffinée et élégante. Elle était fière de son emploi d'expert-comptable. Certes, personne ne dirait qu'elle était un boute-en-train, mais ses actes ne feraient jamais la une du journal local.

Il lui avait fallu une nuit sans inhibitions pour se prouver qu'elle était heureuse d'être ce qu'elle était. Il n'y avait pas de gloire à être comme sa sœur aînée, qui avait suivi ses impulsions et laissé sa famille gérer les conséquences de ses actes scandaleux après sa mort.

Toutefois, la nuit qu'avait vécue Emma aurait aussi des conséquences qui dureraient toute la vie. Pour l'instant, elle pouvait encore les cacher, mais tout le monde finirait par être au courant.

Et, bien sûr, le tatouage serait toujours là. Elle avait envisagé de le faire effacer puis avait décidé de le garder, pour qu'il lui rappelle que les mauvais choix pouvaient être dangereux. Chaque fois qu'elle avait envie de sortir de sa coquille, il lui suffisait de regarder son tatouage pour se convaincre que c'était une mauvaise idée. C'était une pente dangereuse sur laquelle elle était décidée à ne pas s'engager de nouveau. Elle ne serait pas comme sa sœur et ne ferait pas honte à sa famille.

Mais puisqu'elle avait gardé le tatouage, elle devait s'assurer qu'il reste caché, surtout au travail. Ou devant sa mère qui considérait que les tatouages étaient réservés aux motards et aux prisonniers. Emma avait dû acheter des vêtements à col fermé ces dernières semaines. Elle ignorait comment elle s'habillerait pendant les grosses chaleurs, mais elle s'en soucierait plus tard. Pour l'instant, elle devait se concentrer sur son audit de FlynnSoft.

Elle était heureuse que son tatouage soit facile à cacher, contrairement à celui de son héros qui le portait sur la main. Il était impossible pour lui de cacher son demi-cœur, et elle se demandait comment il expliquait son tatouage aux gens qui l'interrogeaient.

Elle avait rencontré son chevalier blanc à une soirée FlynnSoft, donc, c'était sans doute un employé de la société, comme Harper. Dans cette entreprise tolérante, elle supposait qu'un tatouage n'était pas mal vu. C'était peut-être même bien vu.

Une autre raison de redouter cette mission.

À tout moment, son inconnu pourrait apparaître. C'était peut-être un ingénieur, un programmeur, ou même le concierge. Elle ne savait rien de lui et n'avait pas de moyen de le retrouver en dehors du tatouage. Elle avait raconté quelques détails de sa soirée à Harper, et depuis, son amie était à l'affût du moindre indice. Elle trouvait la situation très romantique, encore plus depuis qu'Emma lui avait parlé de son état.

Quelques semaines après la fête, au dîner de Pâques familial, Emma avait eu un haut-le-cœur devant le rôti de porc, et avait filé à la salle de bains. Après quelques semaines supplémentaires de déni et d'antiacides, elle avait pris conscience que son tatouage n'était pas la seule preuve de sa nuit de folie — elle portait le bébé de son héros anonyme ! Et elle n'avait aucun moyen de contacter le père pour le lui annoncer.

Harper n'avait vu aucune main tatouée chez FlynnSoft, du moins au service marketing et au service comptabilité, où elle passait l'essentiel de son temps. Il était fort possible que cet employé ait quitté la société. Ce qui voulait dire qu'Emma était seule avec son bébé, qu'elle le veuille ou non. Elle annoncerait bientôt sa grossesse à ses parents. Du moins, quand elle ne pourrait plus cacher son ventre.

Jetant un autre coup d'œil à sa montre, elle constata qu'elle ne pouvait plus reporter l'inévitable. Elle prit son sac à main sur la console près de la porte d'entrée, puis décida de fermer un bouton supplémentaire de sa chemise.

Par sécurité.

2

Emma connaissait déjà l'immeuble où se trouvait FlynnSoft puisqu'elle était venue plusieurs fois y retrouver Harper pour déjeuner. Les bureaux occupaient les cinq étages supérieurs d'un gratte-ciel à quelques rues de chez elle. Le hall ressemblait à beaucoup d'autres, avec ses meubles laqués modernes et ses grands écrans LCD sur lesquels étaient diffusées des vidéos promotionnelles de l'entreprise et des jeux vidéo qu'elle créait. La seule différence était la tenue de la réceptionniste. La jeune femme portait un bermuda et un débardeur, et arborait une queue-de-cheval qui dévoilait ses multiples piercings.

Si cette femme était le premier visage de l'entreprise, Emma était curieuse de voir les autres. Après avoir vérifié son identité, la réceptionniste lui donna un badge et la conduisit vers les ascenseurs. Elle lui montra comment passer le badge sur le capteur, pour pouvoir choisir le vingt-cinquième étage, où les bureaux de la direction étaient situés.

Emma aurait voulu s'arrêter au vingt-quatrième étage pour passer voir Harper, mais elle n'en avait pas le temps. Elles se verraient souvent ces prochaines semaines, c'était certain. Elle appuya sur le bouton portant le nombre 25 et ferma les yeux. À mesure que l'ascenseur montait, elle sentit son angoisse s'intensifier. Pourtant, elle n'avait aucune raison de s'inquiéter. Elle était plus que capable de mener sa mission à bien ; elle était une excellente comptable. Et puis, Harper avait toujours parlé de son entreprise et de ses collègues en bien. Il n'y avait pas à s'en faire.

Lorsqu'elle arriva au vingt-cinquième et dernier étage de l'immeuble, elle prit le couloir de droite, comme on le lui avait indiqué. S'arrêtant devant une porte sur laquelle une pancarte indiquait « salon de jeu », elle regarda quelques employés jouer au baby-foot. Dans toute autre compagnie, ce vaste espace serait une salle de réunion mais, ici, il y avait une table de ping-pong, une borne d'arcade *Ms. Pac-Man* et des poufs poires disposés autour d'un immense téléviseur.

Les joueurs interrompirent leur partie et l'observèrent comme si elle portait un costume de clown et non un tailleur gris bien coupé. Elle détourna rapidement les yeux. Comme s'ils étaient en droit de la juger, avec leurs baskets Converse et leurs casquettes de base-ball !

Elle arriva enfin devant un vaste bureau au bout du couloir. Une femme en robe printanière aux cheveux blond vénitien y était installée, occupée à parler dans un casque tout en tapant sur son clavier. Elle accorda un rapide coup d'œil à Emma et retira son casque.

— Vous devez être l'auditrice envoyée par Game Town, dit-elle en souriant.

Elle se leva et lui tendit la main.

Emma lui serra la main avec un sourire gêné.

— Oui, je suis Emma Dempsey. Comment avez-vous deviné ?

L'autre femme rit et observa la tenue d'Emma une seconde fois.

— Je suis Pam, l'assistante de Jonah. Il s'est absenté, mais il devrait revenir d'un instant à l'autre. Puis-je vous offrir quelque chose à boire en attendant ? Un *latte*, un soda ?

Emma haussa un sourcil, surprise, puis secoua la tête. Elle ne voulait pas que les employés prennent la moindre peine pour elle. Certaines entreprises allaient très loin pour plaire aux auditeurs, et elle refusait de se laisser amadouer.

— Non, merci.

— D'accord, mais si vous changez d'avis, faites-le moi savoir. Nous avons un *coffee shop* au vingt-troisième étage, en plus du

Starbucks du rez-de-chaussée. Je suis sûre que vous aurez droit à une visite complète et, pendant votre présence chez nous, nous espérons que vous profiterez de toutes les commodités offertes aux employés. Nous avons une salle de sport, plusieurs salles de jeux, et une cafétéria très correcte avec un bar à salades où les employés peuvent manger gratuitement. Tous les distributeurs automatiques sont également gratuits, pour permettre à nos programmeurs de rester éveillés et productifs.

— Impressionnant.

Emma avait lu dans les magazines que Jonah Flynn était une sorte de pionnier qui voulait changer les codes du monde du travail. Il tenait à faire de sa société un lieu accueillant, afin que son personnel y soit heureux et d'autant plus productif. Les tenues décontractées n'étaient pas la seule particularité. Apparemment, il y avait aussi les salles de jeux et les boissons chaudes gratuites.

— C'est un endroit formidable. J'espère que vous apprécierez le temps que vous passerez avec nous.

Lorsque Pam se leva, Emma remarqua qu'elle était pieds nus et que ses orteils étaient ornés d'un vernis rose fuchsia pailleté. À ce stade, ce détail ne la surprenait même plus. Marchant doucement sur la moquette épaisse, Pam l'escorta vers deux grandes portes. Elle poussa l'un des lourds panneaux de chêne massif puis s'effaça pour la laisser entrer.

— Installez-vous, Jonah ne va pas tarder.

Pam referma la porte derrière elle, laissant Emma seule dans le bureau de Jonah Flynn.

Emma s'installa sur une chaise visiteur et croisa les chevilles. Elle ne put s'empêcher de regarder autour d'elle tout en pianotant nerveusement sur le bloc-notes qu'elle avait posé sur ses genoux.

Autour du grand bureau, les meubles impersonnels ressemblaient beaucoup à ceux du hall d'entrée. Du verre et du chrome, du cuir noir, des étagères remplies de trophées et de livres qu'il n'avait sans doute jamais lus. Une grande table de réunion s'étendait sur toute la longueur des baies vitrées qui offraient une vue imprenable sur Manhattan.

Elle n'aurait pas été surprise de voir dans le bureau du célèbre P-DG une barre de *pole dance* ou une borne d'arcade *Donkey Kong*. En l'occurrence, tout était assez classique, à l'exception d'un grand personnage de carton qui était sans doute le héros d'un jeu vidéo. Emma ne le connaissait pas, mais il ressemblait à un troll bleu en armure de combat.

À y regarder de plus près, il y avait d'autres éléments inattendus. Une photo d'un papillon sur son bureau. Un trophée du plus grand patron du monde sur l'étagère derrière son fauteuil. Un dessin d'enfant adressé à « M. Jonah » épinglé sur un tableau de liège. Emma était à peu près certaine qu'il n'avait pas d'enfants, mais elle ne savait sur lui que ce que les blogueurs et les magazines rapportaient, et ce pouvait être loin de la vérité.

— Mademoiselle Dempsey. Désolé de vous avoir fait attendre, lança une voix masculine derrière elle.

Avec un sourire nerveux, elle se leva de sa chaise et se retourna. Jonah Flynn emplissait presque l'embrasure de la porte avec ses larges épaules. Des épaules moulées dans un T-shirt orné de chevaliers de bande dessinée. Il portait un jean large déchiré au genou et des baskets montantes Converse très usées. Ainsi qu'une Rolex. Même à cette distance, elle distingua les gros diamants sur le cadran.

Elle devait l'avouer, elle ne croisait pas de P-DG comme lui tous les jours.

Tandis qu'il approchait, elle n'eut qu'un instant pour reconnaître le visage qu'elle avait vu si souvent dans les magazines : les longs cheveux bruns rasés sur les côtés, les yeux d'un bleu profond qui semblaient bondir hors des pages de papier glacé, le sourire en coin à la fois attendrissant et excitant.

Laissant ses réflexes professionnels la guider, elle tendit la main.

— C'est un plaisir de vous rencontrer, monsieur Flynn.

La poignée de main de Jonah était chaleureuse et ferme. Ses

yeux bleus semblèrent la jauger, et un petit sourire s'accrocha aux coins de ses lèvres. Il semblait presque content. Pour quelle raison ?

— Appelez-moi Jonah. Et tout le plaisir est pour moi, dit-il d'une voix grave et sensuelle, dans laquelle elle décela une pointe d'accent britannique.

— Emma.

Mais elle n'avait réussi qu'à murmurer son prénom. Elle se sentait tout à coup très consciente d'elle-même. De lui. De la température soudain trop élevée de la pièce, des petites perles de sueur qui s'étaient formées sur sa nuque. Le parfum de Jonah taquinait ses sens. C'était un parfum masculin épicé, infiniment séduisant, et étrangement familier.

Elle tenta de déglutir, mais une épaisse boule s'était formée dans sa gorge. Elle n'arrivait même pas à parler pendant qu'il continuait de lui serrer la main. Faisait-il cet effet à toutes les femmes, ou était-elle juste très vulnérable à cause de ses trois mois d'abstinence et des hormones de grossesse qui conspiraient contre elle ?

Jonah Flynn était tout ce qu'elle s'était imaginé et plus encore. Les magazines ne lui rendaient pas justice. Son visage anguleux et puissant était beau sans l'être trop. Ses muscles déliés ondoyaient sous le coton de son T-shirt. Chacun de ses mouvements était élégant, débordant de puissance et d'assurance, même dans ce T-shirt et ce jean déchiré. Il était impossible de capturer tout cela sur une image.

Elle avait rougi, elle en était sûre. C'était très gênant… Elle qui avait voulu prouver à Tim qu'elle pouvait réussir cette mission, elle était presque muette et en pâmoison devant le P-DG au bout de quelques secondes à peine ! Elle avait l'impression d'être une adolescente enamourée.

Elle devait se reprendre, et vite. Pour ce faire, elle baissa les yeux pour rompre le contact visuel avec lui. Ce fut alors qu'elle aperçut un éclair rouge. Là, gravé sur la main de Jonah Flynn, elle reconnut l'autre moitié de son tatouage.

Et elle crut s'étrangler.

Génial. Il ne signerait jamais le contrat avec Game Town s'il tuait leur comptable le premier jour de l'audit.

Il escorta rapidement la jeune femme jusqu'à une chaise et appela Pam sur son Interphone pour lui demander d'apporter une bouteille d'eau. Il ne comprenait vraiment pas ce qui s'était passé. Emma souriait et lui serrait la main quand, tout à coup, elle était devenue rouge comme une pivoine et avait eu du mal à respirer. Peut-être était-ce une réaction allergique. Il demanderait à Pam de retirer le bouquet de fleurs sur la table de réunion, au cas où. N'y avait-il pas un stylo d'adrénaline dans la trousse de premiers secours de la cuisine ?

Maintenant qu'elle était assise, Emma semblait aller un peu mieux. Peut-être avait-elle simplement avalé son chewing-gum de travers. Non. Elle portait des boucles d'oreilles en perles et avait les chevilles croisées alors qu'elle avait du mal à respirer. Ce n'était vraiment pas le genre de femme à mâcher du chewing-gum au travail. Ou ailleurs.

Pam entra en trombe avec une bouteille d'eau qu'Emma accepta poliment. Il fit signe à Pam de rester le temps d'être sûr qu'Emma se remettait.

Cette dernière prit quelques inspirations saccadées, but quelques gorgées d'eau et ferma les yeux. Elle semblait aller mieux, aussi fit-il signe à Pam de les laisser.

Il s'agenouilla devant Emma et l'observa tandis que sa respiration se stabilisait et que son visage reprenait une couleur normale. Du moins, il supposait qu'elle était normale. Il la trouvait très pâle, mais c'était peut-être parce qu'il avait l'habitude de fréquenter de jeunes célébrités au teint perpétuellement hâlé, voire orange. Le teint pâle d'Emma était normal, décida-t-il.

Maintenant qu'elle n'était plus privée d'oxygène, il devait admettre qu'elle était très jolie. Dommage qu'elle ait emprisonné ses cheveux châtain soyeux dans ce chignon strict. Elle avait un visage en forme de cœur, des lèvres généreuses et une peau laiteuse qu'elle ne cachait pas sous une tonne de maquillage.

Sous ce tailleur triste, il devinait qu'elle avait des courbes voluptueuses. Même s'il lui était arrivé de fréquenter des mannequins filiformes, il préférait les mannequins lingerie, car elles avaient les atouts qu'il recherchait.

Finissant son inventaire, il remarqua ses ongles joliment manucurés et son annulaire dépourvu d'alliance. Il lui serait bien plus facile d'exercer son charme sur une femme célibataire.

Les semaines à venir ne seraient peut-être pas si terribles, finalement. Empêcher Emma de trop fourrer le nez dans les comptes pourrait se révéler une expérience plaisante pour tous les deux.

— Tout va bien ? demanda-t-il une fois qu'elle eut vidé la moitié de la bouteille d'eau et qu'il fut sûr qu'elle pouvait de nouveau parler.

Elle déglutit et hocha la tête, mais son regard était rivé à la main qu'il avait posée sur son genou.

— Oui. Désolée pour ces tracas.

Il retira aussitôt sa main et se leva pour lui laisser un peu d'espace.

— Ne vous excusez pas. Y a-t-il quoi que ce soit que Pam ou moi puissions faire ? Peut-être déplacer les fleurs ?

— Oh ! non. Je vais bien, je vous assure. Je vous en prie, ne vous en faites pas pour moi.

Apparemment, elle n'aimait pas que l'on soit aux petits soins pour elle. Il rangea cette information dans un coin de son esprit.

— D'accord, alors, revenons-en à nos affaires.

Il alla s'asseoir dans son fauteuil de cuir souple.

— Les gens de Game Town m'ont dit qu'il vous faudrait quelques semaines pour tout passer en revue.

— Oui, acquiesça-t-elle. Peut-être moins, si les comptes sont facilement accessibles et que quelqu'un peut répondre à mes questions.

— Bien sûr. Je vais dire aux employés du service financier de tout préparer pour vous demain. Je suis sûr qu'ils seront heureux de vous aider, et vous avez notre entière coopération.

Tout le monde est ravi de ce partenariat potentiel avec Game Town.

— Contente de l'apprendre. Je suis impatiente de commencer.

Jonah haussa un sourcil, mais se reprit rapidement. Pourquoi cet empressement ?

— Si je vous faisais visiter, d'abord ?

— Ce n'est pas nécessaire, répondit-elle, presque un peu trop vite. Vous avez sans doute mieux à faire. Si Pam peut me montrer mon bureau, je suis sûre que je pourrai me débrouiller.

On aurait dit qu'elle essayait de se débarrasser de lui. Les femmes n'essayaient jamais de se débarrasser de lui. Il n'allait pas laisser cette comptable lancer la tendance.

— J'insiste, dit-il, reculant son fauteuil pour mettre un terme à cette discussion. J'ai du temps devant moi, et je veux m'assurer que vous êtes bien installée.

Elle se leva, manifestement à contrecœur, et le précéda pour sortir du bureau. Malgré ses manières guindées, elle marchait avec grâce et fluidité. Les courbes de son postérieur ondulaient de manière tentatrice. Peut-être ce tailleur n'était-il pas si mal, après tout. Il soulignait ses hanches juste comme il le fallait. Jonah préférerait la voir dans un jean et un T-shirt moulants, mais ce tailleur lui plaisait de plus en plus. Ainsi que ce qu'il y avait dessous.

Il prit une profonde inspiration pour chasser ses pensées érotiques et se plaça à côté d'Emma. Lorsqu'ils approchèrent de la salle de jeux, il s'arrêta à la porte.

— Vous avez sans doute vu une autre salle de jeux à votre arrivée, dit-il. Il y en a une à chaque étage.

Il ne put s'empêcher d'éprouver de la fierté. C'était l'une de ses innovations préférées. Il passait sans doute autant de temps dans ces salles que ses employés. C'était bon pour le moral de faire une pause de temps en temps. C'était rafraîchissant, et cela permettait d'entretenir l'enthousiasme de son personnel.

— C'est très bien, commenta-t-elle.

Le ton était poli, mais froid.

Elle semblait peu intéressée, et cela le perturbait. Pourquoi n'était-elle pas impressionnée, comme tout le monde ? Le magazine *Forbes* avait consacré un article à ses salles de jeux et aux niveaux de productivité stratosphériques de FlynnSoft. Ses méthodes de travail avant-gardistes devraient susciter plus d'intérêt que le sourire condescendant d'Emma ne le suggérait. Peut-être devrait-il l'entraîner sur un terrain plus personnel ?

— Quel est votre jeu vidéo préféré ? Nous avons une belle collection ici, en plus des jeux que nous produisons.

— Je suis désolée, je ne joue pas aux jeux vidéo.

Il tenta de ne pas froncer les sourcils. De nos jours, tout le monde avait un jeu vidéo préféré. Même sa grand-mère jouait au bridge sur son ordinateur.

— Pas même *Super Mario Bros* quand vous étiez petite ? *Sonic the Hedgehog* ? Ou même *Tetris* ?

Elle secoua la tête, et une mèche de cheveux sombre barra sa joue. Ce qui lui donna une douceur qu'il trouvait bien plus plaisante que son style austère. Si elle lâchait ses cheveux, elle serait infiniment plus attirante. Et si ces vagues brunes étaient étalées sur le lit de Jonah, ce serait encore mieux. Il ne pouvait pas la séduire tant qu'elle serait dans ses locaux et que le contrat avec Game Town ne serait pas signé. Mais rien ne l'empêchait de la courtiser ensuite.

Elle remit aussitôt la mèche rebelle derrière son oreille.

— Mon éducation m'a appris à ne pas gâcher mon temps dans des activités inutiles.

Des activités inutiles ? Cette fois, il ne put s'empêcher de se renfrogner. Sa propre obsession pour les jeux vidéo lui avait permis de bâtir un empire de plusieurs millions de dollars. Que faisait donc Emma de son temps libre qui soit si supérieur ? Il doutait qu'elle passe tous ses week-ends à distribuer de la nourriture aux personnes défavorisées et à tricoter des couvertures pour les sans-abri. Jolies courbes ou non, elle commençait à lui taper sur les nerfs.

— Trop travailler rend les gens ennuyeux.

Elle l'observa d'un air neutre.

— Il n'y a pas de mal à être ennuyeux. Est-ce mieux de figurer dans la presse à scandale ?

— Non, mais c'est certainement plus drôle.

Il n'avait pas pu retenir cette réplique sarcastique. Les paroles condescendantes qui se déversaient de ces lèvres pulpeuses couleur pêche l'agaçaient. Oui, Jonah avait provoqué son lot de scandales. Au moins, cela lui avait appris à être vigilant.

Elle s'éloigna de la salle de jeux.

Cette fois, la regarder marcher fut loin d'être aussi excitant. Contenant son irritation, il accéléra le pas pour la rattraper, et décida de faire une nouvelle tentative. Emma l'irritait peut-être, mais la chouchouter serait sa priorité durant les prochaines semaines.

— Vous serez installée au vingt-quatrième étage, avec le service financier. Avant que nous nous y rendions, je vous propose de nous rendre au vingt-troisième étage, afin que je vous montre le *coffee shop*. En ce qui me concerne, j'ai toujours besoin d'une dose de caféine en milieu d'après-midi.

— Monsieur Flynn...

— Jonah, rectifia-t-il.

Il lui décocha le sourire charmeur qui fonctionnait toujours avec les femmes.

— Jonah, ce n'est vraiment pas nécessaire. Je suis sûre que quelqu'un d'autre que le P-DG peut me montrer le *coffee shop*, la salle de sport et la cafétéria. Pour l'instant, je veux juste me mettre au travail et ne plus vous déranger.

Rectification : son sourire fonctionnait avec presque toutes les femmes. Emma semblait immunisée. Résigné, il désigna d'un geste l'ascenseur. Comment était-il censé charmer cette jeune femme si elle ne le laissait pas faire ? C'était vraiment frustrant.

— Je vais vous conduire à votre bureau, dans ce cas.

Ils gardèrent le silence pendant qu'ils attendaient l'ascenseur qui tarda à arriver comme pour le contrarier. Il devait l'admettre, il préférait quand Emma se taisait. Quand elle était muette, elle était attirante, gracieuse, et son regard vert semblait mystérieux. Quand elle parlait, leurs divergences d'opinions concernant le travail et le plaisir devenaient évidentes.

Il ignorait si c'était une bonne ou une mauvaise chose, mais il trouvait son parfum très attirant. En fait, tandis qu'il regardait les chiffres défiler en souhaitant que l'ascenseur accélère, il se demanda s'il s'agissait vraiment d'un parfum. Cela ressemblait davantage à l'odeur d'un shampoing ou d'une crème pour les mains. C'était un parfum frais qu'il préférait de loin aux parfums capiteux. Une fragrance délicate. Aussi délicate que sa clavicule, à peine visible sous le haut col de son chemisier.

Il eut envie de regarder vers sa poitrine, pour voir s'il n'y avait pas un tatouage caché là, mais son chemisier bleu austère lui indiqua que c'était inutile. De toutes les femmes qu'il avait croisées ces dernières semaines, Mlle Sainte-nitouche était sans doute la moins susceptible d'être son papillon.

Les portes de l'ascenseur s'ouvrirent enfin sur le vingt-quatrième étage. Tandis qu'ils marchaient vers le service financier, il remarqua qu'Emma ne regardait pas autour d'elle comme le faisaient habituellement les visiteurs. En temps normal, les gens s'intéressaient aux installations peu traditionnelles de FlynnSoft. Mais Emma regardait droit devant elle. Sa concentration était à la fois étonnante et déconcertante. Ferait-elle preuve de la même concentration quand elle passerait en revue les comptes de la société ?

Il s'arrêta devant une pièce inoccupée et ouvrit la porte. Un petit bureau en forme de L occupait une grande partie de l'espace. Une lithographie du logo de l'entreprise était accrochée sur un mur, et un ficus trônait dans un coin. Cela ferait l'affaire pour les quelques semaines qu'Emma l'occuperait.

— Ce sera votre bureau durant votre mission. Il y a des fournitures dans les tiroirs, un téléphone et une station d'accueil pour votre ordinateur portable. Si vous avez besoin de quoi que ce soit, l'assistante financière, Angela, pourra vous aider. Elle est au bout du couloir, à gauche.

Emma fit un bref hochement de tête. Un autre signe de rejet

agaçant. Elle semblait impatiente qu'il la laisse tranquille. Quel était son problème, au juste ? Elle était tendue comme un arc, et on aurait dit qu'elle brûlait d'entrer dans ce bureau et de lui claquer la porte au nez. Pourquoi cette femme si attirante se comportait-elle de manière si rigide ? Elle avait besoin d'un verre. Ou d'une bonne séance de sexe. Ou des deux. Il serait ravi de combler ses besoins, si elle lui en laissait l'opportunité.

— Tout va bien, Emma ?

Elle se tourna brusquement vers lui, les sourcils légèrement froncés. Elle le scruta un instant, puis finit par répondre :

— Oui, tout va bien.

Elle mentait. Mais cela ne servirait à rien d'insister. Il était trop tôt pour cela. Il ne clamerait pas victoire aujourd'hui, mais cela viendrait.

— Vous semblez un peu mal à l'aise. Je vous assure que personne ne mord ici.

Il posa la main sur le cadre de la porte et se pencha vers elle.

— Vous pourriez même apprécier ces semaines chez FlynnSoft.

Elle observa sa main, totalement indifférente à son numéro de charme. Et il la vit pâlir.

Enfin elle lui adressa un sourire mielleux et factice.

— Bien sûr. Je suis juste pressée de m'installer.

Ça ne se passait pas aussi bien qu'il l'avait prévu. Il ne savait pas si elle se montrait délibérément froide ou si elle était ainsi en permanence. Paul ferait mieux d'accélérer les choses pour compenser l'écart dans les comptes, car le plan de Jonah, qui consistait à amadouer l'auditrice, pourrait bien échouer. Il était tombé sur la seule femme de Manhattan qui soit immunisée contre lui. Peut-être même qu'il l'agaçait.

Et si sa froideur était due à l'environnement de travail, tout simplement ? Il était possible qu'elle s'en tienne à un protocole strict, et que l'ambiance moins formelle de FlynnSoft la mette mal à l'aise. Si tel était le cas, Jonah serait ravi de passer du temps avec elle à l'extérieur. Pour lui donner l'occasion de se détendre un peu. Il allait lancer son invitation à dîner, et la laisserait y penser tout l'après-midi.

Il consulta ostensiblement sa montre

— J'adorerais discuter davantage avec vous, mais je crains d'avoir un rendez-vous dans quelques minutes. Cela vous dirait de dîner avec moi demain soir ?

Il s'apprêtait à suggérer un restaurant, mais elle ne lui en laissa pas le temps et répondit :

— Non.

Non ? Elle refusait son invitation ? Comment était-ce possible ?

— Je vous demande pardon ?

Elle rougit et ouvrit de grands yeux, comme si elle avait compris son erreur.

— Je voulais dire : non, merci.

Sur quoi, elle tourna les talons et alla s'enfermer dans son nouveau bureau.

3

Le matin suivant, avant de commencer sa journée de travail, Emma retrouva Harper au *coffee shop* du vingt-troisième étage. Elle avait à peine dormi la veille et elle avait sérieusement besoin de caféine.

— Tu as une mine terrible, commenta Harper avec son honnêteté habituelle.

Quand elles s'étaient rencontrées pour la première fois à la sororité, Emma avait été déroutée par sa franchise. Maintenant, elle appréciait cette qualité chez son amie. La plupart du temps.

— Merci. Bonjour quand même.

Elles se placèrent dans la file d'attente pour passer commande.

— Qu'est-ce qui t'arrive ? demanda Harper.

— Je n'ai pas très bien dormi cette nuit, c'est tout.

Harper hocha la tête et avança pour commander son café personnalisé au serveur. Emma tenta de se décider pour une boisson, mais son esprit embrumé refusait de fonctionner correctement.

Hier soir, elle était une telle boule de nerfs qu'elle n'avait pas trouvé le sommeil. Jonah Flynn. Le play-boy millionnaire avait l'autre partie de son tatouage. Le destin avait joué un tour cruel à Emma. Il n'y avait pas de pire partenaire au monde que Jonah. Et c'était lui, le père de son enfant ? Elle avait bien fait de garder le secret sur son identité. Jonah aurait sûrement été déçu de découvrir que c'était elle, l'inconnue masquée amatrice de tequila. Et elle doutait que ce célibataire endurci se réjouisse à l'idée de devenir père.

Pourtant, allongée dans son lit hier soir, elle n'avait pas pu le chasser de ses pensées. Elle avait songé à la façon dont il était venu à son secours à la soirée costumée. Elle s'était souvenue du frisson d'excitation qui l'avait parcourue quand il l'avait embrassée pour la première fois. Elle s'était rappelé ses mains qui avaient exploré son corps, comme s'il ne pouvait être rassasié d'elle. Après tout ce qui s'était passé avec David, elle avait trouvé incroyable d'être désirée ainsi. C'était un sentiment qui pouvait aisément devenir addictif, et donc dangereux.

Ces trois derniers mois, elle avait tenté d'oublier cette nuit-là, et elle y était parvenue en grande partie. Mais son corps n'avait rien oublié. Être dans la même pièce que Jonah, le toucher, respirer son parfum familier, tout cela avait ravivé les sensations. Dans l'obscurité de sa chambre, elle avait revécu leurs ébats passionnés. Pas une fois, durant les deux ans passés avec David, elle n'avait vécu quelque chose d'aussi fort. D'aussi brut, d'aussi primaire.

— Mademoiselle ?

Elle se tourna vers le serveur au comptoir, qui attendait patiemment qu'elle commande sa boisson.

— Un thé, répondit-elle de but en blanc.

Elle avait sans doute besoin d'une bonne tasse de café noir mais, dans son état, elle ne pouvait pas prendre trop de caféine.

La salle était aussi bondée que n'importe quel Starbucks, alors, quand leurs commandes furent servies, Harper et elles les emportèrent et prirent la direction des bureaux.

Harper semblait contente de côtoyer Emma au quotidien.

— J'ai enfin quelqu'un à qui parler, dit-elle. Tout le monde ici est sympathique, mais la plupart ont la tête dans les nuages ou le nez dans leur ordinateur.

Emma l'avait remarqué aussi. Les créateurs de jeux vidéo étaient vraiment différents de la plupart des gens avec lesquels elle avait travaillé. Ils étaient très concentrés et, en général, ils ne levaient même pas les yeux et ne disaient pas bonjour dans les couloirs. Ils étaient en mission, que ce soit réparer un bug informatique ou battre leur ennemi dans un jeu vidéo. Ou alors, peut-être ne savaient-ils pas parler aux femmes, tout simplement.

— Alors, pourquoi restes-tu, Harper ? demanda-t-elle. Nous savons toutes les deux que tu n'as pas besoin de travailler.

Son amie haussa les épaules.

— Je m'ennuie quand je ne fais rien.

— Tu pourrais aider Oliver. Il aimerait peut-être avoir sa sœur dans l'entreprise familiale.

— Oliver n'a pas besoin de mon aide. Et puis, cette boîte est amusante. Tu t'habitueras très vite à être gâtée. J'économise beaucoup d'argent grâce aux repas gratuits. Et j'ai aussi pu résilier mon abonnement à la salle de sport, ce qui m'a permis de mettre beaucoup d'argent de côté. Maintenant, je peux utiliser ces économies pour m'offrir des sacs Louis Vuitton et des voyages à Paris. J'aime avoir des revenus que j'ai gagnés toute seule, et pas grâce à mon nom de famille. Rien ne me ferait quitter cette entreprise, et j'espère que tu éprouveras la même chose. Il faudrait vraiment renouveler ta garde-robe, cela dit.

Emma jeta un regard à la tenue de Harper, un corsaire de toile et une chemise de soie sans manches, puis à sa propre tenue, un tailleur classique. C'était son préféré. Elle avait toujours cru que le vert foncé flattait son teint.

— Je n'y peux rien si tous les employés ici s'habillent comme des étudiants. Je refuse d'en faire autant. Et ne t'imagine pas que je vais rester plus de quelques semaines. Je partirai dès que je le pourrai.

Elles s'arrêtèrent devant l'ascenseur. Harper appuya sur le bouton d'appel.

— Pourquoi es-tu si pressée de t'en aller ? Est-ce si terrible, ici ?

Non, mais si elle restait plus que le strict nécessaire, ce serait le désastre assuré. Elle hésitait à confier ses tourments à

Harper. C'était l'une de ses meilleures amies, mais elle n'était pas discrète. Tout ce qu'Emma lui révélerait serait aussitôt répété à leurs amies Violet et Lucy qui pourraient rapporter ses secrets à d'autres. Emma tenait à ce que Jonah ignore qui elle était pour l'instant. Le meilleur moyen de s'en assurer, c'était de ne rien dire à ses amies.

— Je ne suis pas à l'aise ici, voilà tout, éluda-t-elle.

— Tu as peur de tomber sur lui.

Cette remarque était un peu trop proche de la vérité à son goût. Harper avait toujours été très perspicace en ce qui concernait Emma.

Cela ne servait donc à rien de nier.

— Oui, je l'avoue. Ce serait au mieux gênant de tomber sur lui. Et, au pire, ce serait un conflit d'intérêts. Tout mon rapport serait remis en cause si quelqu'un chez Game Town savait que j'ai eu une relation avec un employé de FlynnSoft.

— Ou alors, ce pourrait être la chose la plus merveilleuse du monde. Je croyais que tu voulais le retrouver. Tu sais, pour le bien du B-É-B-É, dit-elle, formant les quatre lettres en silence.

Emma ne répondit pas. Harper était trop romantique pour voir la situation de manière objective, quoi que Emma puisse dire.

Elle entra dans l'ascenseur en sirotant son thé.

— Tu l'as déjà rencontré ! affirma soudain Harper.

Emma tourna vivement la tête pour vérifier qu'elles étaient seules dans la cabine.

— Quoi ? Non, bien sûr que non.

Harper ne semblait guère convaincue.

— Qui est-ce ? Il est mignon ? Dans quel service travaille-t-il ?

Lorsque les portes s'ouvrirent au vingt-quatrième étage, Emma fit signe à son amie de baisser la voix.

— Parle moins fort, tu veux ? Je ne veux pas que quelqu'un l'apprenne.

— D'accord, mais tu dois me dire de qui il s'agit. Je sais garder un secret.

Emma lui lança un regard consterné. Elle adorait son amie, mais en toute honnêteté...

— Non, tu en es incapable.

Harper posa une main sur sa hanche avec un air de défi.

— Oh ! je t'en prie. Pourquoi ne pas me le dire ? Ce n'est pas comme si c'était le P-DG. Si c'était Jonah, cela figurerait dans la presse à scandale, mais si c'est un autre employé, il n'y aura que quelques ragots de bureau. Je ne vois pas en quoi c'est si...

Emma se sentit pâlir. Harper s'arrêta net, forçant Emma à s'arrêter à son tour et à se retourner. Son amie était sonnée et, pour une fois, muette.

— Oh ! mon Dieu, finit-elle par articuler.

— Chut, Harper ! Ça n'a pas d'importance.

— Bien sûr que si, murmura-t-elle, mais encore trop fort au goût d'Emma. Jonah Flynn ? Sérieusement ?

— Oui. Mais il ne sait pas qui je suis, encore moins que je porte son enfant. Et je compte garder le secret pour l'instant. Tu comprends ?

Harper hocha la tête, l'air toujours abasourdi.

— Jonah Flynn est l'homme le plus sexy que je connaisse. Mon frère et lui sont amis, et j'ai eu bien du mal à ne pas lui sauter dessus chaque fois qu'il venait à la maison. Je n'arrive pas à croire que vous deux... Comment as-tu fait pour ne pas lui sauter au cou quand tu as su qui il était ?

— J'étais trop choquée pour ça, dit Emma.

— Je comprends. Tout de même, c'est une sacrée conquête. Il est totalement tombé sous ton charme.

— J'en doute fort, c'est un play-boy.

— Si tu crois aux potins, alors, oui, Jonah Flynn est un sacré tombeur. Mais ce n'est pas l'homme que je connais depuis des années. L'homme avec qui tu étais ce soir-là ne te connaissait pas, pourtant il était prêt à se faire tatouer, pour que vous puissiez être réunis un jour. S'il faisait cela avec tout le monde, il serait couvert de tatouages. Tu étais spéciale pour lui. Assez spéciale pour qu'il te remarque alors qu'il a toutes les femmes à ses pieds.

Harper avait raison, Emma n'avait pas vu d'autre tatouage ce soir-là, ni hier. Mais elle savait qu'elle n'avait aucun avenir possible avec Jonah. Même s'il voulait nouer une relation, ce serait avec la femme qu'elle était ce soir-là, pas avec la vraie Emma. Or, elle s'était juré de ne plus jamais être cette femme. Alors, à quoi bon ? Lui dire qui elle était ne ferait que les torturer tous les deux, et gâcherait le souvenir de cette nuit magique.

Malgré tout, elle devrait finir par tout lui dire. Non ? Elle posa la main sur son ventre dans un geste protecteur. Si Jonah ne voulait pas d'elle et de leur bébé, cet enfant pourrait souffrir d'avoir été rejeté par son père. Ne vaudrait-il pas mieux garder le silence ? Cette perspective ne l'enchantait guère mais, tant qu'elle ne serait pas décidée, Jonah ne devait rien savoir.

— Il faut que tu gardes le secret, Harper. Personne ne doit être au courant. Ni Violet, ni Lucy, ni ton frère, et surtout pas Jonah.

— Je te le jure, dit Harper en soupirant.

On aurait dit que prononcer ces mots avait été douloureux pour elle.

— Tu ferais mieux de cacher ton tatouage, cela dit, lui conseilla son amie.

Emma redressa nerveusement son col et se remit à marcher.

— Je n'ai pas pour habitude de porter des décolletés plongeants, et j'ai bien l'intention de cacher ce tatouage. Je suis ici pour faire mon travail, c'est tout.

— Et le bébé ? demanda Harper, trottant derrière elle.

— Je ne sais pas, Harper. Ce qui s'est passé entre Jonah et moi est du passé. De l'histoire ancienne. Je ne sais pas si le bébé changera quelque chose.

Elle ouvrit la porte de son bureau et fut accueillie par un immense bouquet de lis blancs dans un grand vase de cristal. Le parfum des fleurs était presque trop fort dans la petite pièce, et Emma se réjouit que ses nausées de grossesse ne soient plus qu'un mauvais souvenir. C'était le plus beau bouquet qu'elle ait reçu de toute sa vie.

Elle retira la carte glissée entre les fleurs. Une part d'elle craignait qu'elles ne viennent de Jonah. Ses attentions étaient flatteuses, mais aussi dangereuses. Mais une autre part d'elle, plus romantique, souhaitait qu'elles viennent du séduisant P-DG. Elle lut la carte à voix haute.

— « À Emma. Bienvenue chez FlynnSoft. Je suis impatient d'apprendre à vous connaître mieux. Jonah. »

— De l'histoire ancienne, hein ? commenta Harper, se penchant pour renifler le parfum d'un lis. En es-tu si sûre ?

Jonah sortit de l'ascenseur, un café dans une main et un bagel dans l'autre, et s'arrêta net. Un grand bouquet de lis de Casablanca trônait sur le bureau de Pam. Que se passait-il ? Il avait commandé ces lis spécialement pour Emma, car il les trouvait à son image : élégants, purs et raffinés. Elle n'était pas que cela, mais il n'existait pas de fleurs guindées et agaçantes.

Les roses auraient été un choix trop banal. Ces lis, qu'il avait payés une fortune, étaient différents, exotiques, capables de charmer même la plus rétive des femmes.

En général, il n'avait pas besoin de faire autant d'efforts. Mais avec Emma, c'était différent, à l'évidence. La seule femme qu'il devait absolument amadouer était la première femme à lui résister. Mais il ne renoncerait pas si facilement. Faire oublier sa mission à l'auditrice de Game Town était sa priorité. Et il réussirait à la charmer, quoi qu'il lui en coûte. Il était prêt à changer de tactique, à élaborer une nouvelle stratégie mais, au bout du compte, il réussirait.

Pour l'instant, ses efforts ne semblaient pas payer. Emma s'était débarrassée des fleurs en un temps record. La probabilité pour que Pam ait reçu le même bouquet, le même jour, était proche de zéro.

— Est-ce Mlle Dempsey qui les a apportées ? demanda-t-il tout de même.

Pam afficha un sourire rayonnant. Elle semblait très heureuse que tout le monde voie le grand bouquet qui ornait son bureau. Au moins, ces lis faisaient plaisir à quelqu'un. Son argent n'avait pas été dépensé inutilement.

— Oui, dit-elle. Elle m'a dit qu'elle était allergique et que je devrais en profiter. Elles sont jolies, n'est-ce pas ?

Il se promit d'offrir des fleurs à son assistante plus souvent. Et même à toutes les assistantes administratives. Quelques bouquets de temps en temps leur plairaient sans doute plus que des bornes d'arcade *Ms. Pac-Man*. Il gâtait sans doute trop les programmeurs avec ses innovations. Le personnel administratif aussi méritait son attention.

— Très jolies, en effet.

Il se dirigea vers son propre bureau, son petit déjeuner à la main, et claqua la porte derrière lui.

Allergique, mais bien sûr ! Emma lui avait assuré que sa crise d'hyperventilation n'avait rien à voir avec les fleurs, et il l'avait crue. Non, elle était simplement têtue. Jamais de sa vie, il n'était tombé sur une femme aussi obstinée. Ça n'avait aucun sens.

Il s'installa dans son fauteuil, posa son café et son bagel sur le bureau et alluma son ordinateur d'un geste rageur. Il se demandait presque s'il n'avait pas déjà courtisé Emma dans le passé. Ou l'une de ses amies. Elle avait l'attitude d'une femme qui avait été aimée et rejetée, par lui ou par quelqu'un comme lui.

Mais s'il avait conquis Emma, il s'en souviendrait. Même si la liste de ses partenaires était longue, il avait une très bonne mémoire des noms et des visages. Il n'avait jamais vu Emma Dempsey avant la veille. Si un homme l'avait rendue amère, ce n'était pas lui le responsable.

Mais ce serait à lui de la faire changer d'avis. Il en allait du contrat avec Game Town. Même s'il pouvait retrouver Noah et récupérer ses trois millions de dollars, la transaction apparaîtrait sur les registres.

Son téléphone sonna. Le numéro qui s'affichait sur l'écran était inconnu, mais puisque Pam avait transféré l'appel, il supposait qu'il n'allait pas être assailli par un télévendeur.

— Jonah Flynn, dit-il.

— Hé, c'est ton frère préféré.

Quand on parlait du loup... Jonah prit une grande inspiration et choisit ses mots avec soin.

— Je t'ai déjà dit que c'est Elijah, mon frère préféré, mais j'aurais bien besoin de tes lumières.

À l'autre bout de la ligne, son frère gloussa. Ils savaient tous les deux que Noah n'était pas très au courant de ce qui se passait chez FlynnSoft. Il occupait un bureau, et il touchait un chèque à la fin du mois, mais il ne travaillait pas. À de rares occasions, quand il en avait assez de ses mystérieuses péripéties, il organisait des tournois de golf caritatifs et récoltait de grands chèques en carton.

— Qu'est-ce qui est si important qui ne pouvait pas attendre mon retour ? Cet appel me coûte une fortune.

— Quoi ? Environ trois millions de dollars, Noah ?

Le silence à l'autre bout de la ligne lui indiqua tout ce qu'il avait besoin de savoir. Noah avait pris l'argent, mais il n'avait pas pensé qu'il se ferait pincer si vite. En d'autres circonstances, il aurait peut-être pu remettre l'argent en place sans que personne ne se rende compte de rien. Mais le moment était mal choisi, et Emma allait découvrir cet écart dans les comptes, Jonah en était certain.

— Écoute, je me fiche que tu les aies dépensés pour payer des call-girls et des cocktails de fruits ou que tu aies construit des écoles pour les enfants défavorisés. Je veux récupérer ces millions tout de suite.

— Eh bien, c'est un peu compliqué en ce moment. Je n'ai pas cet argent. Mais j'espère que je l'aurai à mon retour.

— Et quand reviens-tu ?

— Dans deux semaines maximum.

— D'accord. Mais si tu ne me rembourses pas jusqu'au moindre dollar dès ton arrivée aux États-Unis, je t'arracherai cet argent avec mes poings.

— Jonah, je...

— Je ne veux pas entendre tes excuses. Reviens avec ces

trois millions ou je te ferai regretter de ne pas être resté en Thaïlande. C'est clair ?

Cette fois, Noah ne tenta pas de discuter.

— Comme de l'eau de roche. Tu l'as dit à maman ?

Ce fut au tour de Jonah de rire.

— Non. Et je n'ai aucune intention de lui en parler, à moins d'y être obligé. Toi et moi, nous savons que son cœur ne peut pas supporter les émotions fortes. Pourtant, ça ne t'empêche pas de n'en faire qu'à ta tête.

— Je ne ferai jamais de mal délibérément à maman, argua Noah.

Jonah secoua la tête.

— Peu importe que ce soit délibéré ou non, tu lui fais du mal. Tu ne penses toujours qu'à ta petite personne.

— Et toi, tu ne penses qu'à tes employés et à ton entreprise, rétorqua Noah. Tu ignores quasiment toute ta famille. À quand remonte la dernière fois où tu es allé voir maman ? Que tu es venu chez moi ? Ou chez Elijah ? Tu m'accuses de dilapider ton argent avec des prostituées thaïlandaises mais, toi, tu dépenses tout ton temps et ton argent avec des top models insipides.

Jonah serra la mâchoire. S'il avait le temps, il irait en Thaïlande sur-le-champ, rien que pour pouvoir décocher une droite à Noah. Son frère avait l'air de penser que son entreprise était apparue comme par enchantement. Que Jonah n'avait pas consacré son cœur et son âme, en plus de tout son temps libre, pour la créer et la faire prospérer. Quand il pouvait se distraire, il ne se privait pas. Certes, il ne passait pas beaucoup de temps avec sa famille, mais ses frères et sa mère avaient chacun leur vie. Et aucun d'eux n'était venu lui rendre visite récemment.

— Mon entreprise compte pour moi, oui. Elle fait vivre beaucoup de gens, y compris toi, au cas où tu l'aurais oublié. Je suis fier de ce que j'ai construit, et je refuse de tout perdre à cause d'un vaurien tel que toi. Tu sais que l'auditrice de

Game Town est ici ? Que ton petit méfait a peut-être coûté à FlynnSoft un contrat très lucratif ?

— Bon sang ! s'exclama Noah. J'avais totalement oublié. Je ne pensais pas que...

— Non, tu ne pensais pas, Noah. Tu ne penses jamais.

Un silence gêné s'étira quelques instants.

— Tu crois qu'ils verront que j'ai pris de l'argent ? finit par demander Noah.

— Sans doute. Tu n'as pas été très discret ni très malin. Mais j'essaie de régler la situation. Paul réunit des fonds pour couvrir l'écart. Temporairement, jusqu'à ce que tu me rembourses.

— Je te rembourserai, Jonah.

— Oui, oui, dit-il en soupirant. Mais ne me fais pas regretter de te faire confiance.

— Je te promets que non.

— Je te verrai à ton retour, conclut Jonah avant de raccrocher.

Il voulait croire son frère, mais c'était difficile. Noah n'était pas un mauvais garçon, mais il était habitué à avoir tout ce qu'il voulait. Sa mère n'avait jamais pu résister aux demandes de son petit dernier, encore moins après la mort de leur père.

Il se cala dans son fauteuil et mordit dans son bagel. La journée était déjà compliquée, et il n'était que 9 heures du matin. Deux semaines. Il devait trouver un moyen de combler l'écart dans les comptes, ou de le cacher, jusqu'au retour de Noah. Ensuite, il devrait remettre les fonds en place, aussi discrètement que possible.

D'ici là, il devait trouver un moyen d'abattre les défenses d'Emma. L'approche directe ne fonctionnait pas, et il ne voulait pas se montrer trop insistant. Il n'avait jamais eu à supplier une femme de lui céder, il n'allait pas commencer maintenant.

C'était vraiment dommage. Emma était une belle femme. Une femme sensuelle, même si elle cachait soigneusement cette sensualité. Il devinait, au balancement de ses hanches et à la façon dont ses lèvres s'écartaient légèrement quand il se penchait vers elle qu'elle n'était pas insensible à son charme. Mais pour l'instant, pour une raison qu'il ignorait, elle refusait de céder à son attirance pour lui.

Cela ne l'empêcherait pas de continuer à saper ses défenses. Il ferait tout ce qui était en son pouvoir pour s'assurer qu'elle pense à lui chaque soir. Que ce soit avec irritation ou avec un désir réprimé, peu importait. Tant qu'il la déconcentrait, c'était tout ce qui comptait.

Il faudrait à Paul quelques jours de plus pour réunir l'argent. D'ici là, Jonah avait du pain sur la planche.

Fourrant le dernier morceau de bagel dans sa bouche, il se leva et alla à la recherche de son auditrice plantureuse et guindée.

4

Jamais Emma n'avait été aussi heureuse de rentrer chez elle. Au bureau, où qu'elle aille et quoi qu'elle fasse, elle voyait Jonah. Il ne la suivait pas, non. Mais il était toujours dans son champ de vision. Quand elle levait les yeux de la photocopieuse, il était dans le couloir, en train de parler à quelqu'un. Il prenait le temps de lui adresser un sourire avant de reprendre sa conversation, et cela suffisait à la troubler. Elle tombait sur lui à la cafétéria, au *coffee shop*, devant son bureau… constamment.

Et quand il n'était pas là, elle se surprenait à songer à lui avec un mélange déroutant d'irritation et de… désir.

Il fallait bien l'admettre, aucune femme ne pouvait résister au charme de Jonah. Elle faisait de son mieux pour ne pas succomber, mais Jonah était très persévérant et il mettait à mal sa résolution. De plus, sa nuit passée avec lui ne l'aidait guère. Elle avait fait l'amour avec lui de manière libre et anonyme et elle savait quelles sensations il pouvait faire naître en elle. Elle avait bien du mal à mener sa mission à bien. Les chiffres des registres financiers se brouillaient devant ses yeux, et ses calculs étaient faux à chaque fois. Elle devait absolument se concentrer sur l'audit, mais elle n'y parvenait pas. Maudit soit ce séduisant P-DG !

C'était un soulagement d'être chez elle, le seul endroit où elle se savait à l'abri de Jonah Flynn. Les tissus féminins et les coussins aux couleurs gaies détendaient son corps et son esprit. Elle avait décoré son appartement de l'Upper East Side pour qu'il ressemble à un havre de paix chaleureux et vivant, digne d'un magazine de décoration.

Pourtant, quand elle se déshabilla et enfila des vêtements plus confortables, elle se rendit compte que, même chez elle, elle n'était pas à l'abri de Jonah. Face au miroir de sa salle de bains, alors qu'elle allait passer un T-shirt sur sa tête, elle aperçut son reflet. Là, juste au-dessus de son sein, le maudit tatouage semblait la défier.

Elle revit Jonah avec son masque qui avait laissé apparaître son sourire espiègle, sa mâchoire carrée et ses yeux bleu nuit qui semblaient capables de la priver de sa raison.

— Faisons-nous faire un tatouage, avait-il lancé.

Emma ne s'était pas rendu compte qu'ils s'étaient arrêtés devant un salon de tatouage. Ce n'était pas le genre d'endroit qu'elle remarquait. Ou dans lequel elle avait envie d'entrer.

— Deux moitiés d'un même cœur, avait-il suggéré.

Il avait appuyé la paume de sa main sur le haut de sa poitrine dévoilée par son décolleté plongeant, provoquant une vague de plaisir inattendu en elle. Une simple caresse de lui, et elle en oubliait son bon sens.

— Juste là, avait-il dit.

Il avait mimé avec son index le dessin d'un cœur, qui s'étalait sur la jointure entre son pouce et son index, ainsi que sur le sommet de son sein.

— Si nous sommes faits l'un pour l'autre, je te retrouverai. Et c'est ce cœur qui nous permettra de nous reconnaître.

Emma avait senti son propre cœur battre dans sa poitrine. La suggestion de Jonah avait été romantique, impulsive, et tout à fait stupide. Pas une fois dans sa vie Emma n'avait envisagé d'avoir un tatouage mais, ce soir-là, elle avait vécu beaucoup de premières fois. Et lorsque les yeux bleu océan de Jonah l'avaient sondée, semblant pénétrer son âme, elle n'avait pu s'empêcher de le suivre à l'intérieur du salon de tatouage.

Elle fit dériver son index sur le tracé du demi-cœur, comme Jonah l'avait fait. Le simple souvenir de sa main sur son sein la fit frissonner de désir. Il avait été le dernier homme à la toucher, il y avait maintenant trois longs mois. Lorsqu'elle avait appris qu'elle était enceinte d'un étranger, le choc avait été tel qu'elle en avait oublié ses envies physiques. Mais maintenant qu'elle côtoyait Jonah au quotidien c'était comme si sa libido s'était brutalement réveillée.

Troublée par sa réaction en songeant à un homme qu'elle ne pouvait pas avoir, elle enfila son T-shirt et retourna dans la cuisine pour préparer le dîner.

On était mardi, et si elle continuait de rêvasser, rien ne serait prêt quand les filles arriveraient.

Chaque mardi, Lucy, Harper et Violet se réunissaient chez Emma pour dîner et regarder leur série préférée. Elles cuisinaient ou achetaient à dîner à tour de rôle. Ce soir, Emma avait promis à Lucy de préparer son gratin de pâtes favori, et elle n'avait même pas encore mis l'eau à bouillir.

Elle préchauffa le four et sortit les ingrédients nécessaires pour sa recette de famille. L'une des rares choses de valeur que sa sœur aînée lui avait transmises avant sa mort.

Emma avait seize ans quand Cynthia était morte, pourtant, lorsque ses parents avaient appris quelle vie sulfureuse leur défunte fille avait menée en secret, ils avaient décidé de contrôler la vie d'Emma d'une main de fer. Elle était pourtant loin d'être une jeune fille délurée, mais Cynthia aussi avait toujours été parfaite, en apparence.

Lorsque Emma avait été assez âgée pour prendre ses propres décisions, elle avait pensé à se rebeller. C'était dans cette optique qu'elle avait voulu entrer dans une sororité. Mais finalement, elle avait choisi Pi Beta Phi, un groupe de jeunes filles bien élevées et aisées qui se consacraient à des œuvres de bienfaisance. Elle avait vu à quel point les scandales provoqués par sa sœur avaient fait souffrir ses parents et elle n'avait pas voulu leur faire du mal à son tour. Quand elle avait, tardivement, perdu sa virginité à l'université, c'était avec un étudiant en médecine sérieux, avec lequel elle sortait depuis six mois, et qu'elle avait espéré épouser. Elle avait fait semblant d'être la jeune fille sage et sophistiquée dont ses parents rêvaient, et après quelque temps, elle l'était réellement devenue.

Une seule fois, elle s'était laissé aller. Elle avait bu des verres de tequila avec un inconnu, léché le sel sur la peau musquée de cet homme, et aspiré le jus de citron entre ses lèvres pleines et douces. Après cela, elle s'était retrouvée sur une pente glissante qui avait mené au tatouage et à un test de grossesse positif quelques semaines plus tard. En un seul soir, elle avait gâché sa réputation si parfaite. Et elle ignorait comment annoncer la nouvelle à ses parents.

Elle ouvrit la boîte de pâtes et les versa dans une casserole d'eau bouillante. Il lui avait été facile de se laisser emporter ce soir-là. Trop facile. Une part d'elle comprenait comment sa sœur avait pu s'engager dans une histoire passionnée et illicite alors qu'elle était fiancée à quelqu'un d'autre. Le plaisir et l'excitation étaient captivants. Mais une autre part d'elle savait qu'aucun plaisir ne justifiait que l'on plonge sa vie dans le chaos.

Elle ne pouvait pas revenir sur ses erreurs passées, mais elle n'allait certainement pas les commettre une seconde fois. Jonah Flynn était le genre d'homme qui pouvait lui faire oublier ses priorités. Ce qui le rendait dangereux. Elle lui parlerait du bébé une fois l'audit terminé, et pas avant. Par conséquent, il était impératif qu'elle ne baisse pas sa garde avec lui.

— Nous sommes là ! lança Violet depuis le salon.

— Je suis dans la cuisine, répondit-elle, mélangeant les pâtes et enclenchant le minuteur.

Puisque le portier avait pour consigne de laisser entrer ses amies, elles avaient tendance à monter chez elle sans même s'annoncer.

— C'est loin d'être prêt, désolée, dit-elle.

Les filles arrivèrent dans la cuisine et déposèrent leurs sacs de papier sur le bar.

— Nous ne sommes pas pressées, assura Harper. De toute façon, j'ai apporté une bouteille de chardonnay, et Violet a prévu du fromage et des crackers pour nous faire tenir jusqu'à ce que le dîner soit prêt. Le vin, c'est uniquement pour nous trois, bien sûr.

Elles sortirent les victuailles des sacs.

— Et il y a du tiramisu, ajouta Harper.

Emma gémit en son for intérieur.

— Tu as dit que FlynnSoft avait une salle de sport, non ? demanda-t-elle. Après un tel repas, je vais devoir la trouver. Maintenant que mon appétit est revenu, j'ai faim presque tout le temps, et j'ai peur de prendre vingt-cinq kilos pendant ma grossesse.

Harper sourit.

— C'est au rez-de-chaussée, près de l'entrée de service. En général, il n'y a personne après 18 heures. Tu pourras l'avoir pour toi toute seule.

— Je ne sais pas de quoi tu te plains, intervint Lucy.

Elle posa la main sur le ventre légèrement rond d'Emma.

— On dirait que tu as juste pris un déjeuner copieux, pas que tu es enceinte de plus de trois mois. Je pense que tu peux te permettre un bon dessert.

— Je suis contente que tu le penses, rétorqua Emma. Maintenant, ouvrons ce paquet de crackers, je meurs de faim.

Violet s'en chargea pendant que Lucy prenait des verres à vin et un tire-bouchon.

— Alors, comment se passe ta mission chez FlynnSoft ? demanda Lucy quand Harper eut ouvert la bouteille et rempli les verres.

Quelque chose dans le ton de Lucy alerta Emma. Elle se détourna de la sauce maison qu'elle préparait pour jeter un regard à Harper. Elle sut aussitôt que son amie avait parlé de Jonah aux autres. Elle jura dans sa barbe et se remit à mélanger le fromage et les épices dans le saladier.

— Je présume que vous savez toutes qui est Jonah, merci, Harper. Alors j'irai droit au but. Je n'ai jamais rencontré un homme aussi tenace de ma vie. Vous auriez dû voir sa tête quand je lui ai dit que je refusais de dîner avec lui. C'était comme si j'étais la première femme à lui avoir dit non.

— C'était sans doute le cas, intervint Violet. Moi, je ne lui dirais pas non, c'est sûr.

— Il faut bien que quelqu'un le fasse, répondit Emma. Ce n'est pas un dieu. Il ne peut pas obtenir ce qu'il veut en permanence. Ce genre d'arrogance me rend folle.

— Cela fait des années que je le connais, et je ne l'ai jamais trouvé arrogant, remarqua Harper en haussant les épaules. Il est sûr de lui et très brillant, bien sûr. Il sait ce qu'il veut et il fait tout pour l'obtenir. Personnellement, je trouve ça séduisant. Mais puisque tu es décidée à ne pas l'apprécier, il pourrait sauver des chiots d'un immeuble en feu que tu trouverais encore une raison de le haïr.

Emma voulut se défendre, mais se ravisa. Harper avait raison. Pour l'essentiel. Emma ne détestait pas Jonah. Elle ne pouvait pas ressentir de la haine pour le père de son enfant. Mais elle devait lui trouver des défauts, quitte à les inventer, afin de se protéger.

— C'est mieux ainsi, croyez-moi, affirma-t-elle.

— Pourquoi, Emma ? interrogea Lucy en s'asseyant à la table de la cuisine. Et ne me dis pas que c'est à cause de ta sœur. Nous savons mieux que personne que tu n'es pas comme elle. Tu ne décevras pas tes parents, quoi que tu fasses. Tu es une bonne personne.

— C'est idiot de te punir pour des péchés que tu n'as jamais commis, renchérit Lucy.

Méditant ces paroles, Emma égoutta les pâtes puis les mélangea avec la sauce et le fromage. Que pourrait-elle répondre à ses amies ? Était-elle vraiment en train de se punir ?

— Je ne suis pas en train de me punir.

— Si, soutint Harper. Peut-être pas pour les péchés de ta sœur, mais pour ce que tu as fait à la soirée de mardi gras. Je trouve que le châtiment est bien trop sévère.

— Cette soirée était une erreur, et je ne pourrai jamais l'oublier. Vous ne croyez pas que le fait que je sois tombée enceinte d'un inconnu à une fête décevra mes parents ?

— Ils ne seront peut-être pas ravis, mais les petits-enfants sont une joie, quoi qu'il arrive, argua Violet.

— Nous en reparlerons quand tu tomberas enceinte par accident d'un homme dont tu ne connais pas le nom, Violet, repartit Emma.

— Chérie, intervint Harper, j'ai fait beaucoup d'erreurs avec les hommes. Mais pas un seul de mes plus beaux moments n'était aussi sexy ou romantique que ce que tu m'as raconté de ta nuit avec lui. Tu es tombée de cheval et tu t'es fait peur. Je le comprends. Mais ça ne veut pas dire que tu dois rester bloquée sur cette peur. Si tu n'es pas prête à galoper, au moins, remonte en selle. Avance au trot. Te détendre de temps en temps, ça ne te fera pas de mal. Ça pourrait même te faire du bien.

Glissant le plat de pâtes dans le four, Emma s'essuya les mains sur son pantalon de yoga et observa les verres de vin de ses amies avec une pointe de jalousie. Si elle ne mettait pas fin à cette discussion, ses camarades continueraient de la sermonner, et elles manqueraient la série qu'elles étaient venues regarder.

— Tout cela, c'est bien joli, mais je ne veux pas renouer avec Jonah Flynn. De toute façon, il n'en aura pas envie quand je serai enceinte jusqu'aux yeux et énorme.

— Enceinte de son bébé ! souligna Lucy.

— Ça ne compte pas. Il n'a pas l'étoffe d'un père, non ? Et, puisque rien de ce que j'ai dit ne vous a convaincues, laissez-moi ajouter qu'une relation avec lui mènerait à un conflit d'intérêts majeur. J'audite FlynnSoft. Si quelqu'un soupçonnait la moindre histoire entre Jonah et moi, passée ou présente, ma crédibilité serait détruite. Je perdrais sans doute mon travail et j'entacherais de façon permanente la réputation que j'ai bâtie au prix de tant d'efforts. Aucun homme, pas même Jonah Flynn, n'en vaut la peine. Pas à mes yeux.

— Quand le bébé sera né, tout le monde comprendra ce qui s'est passé entre vous, fit valoir Violet. Ta seule option, c'est de dire à Tim que tu ne peux pas finir cet audit. Ce serait l'attitude la plus franche.

— Techniquement, oui. Mais je suis capable de mener à bien ma mission. Je refuse de renoncer à ce défi, même s'il y a un risque.

Harper hocha la tête, l'air résigné, et Lucy soupira. Emma espérait que ses amies la laisseraient tranquille, du moins pendant les deux prochaines heures.

— Bien sûr, lança Harper avec un sourire malicieux, si je devais entacher ma réputation et gâcher ma carrière pour un homme, ce serait pour lui.

Mercredi après-midi, Jonah était assis à son bureau quand son téléphone sonna. Il reconnut le numéro de son conseiller financier, Paul. Pourvu qu'il ait de bonnes nouvelles...

— Paul. Dites-moi ce que je veux entendre.

À l'autre bout de la ligne, il y eut une hésitation, qui indiqua aussitôt à Jonah que ce n'était pas son jour de chance.

— Je suis navré de vous l'apprendre, Jonah, mais il me faudra au moins deux jours de plus pour tout régler. Nous pourrions envisager un prêt à court terme pour obtenir l'argent, mais les banques sont vraiment réticentes là-dessus, étant donné l'état du marché. Je doute que cela nous fasse gagner du temps. Y a-t-il une chance pour que vous puissiez emprunter la somme à... Eh bien...

— À ma mère ?

— Elle a plus de liquidités que vous. C'est uniquement pour cela que je suggère cette solution.

Jonah soupira et secoua la tête.

— Je ne veux pas que ma mère apprenne ce que Noah a fait. Si je lui demande trois millions de dollars, elle voudra à coup sûr savoir ce que je compte en faire. Du moins, c'est ainsi qu'elle agirait avec moi. Elle les donnerait à Noah sans ciller.

— Alors, pourquoi n'est-ce pas à elle qu'il a emprunté cet argent ?

— Je n'en ai aucune idée. Moins j'en sais sur ce que

Noah mijote, mieux je me porte. Transférez simplement les fonds aussi vite que vous le pouvez, et je me débrouillerai de mon côté.

Peu après, il raccrocha. Ce matin, il avait laissé Emma tranquille. Il avait espéré que l'argent arriverait sur son compte et qu'il n'aurait plus besoin de faire du charme à une femme qui ne lui portait manifestement aucun intérêt. Séduire une femme qui ne l'appréciait pas était un défi qu'il n'avait jamais eu à relever, mais il ne pouvait pas passer son temps à courtiser la princesse de glace. Il avait encore une entreprise à diriger.

Apparemment charmer la jolie comptable était de nouveau sa priorité. Puisqu'il avait un peu de temps devant lui, il sortit de son bureau et se mit en quête de sa proie.

Il la repéra au vingt-quatrième étage, au bout du couloir. Elle était penchée par-dessus la photocopieuse et surveillait les pages qui sortaient de la machine. Il songea à arriver à pas feutrés et à lui murmurer un mot gentil à l'oreille puis se ravisa. Emma serait bien capable de le gifler ou de lui donner un coup de genou dans l'aine.

Alors, il se contenta de l'observer à distance, admirant la courbe de ses jambes soulignée par sa jupe crayon et ses escarpins vertigineux. Elle tenait un stylo entre ses lèvres pleines et douces, des lèvres qu'il avait très envie d'embrasser.

C'était agréable de la regarder en secret, quand elle baissait sa garde. Elle était détendue, et son air rêveur indiquait qu'elle n'était pas en train de penser à son travail. Il ignorait à quoi elle songeait, mais son petit sourire illuminait son joli minois. Un sourire qu'il ne lui connaissait pas. Avec lui, elle était toujours si réservée et austère...

Soudain, elle jeta un coup d'œil vers le couloir et l'aperçut. Son regard vert s'attarda sur son corps, juste un instant, sa langue passant rapidement sur sa lèvre inférieure. Il crut voir une émotion étrange dans ses yeux, mais avant qu'il puisse l'identifier, Emma rassembla ses documents, tourna les talons et prit la direction opposée.

Elle l'évitait de nouveau. Cette fois, il ne la laisserait pas faire.

Il la suivit d'un pas décidé. À cause des talons aiguilles qui la ralentissaient, il ne tarda pas à la rattraper. Il remarqua une des réserves juste à sa droite et eut une idée. Sans même dire bonjour, il saisit Emma par la taille et l'entraîna à l'intérieur de la réserve.

— Mais enfin, qu'est-ce que... ! s'écria-t-elle.

Mais elle se tut quand Jonah referma la porte et qu'ils furent soudain seuls dans la petite pièce sombre.

Des odeurs de renfermé, de produits de nettoyage et de vieux cartons se mêlaient, mais le parfum subtil de la lotion d'Emma parvint jusqu'à Jonah, provoquant une décharge de désir en lui. Des souvenirs de la nuit avec son papillon envahirent son esprit. Il lui avait fait l'amour dans le petit espace intime de sa buanderie, car il n'y avait pas eu d'autre pièce disponible. S'il avait pu, il lui aurait fait l'amour sur des draps de satin parsemés de pétales de rose.

Comme la buanderie, la réserve n'était pas le meilleur choix, mais Jonah ferait avec ce qu'il avait. Il n'avait aucune intention de tenter de séduire Emma ici. Mais c'était le seul moyen d'être seul avec elle et d'exiger qu'elle s'explique. Il était fatigué de ce jeu du chat et de la souris.

Il l'attira contre lui pour qu'elle ne puisse pas s'enfuir. La réserve était pleine d'objets, et Emma pourrait se blesser si elle reculait. Elle allait rester là où elle était. Et ils allaient avoir une vraie discussion, qu'elle le veuille ou non.

Jusqu'ici, il était assez satisfait de la situation. Emma était très calme dans ses bras, quoique un peu raide. Il entendait le doux son de sa respiration, et sentait sa poitrine se soulever, même si elle avait inutilement glissé les mains entre eux pour le repousser. Il aimait l'avoir dans ses bras, plus qu'il ne l'aurait cru. Étrangement, c'était une sensation qui lui semblait naturelle et familière.

Tandis que ses yeux s'ajustaient à la faible lumière qui filtrait sous la porte, il put distinguer sa silhouette et les doux contours de son visage. Et il constata qu'Emma résistait comme elle le pouvait. Ses yeux étaient clos, ses lèvres pincées.

— Détendez-vous, Emma. Je ne vais pas vous mordre.

— Il faut que je retourne travailler, dit-elle, mais sans grande conviction.

Donc, une part d'elle éprouvait de l'attirance pour lui. Alors, pourquoi résistait-elle tant ? Céder à cette attraction mutuelle pourrait être une expérience plaisante, pour tous les deux.

— D'abord, je veux vous parler, dit-il. Vous ne cessez de m'éviter, et vous ne m'avez pas laissé d'autre choix que de vous enlever pour vous forcer à m'écouter.

— Je ne vous parlerai pas dans une réserve plongée dans le noir. C'est inconvenant.

Elle se débattit, mais elle ne réussit qu'à frotter son ventre contre son entrejambe. Il dut ravaler un gémissement car ses mouvements provoquèrent une vague de désir dans son aine.

— Arrêtez de gigoter, parvint-il à articuler entre ses dents serrées. Je veux simplement discuter. Je n'ai aucune intention de profiter de vous ici, mais si vous continuez de frotter vos hanches contre les miennes, j'aurai peut-être d'autres projets.

La pensée lui avait traversé l'esprit, indéniablement, mais même lui avait ses limites.

— Je vois bien que vous n'avez pas une bonne opinion de moi, et de ma réputation de séducteur, mais je peux vous assurer que je préfère de loin le grand lit de mon loft pour ce genre de choses.

— Je ne veux pas discuter. Ou voir votre lit.

— Je ne vous l'ai pas proposé.

Enfin, elle cessa de lutter et le regarda. Il vit la faible lumière se refléter dans ses yeux tandis qu'ils scrutaient son visage, en quête de quelque chose. De sincérité, peut-être. Elle avait dû la trouver car, enfin, elle se détendit entre ses bras.

— Que voulez-vous, Jonah ?

Il ne pouvait guère avouer qu'il voulait la distraire, le temps de s'occuper de la pagaille que son frère avait laissée dans les comptes. D'autant qu'à cet instant ce n'était pas sa priorité. La façon dont elle avait dit son prénom avait allumé un feu en lui, et lui donnait envie de l'attirer contre lui pour l'embrasser. C'était différent de ce que la plupart des jolies femmes provoquaient chez lui. C'était un désir plus puissant. Plus enivrant.

— Je veux apprendre à vous connaître. Il se passe quelque chose entre nous... Je ne peux pas l'expliquer, mais je veux voir où cela nous mènera.

Il libéra sa taille d'une main pour caresser son visage. Il fallait qu'il la touche, même s'il courait le risque de recevoir une gifle.

Au lieu de cela, il l'entendit retenir son souffle.

— Vous prétendrez peut-être que je suis fou, mais je sais que vous ressentez la même chose. Vous êtes juste décidée à lutter contre votre attirance. Cessez de lutter.

— Je..., commença-t-elle à protester.

Mais les mots semblaient lui manquer.

Tout comme à lui. Alors, il se pencha et posa ses lèvres sur les siennes. Il crut qu'elle résisterait. Mais il ne rencontra qu'une brève et légère hésitation. Peut-être parce qu'elle se sentait protégée par l'obscurité, son auditrice guindée s'abandonna entre ses bras, et lui rendit son baiser.

Donc, il avait vu juste. Sous ce vernis austère se cachait une femme sensuelle qui avait besoin de s'exprimer. Il l'y aiderait volontiers.

Il glissa sa langue sur la sienne, goûtant la saveur de la cannelle. Une saveur forte, inattendue. Il aimait les surprises et les contrastes. Emma en était pleine.

Elle enroula les bras autour de son cou, et se pressa contre lui. De nouveau, cela lui rappela son papillon. Il aurait presque pu croire qu'il était avec elle. Sans réfléchir, il laissa sa main dériver vers sa poitrine, s'arrêtant juste au-dessus de son sein, écartant les doigts comme il le ferait pour recréer un cœur avec le tatouage de son papillon.

Elle dut se méprendre sur ses intentions car elle se raidit aussitôt et recula en sursaut.

— Mais qu'est-ce que vous faites ? murmura-t-elle.

— Attendez, protesta-t-il.

La distance qu'elle avait mise entre eux était presque douloureuse.

Il lâcha Emma pour chercher l'interrupteur. Elle en profita pour s'écarter et trouver la poignée de la porte. Le battant s'ouvrit à la volée, inondant la petite pièce de lumière. Et Jonah vit Emma s'enfuir pour aller se réfugier dans les toilettes.

S'appuyant contre le mur, il passa la main dans ses cheveux, en espérant que son érection disparaîtrait rapidement. Tout ne s'était pas exactement passé comme il l'avait prévu.

Attirer Emma dans une pièce sombre et la plaquer contre lui n'était pas la meilleure des tactiques. Il avait voulu avoir une conversation avec elle, rien de plus. Mais hélas, son corps avait eu d'autres idées. Tout comme celui d'Emma. Mais Jonah était allé trop loin, comme toujours.

Il secoua la tête. Quelque chose clochait. Emma était nerveuse avec lui. Elle l'évitait obstinément. Elle refusait ses cadeaux ou ses invitations à dîner. Il l'avait regardée interagir avec d'autres employés et, avec eux, elle était différente. Toujours polie et professionnelle, mais bien plus détendue.

Elle avait dressé un mur entre elle et lui. Un mur qui s'était effondré dès qu'ils s'étaient retrouvés dans le noir. Mais cela n'avait duré qu'un instant. Ensuite, elle avait repris ses esprits et pris la poudre d'escampette.

Pour une raison qu'il ignorait, elle éprouvait de l'aversion pour lui, et cela depuis leur rencontre. C'était incompréhensible. Oui, il était tenace quand il voulait quelque chose, mais il était aussi amical et courtois. Pourquoi combattrait-elle avec tant de force le désir que son corps exprimait de manière si claire ?

À moins que...

Il déglutit et passa la tête par l'embrasure. Il vit Emma jeter un regard dans le couloir puis filer vers son bureau. Et si le plan qu'il avait mis en action avait échoué ? Si son auditrice avait déjà trouvé un gros écart dans les comptes ? Si tel était le cas, cela expliquerait beaucoup de choses.

Pourquoi Emma voudrait-elle nouer une relation avec lui si elle s'apprêtait à informer Game Town qu'il gérait mal ses finances ?

5

Après l'incident, Jonah dut retourner dans son bureau pour une téléconférence. Mais il ne comptait pas baisser les bras. Soit Emma était au courant pour les trois millions manquants, soit elle ne l'était pas. Soit elle l'appréciait, soit elle le détestait. Mais il découvrirait la vérité, d'une manière ou d'une autre.

Le lendemain matin, il la trouva assise dans son bureau temporaire. Il l'observa en silence pendant quelques minutes tandis qu'elle étudiait des chiffres, l'air très concentrée.

Même si elle était absorbée par sa tâche, elle n'était pas avachie dans son fauteuil. Elle était assise bien droite, les épaules en arrière, les seins se pressant contre son chemisier de soie rose. Ses cheveux bruns étaient noués en chignon, et une mèche égarée habillait la courbe de son visage.

Sans lever les yeux, elle replaça la mèche derrière son oreille tout en prenant des notes dans un cahier à spirales. Elle avait une écriture très soignée, précise et délicate, avec des boucles pleines et des lettres larges. Une écriture à son image, pensa-t-il. À première vue, Emma était rigide et réservée, mais elle était aussi profondément féminine et ouverte si l'on prenait le temps de l'étudier et de la déchiffrer.

Ce qui s'était passé dans la réserve n'avait fait qu'attiser sa curiosité à son égard. Audit ou non, Emma lui plaisait vraiment, et cela le surprenait. Elle l'irritait, mais en même temps, elle était un puzzle fascinant. S'il parvenait à la comprendre et à annihiler ses défenses, ce serait une réussite aussi éclatante que lorsqu'il avait terminé *Legend of Zelda*, quand il était enfant.

— Qu'y a-t-il, monsieur Flynn ? Vous n'avez pas trouvé de femme à enlever, alors vous vous êtes dit que vous alliez passer dans mon bureau et faire une nouvelle tentative ?

Les questions d'Emma l'arrachèrent à ses pensées. Étonnamment, il y avait une note d'amusement dans sa voix. Apparemment, il avait bien fait de la laisser un peu en paix.

— Je suis désolé pour hier. Je n'avais pas l'intention de...

— Ce n'est rien. Faisons comme si rien ne s'était passé.

Étrange. Il s'était attendu à des remontrances, voire à une plainte pour harcèlement. Mais, apparemment, elle tenait à oublier cette histoire. Peut-être n'avait-elle rien trouvé de suspect dans les comptes, après tout.

— Peut-on en discuter ? demanda-t-il.

— J'aimerais mieux éviter.

Elle rougit et baissa les yeux vers ses documents. Elle semblait gênée. Il ignorait bien pourquoi. Jamais aucune de ses conquêtes n'avait rougi d'embarras avec lui. Mais il aimerait voir le teint de porcelaine d'Emma s'empourprer de nouveau, après lui avoir donné un baiser. L'embrasser dans le noir l'avait privé de ce plaisir.

— Laissez-moi me faire pardonner, dit-il.

Elle roula des yeux et se leva. Le rougissement avait disparu.

— Je vous prie...

— De dîner avec vous ? J'accepte volontiers. Que diriez-vous de manger des sushis ? Il y a un nouveau restaurant que j'ai envie de tester.

Elle s'arrêta net, manifestement surprise par la tournure que prenait la conversation.

— Pardon ? Non.

— Pas de sushis ? Je comprends, tout le monde n'aime pas cela. Un *steak house*, alors ?

— Je voulais dire : non, je ne veux pas dîner avec vous.

Elle rougit de nouveau. Cette fois, ce n'était pas un signe d'embarras mais de colère. Elle passa devant lui et alla dans le couloir. Il prit un instant pour admirer son joli postérieur moulé dans son pantalon noir, puis la suivit et la rattrapa.

— Pourquoi ? demanda-t-il.

— Ce serait inconvenant.

— Selon qui ? Je ne suis pas votre patron. Je ne vois rien de mal à vous emmener dîner pour vous souhaiter la bienvenue dans ma société, de manière amicale. Je dîne très souvent avec des clients.

— Vous n'avez pas bâti votre réputation en étant simplement amical avec les femmes, rétorqua-t-elle d'un ton sec.

Alors, songea-t-il, vexé, ce n'était pas l'inconvenance de la situation qui la gênait. En réalité, elle désapprouvait sa vie amoureuse.

— Ah. Vous ne voulez pas être vue en public avec un séducteur invétéré tel que moi, c'est ça ? Cela ternirait votre réputation sans tache, Emma ?

Elle accéléra le pas.

— En toute franchise, oui. J'ai travaillé très dur pour arriver là où j'en suis. Les hommes comme vous ou le genre d'amitié qu'ils offrent ne m'intéressent pas.

Elle s'arrêta devant l'ascenseur et appuya sur le bouton d'appel en évitant son regard. Pourquoi était-elle si cassante ? Il ne reconnaissait pas la femme qui l'avait embrassé dans cette réserve sombre.

— Je n'en suis pas si sûr..., la taquina-t-il avec un sourire rusé. Peut-être que cela vous plairait de salir un peu votre réputation avec moi. Ça n'avait pas l'air de vous déranger tant que ça, hier.

Elle l'observa en pinçant ses lèvres roses.

— Pour finir dans un de ces journaux à scandale ? lâcha-t-elle. Non, merci.

Il détestait ces journaux. Pourquoi les gens s'intéressaient à sa vie, il l'ignorait.

— Pourquoi se soucier de ce que les autres pensent de vous et de vos actes ? demanda-t-il.

Lorsque les portes de l'ascenseur s'ouvrirent, elle se précipita dans la cabine. Il lui emboîta le pas.

— Vous êtes peut-être un play-boy millionnaire, mais je suis une employée. Une telle chose pourrait me coûter mon travail.

— Votre patron se soucierait-il que l'on nous voie ensemble ? Pourquoi travailler pour quelqu'un d'aussi vieux jeu ? Venez travailler ici. J'aurais bien besoin d'une directrice financière.

Elle lui lança un regard surpris, puis secoua la tête.

— C'est une offre tentante, monsieur Flynn, mais je ne veux pas que l'on dise que j'ai obtenu mon travail en couchant avec le patron.

Elle l'appelait de nouveau « monsieur Flynn ». Ils régressaient, si toutefois c'était possible.

— Je ne vous ai jamais demandé de coucher avec moi, Emma. Tout ce que j'ai suggéré, c'est un dîner. Vous avez tiré des conclusions en vous fondant sur vos présomptions biaisées à mon égard.

Un carillon annonça leur arrivée à l'étage supérieur, et Emma sortit dès que les portes s'ouvrirent.

— Ce ne sont plus des présomptions mais des certitudes fondées sur mon expérience personnelle. Ce qui s'est passé hier m'a prouvé qu'avec vous même une discussion innocente peut dégénérer, monsieur Flynn.

C'était la troisième fois qu'elle l'appelait ainsi.

— Je vous en prie, appelez-moi Jonah. C'est mon père que l'on appelait M. Flynn, et il n'est plus de ce monde. Et je vous ai déjà présenté mes excuses pour hier. Je le répète, je ne sais pas ce qui m'a pris. Ça ne se reproduira pas, à moins que vous ne le souhaitiez. Dînez avec moi, c'est tout ce que je vous demande.

Soudain, elle se retourna et posa les mains sur ses hanches.

— Pourquoi insistez-vous à ce point ? Pourquoi moi ? Vous n'avez pas de mannequin lingerie pour vous divertir ?

Agacé, il enfonça les mains dans ses poches. Il devrait arrêter de fréquenter des mannequins. Elles lui donnaient une mauvaise réputation et intimidaient les autres femmes.

Il appréciait le corps féminin sous toutes ses formes. Mais les femmes normales le croyaient rarement. Elles se comparaient négativement à ce qu'elles pensaient être un idéal parfait et ne comprenaient pas qu'il puisse les désirer aussi.

— Et si j'étais sincèrement attiré par vous, Emma ? Si je vous trouvais drôle, attirante, intelligente, et que je voulais voir ce qui peut se passer entre nous ? Serait-ce si terrible ?

— En d'autres circonstances, peut-être pas. Mais en l'occurrence, pas de dîner. Pas de rendez-vous galant. Ma réponse sera toujours : non, merci.

Elle tourna les talons et se rendit dans le *coffee shop*.

Il était presque vide à cette heure, alors Jonah la suivit, refusant de terminer cette conversation tant qu'il n'avait pas remporté le débat.

— Laissez-moi au moins vous offrir un café.

Elle rit et croisa les bras de manière protectrice sur sa poitrine.

— C'est gratuit, ici, rétorqua-t-elle.

Il haussa un sourcil, amusé.

— Pas pour moi. C'est moi qui paie tout. En fait, je vous ai offert plusieurs boissons depuis que vous êtes ici. Quel mal y a-t-il à ce que je vous en offre une de plus ? La seule différence, c'est que nous serons à la même table.

Elle plissa les yeux et soupira.

— Vous ne renoncerez pas tant que je n'accepterai pas de prendre au moins un café avec vous, n'est-ce pas ?

— Un café, c'est un bon début.

— Bien, dit-elle. Je prendrai un grand thé avec deux sucres, une dose de crème, et un roulé à la cannelle. Après cela, je ne veux plus vous voir pendant le reste de la journée. Compris ?

Il se fendit d'un grand sourire. C'était une petite victoire mais, puisqu'elle concernait Emma, elle lui semblait immense.

— Compris, lui assura-t-il.

Quelques minutes plus tard, ils s'installèrent à une table au fond de la salle. Il observa Emma en silence pendant qu'elle mélangeait son thé et retirait le sachet de la tasse.

— Pourquoi avoir choisi la comptabilité ? demanda-t-il.

Ce n'était pas le lieu ni le moment pour des questions difficiles.

— Je n'aime pas l'ambiguïté. En maths, il n'y a pas de zone grise, pas de décisions que l'on peut remettre en question. Deux et deux font toujours quatre. J'aimais l'idée d'avoir un métier fondé sur quelque chose de sûr. Cela me semblait aussi être un métier respectable. Mes parents étaient contents de ma décision.

— Et si vous aviez voulu devenir mannequin ou chanteuse ? Qu'en auraient-ils pensé ?

— Ça ne me serait jamais venu à l'idée. Je ne suis pas assez jolie ni assez douée. Et même si je l'étais, je n'aurais pas fait ce choix. Les mannequins et les chanteuses figurent dans les journaux à scandale, juste à côté de vous.

Il fronça les sourcils. Il n'aimait pas la façon dont elle parlait d'elle-même.

— Ce n'est pas si terrible, rétorqua-t-il. Les gens lisent ces magazines parce qu'ils veulent vivre une vie excitante et glamour par procuration à travers des gens comme moi.

— C'est ma sœur qui était faite pour les projecteurs, pas moi.

— Et que fait votre sœur ?

— Rien. Elle est décédée.

Elle remit le couvercle sur sa tasse et prit son plateau.

— Je suis navrée, Jonah, mais je dois retourner travailler.

Emma se laissa tomber sur sa chaise et enfouit son visage entre ses mains. Rien ne se passait comme elle l'avait prévu. Avant son arrivée chez FlynnSoft, elle avait cru que le séduisant P-DG ne s'intéresserait pas du tout à elle. Quand elle avait découvert que Jonah était le père de son futur enfant, elle avait jugé encore plus impératif de garder ses distances avec lui, jusqu'à ce que son audit soit terminé. Elle avait couché une fois avec le P-DG de FlynnSoft, comme le prouvait le bébé qui grandissait en elle, et c'était déjà une fois de trop. Pourtant, ces dernières vingt-quatre heures, elle l'avait embrassé dans une réserve sombre et elle avait accepté de prendre une boisson chaude avec lui.

Mais quel était le problème chez elle ? Elle avait embrassé Jonah ! Elle aimerait pouvoir dire qu'elle avait perdu la tête à cause de l'obscurité et de l'exiguïté de la réserve, mais quelle était son excuse aujourd'hui ? Discuter avec lui autour d'une boisson chaude et de viennoiseries semblait anodin, mais elle savait bien qu'entre eux rien n'était anodin.

Même si elle avait prétendu le contraire, elle était sûre que la seule chose que Jonah avait eu l'intention de faire hier, c'était la forcer à avoir la conversation qu'elle tenait tant à éviter. Mais les choses avaient dérapé. Comme à la soirée de mardi gras. La force magnétique qui les poussait l'un vers l'autre et les avait conduits à une nuit de plaisir hédoniste était encore présente. Lorsque Emma s'était retrouvée plaquée contre lui, que son parfum chaud et viril avait réveillé ses souvenirs... C'était comme si ces trois derniers mois sans lui s'étaient effacés.

Dès qu'il avait approché la main de sa poitrine et du tatouage, une vague de panique l'avait envahie. Dans l'obscurité, Jonah n'aurait pas pu voir qu'il n'était qu'à quelques centimètres de reformer leur cœur. Mais il s'était bien trop approché à son goût. Alors, elle avait fui. Tout comme après la soirée costumée, elle ne pouvait pas revenir sur ce qu'elle avait fait, mais elle pouvait s'assurer que cela ne se reproduise pas. Jonah pourrait faire partie de sa vie en tant que père de son enfant, mais rien de plus. Et pour l'instant, le bébé n'était pas encore né.

Tout cela, c'était la faute de ses amies. Lorsqu'elles étaient venues dîner l'avant-veille, elles avaient semé les graines du doute dans son esprit. Après leur départ, elle était restée éveillée durant des heures, à songer à sa nuit de passion avec Jonah, et à toutes les nuits tristes et solitaires qui avaient suivi depuis.

Elle s'était convaincue qu'un homme comme Jonah ne serait jamais heureux avec une femme comme elle. La femme qui s'était jetée dans ses bras à la soirée costumée n'existait pas vraiment. Le fait que leur histoire soit anonyme permettait qu'elle demeure exceptionnelle, et inoubliable. Emma n'avait pas envie de la gâcher en révélant son identité à Jonah. Mais puisqu'ils avaient conçu un enfant il faudrait bien qu'elle brise l'illusion, tôt ou tard.

Après avoir travaillé ces derniers jours avec Jonah, elle commençait à se demander si l'anonymat de leur histoire comptait autant pour lui que pour elle. De manière inexplicable, il éprouvait une attirance pour elle qui n'avait rien à voir avec les masques et les secrets. Jonah Flynn ne savait pas qui elle était réellement, pourtant, il semblait lui porter un intérêt sincère. Il se pliait en quatre pour obtenir son attention, et elle se demandait bien pourquoi. Il était impossible qu'il la désire telle qu'elle était. De plus, elle l'agaçait, si elle en croyait la ride constamment présente entre ses sourcils quand il était avec elle.

Cherchait-il simplement à l'influencer afin qu'elle rédige un rapport favorable ? Ce ne serait pas la première fois que quelqu'un essayait de soudoyer ou de manipuler un contrôleur de gestion. Emma n'avait jamais été confrontée à cette situation. Peut-être un homme comme Jonah préférait-il séduire son auditrice plutôt que de lui proposer un pot-de-vin. Peut-être que l'étincelle de désir entre eux lui facilitait la tâche, simplement.

Mais s'il se donnait autant de mal, cela signifiait qu'il avait quelque chose à cacher...

Un profond sentiment de malaise lui noua le ventre. C'était un contrat très important pour FlynnSoft. Si Jonah avait peur qu'elle découvre quelque chose qui compromette la signature de ce contrat, elle ne doutait pas qu'il ferait tout pour détourner son attention. Il n'avait pas besoin de la trouver intelligente ou jolie pour réussir à la séduire. Comment pourrait-il la trouver intéressante alors qu'il avait l'habitude de fréquenter des célébrités ? Elle n'était qu'une petite fille riche insignifiante. Si tout ce qui importait pour lui, c'était de décrocher le contrat avec Game Town, il serait prêt à employer tous les moyens.

Si elle mettait en doute ses motivations, elle aurait moins de mal à ignorer ses avances, non ?

Elle tenta de chasser ses pensées et de se concentrer sur sa mission durant le reste de l'après-midi. Même si son travail pouvait paraître ennuyeux aux yeux de certains, elle pensait ce qu'elle avait dit à Jonah au sujet des mathématiques. C'était une science qui ne mentait jamais et qu'elle trouvait apaisante. Emma pouvait se perdre dans les chiffres durant des heures. Comme aujourd'hui. Quand elle leva les yeux, il était plus de 18 heures. Heureusement, Jonah avait tenu sa promesse et l'avait laissée tranquille, ce qui lui avait permis d'abattre une grande quantité de travail.

Elle songea à ranger ses affaires et à rentrer chez elle, mais elle se sentait encore agitée. Puisqu'elle était restée assise très longtemps, elle décida de s'accorder une séance d'exercices dans la salle de sport de FlynnSoft. Hier soir, après avoir avalé une part de tiramisu, elle s'était sentie coupable et avait décidé d'emporter une tenue de sport au travail.

Mais aujourd'hui elle ne cherchait pas à brûler les calories. Elle avait surtout besoin d'un exutoire pour la frustration et l'énergie nerveuse qui bouillonnaient en elle. Puisqu'il était hors de question qu'elle couche avec Jonah pour assouvir ses désirs, elle se contenterait de pédaler sur une machine elliptique. Pour être franche, elle ignorait combien de temps elle pourrait supporter cette situation. Jonah la courtisait sans répit, et même s'il l'avait laissée tranquille aujourd'hui, il reviendrait à la charge demain, elle en était certaine. D'autant que maintenant, il savait qu'il pouvait l'avoir à l'usure et finir par obtenir ce qu'il voulait.

Ce qui la poussait à s'interroger : savait-il qui elle était réellement ? Peut-être ne s'agissait-il pas de l'audit. Elle n'avait rien trouvé de suspect dans les comptes qui justifie qu'il cherche à la distraire. Pourtant, il était impossible qu'il l'ait reconnue. Il n'avait pas vu son tatouage, et elle n'avait donné aucun indice lors de leurs conversations.

Elle ne savait plus que penser.

Avant de se rendre dans la salle de sport, elle s'arrêta devant le bureau de Pam, l'assistante de Jonah.

— M. Flynn est-il parti ? demanda-t-elle.

— Oui, il avait un dîner prévu à 18 h 30.

— Merci.

Parfait. Elle se dirigea vers l'ascenseur, se réjouissant de pouvoir faire de l'exercice en paix. Dans le vestiaire, elle enfila rapidement sa tenue, constituée d'un débardeur, d'un soutien-gorge de sport et d'un short. Le haut dévoilait en partie son tatouage et moulait son ventre à peine arrondi, et elle fronça les sourcils en se voyant dans le miroir. Elle n'avait pas pensé à cela lorsqu'elle avait choisi ces vêtements, et il serait bientôt temps pour elle de porter des vêtements amples et des tenues de maternité.

Elle songea à se rhabiller et à rentrer chez elle, mais elle avait trop envie de se dépenser. Elle jeta un coup d'œil dans la salle de sport et décida qu'elle ne prenait pas un grand risque, puisque Jonah était absent. Personne d'autre ne comprendrait le sens du tatouage ou de son petit ventre rond.

Comme Harper l'avait dit, la salle était vide. Apparemment, les génies de l'informatique avaient davantage tendance à utiliser le *coffee shop* ou le flipper que les équipements sportifs. Elle grimpa sur le vélo elliptique le plus proche, plaçant sa bouteille d'eau dans le compartiment dédié et branchant ses écouteurs sur son téléphone pour écouter sa musique préférée.

Elle choisit une playlist des années 1970 rythmée, et commença à pédaler. Bien vite, elle ferma les yeux et se laissa porter. La sueur coulant le long de son dos et la douleur de ses muscles lui firent oublier le trouble et l'excitation qui avaient été ses compagnes constantes ces derniers jours. Elle espérait que son attirance pour Jonah s'évacuerait par tous ses pores.

Elle avait toujours aimé se dépenser. Elle avait fréquenté jusqu'au lycée un établissement privé et non mixte, où on les avait encouragées à être aussi actives que possibles. Les religieuses avaient seriné que la sueur purifiait le corps et qu'aucun désir ne pouvait être plus fort qu'une bonne séance de sport.

Emma le croyait, et quand elle était sous pression, elle se réfugiait dans l'exercice plutôt que dans la nourriture. Elle avait perdu cinq kilos après sa rupture avec David et sa brève rébellion qui avait eu tant de conséquences. Depuis quelques semaines, avec sa grossesse, elle avait repris ces kilos, mais elle continuait de faire de l'exercice. Elle voulait éviter de prendre trop de poids et de s'inquiéter de ses kilos en trop, afin de pouvoir profiter au maximum des moments précieux avec son bébé quand il serait né.

Quand son corps atteignit ses limites, elle ralentit la cadence et ouvrit les yeux. Elle lut ses statistiques sur l'écran de la machine et sourit, satisfaite. Elle avait mérité un dessert ce soir. Peut-être quelques carrés de chocolat noir.

Elle arrêta la musique et descendit de la machine elliptique sur des jambes chancelantes. Son plan avait fonctionné. Elle était épuisée, en sueur et assoiffée. Et elle ne rêvait plus de coucher avec Jonah, à cet instant. Elle but une grande gorgée d'eau, puis s'essuya le visage avec sa serviette.

Le son d'un rire masculin la fit sursauter. Elle écarta prestement la serviette de son visage, retira ses écouteurs et jeta un regard circulaire dans la salle qui était aussi vide que tout à l'heure. Quelqu'un était sans doute passé dans le couloir. Ou alors, c'était son imagination qui lui jouait des tours.

Jetant un autre regard autour d'elle, elle rassembla ses affaires et se dirigea vers le vestiaire. Elle avait prévu de se doucher et de se changer ici, mais ce rire masculin l'avait perturbée. Et si Jonah l'avait surprise ? Elle avait pris un risque immense ce soir et elle ne devait pas répéter cette erreur. La prochaine fois, elle prendrait des vêtements de sport plus couvrants. Jonah était peut-être absent aujourd'hui, mais ce ne serait pas toujours le cas.

Elle empoigna son sac, enfila un sweat-shirt à capuche, puis se dirigea vers la sortie.

Elle se doucherait chez elle, ce serait plus sûr.

6

Caché dans le couloir, Jonah regarda Emma se diriger vers la sortie. Quand son dîner avait été annulé tout à l'heure, il était déjà au restaurant. Il avait donc décidé de prendre un dîner à emporter et de revenir le manger au bureau, pour pouvoir ensuite faire une séance de musculation.

La salle de gym était en général vide le soir, et la solitude était une chose qu'il appréciait après avoir passé sa journée dans diverses réunions ou au téléphone. Lorsqu'il faisait de l'exercice, il pouvait écouter de la musique à fond et oublier ses tracas. Jamais il n'aurait cru trouver Emma ici ! Elle ne semblait pas être du genre à aimer transpirer. Pourtant, il l'avait bien vue, en train de pédaler énergiquement sur une machine elliptique, les écouteurs dans les oreilles et les yeux clos.

Peut-être essayait-elle d'évacuer un besoin, avait-il songé. Peut-être avait-il réussi à créer de la frustration sexuelle chez elle, plus qu'il ne l'avait cru. Peut-être ne lui résistait-elle qu'en apparence...

Il avait failli aller la trouver pour lui faire part de ses hypothèses, mais elle s'était brusquement arrêtée et était descendue du vélo. Il l'avait discrètement observée depuis le couloir, pendant qu'elle buvait de l'eau et essuyait la sueur sur son visage rougi. C'était alors qu'il avait remarqué une marque rouge près de la bretelle de son débardeur noir. Il s'était approché, et avait distingué un demi-cœur tatoué sur son sein gauche. Il s'était arrêté net, et avait jeté un coup d'œil au tatouage sur sa propre main. Puis, lorsque son regard s'était posé sur le petit ventre rond d'Emma, il avait laissé échapper un rire nerveux et étranglé. Et il s'était caché avant qu'Emma ne le voie.

Il n'en revenait toujours pas.

Jamais, au grand jamais, il n'aurait imaginé qu'Emma puisse être son papillon. Car son papillon était libre, sauvage, sans inhibitions. En apparence, Emma était tout le contraire. Elle avait déclaré qu'elle n'était pas elle-même ce soir-là, mais il ne l'avait pas crue. Tout le monde disait ce genre de choses dans ce genre de situations.

Apparemment, elle avait dit la vérité. Elle avait aussi ajouté qu'il ne voudrait plus d'elle au petit matin, comme si elle allait se transformer en citrouille au lever du jour. Au lieu de cela, elle s'était transformée en une comptable collet monté. Une comptable belle, gracieuse, irritante, guindée... et peut-être enceinte de lui.

Il n'était guère un expert en matière de grossesse. Mais une chose était sûre, trois mois plus tôt, elle avait le ventre parfaitement plat. Un ventre qui avait tremblé lorsqu'il y avait déposé une série de baisers. À trois mois, une grossesse ne se voyait pas beaucoup, mais il était difficile de cacher des rondeurs sous une tenue de sport moulante. Était-il vraiment possible qu'Emma attende leur enfant ?

Il s'était toujours dit qu'un jour, il fonderait une famille. Dans un avenir lointain. Mais certainement pas dans six mois...

Il appuya la tête contre le mur. Ils s'étaient pourtant protégés — il utilisait toujours un préservatif. Il n'était pas stupide, il savait que de nombreuses femmes seraient heureuses de porter son enfant : un enfant qui hériterait de sa fortune ainsi que de ses yeux bleus. Mais Emma ne semblait pas être ce genre de femme.

D'un autre côté, elle semblait être le genre de femme à prévenir un homme de sa future paternité. Pourtant, elle ne l'avait pas fait.

Il secoua la tête et prit la direction de son bureau, car il n'avait plus la tête à faire du sport. Et puis, ce qu'il venait de découvrir changeait tout.

S'il avait courtisé Emma au départ, c'était uniquement pour l'empêcher de découvrir que Noah avait détourné des fonds. Certes, la distraire avait été une corvée agréable, mais il se serait abstenu s'il n'y avait pas vu un intérêt professionnel. Quand elle l'avait repoussé, la séduire était devenu un défi. Il adorait les défis qui semblaient impossibles à relever.

À présent, c'était une question de fierté. Emma savait qui il était et, cela, depuis son arrivée chez FlynnSoft. Elle avait vu sa main, son tatouage, et pourtant, elle avait gardé le silence, alors qu'elle portait son enfant.

Pourquoi ? Leurs tatouages respectifs étaient censés les aider à se réunir. C'était la seule preuve réelle de cette nuit de rêve. Voir son tatouage aurait dû être un signe pour elle, une surprise agréable, d'autant qu'elle n'avait eu aucun autre moyen de retrouver le père de son bébé. S'il l'avait retrouvée en premier, il lui aurait aussitôt révélé qui il était. Pourquoi s'était-elle tue ? Pensait-elle que leur nuit avait été une erreur ? Ou, alors, peut-être ne tenait-elle pas à ce qu'il fasse partie de sa vie ou de celle de leur enfant, maintenant qu'elle savait qui il était.

Impossible ! Quelle femme ne serait pas ravie de découvrir que le père de son enfant était un homme d'affaires riche, prospère et séduisant ? Le scénario aurait pu avoir une issue bien moins positive.

Alors qu'il approchait de son bureau, il remarqua sur le bureau de Pam un magazine ouvert, dans lequel figurait une photo de lui avec l'une de ses conquêtes, accompagnée de la légende : « Le play-boy des jeux vidéo séduit un mannequin lingerie. »

D'accord, peut-être son statut de play-boy ne plaidait-il pas en sa faveur. Il avait la réputation d'être un rebelle, et cela lui plaisait. Les femmes faisaient seulement partie du personnage.

La plupart des femmes ne voyaient pas d'inconvénient à avoir une relation avec lui, aussi brève soit-elle.

Emma était différente, il le savait. C'était une femme aux valeurs traditionnelles, qui espérait des gestes romantiques qui n'avaient presque plus cours de nos jours. Non pas des fleurs et des bijoux, mais du temps et de l'attention. Elle était typiquement le genre de femme dépendante et collante qu'il fuyait comme la peste.

Pourtant, c'était aussi la femme qui nourrissait tous ses fantasmes depuis trois mois. La femme qui occupait ses pensées et à laquelle il comparait toutes ses autres partenaires. Jusqu'ici, aucune ne lui arrivait à la cheville.

Il entra dans son bureau et lança sa serviette sur une chaise visiteur. Emma s'était assise sur cette même chaise quand elle avait eu son attaque de panique.

Une attaque qui s'était produite juste après qu'il lui avait serré la main. C'était sans doute le moment où elle avait compris qui il était. Ce n'était pas vraiment la réaction romantique qu'il avait imaginée pendant qu'ils se faisaient graver un demi-cœur chacun, dans ce salon de tatouage.

Tout ce temps, il avait cru qu'elle l'évitait à cause de l'audit. Qu'elle avait déjà découvert le vol de Noah. En réalité, elle tentait de l'empêcher de découvrir la vérité sur elle-même. Apparemment, ils avaient tous les deux des choses à cacher.

Pour une raison qu'il ignorait, Emma n'était pas intéressée par lui, et elle ne voulait pas qu'il apprenne qui elle était. Elle avait résisté à toutes ses avances, comme aucune autre femme avant elle, alors qu'elle savait qu'elle portait son enfant. Pourquoi était-elle si décidée à lui cacher sa grossesse ? N'était-il pas assez bien pour être le père de son bébé ? Préférerait-elle un banquier tranquille ou un courtier en assurances qui lui offrirait une vie stable mais sans passion ?

Non, il en doutait fort. La femme avec laquelle il avait passé la soirée de mardi gras était complexe, et il y avait de la passion en elle, indéniablement. Certes, il avait la réputation d'être indomptable, mais il était adulte, et il savait qu'il y avait un temps pour tout, et un lieu pour tout. Être un père responsable était un devoir qu'il ne fuirait pas, même si Emma pensait le contraire.

Ces derniers jours, il avait découvert une femme à fort caractère, obstinée, qui se croyait plus maligne que lui. Elle pensait vraiment pouvoir lui cacher ses secrets.

Il prit la photo de son papillon et la considéra d'un air songeur. Il avait imaginé que le moment où il retrouverait sa belle inconnue lui couperait le souffle. Et qu'ensuite il poursuivrait sa relation avec la femme stupéfiante qui l'obsédait depuis tout ce temps. En fin de compte, sa mystérieuse amante pensait qu'il n'était rien de plus qu'un caillou dans sa chaussure.

Mais il lui prouverait qu'elle avait tort.

Cela ne faisait pas si longtemps qu'il l'avait entraînée dans une nuit de passion effrénée. Ce qui n'était pas rien, il s'en rendait compte à présent. Mais puisqu'il avait réussi à la séduire, il avait bon espoir de renouveler cet exploit. Quand il en aurait fini avec elle, elle serait à sa merci, trop heureuse de lui avouer son identité et de lui tomber dans les bras, pour de bon, cette fois.

D'ici là, il prendrait grand plaisir à la mettre au supplice.

Emma avait la sensation étrange d'être observée. C'était ainsi depuis sa séance à la salle de sport, hier soir. Chaque fois qu'elle détournait les yeux de son écran, elle s'attendait à voir Jonah traîner dans le couloir, avec ce sourire suffisant et carnassier aux lèvres. Mais il n'était jamais là. En fait, elle ne l'avait pas revu depuis leur discussion au *coffee shop*.

Ce n'était pas pour autant qu'elle baisserait sa garde. Elle l'avait fait hier et elle ne pouvait pas répéter cette erreur.

De surcroît, elle avait un audit à mener. Quelque chose ne collait pas dans les comptes, et si elle ne se reprenait pas, elle ne pourrait jamais déterminer si c'était un problème réel ou un problème créé par son manque de concentration.

La troisième fois qu'elle fit ses calculs et obtint le même résultat, elle s'adossa à sa chaise en gémissant. Elle avait manifestement commis une erreur, quelques pages plus tôt. Il manquait une grosse somme d'argent.

— Bon sang, marmonna-t-elle, écartant une mèche rebelle de son visage pour la vingtième fois aujourd'hui.

Elle devrait acheter une barrette.

— Qu'y a-t-il, mademoiselle Dempsey ?

Elle sursauta et plaqua la main contre sa poitrine. Cette fois, quand elle leva les yeux, Jonah était bien là, devant elle. Au moment où elle s'y attendait le moins.

— Rien, dit-elle.

Même si elle avait trouvé quelque chose de suspect dans les livres de comptes, elle n'en parlerait à personne tant qu'elle n'en serait pas absolument certaine. On ne déclenchait pas l'alarme incendie tant qu'il n'y avait pas de flammes. Pour l'instant, il n'y avait qu'un peu de fumée. Personne n'était assez stupide pour voler autant d'argent d'un coup. Les gens intelligents détournaient une succession de petites sommes. Il devait y avoir une explication.

Elle prit une grande inspiration pour se calmer, et observa Jonah. Il semblait différent aujourd'hui. Elle n'aurait su dire quoi, mais quelque chose avait changé. Peut-être était-ce son petit sourire, ou la lueur dans son regard. En tout cas, elle sentit une vague de désir monter en elle.

— J'étais au téléphone avec votre patron à l'instant, dit-il.

À la mention de son supérieur, elle sentit son désir fondre comme un cube de glace dans de l'eau bouillante.

— Vous avez parlé à Tim ? Y a-t-il un problème ?

— Non, pas du tout. Il téléphonait simplement pour savoir si vous vous étiez bien adaptée.

Tim n'appelait jamais pour savoir si un employé s'était bien adapté. Le connaissant, il avait sans doute cherché à savoir si elle avait succombé au charme de Jonah.

— Et que lui avez-vous répondu ?

Il fit la moue, la faisant patienter avec un plaisir évident.

— Je lui ai dit que vous étiez l'employée la plus polie et la plus professionnelle de tout l'immeuble, moi compris. Que croyiez-vous que j'allais dire ?

— Je ne sais pas, avoua-t-elle. J'espérais que vous ne diriez rien qui concerne la réserve, en tout cas.

Il gloussa et appuya la main contre le chambranle de la porte, dévoilant ainsi son tatouage.

— Je ne suis pas un idiot, Emma. Et malgré ce que vous semblez croire, je ne cherche pas à mettre votre emploi en danger.

Elle poussa un soupir de soulagement, mais prématuré, car il poursuivit :

— Votre patron semblait un peu sévère. Je comprends pourquoi vous vous souciez tant des apparences. Et c'est pourquoi je vous propose un compromis.

Elle tenta de ne pas se renfrogner. Elle n'avait pas envie de faire le moindre compromis avec lui.

— Vous ne voulez pas être vue en ma compagnie parce que c'est inconvenant, ce que je peux comprendre. Mais vous dînerez avec moi, d'une manière ou d'une autre. Alors, soit je trouve un moyen de vous faire chanter pour que vous acceptiez de dîner avec moi ici, en ville, soit vous acceptez de dîner avec moi en dehors de la ville, là où personne ne pourra nous surprendre.

Du chantage ? Elle bondit de sa chaise.

— Je ne sais pas à quoi vous jouez, Jonah, mais vous n'avez rien pour me faire chanter.

Il ne sembla pas décontenancé par sa soudaine bravade.

— Peut-être pas. Mais rien ne m'empêche de raconter à Tim que vous avez commis une faute. Un mensonge, bien sûr, mais qui croira-t-il, à votre avis ? Vous ou moi ?

Elle était abasourdie.

— Vous n'oseriez pas. Pourquoi feriez-vous une chose pareille ?

Il croisa les bras.

— Pour obtenir ce que je veux, Emma. Et je veux que vous

dîniez avec moi. Si je pensais une seconde que vous n'étiez pas sincèrement intéressée, je laisserais tomber. Mais vous ne pouvez pas me duper avec vos chignons stricts et votre air sérieux. La femme qui était dans cette réserve veut dîner avec moi. Et qui suis-je pour lui refuser cela ?

— Vous ne savez rien de moi, Jonah.

— Vraiment ?

Son regard bleu sombre la défiait. Elle toucha le col de son chemisier d'un air gêné, et le serra pour s'assurer qu'elle n'avait pas dévoilé son identité.

— Je n'ai pas envie d'aller jusqu'au chantage, c'est pourquoi je vous offre une autre option qui nous satisfera tous les deux. Demain soir, retrouvez-moi à l'héliport de Wall Street à 18 heures précises. Je vous emmène dans un endroit où nous ne croiserons personne de notre connaissance. Nous pourrons partager un bon dîner en tête à tête, sans que vous ayez à vous inquiéter qu'on nous voie ensemble. Pour une fois, vous pourrez simplement vous détendre, et profiter de ma compagnie.

Ce n'était pas un scénario idéal, mais c'était certainement mieux que de perdre son travail à cause d'un mensonge. Néanmoins, elle avait du mal à croire qu'un homme aussi connu puisse dîner incognito aussi aisément.

— Et vos amis les paparazzis ? objecta-t-elle.

— Ils ne prennent de photos que quand ils savent où je me trouve. Quand je veux de l'intimité, je suis tout à fait capable d'en avoir. Je vous assure que personne ne saura où nous allons demain soir, pas même vous.

Une inquiétude en moins. Mais il y en avait d'autres dont elle n'était pas encore prête à discuter avec lui. Par exemple, elle craignait de perdre ses moyens, et de succomber à son charme. Et elle courait le risque qu'il découvre tous ses secrets. Mais avait-elle vraiment le choix ?

— Si j'accepte un dîner avec vous... et uniquement un dîner... vous me laisserez tranquille ?

— Si, à la fin de la soirée, c'est ce que vous souhaitez, alors oui.

— D'accord, je me rends, dit-elle en soupirant. Comment dois-je m'habiller ?

Il sourit avec un plaisir non dissimulé.

— Excellent. Vous serez peut-être surprise de l'apprendre, mais je compte vous emmener dans un endroit qui requiert que je porte une veste, voire une cravate.

— Vous voulez dire que vous possédez un costume ? s'exclama-t-elle.

— J'en ai même plusieurs. Je ne suis pas contre les tenues formelles, quand les circonstances s'y prêtent. Simplement, je n'en ai pas besoin pour me sentir important, contrairement à certains. J'aime être à l'aise, et un T-shirt avec une référence à un jeu vidéo est bien plus représentatif de ma personnalité qu'une cravate rayée.

Manifestement, il sous-estimait l'effet que pouvait avoir un costume bien coupé sur la résolution d'une femme.

— Alors, je vous retrouve à l'héliport demain à 18 heures, conclut-elle.

Il fit un petit signe de tête et sortit de son bureau. Une fois qu'il fut hors de son champ de vision, elle put enfin respirer à pleins poumons, tout en se rendant compte de ce qu'elle venait d'accepter. Elle jeta un coup d'œil dans le couloir, et comme Jonah n'était plus dans les parages, elle fila jusqu'au box de Harper.

— J'ai besoin de ton aide ! annonça-t-elle de but en blanc.

Harper l'observa d'un air surpris.

— Qu'est-ce qui t'arrive ?

— J'ai un rendez-vous galant demain. Avec lui.

— Lui ? s'exclama Harper en bondissant de sa chaise. Je croyais que tu avais refusé de le fréquenter pour l'instant ?

— Je sais, mais il a contourné toutes les excuses que j'ai pu trouver. J'ai accepté, à la condition qu'il me laisse tranquille ensuite.

Harper secoua la tête.

— Comment peux-tu demander à un homme tel que lui de te laisser tranquille ?

— Eh bien, pour l'instant, j'ai des problèmes plus importants à régler.

— C'est-à-dire ?

— Pour commencer, je ne sais pas ce que je vais mettre. La plupart de mes vêtements sont trop stricts. Il me faut une tenue de soirée. C'est toi, la diva de la mode. Il faut que tu inspectes mon placard et que tu me dises quoi porter.

— Je doute qu'il y ait quelque chose d'utilisable, déplora Harper. Surtout maintenant que bébé fait des dégâts avec ta taille. À mon avis, nous devrions faire les boutiques.

— Je ne crois pas avoir le temps pour...

— Tout de suite, la coupa Harper.

Son amie sortit d'un tiroir son sac Kate Spade.

— Va chercher tes affaires. Nous partons maintenant.

— Mais il est 15 heures ! objecta Emma.

— Tu as besoin de toute l'aide que tu peux trouver.

Emma ne pouvait pas la contredire sur ce point. Quelques instants plus tard, elles étaient dans un taxi en direction de la Cinquième Avenue. Une fois parvenues à destination, elles scrutèrent les vitrines, à la recherche de la pièce idéale. Elles visitèrent sept ou huit boutiques, et en ressortirent bredouilles. Harper était en quête d'une tenue spéciale qui la rendrait renversante.

Emma était heureuse de laisser Harper prendre les choses en main. Après tout, la mode était sa passion : les vêtements de créateurs, les jolies chaussures, les sacs fabuleux suffisaient à son bonheur. Puisque son appartement était déjà payé, Emma était presque sûre que Harper dépensait tout son salaire chez Neiman Marcus ou Saks Fifth Avenue. Son amie avait la chance d'avoir un père fortuné, encore plus fortuné que le sien.

— Ça ! s'exclama Harper.

Son amie s'arrêta net et désigna un mannequin dans la vitrine.

— C'est ça que tu vas porter.

Harper l'entraîna dans la boutique sans lui laisser le temps de bien regarder la robe.

Quand elles s'arrêtèrent devant le portant, Emma se rendit compte que ce n'était pas une robe, mais une combinaison.

— Tu es sérieuse ? demanda-t-elle.

— Absolument. Les combinaisons sont très à la mode en ce moment. Toutes les femmes que Jonah fréquente porteraient une petite robe moulante. C'est à cela qu'il s'attend. Avec cette tenue, tu vas le stupéfier.

Lorsque Harper brandit la combinaison bleu roi, Emma ouvrit de grands yeux. C'était un vêtement sans manches, au décolleté très plongeant.

— Et mon tatouage ? murmura-t-elle.

— Les larges bretelles le couvriront, rassure-toi.

Un souci en moins.

— Les bretelles se croisent dans le dos et en dévoilent une partie, dit Harper. Sexy, mais pas trop. Ajoutes-y des escarpins et une ceinture argentés, et tu seras divine. Oh… Peut-être même une manchette.

Emma n'était pas encore prête à parler accessoires. Elle n'avait jamais porté de combinaison, et n'était pas sûre que cela lui aille. Mais elle pourrait monter et descendre de l'hélicoptère sans craindre que le vêtement se soulève et dévoile toute son anatomie. Un avantage non négligeable.

— Alors, qu'en dis-tu ? insista Harper.

La tenue était du même bleu que les yeux de Jonah. Emma pouvait presque sentir la chaleur de sa main chaude au creux de son dos tandis qu'il la conduirait vers le restaurant. Un frisson la parcourut, et, enfin, elle reconnut que son amie avait du génie.

— J'en dis que je vais l'essayer.

7

Un peu nerveuse, Emma sortit du taxi pour rejoindre l'héliport de Wall Street. Avant d'entrer dans le bâtiment, elle ajusta sa combinaison et s'assura que tout était en place. Harper avait raison, elle était splendide dans cette tenue. Lorsqu'elle l'avait essayée dans le magasin, son amie et elles en étaient restées bouche bée.

Elle prit une grande inspiration, rejeta sa cascade de boucles par-dessus son épaule et entra. Elle chercha Jonah du regard, mais ne le trouva pas. Seuls quelques sièges étaient occupés, essentiellement par des familles qui attendaient d'embarquer pour un vol au-dessus de Manhattan. Puis, près d'une fenêtre, elle remarqua un homme grand et mince en costume anthracite, qui lui tournait le dos. Jonah ?

Comme s'il l'avait sentie approcher, l'homme se retourna, et elle fut surprise de constater que c'était bien lui. Il portait une chemise d'un bleu presque identique à celui de sa combinaison. Même s'il ne portait pas de cravate autour de son col ouvert, il était à couper le souffle. La veste soulignait ses larges épaules et cette taille étroite qu'elle se rappelait avoir entourée de ses cuisses. Et le bleu de sa chemise rehaussait celui de ses yeux.

Les mains nonchalamment glissées dans ses poches, il avait vraiment l'allure d'un P-DG. Pourtant, il avait raison, ce costume était un accessoire inutile. Jonah n'avait pas besoin de vêtements chics et onéreux pour attirer l'attention de toutes les personnes dans une pièce. Les lignes pures et la coupe parfaite de ses vêtements n'étaient qu'une cerise sur le gâteau. Un gâteau qui faisait battre son cœur et mettait à mal ses bonnes résolutions...

Mais ce rendez-vous n'était pas un vrai rendez-vous galant, elle ferait bien de s'en souvenir. Jonah ignorait qui elle était, et elle n'était pas sûre de ses motivations. En plus, il avait eu recours au chantage pour qu'elle accepte de dîner avec lui. Où était la galanterie là-dedans ? Malgré tout, elle ne put s'empêcher de se réjouir quand il l'observa de pied en cap. Ignorant les autres personnes dans la salle d'attente, elle fit un petit tour sur elle-même pour lui montrer son dos partiellement nu et ses courbes moulées dans la soie. S'il en restait troublé pour toute la soirée, tant mieux.

À en juger par son sourire satisfait, elle avait eu raison de miser sur cette combinaison. Lorsqu'il eut fini de l'admirer, elle approcha de la fenêtre, effaçant la distance qui les séparait.

— Bonsoir, monsieur Flynn.

— Ce soir, j'insiste, appelez-moi Jonah. Vous pourrez m'appeler monsieur Flynn demain au bureau, si vous y tenez.

— Je suppose que j'aviserai après notre dîner, dit-elle en souriant. Quand notre appareil sera-t-il prêt ?

— Il l'est déjà. Nous n'attendions plus que vous.

Il fit un signe à l'agent d'accueil derrière le comptoir. Celui-ci commanda à distance l'ouverture de la porte qui donnait sur les hélisurfaces, et Jonah entraîna Emma à l'extérieur.

Elle était contente que le temps soit calme et peu venteux. Elle avait déjà fait des trajets en hélicoptère avec ses parents, notamment lorsque son père devait rentrer en urgence des Hamptons pour un problème professionnel. Ce n'était pas son mode de transport préféré, mais elle n'avait pas le mal de l'air, heureusement. Elle avait tout de même pris un bonbon au gingembre, au cas où.

Le pilote les salua quand ils approchèrent de l'appareil noir rutilant. Jonah et lui aidèrent Emma à monter, et lorsqu'elle eut attaché sa ceinture, Jonah s'installa à côté d'elle.

— Où allons-nous ? demanda-t-elle tandis que les pales commençaient à tourner.

— C'est une surprise.

— Évidemment, marmotta-t-elle, mais sa voix fut noyée par le vrombissement de l'hélicoptère.

Jonah lui tendit un casque qu'elle plaça sur ses oreilles. Il étouffait les bruits du moteur et permettait de parler aux autres occupants de l'appareil sans avoir à hurler. Au début, elle ne trouva pas grand-chose à dire : le ciel étant dégagé, elle était trop occupée à admirer la ville. Vu d'en haut, New York était vraiment splendide. En hélicoptère, on pouvait s'approcher très près des merveilles architecturales.

Elle songea qu'ils allaient peut-être à Long Island, mais bientôt, l'hélicoptère se dirigea plus au nord. Peut-être allaient-ils à Boston ? Ou sur l'île de Martha's Vineyard, où c'était la haute saison ?

— Inutile de faire des suppositions, lui conseilla Jonah. Je lis sur votre visage. Vous n'arriverez pas à deviner notre destination, alors détendez-vous, et appréciez le voyage.

Elle sourit et s'adossa à son siège. Jonah avait sans doute raison. Cessant de glaner des indices, elle profita du panorama. Quand elle se retourna vers Jonah quelques minutes plus tard, il l'observait intensément.

— Je suppose que le paysage vous ennuie, si vous l'avez vu de nombreuses fois.

— Pas du tout, dit-il. Simplement, j'ai quelque chose de plus intéressant à contempler aujourd'hui.

Elle émit un soupir de surprise mais ne trouva rien à répondre. D'instinct, elle retint son souffle quand il s'approcha d'elle et posa le bras autour de ses épaules. Pourrait-il voir son tatouage sous sa combinaison ? Difficile de s'en soucier quand son eau de toilette taquinait ses sens et qu'elle sentait la chaleur de sa jambe contre la sienne.

— Merci d'avoir accepté ce dîner.

— Vous ne m'avez guère laissé le choix, fit-elle valoir d'un ton taquin.

— Je sais. Et je vous présente mes excuses. J'imagine que je ne savais plus quoi faire, puisque vous ne cessiez de me repousser.

— Vous auriez pu saisir le message.

— C'est vrai, admit-il en riant. Et je l'aurais fait, si vos yeux avaient délivré le même message que vos lèvres. Mais je voyais bien que vous étiez tiraillée, alors, j'ai décidé de vous pousser un peu dans la bonne direction.

— Menacer de me faire renvoyer, ce n'était pas me pousser un peu. C'était du chantage.

Il grimaça.

— J'en conviens, c'était une mesure radicale. Mais, sachez-le, je n'aurais pas téléphoné à votre patron. Je bluffais.

Elle croisa les bras, prenant conscience un peu trop tard que ce geste offrait une vue tentante sur son décolleté. Elle vit le regard bleu nuit de Jonah se poser sur sa poitrine, mais juste un instant. La retenue dont il faisait preuve la surprenait.

— Même si vous êtes fâchée contre moi, à la fin de la soirée, nous serons réconciliés, reprit-il.

— Vous êtes habitué à obtenir tout ce que vous voulez, n'est-ce pas ?

— En général, oui.

Elle observa sa bouche. Cette bouche qui avait aspiré le sel et le jus de citron sur son corps, à la soirée costumée. Un souvenir qui la fit rougir. Elle détourna la tête pour que Jonah ne voie pas son trouble, et observa le coucher du soleil et les lumières qui scintillaient au loin.

— Peut-être pas cette fois, dit-elle.

En vérité, elle n'était pas certaine de pouvoir lui résister.

— Monsieur Flynn, nous atterrirons dans cinq minutes, annonça le pilote dans leurs écouteurs.

Jonah sourit.

— Excellent. Vous voyez, il ne nous a pas fallu très longtemps pour arriver.

Elle jeta un coup d'œil à son téléphone. Cela faisait environ quarante minutes qu'ils avaient décollé. Ils avaient volé trop peu de temps pour être à Boston, et trop longtemps pour être dans les Hamptons. Ils survolaient une petite ville, au bord de l'océan, mais elle ne la reconnaissait pas. Après quelques minutes, ils se posèrent en douceur sur le toit d'un immeuble abritant une banque.

— Nous allons dans une banque ? plaisanta-t-elle.

— Le président de cette banque est un ami, et il m'a dit que nous pouvions utiliser l'hélisurface ce soir. C'était cela ou se poser à l'extérieur de la ville et prendre une voiture pour nous amener jusqu'ici. Nous ne sommes qu'à une rue du restaurant.

Ils retirèrent leurs casques et débouclèrent leurs ceintures. Le pilote vint ouvrir la portière de la cabine.

— Je vous attendrai, monsieur, dit-il.

— Merci, dit Jonah.

Il prit Emma par la main et l'emmena vers la porte donnant sur l'escalier. Ils prirent un ascenseur pour rejoindre le rez-de-chaussée, puis arrivèrent dans une rue tranquille. Emma ne reconnaissait toujours pas cette charmante petite ville.

Ils marchèrent quelques mètres, puis elle vit sur le flanc d'un taxi une publicité pour un magasin qui prétendait vendre les meilleurs fruits de mer de Newport. Newport, dans l'État de Rhode Island ? Elle n'y était jamais venue, mais elle savait que c'était autrefois un lieu de villégiature très prisé des gens fortunés de Nouvelle-Angleterre. La ville était connue pour ses immenses demeures proches de la mer.

Ils s'arrêtèrent en face du port, devant une bâtisse de style géorgien, avec des bordures de fenêtres blanches et des lucarnes qui lui donnaient un charme pittoresque. Emma lut la pancarte au-dessus de leur tête : restaurant Bouchard.

— Nous y voilà, annonça Jonah. Le meilleur restaurant français que je connaisse de ce côté de l'Atlantique.

Le maître d'hôtel les accueillit et les conduisit à une table près d'une grande baie vitrée. Une fois qu'ils furent seuls, Jonah se pencha vers elle.

— Tous les plats sont délicieux et très esthétiques. Le

chef considère la cuisine comme un art. Un art savoureux, en l'occurrence.

Elle parcourut le menu, et eut bien du mal à choisir. Elle s'était enfin décidée pour des raviolis à la ratatouille et des côtelettes d'agneau au romarin quand le sommelier se présenta à leur table.

— Du vin ? demanda Jonah avec un regard appuyé.

Elle s'apprêta à demander un verre de vin rouge sec pour accompagner l'agneau puis se souvint qu'elle ne devait pas boire. Cette dernière semaine avait été si mouvementée qu'elle en avait presque oublié sa grossesse.

— Pas pour moi, merci. Je prendrai un verre d'eau pétillante avec une rondelle de citron.

Jonah se commanda un verre de cabernet. Quand le serveur vint prendre leurs commandes, elle communiqua ses choix, et Jonah opta pour le homard farci et le magret de canard sauté au cognac et au vinaigre balsamique.

Emma fut surprise qu'il nomme les plats en français avec un accent impeccable. Lorsque le serveur fut reparti, Jonah la regarda d'un air amusé.

— Quoi ? Vous croyez que parce que je porte des jeans au bureau et que je joue aux jeux vidéo pour gagner ma vie, je n'ai pas fréquenté de pensionnats anglais sélects, comme la plupart des enfants riches ?

Décontenancée, elle fixa son verre d'eau pétillante. Elle était peu douée pour faire des suppositions, en ce qui le concernait. Il était si différent des autres hommes... Elle aurait bien aimé boire du vin pour noyer son embarras.

— Non, je suis juste un peu surprise et jalouse de votre français parfait.

— Vous devriez m'entendre parler japonais.

— Vous parlez japonais ? s'exclama-t-elle.

— Si on veut avoir du succès sur le marché des jeux vidéo nippon, il le faut bien. Je parle aussi espagnol, et j'apprends le mandarin, car nous comptons nous développer sur le marché chinois. Je suis un pianiste accompli, et j'étais le capitaine de mon équipe d'aviron à Harvard, même si c'était seulement pour faire plaisir à mes parents. J'aurais préféré courir les filles ou jouer à des jeux vidéo. Comme vous pouvez le voir, avec moi, il ne faut pas se fier aux apparences. On pourrait en dire autant de vous.

— Comment ça ? demanda-t-elle, soudain inquiète de la tournure que prenait la conversation. Je suis juste Emma, une comptable ennuyeuse et guindée.

— Vous vous sous-estimez. Pour commencer, vous êtes très douée pour garder des secrets.

Elle se raidit.

— Des secrets ? Je ne...

Il leva la main pour l'interrompre.

— Maintenant que nous sommes loin de New York, vous pouvez enfin être honnête avec moi. Vous saviez ! Tout ce temps, vous saviez qui j'étais, et vous ne m'avez rien dit, accusa-t-il d'une voix dure.

Aussitôt, elle fut sur la défensive. Mais quand elle plongea les yeux dans les siens, elle ne vit pas de colère, comme elle l'aurait cru, mais de la peine. Le P-DG jovial et insouciant avait donc un côté sensible.

— Nous avons vécu quelque chose d'unique, pourtant ça n'avait pas l'air de compter pour vous. Pourquoi avez-vous gardé le secret quand vous avez su qui j'étais ?

Il posa la main côté paume sur la nappe blanche, pour exposer son tatouage puis enroula les doigts autour des siens.

Voilà. Le moment qu'elle redoutait tant était arrivé.

— Je ne pouvais pas, murmura-t-elle.

— Bien sûr que si, tu le pouvais ! Tu as eu des dizaines d'occasion de parler !

— Non.

Elle retira sa main et la posa sur ses genoux, puis s'adossa à sa chaise pour mettre un peu de distance entre eux.

— Je ne pouvais pas, parce que nous n'étions pas seulement Emma et Jonah. J'étais l'auditrice de Game Town, et toi, le P-DG de FlynnSoft. Oui, j'ai su qui tu étais dès que je t'ai serré la main, mais j'ignorais comment réagir. Je sais que c'est difficile à comprendre pour toi, mais je voulais d'abord achever ma mission. Je fais de mon mieux pour aller au bout de cet audit, bien que tu me distraies constamment. Une fois mon rapport terminé, je comptais tout te dire.

Il hocha la tête.

— Tu comptais me parler du bébé ?

Emma écarquilla les yeux, et Jonah sentit son propre pouls s'accélérer. Il avait découvert tous ses secrets, apparemment.

— Comment as-tu... ? commença-t-elle.

Elle secoua la tête, comme pour nier l'évidence.

— Je t'ai vue dans la salle de sport, l'autre soir.

Elle continuait de secouer la tête, les yeux baissés.

— Je savais bien que j'avais entendu quelqu'un ce soir-là. C'était stupide de ma part de porter un débardeur moulant. Mais je croyais être seule, et puis, ma grossesse se voit à peine, alors je me suis dit que personne ne remarquerait rien. Encore moins toi, puisque tu étais censé être au restaurant, conclut-elle d'un air accusateur.

Il avait l'impression que sa poitrine était prise dans un étau. Jusqu'à maintenant, ce bébé avait été une supposition, et non un fait. Oui, Emma avait refusé de prendre du vin, mais il s'était dit que, peut-être, elle n'aimait pas l'alcool. Oui, elle avait un petit ventre, mais c'était peut-être le résultat de quelques excès alimentaires.

À présent, c'était confirmé.

Il allait devenir père. Père. Il avait toujours pris toutes les précautions pour éviter cela, mais le destin lui avait ri au nez et en avait décidé autrement. Il ferma les yeux un instant.

— Mon dîner avait été annulé, et j'étais revenu faire un peu de sport. En général, j'y vais le soir, quand il n'y a personne. J'ai remarqué ton tatouage, bien sûr, et... ton petit ventre. Je n'étais pas certain que tu étais enceinte. Jusqu'à maintenant.

Elle s'affaissa sur sa chaise et appuya le visage contre sa main.

— Je ne voulais pas que tu l'apprennes de cette façon,

Jonah. Je suis désolée. Je ne t'aurais pas caché la situation éternellement, j'aurais fini par t'en parler.

Il releva la tête brusquement et la transperça du regard.

— Vraiment ?

Il n'en était pas si sûr. Parfois, elle le regardait comme s'il était un caillou dans sa chaussure, et non le père de son enfant.

— Je te le jure. Comme je te l'ai dit, je voulais terminer l'audit, et faire mon travail sans que l'on m'accuse d'inconvenance mais, ensuite, je t'aurais révélé mon identité et ma grossesse. Si j'avais su comment te retrouver il y a deux mois, je l'aurais fait, mais quand j'ai compris qui tu étais, ma mission chez FlynnSoft avait déjà commencé. Cela dit, j'étais terrorisée à l'idée de te dire la vérité.

Terrorisée ? Il était pourtant loin d'être effrayant ou intimidant. Il prit une grande gorgée de vin pour reprendre ses esprits.

— Pourquoi ? interrogea-t-il.

Elle détourna les yeux et croisa les bras, comme pour se protéger.

— Parce que, comme je te l'ai dit ce soir-là, je ne suis pas la femme que tu crois que je suis. Je savais que celle que tu désirais, c'était elle, l'inconnue sauvage et passionnée, et pas moi. Je ne pouvais pas supporter de voir ton expression quand tu comprendrais que cette inconnue et moi ne faisions qu'une, et que ton fantasme serait anéanti pour toujours. Je suis juste cette bonne vieille Emma, conformiste et ordinaire. Et pour couronner le tout, j'aurais dû t'annoncer que tu étais coincé avec moi pour la vie, afin de veiller sur notre enfant.

— Coincé avec toi ?

C'était ainsi qu'elle voyait la situation ? Elle était coincée avec lui parce qu'ils avaient couché ensemble et qu'elle était tombée enceinte ?

Le serveur revint à un moment peu opportun. Il déposa les apéritifs devant eux et, comme s'il avait senti la tension ambiante, s'éloigna en silence.

Elle se pencha vers Jonah et murmura :

— Même si tu es très déçu que ce soit moi, ton papillon, et même si tu ne veux plus jamais me toucher, je porte ton enfant, Jonah. J'espérais que tu voudrais faire partie de sa vie, même si je reste en retrait.

Il ne savait que répondre. En toute franchise, il ignorait ce qu'il comptait faire. Ses pensées se bousculaient dans sa tête. Son éducation stricte lui soufflait d'épouser Emma dès que possible. Sa mère exigerait sûrement qu'il le fasse, dès qu'elle serait au courant de la situation. Noah pouvait détourner trois millions de dollars sans qu'elle n'y trouve rien à redire, mais si Jonah avait un enfant hors mariage, elle considérerait cela comme sa plus grande honte. Emma n'était pas la seule à se soucier constamment des ragots.

D'un autre côté, sa nature rebelle lui rappelait que de nos jours, les gens ne se mariaient pas simplement parce qu'ils attendaient un enfant. Qui plus est, Emma et lui se connaissaient si peu.

Que voulait-il ? Il n'en avait aucune idée. Il s'était à peine fait à l'idée de devenir père. Une chose était sûre, quel que soit le scénario qu'il choisirait, Emma ne serait pas en retrait.

— Emma... Pour commencer, je ne suis pas déçu. Regarde-moi, dit-il, serrant sa main pour qu'elle ne puisse pas la retirer.

Elle finit par lever les yeux.

— Je suis sérieux, reprit-il. Certes, je suis surpris, mais je peux t'assurer que je ne suis absolument pas déçu.

Elle étudia son visage d'un air incrédule. Elle semblait très fatiguée. Pourquoi ne l'avait-il pas remarqué avant ? Sans doute parce qu'il avait été ébloui par son maquillage parfait et sa combinaison de soie qu'il avait très envie de lui retirer. Mais maintenant qu'il l'étudiait de près, il voyait la tension et l'épuisement dans son regard. Étant donné son état, elle travaillait trop. Ils devraient en discuter bientôt.

— Mais je ne suis pas la femme que tu désires, Jonah. Je ne suis pas une aventurière libre et sauvage. Je n'avais jamais eu d'aventure d'un soir avant toi. Et je ne m'étais jamais fait tatouer, bien sûr. Tout ce que tu as vu et apprécié chez moi ne me ressemble pas. Je... Je ne sais même pas ce que je fais ici. Ce dîner était une erreur.

Elle se leva brusquement et alla sur la terrasse qui surplombait l'océan.

Il s'empressa de la suivre, et saisit son poignet quand elle se pencha par-dessus la rambarde, comme si elle cherchait un moyen de s'enfuir. Que croyait-elle ? Qu'elle pourrait rentrer à New York à la nage ?

— Emma ! Tu veux bien m'écouter ? tonna-t-il tandis qu'elle tentait de dégager son poignet.

Enfin, elle se tourna pour lui faire face et s'appuya contre la rambarde. D'instinct, il enroula les bras autour de sa taille. Ce n'était pas le mieux pour rester concentré mais, à tout le moins, cela montrerait à Emma qu'il était toujours attiré par elle.

— Jonah, je veux rentrer chez moi.

— Si c'est ce que tu souhaites, d'accord, mais avant je veux que tu m'écoutes. Tu me dois bien ça. Je t'ai laissée m'expliquer pourquoi tu m'avais menti, alors c'est à mon tour de parler, maintenant.

Enfin, elle cessa de s'agiter entre ses bras. Il poussa un soupir de soulagement.

— Je veux que tu saches que tu te trompes totalement, commença-t-il.

Il écarta la bretelle de sa combinaison pour exposer son épaule et le haut de sa poitrine. Il posa la main sur la courbe de son sein, comme il l'avait fait trois mois plus tôt. Leurs tatouages étaient alignés, enfin réunis. Emma regarda le cœur ainsi formé, les larmes aux yeux. Mais elle resta muette.

— Ces tatouages n'étaient pas une lubie de ma part, Emma. Ils étaient censés être des instruments du destin. Ce cœur ne devait se reformer que si c'était écrit. C'est vrai, nous nous connaissons à peine, mais nous avons une seconde chance d'apprendre à nous connaître. Pas seulement parce que tu portes notre enfant, mais parce que le destin nous a réunis.

— Jonah...

— Non, l'interrompit-il. Dès que je t'ai vue dans mon

bureau, j'ai ressenti une attirance que je ne pouvais m'expliquer. C'est cette même attirance qui m'a conduit à venir à la rescousse d'une jolie inconnue à la soirée costumée. Alors, je ne laisserai pas cette seconde chance nous filer entre les doigts. J'ignore ce qui nous attend. Dans ce domaine, personne ne sait à l'avance où il va. Cette relation pourrait ne pas durer. Mais nous devons à nous-même et à notre enfant d'essayer, au moins, pour voir où cela nous mène.

Elle soupira, il la sentit se détendre.

— Et si mes supérieurs l'apprennent ? Ils penseront que je ne peux pas être impartiale, puisque j'ai tout intérêt à ce que le père de mon enfant gagne de l'argent. Et alors, je perdrai mon travail.

Ses paroles lui rappelèrent pourquoi il avait courtisé son auditrice au départ. Oui, il s'était senti attiré, mais avant tout, il avait songé à son contrat avec Game Town. Cela faisait des jours qu'il n'avait pas eu de nouvelles de son conseiller financier, et ce n'était pas bon signe. Tôt ou tard, Emma verrait qu'il manquait de l'argent dans les comptes. Il ne pouvait pas le lui cacher, mais une part de lui espérait qu'elle lui ferait la faveur de ne pas en parler dans son rapport.

— Peux-tu être impartiale, Emma ?

Elle plongea son regard émeraude dans le sien et leva le menton.

— Oui, affirma-t-elle. Malgré ce qu'en pense Tim, je suis avant tout une professionnelle et je ferai mon travail.

Il n'en doutait pas. En fait, c'était exactement ce qu'il craignait. Mais, pour l'heure, il devait sauver cette soirée. Ses soucis pouvaient attendre le lendemain.

— Alors, il n'y a rien que ton patron puisse faire ou dire pour prouver le contraire. À présent, retournons à l'intérieur, pour déguster ce délicieux dîner.

Elle soupira, puis acquiesça d'un signe de tête et remonta la bretelle de sa combinaison sur son épaule.

La crise avait été désamorcée, pourtant Jonah ne pouvait étouffer tout à fait son inquiétude. Une inquiétude qui n'avait rien à voir avec Emma, et tout à voir avec le contrat avec Game Town.

8

Heureusement, le reste du dîner se déroula sans accroc. Jonah avait craint que toute la soirée soit gâchée, mais c'était le contraire. La guindée Emma sembla se détendre enfin. Tous ses secrets étaient désormais dévoilés et, apparemment, être libérée de ce fardeau avait un effet presque physique sur elle. Elle fit des sourires, lui fit goûter ses plats, flirta gaiement avec lui, et elle ne l'appela pas une seule fois M. Flynn.

Certes, tous les problèmes n'étaient pas résolus mais, au moins, ils pouvaient savourer le plaisir d'être ensemble, et oublier leurs tracas pour quelques heures.

Dans cette optique, il donna des instructions au pilote afin qu'il se pose sur le toit de son immeuble et non à l'héliport.

Quand ils atterrirent, Emma regarda par la vitre d'un air surpris.

— Où sommes-nous ?

— Chez moi.

Il ouvrit la portière et lui tendit la main pour l'aider à descendre.

L'air toujours soupçonneux, elle accepta son aide. Ils se dirigèrent vers la porte de l'escalier du toit, et arrivèrent rapidement sur le palier de son loft, situé au dernier étage.

— Attends une minute, dit-elle en considérant la porte.

— Quoi ?

— La soirée de mardi gras avait lieu ici ? Chez toi ?

— Oui, dit-il en insérant sa clé dans la serrure.

Il n'organisait pas beaucoup de soirées dans son loft de Tribeca, mais celle de mardi gras était devenue une tradition.

— Tu ne me crois pas assez minable pour séduire une femme dans la buanderie de quelqu'un d'autre, dis-moi ?

Elle rougit à la mention de leurs ébats impulsifs.

— Je n'y avais pas vraiment pensé. Mais maintenant que tu m'en parles, je crois que Harper avait mentionné que la fête avait lieu chez son patron. J'ai cru qu'elle parlait du chef du service financier, pas du P-DG.

— Tout ce temps, j'étais juste sous ton nez.

Il ouvrit la porte et lui fit signe de le précéder. Il lui emboîta le pas et l'observa tandis qu'elle découvrait l'espace industriel dont il était tombé amoureux à la première visite.

— Maintenant qu'il n'y a plus une centaine de gens à l'intérieur, je vois que c'est immense, commenta-t-elle.

— L'appartement occupe tout l'étage, expliqua-t-il. À l'origine, cet immeuble était une usine textile. Quand je l'ai racheté il y a dix ans, une partie avait été transformée en bureaux et en boutiques, et les deux étages supérieurs servaient d'entrepôt. J'ai fini par transformer tout le bâtiment en lofts, avec des espaces communs au rez-de-chaussée.

Elle se tourna vers lui.

— Tu possèdes tout le bâtiment ?

— Oui.

Il ôta la veste qui l'avait gêné toute la soirée. Il avait le sang chaud, et entre sa veste, sa chemise à manches longues et les verres de vin, il avait failli transpirer.

— J'ai retenu au moins un conseil de ma mère, la grande Angelica Flynn : il faut diversifier ses investissements.

Il lança sa veste sur le dossier d'une chaise et écarta les bras.

— Ceci est mon incursion dans l'immobilier. Ma mère pensait que j'étais fou, bien sûr. Elle préfère les demeures traditionnelles du nord de Manhattan, avec du marbre et des inscriptions en or. Moi, j'aime les briques apparentes et les gaines métalliques. Heureusement, je ne suis pas le seul.

Avant même que les autres lofts soient sur le marché, il y avait une liste d'attente pour les louer.

Elle posa son sac sur le comptoir en béton de sa cuisine et passa la main sur la surface légèrement rêche.

— Ce n'est pas mon style, mais je connais beaucoup de gens qui aimeraient.

Il la suivit tandis qu'elle traversait l'espace salon et l'espace dînatoire, pour se diriger vers la fameuse buanderie. Puisque c'était un loft, il n'y avait que trois portes dans tout l'appartement. L'une pour la buanderie, les deux autres pour les salles de bains principale et secondaire. Même s'il avait voulu l'emmener dans son lit ce soir-là, il n'aurait pas pu, celui-ci étant situé dans l'espace ouvert. Par conséquent, la buanderie avait été sa seule véritable option.

Elle hésita un instant, puis tourna la poignée de la porte. Comptait-elle vraiment retourner sur la scène du crime ? Il l'avait emmenée chez lui avec l'intention d'explorer son corps dans les moindres détails, mais il avait prévu d'utiliser le lit, cette fois.

Elle alla droit vers le lave-linge, passant la main sur la surface sur laquelle il l'avait hissée. Elle appuya le dos contre la machine, puis leva les yeux vers lui avec un sourire malicieux.

— Cette nuit était...

Époustouflante ? Insensée ? Ahurissante ? Passionnée ? Bouleversante ?

— ... Inoubliable.

Il fit un pas, réduisant la distance qui les séparait.

— C'est vrai, approuva-t-il. Chaque minute que j'ai passée avec toi, chacun de tes petits gémissements et de tes cris sont gravés à jamais dans mon esprit.

Elle émit un son familier, à peine plus audible qu'une inspiration. Elle avait émis ce même son de surprise quand il avait relevé sa jupe et caressé ses cuisses.

Il approcha, avec l'intention de renouveler l'expérience. Le souvenir de leur étreinte mettait ses nerfs à vif et faisait cogner son cœur dans sa poitrine.

— Ces derniers mois, je ne pensais presque qu'à une chose : retrouver mon papillon et le tenir dans mes bras.

Il noua les bras autour de sa taille. Pour une fois, elle ne résista pas. Au contraire, elle se blottit contre lui et s'accrocha à sa chemise.

— Moi aussi, j'ai beaucoup songé à cette soirée. Je me suis demandé ce que je ferais, si j'avais la chance de retrouver mon héros.

— Des idées ? demanda-t-il avec un sourire malicieux.

Il se pressa contre elle, et son sexe en érection appuya contre son ventre.

— Quelques-unes, dit-elle.

Elle noua les mains autour de son cou et approcha sa bouche de la sienne.

Dès que leurs lèvres se touchèrent, il prit conscience que c'était la première fois qu'il embrassait Emma en sachant qui elle était vraiment. La dernière fois qu'il l'avait embrassée, elle n'était encore que l'auditrice compassée de Game Town. Il n'avait pas eu de réelles attentes. Mais cette fois, il embrassait son papillon.

Il avait eu peur que ce moment ne soit pas à la hauteur de son souvenir. Mais toutes ses craintes venaient de s'envoler. Le parfum d'Emma, sa saveur, la sensation de son corps contre le sien... Tout formait un raz-de-marée familier qui déferla sur lui d'un coup. Avant de savoir qu'elle était son papillon, il avait eu le vague sentiment de la connaître.

À présent, il avait la certitude de l'avoir retrouvée.

Il l'attira contre lui, savourant la sensation de sa langue douce qui glissait sur la sienne. Emma n'était pas aussi audacieuse que lors de la soirée costumée, mais elle était alors sous l'effet de la tequila. Oui, l'alcool avait levé ses inhibitions, mais maintenant qu'elle était dans ses bras, il se rendait compte que ce n'était pas cet aspect d'elle qui lui avait le plus manqué. Elle avait tort de croire qu'il ne voudrait pas de la vraie Emma. C'était ce qu'elle était au plus profond d'elle qui l'attirait : cette femme qui s'était sentie libre d'être elle-même pour la première fois de sa vie.

Il serra ses hanches puis remonta la main sur la douce étoffe de sa combinaison pour caresser son sein. Il profita du décolleté profond pour glisser la main sous les bonnets de son soutien-gorge sans bretelles, et masser avec bonheur sa chair, jusqu'à ce que les pointes de ses tétons se dressent contre ses doigts.

Il n'avait pas eu l'occasion de voir ses seins la première fois. S'il avait un seul regret à propos de cette première nuit, c'était d'avoir dû se hâter. De ne pas avoir pu explorer son corps voluptueux, car ils avaient gardé la plupart de leurs vêtements.

Ce soir, ce serait différent.

Reculant d'un pas, il prit une grande inspiration. Il appuya les mains sur le lave-linge, la piégeant pendant qu'il prenait un instant pour se ressaisir.

— Quel est le problème ? demanda-t-elle avec douceur.

— Il n'y a pas le moindre problème.

Et il disait vrai.

— Alors, pourquoi…

Il secoua la tête pour l'interrompre. Quand il plongea son regard dans le sien, il vit de la confusion et de la déception dans ses yeux émeraude. Pensait-elle qu'il ne la désirait pas ? Rien n'était plus éloigné de la vérité.

— Emma, je ne vais pas te faire l'amour sur ce lave-linge une seconde fois. Ce soir, je vais prendre mon temps et faire les choses correctement. Je vais te déshabiller des pieds à la tête et t'embrasser partout. Je compte te faire trembler et crier jusqu'à ce que ta voix se brise. Comme tu vois, il n'y a pas le moindre problème. Je prends juste un instant, afin de ne pas gâcher mon plan pour ce soir.

— C'est un bon plan, répondit-elle, et elle passa la langue sur sa lèvre inférieure.

S'écartant du lave-linge, elle noua les mains autour de son cou, et l'attira vers elle de nouveau.

— Tu devrais me montrer où se trouve ton lit, pour que nous puissions le mettre en action tout de suite.

Toute la nervosité qu'Emma avait ressentie en songeant à ce moment avec Jonah s'évanouit. Il la regardait avec une telle intensité qu'elle ne pouvait que croire qu'il ferait tout ce qu'il avait promis, et plus encore. C'était le regard d'un homme qui tenait parole, et elle était impatiente de voir ce qu'il était capable de faire.

Il l'avait prise par la main pour la reconduire dans l'espace principal. Maintenant qu'il n'y avait plus des dizaines d'invités pour bloquer la vue, elle remarqua le grand lit au fond de l'appartement.

Il était placé entre la salle de bains et le placard, ce qui permettait un peu d'intimité bien que l'espace soit ouvert. La tête de lit de velours noir reposait contre un mur de briques rouges. La couette, comme bien d'autres éléments, était d'un gris métal qui donnait presque l'impression que du mercure liquide avait été répandu sur le matelas.

Elle n'arrivait pas à détacher son regard de leur destination finale. C'était le moment qu'elle avait imaginé, craint et espéré si souvent. Comment pourrait-il être à la hauteur du souvenir de leur première nuit ? David avait déclaré que sur le plan sexuel, elle était aussi excitante qu'une nouille mouillée. Elle ne voulait pas être ainsi pour Jonah. Elle voulait être la femme sauvage et passionnée de la soirée costumée. Mais combien de temps pourrait-elle maintenir cette façade ? Ne vaudrait-il pas mieux cesser ses efforts, et laisser la vraie Emma apparaître ?

Il s'arrêta devant le lit et la prit par la taille.

— Arrête, la réprimanda-t-il.

— Que j'arrête quoi ?

— Arrête de trop réfléchir. Peut-être que tous ces verres de tequila t'ont aidée. L'alcool t'a permis de ne pas cogiter, de te laisser porter par les sensations et d'être dans l'instant présent.

C'était peut-être vrai. Elle se sentait presque trop nerveuse pour faire le moindre mouvement, tant elle pensait aux ébats qui étaient sur le point de se produire. Elle n'allait pas faire l'amour avec un inconnu mystérieux et héroïque, mais avec Jonah Flynn, le play-boy millionnaire. Cet homme avait séduit certaines des plus belles femmes du monde. Elle ne comprenait toujours pas comment il pouvait la désirer. Comment pourrait-il ne pas être déçu avec une fille aussi commune et ennuyeuse qu'elle ? Cette idée la paralysait.

Il parut remarquer ses hésitations et, comme pour la rassurer, il posa les mains sur la fermeture Éclair sur le côté de sa combinaison, la faisant descendre jusqu'à sa hanche.

— J'imagine que je vais devoir t'inonder de plaisir, pour que tu n'aies pas d'autre choix que de cesser de réfléchir.

Tout en parlant, il effleura la peau sensible sur ses côtes, et elle retint son souffle. Il baissa les bretelles de sa combinaison. Le tissu soyeux glissa sur ses bras, dévoilant son soutien-gorge de satin, puis la légère rondeur de son ventre.

Aussitôt, elle se sentit gênée. Elle avait toujours été assez mince, mais elle n'avait jamais eu les abdominaux fermes d'une sportive endurcie. Jonah avait déjà vu son ventre quand il l'avait surprise dans la salle de sport, mais maintenant c'était différent.

Lui aussi sembla prendre conscience de cela. Quand il fit descendre le vêtement sur la courbe de ses hanches, il riva son regard à son ventre. Il s'agenouilla, l'aidant à retirer le vêtement puis ses escarpins, sans jamais détourner les yeux de sa taille.

À présent, elle ne portait plus que son soutien-gorge et son string assorti. Il l'amena contre lui. Cela lui rappela ce premier soir, quand il avait fait de même dans la cuisine et qu'il l'avait observée derrière son masque.

Cette fois, il se pencha pour dégrafer son soutien-gorge et le lança au sol. Puis, il déposa un baiser sur son ventre. Le geste était simple et doux, si différent de ce qu'elle s'était imaginée de lui d'après les journaux. Elle ferma les yeux pour cacher une soudaine montée de larmes. Elle avait craint que Jonah rejette leur enfant ainsi qu'elle-même mais, apparemment, elle l'avait mal jugé. Il serait un bon père. C'était tout ce qu'elle oserait lui demander pour l'instant.

Elle sentit son string glisser le long de ses jambes, mais elle était trop nerveuse pour rouvrir les yeux. Elle était à présent nue, dans une pièce bien éclairée, exposée au regard de Jonah.

Il continua son exploration, laissant ses mains et ses lèvres remonter de ses chevilles jusqu'au haut de ses jambes, pour s'arrêter sur le triangle au sommet de ses cuisses. Il la poussa doucement, lui faisant perdre l'équilibre, et elle se renversa sur le lit avec un cri de surprise.

Elle ouvrit les yeux et vit les poutres et les conduits métalliques au-dessus de sa tête. Avant qu'elle puisse se relever et protester, elle se rendit compte que Jonah était agenouillé entre ses cuisses. Elle se mordilla nerveusement la lèvre quand elle sentit son souffle chaud caresser le centre de son plaisir.

— Je n'ai jamais eu l'occasion de te goûter, dit-il. Tu sais à quel point je l'ai regretté ?

Elle couvrit son visage derrière ses mains pour qu'il ne voie pas ses joues empourprées. Quelques secondes plus tard, elle le sentit tirer sur ses poignets et les plaquer sur le lit. Elle ouvrit enfin les yeux, et vit qu'il était au-dessus d'elle. Sa chemise était ouverte, dévoilant son torse lisse et ferme.

— Ça t'embarrasse quand je dis ce genre de choses ? demanda-t-il.

En guise de réponse, elle se contenta de hocher la tête. Comment expliquer que malgré ses vingt-sept ans, elle était aussi mal à l'aise sur les sujets sexuels qu'une adolescente ? Elle aimait le sexe et elle avait une certaine expérience. Mais en parler de manière si ouverte ? Elle en était incapable.

— Dans ce cas, je vais cesser de parler, dit-il, libérant ses mains.

Avant qu'elle puisse émettre un soupir de soulagement, elle comprit ce qu'il entendait par là. Il descendit du lit et lui écarta doucement les jambes.

La première caresse de sa langue fut légère, et provoqua des étincelles sous ses paupières. Elle sentit tout son corps se tendre, en anticipation de la seconde caresse. Cette fois, il s'attarda, et elle s'agita. Après cela, elle cessa de compter. Elle serra la couverture tandis que ses lèvres et sa langue l'assaillaient sans relâche.

Elle avait déjà connu cela. Pourtant, elle avait l'impression que c'était une expérience tout à fait nouvelle. Rien de ce qu'elle avait expérimenté jusqu'ici n'était aussi stupéfiant. Elle n'arrivait plus à réfléchir, car des vagues de plaisir s'abattaient sur elle de toutes parts. La seule pensée claire qui traversa son esprit était que, peut-être, son manque d'enthousiasme avec ses autres partenaires était davantage dû à eux qu'à elle.

Aussitôt, elle se sentit comme libérée d'un grand poids. Peut-être David était-il simplement un mauvais amant, et peut-être s'en était-elle accommodé parce qu'il était le genre d'homme qu'elle recherchait, sur le papier. Fiable, respectable, lénifiant... Sa crainte de devenir comme sa sœur l'avait conduite à vivre un semblant de vie. À côté de quoi d'autre était-elle passée ?

Elle regarda Jonah, et comprit qu'il pourrait très bien être celui qui pourrait lui apporter ce qui manquait dans sa vie. Entre eux, il n'y aurait peut-être jamais d'amour, de mariage ou d'histoire romantique, mais ce serait certainement plus excitant que tout ce qu'elle avait connu jusqu'ici. Bientôt, elle aurait un bébé à allaiter en pleine nuit, et à soigner quand il serait malade. Elle était impatiente de commencer ce nouveau chapitre de sa vie, mais il n'y avait aucune raison de ne pas savourer chaque seconde avec Jonah en attendant.

Cette pensée abattit la dernière barricade qu'elle avait dressée dans son esprit. Et, enfin, elle parvint à se détendre, et à savourer pleinement le plaisir que Jonah lui offrait. Elle avait tenté de résister à l'orgasme qui approchait, comme si elle avait eu peur de s'abandonner jusqu'à maintenant. Quand Jonah glissa un doigt entre elle et passa la langue sur sa chair engorgée, elle ne put se maîtriser plus longtemps.

Poussant un cri, elle se cambra violemment. Tout son corps trembla lorsque le plaisir vibrant se répandit en elle. Elle s'accrocha désespérément aux draps tandis que Jonah poursuivait son assaut sensuel.

Cet orgasme ne ressemblait à aucun de ceux qu'elle avait connus. Ni même à celui qu'il lui avait donné lors de la soirée de mardi gras. Celui-ci les dépassait de très loin en force et en intensité et la privait de tout contrôle sur son corps. Ce ne fut que lorsque les sensations disparurent peu à peu qu'elle put prendre une grande inspiration et humidifier ses lèvres sèches. Elle serra les jambes et retomba, languide, sur le lit.

— Je retrouve mon papillon, murmura-t-il, se relevant avec un sourire satisfait.

Vidée de son énergie, elle ne put que l'observer pendant qu'il retirait sa chemise et le reste de ses vêtements. Pour l'instant, le regarder lui suffisait. Il y avait tant de parties de son corps qu'elle n'avait pas encore vues... Il avait la carrure mince et ferme d'un marathonien. Y avait-il d'autres tatouages, cachés sous les vêtements ? En plus de leur tatouage partagé, elle en avait aperçu un sous la manche de son T-shirt, mais elle n'avait pas pu l'observer de près. Et pour l'instant, elle n'avait pas la capacité de se concentrer. Son corps et son esprit étaient comme de la gelée.

— Apparemment, cela t'a plu, commenta-t-il.

Tout à fait nu à présent, il lui tendit la main pour l'aider à s'asseoir au bord du lit.

— Je suis impatient de t'entendre pousser ces cris de nouveau.

— De nouveau ? s'étonna-t-elle.

Elle recula jusqu'à la tête de lit.

Il grimpa sur le matelas et la poussa à s'allonger, avant de s'étendre sur elle.

— Trois fois, peut-être, avança-t-il d'un ton taquin, déposant un baiser sur ses lèvres.

Elle ne pouvait imaginer comment c'était possible, mais elle n'allait pas le contredire. Tout en l'embrassant, il se glissa entre ses replis moites.

Elle releva les jambes pour les croiser autour de sa taille, et lui permettre d'aller encore plus loin en elle. Il fut forcé de détacher sa bouche de la sienne, et elle l'entendit jurer doucement contre sa joue. Après un instant, il s'appuya sur ses bras, les yeux clos, la mâchoire serrée, comme pour garder le contrôle.

— J'ignore comment tu fais cela, dit-il tandis qu'il se retirait et s'enfonçait en elle une seconde fois. C'est comme si ton corps était fait pour le mien. Tout chez toi... Ton parfum, ta saveur, ta peau... Je voulais revivre cette expérience, ça tournait à l'obsession. Je n'arrive pas à croire que je t'ai enfin retrouvée.

Elle non plus n'arrivait pas à le croire. Pas plus qu'elle n'arrivait à croire que, malgré tous les obstacles, ils aient fini ici. Elle voulait savourer chaque instant passé ensemble pour pouvoir recourir à ses souvenirs plus tard, quand elle serait seule avec leur enfant. Elle prit son visage entre ses mains. Sa barbe naissante était rêche sous ses paumes. Elle fixa ses yeux bleus si fascinants et attira son visage vers le sien pour l'embrasser encore.

— Cesse de parler et fais-moi l'amour, murmura-t-elle contre ses lèvres.

Il sourit et l'embrassa à pleine bouche, avant d'accéder à sa requête. Il se remit à onduler en elle, adoptant un rythme lent et régulier pour commencer. S'appuyant sur un coude, il lui mordilla le cou et goûta ses seins, aspirant ses tétons avec force jusqu'à ce qu'elle se cambre et crie de nouveau.

Alors, il accéléra la cadence. Tous deux savaient qu'ils n'étaient pas assez patients pour faire durer le plaisir trop longtemps. Il lui souleva la jambe et fit reposer son genou sur son épaule. Tandis qu'il augmentait sa vitesse et sa puissance, elle appuya les mains contre la tête de lit pour garder l'équilibre. Ce qui ne rendit les coups de reins que plus intenses.

Elle ne pouvait imaginer jouir encore après l'orgasme qu'il venait de lui donner. Pourtant, elle sentit des picotements s'intensifier dans son ventre. Elle contracta ses muscles intimes et se mordilla la lèvre tandis que la pression augmentait. Elle murmura des mots d'encouragement entre deux souffles, tout en approchant du bord du gouffre.

— Oh ! Emma, gronda-t-il, déposant un baiser fougueux sur son genou.

L'entendre dire son prénom suffit à la faire basculer. Elle n'était plus son papillon ou son amante inconnue. Elle était Emma. La femme qu'il désirait.

Tandis qu'elle criait et se soulevait, il céda enfin à son propre plaisir. Avec un grand cri rauque, il lui donna un dernier coup de reins et déversa sa semence en elle.

Les bras tremblants, il l'embrassa, puis roula sur le côté et s'effondra sur le matelas. Un long silence s'ensuivit, émaillé de souffles saccadés et de soupirs de félicité.

Elle se demandait s'il s'attendait à ce qu'elle rentre chez elle quand il la prit dans ses bras. Elle se pelotonna contre lui et sentit ses paupières s'alourdir.

Lorsqu'elle fut au bord de l'endormissement, elle l'entendit lui chuchoter à l'oreille :

— Je sais que tu penses que nous ne sommes pas compatibles, et que nous ne pouvons pas former une famille. Mais, Emma, crois-moi, j'ai fait beaucoup d'efforts pour te retrouver et te ramener dans mon lit. Cette fois, je ne te laisserai peut-être plus repartir.

9

Le lendemain matin, Jonah fut réveillé par la sonnerie de son téléphone portable. Il lâcha le corps nu d'Emma pour prendre l'appareil sur la table de chevet. L'appel provenait de Paul, son conseiller financier. Avec tout ce qui s'était passé ces derniers jours, Jonah en avait presque oublié qu'il tentait de cacher le détournement de fonds de son frère.

— Allô ?

— C'est fait ! annonça Paul d'un ton triomphant. L'argent est sur votre compte, et vous pouvez l'utiliser comme bon vous semble.

Parfait. Certes, il restait un petit problème : Emma et son œil de lynx passaient les comptes au peigne fin. Mais ce qui était fait était fait. S'il devait s'expliquer, il s'expliquerait. Simplement, il n'avait pas envie de le faire tant que l'argent n'était pas remis à sa place.

— Merci, Paul. Combien cela m'a-t-il coûté de régler ça rapidement ?

— Eh bien... Peut-être vaut-il mieux que nous en discutions à mon bureau cette semaine, ainsi, nous pourrons étudier les chiffres de près.

Autrement dit, il avait perdu une fortune.

— Noah me remboursera, avec les intérêts, soyez-en sûr.

— Et avec un peu de chance, nous pourrons récupérer une partie de l'argent perdu quand nous réinvestirons ces fonds.

Son conseiller était un incorrigible optimiste.

— D'accord. Merci encore, Paul.

Il raccrocha et regarda l'écran noir d'un air renfrogné. Son comptable supposait que Noah allait rendre l'argent. Jonah était loin d'être aussi confiant. Sa mère pourrait l'accuser d'être injuste envers son petit frère. Lui aussi pourrait lui reprocher sa partialité. Elle avait toujours gâté son cadet et en avait fait un monstre que le reste de la famille devait supporter.

— Est-ce que tout va bien ?

La voix d'Emma le ramena à l'instant présent.

— Oui, tout va bien. Un appel professionnel.

— C'est très tôt pour un appel professionnel un dimanche.

Elle bâilla et se pelotonna contre lui.

Il serra la mâchoire pour ravaler une colère qui n'avait rien à voir avec elle.

— Avec un peu de chance, nous pourrons nous rendormir, dit-il.

Il y avait quelques jours encore, il ne pensait qu'au contrat avec Game Town, et au fait que Noah pourrait tout faire échouer. Jusqu'à ce qu'il apprenne qu'Emma était son papillon. À présent, tout était différent. Emma était plus qu'une auditrice, elle était la mère de son enfant. Elle était aussi la femme qui occupait toutes ses pensées, celle qui affolait son cœur d'une simple caresse. Il était fort possible qu'elle soit son âme sœur.

Que ressentirait-elle, quand elle apprendrait ce que Noah avait fait ? Une fois qu'elle saurait la vérité, remettrait-elle en doute chaque moment passé ensemble ? Pourrait-elle lui faire confiance, sachant qu'il lui avait menti tout ce temps ?

Jonah pourrait très bien perdre le contrat Game Town, mais s'il perdait Emma... jamais il ne pardonnerait à son frère d'avoir gâché leur relation. Il n'avait jamais connu d'histoire qui semble si proche de l'amour et il ne voulait pas qu'elle soit tuée dans l'œuf à cause de Noah.

— À quoi penses-tu ? demanda-t-elle avec douceur.

— À rien d'important. Pourquoi ?

Elle posa la main sur sa poitrine.

— Ton cœur bat à se rompre. Je me suis dit que quelque chose te perturbait.

Il n'allait pas gâcher cet instant à cause des bêtises de son frère. S'il devait lui parler de la situation, il le ferait, mais plus tard. Il l'attira contre lui.

— C'est peut-être parce que j'ai découvert une belle femme nue blottie contre moi quand j'ai ouvert les yeux ? Cela peut faire pulser le cœur d'un homme. Ainsi que d'autres parties de son corps.

Elle ouvrit de grands yeux, puis demanda d'un ton taquin :

— Tu veux dire que tu es prêt à recommencer ?

Était-elle en train de plaisanter ? Il n'en était pas si sûr.

— Cela te surprend, Emma ? Si je le pouvais, je te ferais l'amour dix fois par jour.

Elle s'extirpa de son étreinte et s'assit sur le lit, en tenant les draps contre sa poitrine.

— Oui, cela me surprend un peu. Ça va te paraître ridicule, mais... je ne suis pas habituée à tout cela. J'ai fréquenté des écoles religieuses, et mon éducation sexuelle a été faite par des bonnes sœurs. On m'a appris à être vieux jeu. Pas au point d'attendre le mariage, bien sûr, mais je n'ai jamais vécu de nuits folles comme celles auxquelles tu es sans doute habitué.

— Tes petits amis étaient-ils donc si ennuyeux ?

Elle sembla désarçonnée par sa question.

— Oui, en un sens. Mais c'était ce que je recherchais, je suppose.

Il s'assit à son tour.

— Tu recherchais quelqu'un d'ennuyeux ?

Pourquoi une femme comme Emma perdrait-elle son temps avec ce genre d'hommes ?

— Pas ennuyeux. Disons plutôt... responsable. Respectable. Le genre d'homme qu'une fille est heureuse de présenter à ses parents.

— Tu veux dire, le contraire de moi ?

— Non ! Du moins... pas exactement.

Il fut un peu vexé, mais s'efforça de le cacher. Il savait bien qu'il n'était pas l'avocat ou le banquier d'affaires dont certains parents rêvaient pour leur fille.

— Tes parents savent-ils que tu portes mon enfant ?

— Non. Ils ne savent même pas que je suis enceinte.

— Emma ! Comment as-tu pu leur cacher cela ?

— Crois-moi, c'était bien plus facile de me taire que de leur annoncer que j'étais enceinte et que j'ignorais qui était le père. Et je l'ignorais, jusqu'à la semaine dernière. Mes parents sont très protecteurs envers moi. Ma sœur était devenue la honte de la famille. Je n'étais qu'une adolescente quand elle est décédée, et ma mère était constamment sur mon dos pour veiller à ce que je ne commette pas les mêmes erreurs que Cynthia. Alors, j'imagine que je me souciais davantage de leur plaire que de me plaire. Ce n'est que lorsque mon ex-petit ami m'a dit ces choses horribles que je me suis autorisée à me rebeller, juste pour un soir.

— Et regarde ce qui est arrivé ! plaisanta-t-il.

Mais il vit aussitôt à son air chagriné que, pour elle, ce n'était pas une plaisanterie. Il était habitué aux scandales, mais ce n'était pas le cas d'Emma. Alors, il décida de changer de tactique.

— Je suis navré pour tout cela, Emma. J'ignorais que tu aurais à subir les conséquences permanentes de notre nuit de folie. Du moins, en dehors du tatouage. Je sais ce que tu ressens et...

— Comment pourrais-tu le savoir ? l'interrompit-elle.

— Cela va peut-être t'étonner, mais mes parents étaient très conservateurs et très stricts. Je n'avais le droit de rien faire. Mes jeunes frères et moi avons été envoyés dans un pensionnat anglais à la mort de mon père. Il ne me restait qu'une année de lycée, ensuite je suis revenu pour entrer à l'université. Là-bas, j'ai pris conscience que je pouvais mener ma vie comme je l'entendais. À partir de là, tout a changé. Selon moi, mon succès dans les affaires est en partie dû à mon côté rebelle. Ça ne fonctionne pas pour tout le monde mais, pour moi, ça a fait des merveilles.

— Et que pense ta mère de la manière dont tu mènes ta vie ?

— Au début, elle me faisait beaucoup de reproches, quand elle pensait que je m'en souciais encore. Ensuite, elle a compris que j'étais un adulte, P-DG de sa propre société, et elle a fini par lâcher prise. Sauf à Thanksgiving. Cette fête ne serait pas complète sans les sermons d'Angelica Flynn.

— À mon avis, mes parents ne lâcheront jamais prise. Quand ils ont perdu Cynthia, j'étais tout ce qui leur restait. J'ai tout fait pour ne pas les décevoir.

Il posa le bras autour de ses épaules.

— Je ne vois pas comment tu pourrais décevoir quiconque.

Elle caressa son petit ventre d'un air distrait.

— Ils ne seront pas contents d'apprendre que j'attends un bébé. Cela fait des années que ma mère espère organiser un grand mariage pour moi. Cynthia est morte avant d'avoir pu se marier, par conséquent je suis sa seule chance d'être la mère de la mariée lors d'une réception luxueuse au Plaza. Or, on n'organise pas de grande fête quand la fiancée est visiblement enceinte. Et on ne peut pas espérer un mariage au Plaza ou ailleurs, quand le bébé est le résultat d'une aventure d'un soir et que les parents n'ont aucune intention de se marier.

Il y avait beaucoup d'éléments concernant cette grossesse qu'il n'avait pas vraiment pris en considération. Il avait pensé à la manière dont la paternité affecterait sa propre vie, mais il n'avait pas songé que la vie d'Emma changerait aussi. C'était stupide et égoïste de sa part.

— Tes parents exigeront-ils que tu te maries ?

Elle haussa les épaules.

— Ils peuvent essayer, mais ils ne peuvent pas te forcer à m'épouser. Mon père n'a pas d'arme à feu, alors, tu ne crains rien de ce côté-là. Et je ne vais certainement pas te forcer la main. Cette grossesse était une erreur, je ne vais pas l'aggraver en exigeant que nous nous mariions par-dessus le marché.

Ces derniers jours en compagnie d'Emma avaient changé sa façon de voir le monde. Avant même qu'elle commence l'audit de FlynnSoft, il s'était dit que si jamais il retrouvait son papillon, il ne le laisserait plus jamais repartir. Quand il avait compris qu'Emma était son papillon, il n'avait pas changé d'avis. Lorsqu'il la regardait, il voyait un avenir dans lequel il n'enchaînait plus les conquêtes. Bien sûr, il prendrait ses responsabilités et serait un père digne de ce nom pour leur enfant, mais pour la première fois de sa vie, avec Emma, il envisageait davantage. Davantage que son loft froid et vide, que ses aventures avec des célébrités et que ses longues soirées de travail au bureau.

L'idée de rentrer chaque soir dans un appartement confortable et chaleureux, de passer du temps avec sa famille, était soudain plus tentante que jamais. Il n'avait jamais vraiment songé à se ranger, peut-être parce que, au fond, il était encore un adolescent qui se rebellait contre ses parents. Maintenant qu'il était sur le point d'être père, la situation était différente.

Mais apparemment l'idée d'un avenir ensemble ne semblait pas aussi tentante pour Emma.

— Tu ne veux pas m'épouser ? demanda-t-il.

Elle écarquilla ses grands yeux verts.

— Non.

Il n'avait jamais demandé à une femme si elle voulait l'épouser, et même si ce n'était pas une demande en bonne et due forme, il se sentait un peu blessé par ce rejet brutal.

— Pourquoi ? Je ne suis pas assez bien pour être ton mari ?

— Bien sûr que si, ça n'a rien à voir. Mais nous nous connaissons à peine, Jonah. Nous avons décidé de laisser à notre relation le temps de se développer, pour voir où cela nous mènera, et cela me convient. Si un jour, tu décides que tu es vraiment amoureux de moi et que tu veux m'épouser, ce sera différent. Mais je ne veux pas précipiter les choses juste parce que je suis enceinte. Les rêves d'un grand mariage au Plaza de ma mère devront rester des rêves.

Emma avait espéré que le week-end lui éclaircirait l'esprit, et qu'elle pourrait retourner au travail le lundi, prête à boucler sa mission chez FlynnSoft. Mais il n'en était rien. Elle était toujours aussi déroutée par cet écart dans les comptes qu'elle ne l'était la semaine précédente. Si ses calculs étaient exacts, et elle les avait vérifiés plusieurs fois, quelqu'un avait pris trois millions de dollars sans enregistrer ce retrait correctement. L'argent avait été transféré sur un compte off-shore qui n'était mentionné nulle part, et qui n'avait aucun lien avec la société. Tout cela semblait très douteux. Néanmoins, qui serait assez stupide pour voler une somme d'argent aussi conséquente ? Il était impossible que cela passe inaperçu !

C'était la partie de son travail qu'elle aimait le moins. Elle devait annoncer au P-DG de FlynnSoft que quelqu'un lui volait de l'argent. Et elle espérait que ce quelqu'un n'était pas Jonah lui-même. Certes, il avait le droit de retirer de l'argent — c'était son entreprise, après tout —, mais cela ne ferait pas très sérieux. Pire, elle devrait en informer le P-DG de Game Town, et celui-ci renoncerait probablement au contrat. Tout cela finirait mal, sauf pour le malfrat qui avait volé ces trois millions.

Avec un grand soupir, elle prit son téléphone pour téléphoner à Mark, l'un de ses collègues. Elle avait besoin d'être conseillée, et de s'assurer qu'elle ne se laissait pas influencer par sa relation avec Jonah. Mark exerçait ce travail depuis plus de vingt ans, il saurait quoi faire.

— Bonjour, Emma, la salua-t-il. Comment vont les gamins turbulents de chez FlynnSoft ?

— C'est une société à part, c'est sûr, admit-elle. J'ai presque terminé l'audit, mais j'ai rencontré un problème, et j'aimerais avoir votre avis.

Elle expliqua brièvement la situation.

— Pensez-vous que je devrais en parler au P-DG de FlynnSoft avant de faire mon rapport ? conclut-elle.

— Oui. Et à votre place, je le ferais. Il est possible qu'il ait une explication et vous fournisse des documents auxquels vous n'avez pas pensé. Mais s'il y a le moindre soupçon d'une mauvaise gestion, vous devez en informer Game Town. Ce n'est pas votre travail de protéger FlynnSoft.

Elle sentit son ventre se nouer.

— Bien sûr. Je voulais juste une seconde opinion. Merci, Mark.

Elle raccrocha puis rassembla quelques documents qu'elle comptait apporter à Jonah. Elle ne l'avait pas encore vu ce matin et elle s'efforçait de ne pas en tirer de conclusions hâtives. Il avait parlé d'un avenir à deux, mais elle n'y croyait pas. Pas vraiment. Jonah disait ce qu'elle avait envie d'entendre, mais joindrait-il l'acte à la parole ? Ou courtiserait-il la prochaine jolie fille qui retiendrait son attention ?

Sa secrétaire, Pam, n'était pas à son bureau quand Emma arriva à l'étage supérieur, aussi alla-t-elle directement frapper à la porte de Jonah.

— Entrez, l'entendit-elle répondre.

Elle poussa le lourd battant. Dès que Jonah posa les yeux sur elle, son regard s'éclaira. Un grand sourire aux lèvres, il se leva et se précipita vers elle. Avant qu'elle puisse l'en empêcher, il la prit dans ses bras et lui donna un baiser passionné.

Elle tenta de se dégager avec autant de délicatesse que possible.

— Jonah, s'il te plaît, dit-elle en reculant un peu.

— Personne ne peut nous voir dans mon bureau, papillon.

— Ne m'appelle pas comme ça ici, Jonah. Quelqu'un pourrait entrer et nous surprendre.

Il s'appuya contre son bureau.

— J'imagine, concéda-t-il. Mais si tu travaillais ici ? Tu t'inquiéterais encore en permanence ?

— Comment ça ?

— Eh bien, comme je te l'ai dit, j'ai besoin d'un nouveau directeur financier. D'après ce que j'ai vu jusqu'ici, je pense que tu serais parfaite pour le poste. Et puis, si tu travaillais pour moi et non pour un patron coincé, tu n'aurais pas à te soucier de l'inconvenance de notre relation.

C'était un peu plus compliqué que cela. Et elle avait cru qu'il plaisantait quand il lui avait proposé ce travail la semaine dernière.

— Mais j'aurais à me soucier que les gens disent que j'ai couché avec le patron.

— Eh bien, tu as en effet couché avec le patron, souligna-t-il avec un sourire espiègle.

Il se pencha vers elle et murmura : « plusieurs fois », comme s'il partageait un secret avec elle.

Elle secoua la tête. Parfois, elle avait l'impression que pour lui, tout était matière à plaisanterie.

— Je suis sérieuse.

— Moi aussi. Je veux que tu deviennes ma directrice financière.

— Je ne peux pas, Jonah. Je n'aime pas l'image que cela donnerait de moi.

— Mon frère travaille ici. Il reçoit un chèque tous les mois alors qu'il ne fait absolument rien. Tout le monde le sait et tout le monde s'en moque. Le népotisme existe bel et bien dans le monde des affaires.

— Certes, mais si nous poursuivons notre relation, si tout le monde découvre que je porte ton enfant... Je n'aime pas ça, voilà tout. Tu connais mon sentiment sur ce sujet. Je tiens à ma réputation.

Il soupira.

— D'accord. Tu refuses de m'embrasser. Tu ne veux pas travailler pour moi. Donc, je suppose que tu ne voudras pas t'offrir à moi sur la table de réunion. Alors, dites-moi ce qui vous amène aujourd'hui, mademoiselle Dempsey.

Elle ignora ses remarques érotiques et tenta de ne pas se hérisser devant l'emploi soudain de son nom de famille. La semaine dernière, elle aurait préféré qu'il l'appelle ainsi. Cette fois, elle savait qu'il ne l'appelait de cette façon que pour la provoquer, parce qu'elle l'avait contrarié.

Elle serra les feuilles de papier contre sa poitrine et tenta de se concentrer sur ce qu'elle devait dire, et non sur les yeux bleu nuit de Jonah.

— J'ai terminé mon audit.

— Oh ! excellent ! Tu as été très efficace et rapide, malgré le fait que je t'aie distraite. Cela veut dire que tu es libre d'être vue avec moi en public ? Ou devons-nous attendre que le contrat avec Game Town soit signé ?

— Eh bien, c'est justement du contrat avec Game Town que je suis venue te parler. J'ai trouvé un écart significatif dans les comptes.

Aussitôt, il eut l'air sérieux et préoccupé.

— Qu'as-tu trouvé ?

Elle lui donna les documents sur lesquels elle avait surligné le retrait suspect.

— Trois millions tout ronds ont été retirés et transférés sur un compte off-shore dans les îles Caïmans. Je n'ai pas pu trouver à qui il appartient et je ne peux relier ce retrait à aucune dépense professionnelle ou à un compte légal.

Arborant un air neutre inhabituel chez lui, il parcourut les données sans vraiment les lire.

Elle ne savait que penser.

— Tu sais quelque chose là-dessus ? demanda-t-elle. J'espérais que tu pourrais m'éclairer, me donner des informations qui rendent cela moins suspect que ça en a l'air.

Il reporta son regard sur elle et fit un petit signe de tête.

— J'ai des informations. Hélas, ça n'améliorera pas la situation. Je t'en prie, assieds-toi.

Il retourna s'installer à son bureau, et elle s'assit lentement sur la chaise visiteur, celle-là même sur laquelle elle s'était assise une semaine plus tôt, quand elle avait fait la connaissance du célèbre Jonah Flynn. Depuis, il s'était passé bien des choses, pourtant, elle était tout aussi nerveuse que lors de leur rencontre.

— Est-ce que j'ai manqué quelque chose ? s'enquit-elle. Y a-t-il une sorte d'organisation caritative dans les Caraïbes ?

Il secoua la tête.

— Non, toutes nos dépenses caritatives sont correctement enregistrées. Tu n'as rien manqué, et cela ne m'étonne pas de toi. La vérité, c'est que mon frère cadet Noah qui est vice-président de la société a transféré l'argent sur un de ses comptes privés. Un prêt non autorisé, en quelque sorte. J'en ai été informé le jour même de ton arrivée. Si je l'avais su plus tôt, j'aurais révélé le problème, mais j'espérais le résoudre de mon côté. J'ai parlé avec Noah la semaine dernière, et il a confirmé mes soupçons.

Un prêt non autorisé. En d'autres mots, un vol. Elle n'avait jamais rencontré les frères de Jonah, et voilà qu'elle apprenait que l'un d'eux était un voleur. L'oncle de son bébé était un voleur.

— Et ? demanda-t-elle.

— Et il va tout rendre. J'ignore pourquoi il avait besoin de cet argent, je ne le lui ai pas demandé. Mais il a juré qu'il le rendrait une fois rentré aux États-Unis. Pour l'instant, il est en Asie du Sud-Est. En attendant, j'ai déposé des fonds personnels pour couvrir la perte. Cela devrait apparaître dans les comptes ce matin. Puisqu'il s'agit d'une société privée, sans conseil d'administration auquel rendre des comptes, j'ai décidé de ne pas mentionner ce vol.

— Tu dois tout de même rendre des comptes au président de Game Town, fit-elle valoir. Quand j'en parlerai, je suis sûre que Carl Bailey renoncera à son partenariat avec FlynnSoft. Il avait déjà des soupçons sur ton entreprise et son fonctionnement peu orthodoxe. Je ne pense pas que ce soit le genre d'homme à vouloir faire affaire avec une société qui pourrait perdre l'argent qu'il lui confie.

— Nous ne perdrons pas l'argent de Game Town. Je le garantis.

— Comment peux-tu le garantir ?

Était-il prêt à utiliser son propre argent pour remplacer chaque sou que son frère ou n'importe qui d'autre décidait de prendre ?

— Je peux le garantir, parce que je compte pourrir la vie de mon frère au point qu'il préférera se poignarder l'œil avec un couteau à beurre plutôt que de refaire un coup pareil. Après ça, ni lui, ni personne dans cette entreprise n'osera songer à voler le moindre cent.

— Eh bien, j'espère que quand tu iras chez Game Town, tu pourras en convaincre Carl. Ce n'est pas moi que tu dois convaincre.

— Si, justement. J'ai besoin que tu comprennes qu'il s'agit d'une affaire privée entre mon frère et moi, et que j'aimerais que cela reste ainsi. J'ai compensé la perte, et je le referai si nécessaire.

Tout cela semblait rassurant, pourtant Emma était mal à l'aise. Elle croyait Jonah, mais le message caché dans ses paroles était facile à comprendre.

— Tu me demandes de ne pas évoquer l'argent volé dans mon rapport ?

Il la regarda dans les yeux un instant, comme s'il la suppliait en silence. Mais il ne formula pas sa demande à voix haute.

— Je peux te montrer les preuves de dépôt, Emma. Cela t'aiderait à te sentir mieux ?

Oui. Jusqu'à un certain point.

— J'aimerais voir ces preuves, oui. Ensuite, je mentionnerai dans mon rapport que les fonds ont été restitués. Mais je ne t'aiderai pas à cacher cette anomalie. Si quelqu'un devait l'apprendre, je perdrais toute crédibilité, et je serais renvoyée. Et je ne pourrais plus jamais trouver un travail dans ma branche.

Elle posa une main protectrice sur son ventre, qui semblait grandir un peu plus chaque jour.

— Mon impartialité sera déjà remise en question quand on apprendra la vérité sur le bébé. Mais si quelqu'un devait découvrir que j'étais au courant de ce vol et que je l'ai caché...

— Tu sais, tu n'as pas besoin de travailler, Emma. Je peux subvenir à tes besoins et à ceux de notre bébé.

Elle secoua la tête avec véhémence.

— Tu peux subvenir aux besoins de ton enfant si tu le souhaites, en tant que père. Mais je ne veux pas que ça ressemble à un pot-de-vin. S'il te plaît, ne me demande pas de faire une chose qui compromettrait mon intégrité, Jonah.

Avec un soupir, il repoussa les documents, puis se leva pour la rejoindre. Elle se leva à son tour et, à contrecœur, elle se laissa enlacer.

— Promis. Rapporte ce que tu dois rapporter, papillon. FlynnSoft s'en remettra, quoi qu'il advienne.

Elle le regarda dans les yeux, et constata qu'il était sincère.

— Ça ne te pose pas de problème ?

Il lui offrit un sourire rassurant.

— Pas le moindre. Après tout, la situation est ce qu'elle est, n'est-ce pas ? Tu dois dire la vérité et, de mon côté, je dois affronter Carl et lui expliquer pourquoi il peut encore nous faire confiance, malgré tout.

Elle était soulagée de l'entendre. Cela la peinait que Jonah et ses employés puissent subir les conséquences de la faute de quelqu'un d'autre, mais elle se réjouissait que la décision ne soit pas de son ressort.

— Merci.

— Finis de taper ton rapport, ensuite, je t'emmène dîner. J'insiste. À Manhattan, dans le restaurant de ton choix.

— Cela me gêne toujours qu'on nous voie ensemble. Tant que je n'ai pas rendu mon rapport, que je ne suis pas de retour dans mon entreprise et que le marché n'est pas conclu, ce n'est pas fini, Jonah.

— D'accord, céda-t-il. Alors, que dirais-tu d'un dîner chez toi, en privé ?

— Parfait, approuva-t-elle.

Et elle le laissa l'étreindre de nouveau. Avec un peu de chance, elle pourrait rester dans ses bras, pour être à l'abri des orages qui se préparaient.

10

Lorsque Jonah découvrit l'appartement d'Emma, il ne put cacher sa surprise. Au bureau, Emma semblait si guindée et collet monté qu'il avait cru que son chez-elle serait ennuyeux, net, avec une place pour chaque chose et chaque chose à sa place. Mais l'appartement spacieux et baigné de lumière se révélait chaleureux et accueillant.

Tenant un sac de plats thaïs à la main, il referma la porte derrière lui, et suivit Emma à l'intérieur. Après quelques pas, il s'arrêta pour observer les lieux avec attention. Les imprimés floraux et la dentelle des rideaux apportaient une note romantique à la décoration. Les canapés accueillants invitaient à s'asseoir et se détendre avec un bon livre. L'ensemble était empreint de douceur, de féminité, avec une touche de charme rustique et lui en apprenait plus sur la vraie Emma qu'il ne l'aurait cru.

— Qu'y a-t-il ? demanda Emma.

— Ton appartement n'est pas comme je me l'imaginais.

Il la suivit dans la cuisine, aux placards blanc cassé et au parquet de bois gris délavé. Au centre de la table trônait un bouquet de zinnias multicolores.

— Pas assez de chrome et de verre à ton goût ? lança-t-elle. Le style industriel chic, ce n'est pas ma tasse de thé. Je vois déjà assez de béton et de métal dans les rues de Manhattan comme ça. Après mes études, quand est venu le temps de prendre un appartement, j'ai décidé qu'il me fallait un endroit accueillant et confortable.

— C'est joli. Et certainement plus accueillant que chez moi, car je privilégie le fonctionnel. Ici, je m'attends presque à voir une poule apparaître dans le couloir.

— Je t'en prie ! s'exclama-t-elle, lui prenant le sac des mains et posant les cartons sur le plan de travail en bois épais. Je n'ai pas d'animaux de compagnie, et cela inclut les poules. Je crois que les règles de la copropriété l'interdisent, dit-elle avec un petit rire. Nous sommes dans l'Upper East Side, je te le rappelle.

Plutôt que de dîner à table, ils allèrent s'installer sur le canapé dans le salon. Lorsqu'ils eurent presque fini leur repas, Jonah était encore plus curieux de découvrir le reste de l'appartement. Afin d'en apprendre davantage sur Emma.

— Tu peux me faire visiter les autres pièces ? demanda-t-il quand elle reposa son assiette sur la table basse.

— Si tu veux. Mais il n'y a pas grand-chose à voir. Deux chambres, une salle de bains.

Peu après, il la suivit dans un petit couloir. Elle lui montra une petite salle de bains noire et blanche de style rétro.

— Et là, dit-elle en ouvrant une autre porte, c'était mon bureau. Je l'ai vidé pour en faire… eh bien… une chambre d'enfant.

Ce n'était plus seulement un coquet appartement de célibataire. C'était ici qu'elle comptait élever leur enfant. Ils entrèrent ensemble dans la pièce encore vide.

— Je me suis dit qu'il était trop tôt pour acheter des meubles. J'ai fait repeindre les murs en gris pâle. J'ai pensé que c'était une couleur assez neutre, qui conviendrait quel que soit le sexe du bébé que je vais… que nous allons avoir.

— Cette pièce est petite, Emma. Elle sera bientôt trop petite pour un enfant.

— Je sais, admit-elle. Lorsque j'ai acheté ce bien, je ne pensais pas y élever un enfant. Quand le bébé aura besoin de plus d'espace, je déménagerai. Pour l'instant, je veux économiser de l'argent tant que je le peux. Si mes parents ne m'ont pas déshéritée, peut-être pourront-ils m'aider à acheter un appartement plus grand.

Il était abasourdi. Elle continuait de parler du bébé comme si elle allait devoir l'assumer seule.

— Ou alors, je pourrai t'aider.

— Eh bien... Oui, peut-être. Je ne suis pas encore habituée à penser de cette manière. Il y a encore une semaine, le père de ce bébé ne faisait pas partie de l'équation. Je ne savais pas comment te retrouver, alors, il fallait bien que je fasse des projets toute seule.

— Il me faudra peut-être un nouveau logement, à moi aussi, dit-il, pensant à voix haute.

Son logement n'avait aucune cloison, rien pour atténuer les bruits ambiants. Comment un bébé était-il censé dormir dans ces conditions ?

— Peut-être... Peut-être que nous pourrions prendre un appartement ensemble.

Elle eut l'air étonnée.

— Tu veux que l'on s'installe ensemble ?

— Eh bien...

Dit comme ça, c'était un peu terrifiant, mais c'était bien de cela qu'il s'agissait.

— Oui. Puisque nous devrons tous les deux changer de logement, nous pourrions chercher un appartement assez grand pour nous trois. Ainsi, le bébé n'aura pas à être ballotté d'un endroit à l'autre. Nous pourrions avoir chacun notre chambre, si ça te met plus à l'aise.

Elle prit une grande inspiration, puis passa devant lui pour sortir de la pièce.

— Nous pourrons en discuter, dit-elle de ce ton évasif qu'il avait appris à reconnaître.

C'était mieux qu'un refus net.

— Nous avons encore le temps, ajouta-t-elle.

— Tu sais pour quand l'accouchement est prévu ?

— Selon mon médecin, le 21 novembre.

Chaque détail rendait le bébé plus réel dans son esprit. À présent, il savait à quelle date sa vie allait changer pour toujours.

— Un bébé pour Thanksgiving ?

— Oui. Ça semble encore loin, mais ça arrivera sans doute plus vite que nous ne le pensons, dit-elle.

Elle ouvrit une troisième et dernière porte.

— Et voici ma chambre.

Ils entrèrent dans une pièce bien plus grande que la précédente. Le lit en bois blanc cérusé était surmonté d'une douzaine de coussins et d'oreillers aux motifs variés. Il y avait aussi un miroir ovale ancien, une commode et un coffre en cèdre au pied du lit.

C'était un appartement charmant et spacieux pour une célibataire, mais Emma n'en était plus une. Quand il y aurait un bébé, une poussette, une chaise haute, un couffin, des jouets et tous les accessoires nécessaires pour un enfant, il ne resterait plus beaucoup d'espace.

— Il faut qu'on trouve un nouvel endroit rapidement, décréta-t-il. Ton appartement est trop petit, et le mien est trop peu fonctionnel. J'appellerai un agent immobilier la semaine prochaine pour lui demander de commencer les recherches. Que dirais-tu de Greenwich Village ?

Elle posa une main sur son torse d'un air prudent.

— Doucement, Jonah. Je ne suis pas encore prête.

— Pas prête à prendre un appartement, ou pas prête à ce que tout le monde sache que nous sommes ensemble ?

Il connaissait déjà la réponse. Emma et sa maudite réputation !

— Quand ? pressa-t-il.

— Une fois le contrat avec FlynnSoft signé. Et nous l'annoncerons à nos parents. Ensuite, s'ils ne nous ont pas tués, nous pourrons parler aux autres de notre relation et du bébé.

— Il me tarde, car je n'aime pas me cacher. Je suis habitué à vivre ma vie sans me soucier du regard des autres. Je suis impatient de pouvoir te toucher quand j'en ai envie. De t'embrasser quand j'en ai envie.

— Il n'y aura plus beaucoup à attendre. D'ici là, il faudra que tu profites des occasions quand elles se présentent.

Il s'assit au bord du lit et l'observa. Il avait une occasion maintenant qu'il comptait bien saisir.

— Approche, dit-il.

Elle obtempéra et vint se caler entre ses genoux. Posant les mains sur ses épaules, elle plongea son regard dans le sien.

Seigneur, elle était splendide ! Et le fait qu'elle l'ignore la rendait encore plus belle. Même quand elle portait ce masque qui avait caché la moitié de son visage, sa beauté intérieure avait irradié. Peut-être que depuis le début c'était ce qui l'avait attiré : cette beauté qu'aucun masque, aucun tailleur informe, aucune expression guindée ne pouvait masquer.

Il caressa ses jambes et remonta jusqu'à ses hanches. Sortant sa chemise de sa jupe, il passa les mains dessous, pour toucher sa peau de pêche, caresser son dos à la cambrure élégante, ses côtes qui semblaient trembler sous ses doigts. Elle ferma les yeux, sans doute pour se laisser porter par les sensations qu'il faisait naître en elle.

Il déboutonna sa jupe et la fit glisser le long de ses jambes. Lorsqu'elle l'eut retirée tout à fait, il l'attira vers lui de nouveau. N'opposant aucune résistance, elle se mit à califourchon sur lui. Il caressa ses cuisses et ses hanches lisses, puis reporta son attention sur son chemisier. Un par un, il défit les boutons de nacre puis lui ôta le vêtement. Elle ne portait plus que son soutien-gorge et son slip de dentelle couleur pêche.

Retirant quelques épingles de ses cheveux, elle secoua la tête et libéra ses boucles brunes qui tombèrent en cascade sur ses épaules. Le parfum de son shampoing taquina ses sens. Il serra sa taille et enfouit son visage entre ses seins laiteux, moulés dans la dentelle.

Elle plongea la main dans ses cheveux tandis qu'il taquinait et goûtait sa poitrine. Il passa la langue sur le sous-vêtement qui emprisonnait ses tétons, encore et encore, jusqu'à ce que le tissu soit humide. Frustré par cette entrave, il baissa les bretelles et exposa ses seins. Il les embrassa tour à tour.

— Pourquoi est-ce que tu portes tant de vêtements, et moi si peu ? se plaignit-elle. Ce n'est pas juste.

— Tu es plus jolie nue que je ne le suis, répliqua-t-il en souriant.

Toutefois, il retira aussitôt sa chemise. Il voulait que sa peau soit en contact avec celle d'Emma autant que possible. Il pressa son torse nu contre elle et lui donna un baiser brûlant.

Jamais il ne serait rassasié d'elle. Elle était différente de toutes les femmes qu'il avait connues. Elle lui appartenait, et il lui appartenait, sur bien des plans. Son papillon l'avait transformé. Et même si le contrat avec Game Town tombait à l'eau, Jonah savait que si Emma était auprès de lui, tout irait bien. Elle était son ancre, elle l'empêcherait de dériver. Il ne pouvait pas la perdre.

Elle se pressa contre son sexe en érection, un sourire malicieux aux lèvres.

— Maintenant, dit-elle.

Il n'allait pas lui refuser cela. Elle s'appuya sur ses genoux le temps qu'il retire son jean. Puis, lentement, elle descendit sur lui, l'accueillant en elle à un rythme délicieusement lent.

— Oh ! Emma, gémit-il dans ses cheveux tandis que sa chaleur intime l'enveloppait. Je ne te laisserai plus partir. Plus jamais.

Emma n'avait aucune envie de partir. Elle serait ravie de rester là pour toujours. Jamais elle ne s'était sentie si proche d'un homme, songea-t-elle tout en ondulant délicieusement contre Jonah.

Une vague de chaleur naquit au creux de son ventre et se répandit en elle. Bientôt, la sueur perla sur son corps. À chaque mouvement, sa peau humide glissait sur la sienne. Jonah la serra plus fort tandis que les sensations gagnaient en intensité.

Elle voulait atteindre les cimes du plaisir dans cette position. Elle voulait s'atomiser entre ses bras. Elle voulait qu'il sente chaque tremblement, chaque spasme, et qu'ensuite il jouisse à son tour. C'était cette proximité avec lui qu'elle recherchait. Quand ils étaient si proches, elle pouvait croire qu'ils étaient faits l'un pour l'autre. Elle pouvait ouvrir son cœur pour le laisser entrer, même si ce n'était que pour un instant.

Les murmures encourageants de Jonah l'arrachèrent à ses pensées.

— Oh ! oui ! Tu es mon magnifique papillon. Jouis pour moi, chérie.

Le timbre grave de sa voix la fit frissonner. Elle accéléra la cadence, ondulant des hanches avec ardeur jusqu'à ce que ses muscles lui fassent mal et que ses genoux la brûlent. Ce fut quand elle n'avait presque plus rien à donner qu'elle atteignit son but. Soudain, son corps céda, et les vagues de sensations déferlèrent sur elle.

Tout en la tenant fermement, Jonah continua de lui chuchoter des mots à l'oreille pendant qu'elle tremblait entre ses bras. Quand les vagues furent moins fortes et qu'elle n'eut presque plus assez d'énergie pour s'accrocher à lui, il s'enfonça en elle avec force et, avec un dernier cri rauque, il se libéra en elle. Il s'effondra sur le lit, l'entraînant avec lui. Après un instant, elle se blottit contre lui et inspira une grande bouffée d'air frais.

Les yeux rivés au plafond, elle écouta le cœur de Jonah battre contre son oreille. Sa vie pourrait-elle vraiment ressembler à cela, désormais ? Quand l'audit serait achevé, elle serait libre de s'afficher avec Jonah. Elle ne savait pas encore comment les choses tourneraient, mais même s'ils ne se mariaient pas, ses parents seraient sûrement heureux d'apprendre sa grossesse si elle vivait avec le père de son bébé. S'ils s'aimaient.

L'aimait-elle ?

Ces derniers jours, elle s'était interrogée à plusieurs reprises sur ses sentiments pour lui. À présent qu'elle était dans ses bras et qu'elle venait de faire l'amour avec lui, il lui était facile d'admettre que, oui, elle l'aimait. Depuis leur première rencontre. Elle avait eu trop peur d'avouer la vérité, même à elle-même. L'amour était une chose intimidante, et l'amour avec un homme tel que Jonah pouvait être tout bonnement terrifiant.

Il était tout ce qu'elle avait cru ne pas devoir rechercher. Excitant, spontané, rebelle, passionné… En vérité, elle avait cru, à tort, que ces qualités faisaient de lui quelqu'un d'irresponsable et de dangereux. Elle n'avait pas besoin d'un homme ennuyeux. Elle avait simplement besoin d'un homme qui soit présent pour elle. Jonah pourrait très bien être cet homme.

Elle était si bien dans ses bras que, lorsque son téléphone sonna, elle fut tentée de ne pas décrocher. Et elle n'aurait pas décroché si elle n'avait pas reconnu la sonnerie. C'était un appel professionnel. Et étant donné l'heure tardive c'était sûrement important.

Elle vit le nom de Tim affiché sur l'écran.

— Allô ?

— Emma. Nous avons un problème, annonça Tim de but en blanc.

Aussitôt, elle eut l'estomac noué. Comment pouvait-il y avoir un problème ? Elle n'avait pas encore rendu son rapport ! Et elle avait tout signalé dans son brouillon.

Elle enfila son peignoir et sortit de la chambre, car elle ne pourrait pas se concentrer avec le corps nu de Jonah dans son lit.

— Qu'y a-t-il ? demanda-t-elle.

— Mark m'a parlé de la conversation que vous avez eue avec lui aujourd'hui. Cela ne me plaît guère que vous ne m'ayez pas mis au courant d'un élément aussi important. Vous auriez dû venir me voir dès que vous avez eu connaissance du problème.

Elle serra le poing. Elle avait demandé du soutien à son collègue, et il l'avait dénoncée sans lui laisser le temps de finir son rapport.

— Il m'a donné des conseils que j'ai suivis. Je vous enverrai mon rapport demain à la première heure. Je voulais le relire avant de vous le soumettre.

— Et que dira ce rapport ?

— Que j'ai discuté du problème avec Jo… avec M. Flynn, et qu'il m'a fourni une explication. L'écart de règlement et la façon dont FlynnSoft a géré le problème seront inclus dans mon rapport pour M. Bailey, qui prendra la décision qu'il souhaite.

Il y eut une longue pause à l'autre bout de la ligne, qu'Emma ne trouva guère rassurante. Quand Tim était silencieux, c'était qu'il préparait sa réponse et, en général, ce n'était pas bon signe.

— Alors, vous appelez M. Flynn Jonah, Emma ?

Elle déglutit, et choisit ses mots avec soin, en tentant d'ignorer la chaleur érotique qui était encore en elle.

— L'environnement chez FlynnSoft est très décontracté, monsieur. Vous le savez comme moi.

— Emma, je vous ai envoyée là-bas parce que je vous croyais raisonnable. Plus que Dee. Mais c'est Mark que j'aurais dû désigner. J'avais sous-estimé le pouvoir de séduction de M. Flynn, je m'en rends compte à présent.

Elle fut abasourdie.

— Monsieur, êtes-vous en train de m'accuser d'une faute professionnelle ? Je vous assure que mon rapport est aussi précis et impartial que l'aurait été celui de Mark.

— Donc, vous êtes prête à nier tout type de relation personnelle avec M. Flynn ?

Pouvait-elle mentir ? Non. Mais pouvait-elle convaincre Tim que cette relation n'entrait pas en ligne de compte ?

— Non, je ne peux pas le nier, monsieur. Mais je peux vous garantir que j'ai fait mon travail aussi bien que n'importe qui.

— Ne voyez-vous pas qu'il s'est servi de vous, Emma ? gronda Tim. Je parie qu'il vous a fait du charme dès votre arrivée. Vous a-t-il proposé de vous faire visiter les locaux ? Vous a-t-il emmenée dîner pour vous souhaiter la bienvenue dans son entreprise ? Juste par amitié, bien sûr. Il fréquente des mannequins et des actrices, Emma. Vous êtes une jolie fille, mais pensez-vous vraiment qu'un homme comme lui pourrait s'intéresser à une femme comme vous, s'il ne voulait pas obtenir quelque chose ? Je suis sûr que, depuis le début, son plan était de vous distraire, pour que vous ne trouviez pas ce problème dans les comptes. Ou, si vous le trouviez, pour vous convaincre de ne pas le révéler. À présent, il va vous laisser tomber comme une vieille chaussette.

Ses mots tranchants atteignirent leur cible, meurtrissant son ego. Malgré tout, elle défendrait son rapport bec et ongles.

— Mais j'ai révélé l'incident, insista-t-elle. Je ne comprends pas pourquoi vous me dites tout cela alors que je n'ai pas encore envoyé mon rapport.

— Oui, vous avez révélé l'incident, mais vous avez conseillé le maintien du contrat, parce que Jonah avait réglé le problème d'une manière fiscalement responsable.

— Comment... ?

Elle n'avait pas encore envoyé son rapport, et il venait de citer ses propres mots ?

— Après avoir parlé avec Mark, j'ai récupéré votre brouillon sur notre serveur et je l'ai lu. J'ai été très choqué. Auriez-vous fait la même recommandation pour quelqu'un d'autre, Emma ? Dites-moi la vérité.

Elle n'avait pas la réponse. Peut-être n'était-elle pas aussi impartiale qu'elle le pensait. Peut-être Jonah avait-il réussi à obtenir ce qu'il voulait sans qu'elle se rende compte qu'il l'avait manipulée.

— Vous avez perdu votre objectivité parce que vous avez noué une relation sentimentale avec lui, comme il l'avait prévu. Si je ne peux pas compter sur vous pour faire correctement votre travail, Emma, je n'ai pas d'autre choix que de me séparer de vous. Passez prendre vos affaires demain.

Elle n'arrivait pas à y croire. Tout ce qu'elle avait redouté depuis le début de son audit était en train de se produire. Elle avait cru être prudente, pourtant, tout s'écroulait autour d'elle.

— Vous êtes sérieux ? Vous me renvoyez ?

Elle entendit le lit grincer et Jonah marcher dans le couloir. Il avait sans doute entendu qu'elle était renvoyée. La panique lui serra la gorge. Elle ne pouvait pas gérer Tim et Jonah en même temps.

— Oui, dit Tim. Je suis désolé, Emma.

Il raccrocha, et elle resta là, sonnée.

Le téléphone lui glissa des mains et tomba sur le sol du salon. Elle ne prit pas la peine de le ramasser.

Jonah s'approcha d'elle. Il ne portait que son caleçon et de son jean.

— Il t'a renvoyée ?

Elle ne répondit pas. Car elle en était incapable. Les mots de Tim tournaient dans sa tête, étouffant la voix de Jonah.

Elle était enceinte et au chômage. Elle venait de perdre son assurance médicale. Qu'allait-elle faire ? Se tourner vers le père de son bébé ? L'homme qui l'avait sans doute utilisée pour conclure le contrat avec Game Town ?

C'était cette pensée qui était la plus douloureuse. Elle n'était pas le genre de femme que Jonah fréquentait. Pourtant, il avait cherché à lui plaire dès qu'il avait posé les yeux sur elle. Bien avant qu'il ne sache qu'elle était l'inconnue de la soirée costumée, il avait usé de son charme, l'avait invitée à dîner, à prendre un café, lui avait offert un bouquet de fleurs onéreux. Tim avait probablement raison. Jonah avait peut-être voulu s'assurer que le contrat soit signé par tous les moyens.

— Emma, qu'est-ce qu'il a dit ? Qu'est-il arrivé ? Il est au courant pour nous ? Nous avons été prudents, pourtant.

— Jonah, s'il te plaît, dit-elle, levant la main pour le faire taire. Réponds à une seule question. C'est tout ce que je veux entendre pour l'instant.

Il serra la mâchoire, puis hocha la tête.

— D'accord. Que veux-tu savoir ?

— Avant que tu saches qui j'étais vraiment, pourquoi m'as-tu courtisée avec tant d'insistance ? Je veux la vérité. Est-ce que tu faisais semblant de t'intéresser à moi pour me distraire et pour m'empêcher de découvrir que Noah avait volé ces trois millions à ta société ?

— C'est ce que Tim t'a dit ?

— Contente-toi de répondre à ma question, s'il te plaît.

Il la regarda une seconde, puis riva les yeux au sol.

— Oui, admit-il après un silence gêné.

— Oh ! mon Dieu ! s'exclama-t-elle, les larmes lui montant aux yeux.

— Emma, écoute-moi. Oui, je l'avoue, c'était mon intention au départ. Je voulais te faire du charme, pour voir si ça m'aiderait. Je ne veux pas te mentir là-dessus. Mais une fois que j'ai su qui tu étais, j'ai toujours été sincère. Tu es mon papillon. Je...

Il tendit le bras vers elle, mais elle s'écarta.

— Non. Arrête. Tu ne peux pas me toucher et m'appeler par des surnoms affectueux alors que je viens d'apprendre que tu t'es servi de moi.

— Emma, s'il te plaît. Tu dois m'écouter.

— Non. La seule chose que je doive faire, c'est vider mon bureau demain et mettre mon CV à jour. J'ai besoin d'une assurance médicale et d'un travail pour subvenir aux besoins de mon bébé.

— Notre bébé, rectifia-t-il.

Mais elle ignora sa remarque. Elle ne pouvait pas songer à cela pour l'instant. Envisager un avenir dans lequel elle devrait le côtoyer en tant que père de son enfant était trop douloureux.

— Je veux que tu prennes tes affaires et que tu t'en ailles, Jonah.

Il avança vers elle, mais elle recula.

— Emma, je t'ai dit que je ne te laisserais plus jamais partir, et je le pensais.

Son regard bleu la suppliait, mais elle ne pouvait pas se laisser attendrir. Jonah s'était servi d'elle pour obtenir ce qu'il voulait. Il avait détruit sa carrière et sa réputation, uniquement pour sauver un contrat juteux.

— Je ne te laisse pas le choix, Jonah. Il faut que tu partes. Tout de suite.

Sa voix était froide, blanche, pourtant, les émotions faisaient rage en elle.

Cette fois, il ne protesta pas. Il retourna dans la chambre, prit ses vêtements et les enfila sans un mot. Elle le suivit jusqu'à la porte d'entrée, en tentant de retenir ses larmes.

— Je ne voulais pas te faire souffrir, Emma.

Et il sortit.

Elle referma la porte à clé derrière lui. Puis, elle appuya son front contre le bois froid et, enfin, elle laissa libre cours à ses larmes.

— Pourtant, c'est ce que tu as fait, murmura-t-elle.

11

— Tu m'as l'air très grincheux ce matin.

Levant les yeux, Jonah découvrit que son frère Noah était à l'entrée de son bureau. Le seul fait de le voir, avec son petit sourire suffisant, fit grimper sa tension en flèche.

Noah tombait vraiment mal. Depuis sa dispute avec Emma, quelques jours plus tôt, Jonah ne dormait plus. Ne mangeait plus. Il avait très mal agi, et la culpabilité le rongeait. Il ignorait comment régler la situation, ou même s'il le pouvait. Mais au moins il pouvait obtenir justice en faisant payer le coupable qui avait provoqué ce chaos !

Sans un mot, il se leva et serra les poings. Sa colère devait être palpable, car le perpétuel sourire de Noah s'évanouit peu à peu.

Il avança vers son frère comme une panthère vers sa proie. Lentement. Silencieusement. À cause de son cadet irresponsable et stupide, il avait traversé des semaines de frustration et de souffrance. Il savourerait le châtiment qu'il allait lui infliger.

— Jonah...

Son cadet leva les mains et recula vers la table de conférence.

— Laisse-moi m'expliquer.

— Oh ! tu vas t'expliquer. Mais ce sera avec une lèvre fendue et un nez en sang.

— Allons, Jonah. Tu ne vas tout de même pas avoir recours à la violence ? Que dirait maman ? Je la vois ce soir. Tu veux qu'elle pense que je me suis battu ?

En temps normal, la mention de leur mère l'aurait arrêté, mais pas cette fois.

— Non. Je veux que tu aies l'air d'avoir reçu une raclée.

Son frère semblait inquiet à présent. Il se réfugia de l'autre côté de la table.

— Qu'est-ce qui te rend si furieux ? Le contrat avec Game Town est-il tombé à l'eau ?

— Le contrat avec Game Town est-il tombé à l'eau ? répéta-t-il d'une voix presque hystérique.

Il n'en savait rien. Il n'avait plus entendu parler de Game Town depuis qu'il avait quitté l'appartement d'Emma. Il émit un rire sans joie et contourna la table pour approcher de sa cible.

— En ce moment, c'est le cadet de mes soucis, Noah.

Son frère sembla décontenancé.

— Attends une minute. Que s'est-il passé ? Parce que j'ai parlé avec le P-DG de Game Town hier, et il m'avait semblé que tout était arrangé.

Il se figea. Noah n'était tout de même pas allé voir leur partenaire potentiel sans même l'avertir ?

— Tu as fait quoi ?

— Je t'expliquerai tout, si tu veux bien t'asseoir et me promettre de ne pas me frapper. C'est pour ça que je suis venu : pour tout t'expliquer. Je ne suis pas stupide.

Jonah en doutait sincèrement, mais il était surtout curieux d'entendre ce que son frère avait à dire. Car il ne voyait pas comment Noah avait pu sauver la situation.

— D'accord. Mais il est possible que je te frappe quand même ensuite.

Sans quitter Noah des yeux, il retourna s'asseoir à son bureau. Son frère s'installa sur la chaise face à lui, s'asseyant au bord, comme s'il se préparait à détaler rapidement.

— Parle.

— Je suis revenu de Thaïlande il y a deux jours. Le décalage horaire est terrible, je t'assure. J'ai passé la première journée au lit et, le lendemain, Melody m'a téléphoné et m'a appris qu'il y avait des bruits de couloir. Que le contrat avec Game

Town pourrait ne pas aboutir à cause de l'argent que j'avais pris. Je me suis senti coupable, alors je suis allé chez Game Town et j'ai parlé au P-DG.

Cela cachait sûrement quelque chose. Noah avait toujours des motifs cachés.

— Je lui ai expliqué pourquoi j'avais besoin de cet argent, et je lui ai assuré que c'étaient des circonstances exceptionnelles qui ne se reproduiraient jamais.

Plus il écoutait Noah, plus il était furieux.

— Et à quoi au juste t'a servi cet argent, Noah ?

— À payer une rançon.

Eh bien, ce n'était certainement pas ce à quoi il s'attendait ! Noah était-il sérieux ?

— Une rançon pour qui ?

— Pour mon fils.

Il avait cru que son frère ne pourrait pas le surprendre davantage, mais Noah était toujours plein de surprises.

— Quel fils ? Tu n'as pas de fils.

Noah soupira.

— Il y a un an et demi, j'ai rencontré une femme, Reagan Hardy, à une soirée caritative. Elle est médecin. Nous avons passé une semaine ensemble, et peu de temps après, elle est allée en Asie du Sud-Est avec Médecins sans frontières. Elle a découvert sa grossesse après son départ, et ne m'en a pas parlé. Son travail a fait d'elle une cible pour la *chao pho*, la mafia thaïlandaise. Ils ont kidnappé Kai dans la clinique où elle travaillait. J'ignorais que j'avais un fils jusqu'à ce qu'elle me téléphone pour me demander de l'aide. Si elle ne payait pas trois millions de dollars dans un délai de sept jours, les ravisseurs tueraient Kai. Si elle contactait la police, ils le tueraient. Je devais agir vite, alors j'ai pris l'argent et je suis monté dans le premier avion. Je suis désolé de t'avoir créé des ennuis, mais si je devais le refaire, je n'hésiterais pas une seconde.

Maintenant que Jonah savait que son neveu s'était retrouvé

entre les mains de dangereux criminels, tout le reste semblait insignifiant.

— Que s'est-il passé ensuite ?

— J'ai payé la rançon, et on nous a rendu Kai indemne. Les policiers ont arrêté les ravisseurs le lendemain, et nous avons récupéré la plus grande partie de l'argent, alors je pourrai te le rendre, comme je te l'ai promis. Quand j'ai expliqué tout cela à Carl, il s'est montré compréhensif. Ce n'est pas le genre d'événements qui arrive très souvent. Il m'a dit qu'étant donné les circonstances il ne tiendrait pas rigueur à FlynnSoft. Est-ce qu'il a changé d'avis ?

— Je l'ignore. Je n'ai pas de nouvelles de Game Town. Et pour l'instant, je m'en moque.

Noah l'observa, l'air dérouté.

— Le type qui a failli me démolir il y a quelques minutes semblait trouver ça important. Si tu n'es pas fâché à cause du contrat avec Game Town, alors quel est le problème ?

Jonah ne savait même pas par où commencer. Comment expliquer sa relation avec Emma, et le fait qu'il ait tout gâché ?

— Il s'agit d'une femme, devina Noah.

Était-ce si évident ?

— Ça n'a plus d'importance, Noah. C'était l'auditrice qui a dû rendre compte de toute cette pagaille, et à cause de moi, elle a été licenciée.

— Je suis sûr que tu pourrais l'aider à trouver un autre poste. Ou, mieux, tu pourrais l'engager.

Jonah secoua la tête. Il savait qu'Emma refuserait de travailler pour lui, même maintenant. Surtout maintenant. Le fait qu'elle ait perdu son travail était la preuve qu'elle avait eu raison depuis le début.

— Elle refusera mon aide, je le sais. Sa réputation est très importante pour elle, et j'ai tout gâché. J'ai détruit non seulement sa carrière, mais aussi notre relation. C'était la femme de ma vie, Noah. Je l'aime, et elle porte mon bébé. Pourtant, je lui ai menti à propos des trois millions, pour sauver notre peau. Tout m'a explosé à la figure.

— C'est la jeune femme de la soirée costumée ? Celle avec le tatouage ?

La mention de cette soirée était trop douloureuse pour qu'il puisse parler. Alors, il se contenta de hocher la tête.

— Dans ce cas, il faut que tu règles ça, conclut Noah.

Avec son frère, tout semblait toujours simple. Même un terrible kidnapping.

— Comment ? Je ne sais même pas comment procéder. À mon avis, elle ne veut plus rien avoir à faire avec moi.

— Peut-être, mais ça pourrait changer. Tu as dit que ce qui comptait le plus pour elle, c'était sa réputation. Alors, agis en conséquence. Parle à son patron, dis-lui que ce n'était pas sa faute, et fais en sorte qu'elle retrouve son travail. Tu peux assumer tes fautes, et réparer tes torts envers elle.

Tout cela était bien joli, mais serait-ce suffisant ?

— Et si elle ne me pardonne pas ? Ou qu'elle me pardonne mais qu'elle ne veut plus de moi ?

— Au moins, tu auras fait ton devoir.

Pour une fois, il devait admettre que l'idée de Noah était bonne. Peut-être ne regagnerait-il jamais la confiance ou l'amour d'Emma, mais il pouvait sauver sa réputation et sa carrière.

— À moins, bien sûr, que tu sois prêt à te jeter à l'eau, ajouta son frère.

— Me jeter à l'eau ?

Noah leva sa main gauche et agita son annulaire.

— Tu as un double problème. Tu dois sauver sa réputation et sa carrière, mais aussi sauver sa réputation personnelle et sa foi en toi en lui déclarant ton amour et en lui demandant sa main. Si elle s'inquiète tant de l'opinion des gens, comment vit-elle le fait d'être enceinte hors mariage ?

— Je lui ai déjà demandé de m'épouser. Elle a refusé.

— Eh bien, refais ta demande. Pas parce que vous allez avoir un bébé, mais parce que tu l'aimes et que tu veux passer le reste de ta vie avec elle.

Une fois de plus, Noah avait raison. Mais Jonah se garderait bien de le lui dire. Il se tourna vers son ordinateur et tapa quelques chiffres. Puis, il saisit son téléphone. Il avait quelques coups de fil à passer.

— Qui appelles-tu ? demanda Noah.

— Tout le monde.

Emma s'apitoyait sur son sort, elle le savait. Cela faisait une semaine qu'elle avait été renvoyée. Du moins, c'était ce qu'il lui semblait. À dire vrai, elle ignorait depuis combien de temps au juste elle se morfondait. Ce dont elle était sûre, c'était qu'elle portait le même pyjama depuis trois jours et qu'elle ne s'était pas lavé les cheveux depuis autant de temps. Mais elle n'arrivait pas à s'en soucier. Après tout, elle n'avait à aller nulle part. Elle n'avait personne à voir. Elle était au chômage, célibataire, enceinte et malheureuse.

Lorsque son téléphone sonna et qu'elle reconnut la sonnerie attribuée à Lucy, elle ne décrocha pas. Ses trois amies semblaient se relayer pour tenter de prendre de ses nouvelles. Emma était sûre que, bientôt, elles allaient débarquer chez elle. Le portier avait pour consigne de les laisser entrer, et Violet possédait une clé.

Peu lui importait. En fait, très peu de chose comptait à ses yeux. Du moins, pour l'instant. Dans quelques jours, elle n'aurait pas d'autre choix que de se ressaisir et de tourner la page. Elle avait des factures à payer et, bientôt, un bébé à nourrir. Elle pourrait sans doute emprunter de l'argent à ses parents, mais il lui faudrait avouer que sa vie était en plein chaos. Or, elle n'était pas encore prête pour cela.

Par conséquent, elle devait trouver un travail.

Elle avait consulté les offres d'emploi en ligne. Son seul espoir était de décrocher un autre poste avant que l'on apprenne pourquoi elle avait quitté le précédent. Au bout du compte, si un employeur potentiel appelait Game Town, il apprendrait pourquoi elle avait été licenciée. Mais au moins, pour l'instant, aucune rumeur fausse ne circulait sur son compte. Ce serait sans doute différent quand elle ne pourrait plus cacher sa grossesse…

Jusqu'ici, elle n'avait rien trouvé de très intéressant. Elle avait repéré un poste d'analyste financière chez Sandlin-Kline. Elle était surqualifiée, mais elle prendrait cet emploi si elle était retenue, car c'était un grand cabinet dans lequel elle pourrait gravir les échelons. Il y avait même une crèche, ce qui lui serait bientôt utile. Elle avait également vu une offre pour un emploi d'expert-comptable dans un grand cabinet fiscal, mais ce serait en dernier recours. La fiscalité n'était pas son domaine favori.

Le seul autre emploi qui avait éveillé son intérêt était celui de directrice financière chez FlynnSoft. Elle avait eu un rire nerveux quand elle avait vu l'annonce sur son ordinateur. Manifestement, elle était masochiste, puisqu'elle avait pris la peine d'envisager cette option. Travailler avec Jonah au quotidien serait une pure torture.

Bien entendu, elle devrait le côtoyer après la naissance du bébé. Mais le voir chaque jour, et être sous ses ordres cette fois… C'était hors de question. Elle était qualifiée pour ce poste qu'il lui avait déjà offert deux fois. Mais puisque Jonah lui avait menti, elle ne pouvait plus envisager de travailler pour lui. Elle emballerait les courses à l'épicerie du coin plutôt que de le supplier de lui donner un travail.

Ses parents auraient une attaque s'ils surprenaient leur fille enceinte et célibataire en train d'emballer des fruits et des légumes. Mais elle le ferait s'il le fallait, car au moins il lui restait sa fierté. Et elle subviendrait aux besoins de son enfant, quoi qu'il arrive. Du moins, une fois qu'elle se serait ressaisie et qu'elle irait de l'avant.

Elle se demandait si elle allait prendre une crème glacée en guise de dîner quand son téléphone sonna de nouveau. Cette fois, c'était Tim. Elle saisit l'appareil et considéra l'écran. Pourquoi Tim voulait-il lui parler ? Son dernier salaire lui serait versé par virement, et elle avait déjà vidé son bureau. Si Tim pensait qu'elle était prête à répondre à des questions sur ses dossiers alors qu'il l'avait renvoyée, il en serait pour ses frais !

Toutefois, puisqu'elle avait très envie de savoir ce qu'il y avait derrière ce coup de fil, elle décrocha.

— Allô ?

Elle tenta de masquer son déplaisir, sans y parvenir.

— Emma ! Bonjour, c'est Tim.

— Je sais.

— Vous avez un peu de temps pour discuter ?

— Pas vraiment, Tim. J'ai un entretien chez Sandlin-Kline demain matin. Je dois passer prendre mes tailleurs au pressing avant la fermeture, répondit-elle en mentant.

Car elle n'avait encore envoyé son CV nulle part. Ce qu'elle se garderait bien d'avouer.

— Dans ce cas, je serai bref, Emma. En vérité, je pense avoir agi de manière prématurée quand je vous ai renvoyée. J'étais contrarié de ne pas avoir été mis au courant des difficultés que vous avez rencontrées, et j'ai été trop dur. Je n'aurais pas dû me séparer de vous.

Elle s'assit lentement sur le canapé. Tim était-il en train de lui présenter ses excuses ? Ce n'était pourtant pas son style. Cela cachait sûrement quelque chose.

— Je suis contente que vous le reconnaissiez.

Cela dit, elle ne s'emballerait pas. Elle ne connaissait personne dans cette entreprise qui ait été réengagé après un licenciement.

— Depuis quelques jours, poursuivit-il, la situation est assez chaotique. J'ai sous-estimé la masse de travail que vous abattiez, et nous ne pouvons pas nous en sortir sans vous. J'ai commis une terrible erreur, je le sais. J'aimerais que vous reveniez, Emma.

Elle était stupéfaite. Tim lui proposait de reprendre son poste...

— Vous êtes sérieux ?

— Oui. Je n'aurais pas dû vous reprocher les actes de Flynn. Vous n'aviez aucun moyen de savoir ce qu'il tramait. C'est un homme très charismatique et très persuasif. Et vous avez fait votre travail comme je vous avais demandé de le faire.

Elle marqua un temps. Il ne parlait pas comme le directeur qu'elle connaissait.

— Tim, est-ce que Jonah vous a demandé de me rendre mon poste ?

Il y eut un long silence au bout de la ligne.

— Tim, insista-t-elle. Jonah Flynn vous a-t-il téléphoné pour vous demander de me réengager ?

Elle l'entendit pousser un grand soupir.

— En effet. Il est venu à mon bureau en personne. Il m'a expliqué pour le kidnapping et il m'a dit que la direction de Game Town ne tenait pas FlynnSoft pour responsable.

— Un kidnapping ? Quel kidnapping ? demanda-t-elle, se sentant soudain perdue.

— Le neveu de Flynn. Les trois millions ont servi à payer une rançon. Flynn ne vous l'a pas dit ? Quoi qu'il en soit, il a déclaré que tout était entièrement sa faute, et que je serais un triple idiot de vous laisser partir.

— Un triple idiot ?

Elle ne comprenait rien à cette conversation. Le neveu de Jonah avait été kidnappé ? Quel neveu ?

— Oui, ce sont ses termes exacts. Et puisque je ne suis pas un triple idiot j'ai décidé de vous téléphoner pour vous demander de revenir. Qu'en dites-vous, Emma ?

Elle ignorait quoi dire. Le fait que Jonah soit allé la défendre auprès de Tim était surprenant. Et inattendu. Elle n'avait plus eu de nouvelles de lui depuis leur dispute. Après l'avoir mis à la porte comme elle l'avait fait, elle avait cru qu'elle n'entendrait parler de lui qu'après la naissance du bébé. Rien ne l'obligeait à la défendre auprès de son ancien employeur. Pourtant, il l'avait fait.

Alors, peut-être avait-il été sincère, lors de leur dernière conversation.

Sur le moment, elle avait été trop choquée pour écouter ses protestations. Elle avait cru que ce n'étaient que de fausses excuses. Mais si, comme il le prétendait, il avait été sincère après avoir appris qui elle était... S'il tenait vraiment à elle et à leur bébé...

Il pensait sans doute qu'elle ne le croirait pas et il avait fait son possible pour réparer les dégâts qu'il avait provoqués. Parce qu'il savait qu'elle tenait à sa carrière et à sa réputation.

Mais elle se rendit soudain compte qu'elles n'étaient plus prioritaires à ses yeux. À présent, elles passaient bien après l'avenir de sa famille. Après son avenir avec Jonah.

— Emma ?

— Oui ?

Elle se rendit compte qu'elle avait cessé d'écouter Tim.

— Vous allez revenir ? demanda-t-il.

Elle réfléchit quelques instants, mais elle avait déjà sa réponse.

— Non, merci, Tim. J'apprécie votre offre, mais il est temps pour moi de tourner la page. Bonne chance à vous. Au revoir.

Elle raccrocha pour ne pas se laisser le temps de regretter ses paroles. Ce qui arriva presque aussitôt. Dès qu'elle posa le téléphone à côté d'elle sur le canapé, elle sentit la panique l'envahir. Elle venait de refuser un travail. Un travail intéressant. Bien payé. Mais où avait-elle la tête ?

Croyait-elle donc qu'elle n'avait pas besoin de cet emploi parce que Jonah était amoureux d'elle et qu'il voulait la récupérer ? Si oui, c'était un pari très risqué. Peut-être Jonah avait-il simplement voulu se montrer gentil. Ou réparer ses torts. Et elle venait de lui renvoyer son cadeau à la figure. Qu'allait-elle faire, à présent ?

Le carillon de sa porte tinta, l'arrachant à ses pensées. Quel intérêt d'avoir un portier si les gens pouvaient monter chez elle sans s'annoncer ? Qui cela pouvait-il être, cette fois ? Elle approcha de la porte avec prudence et regarda par le judas.

Lucy et Harper. Évidemment.

— Qu'est-ce que vous voulez ? cria-t-elle à travers la porte.

— Ce qu'on veut ? rétorqua Harper. Nous sommes mardi, et il est 19 heures, Emma. À ton avis ?

— Je t'ai téléphoné trois fois aujourd'hui, Emma, renchérit Lucy. Si tu avais pris la peine de décrocher, tu saurais pourquoi nous sommes là. La soirée filles !

Mince. Elle avait totalement oublié cette tradition. Elle gémit et ouvrit la porte.

— Je suis désolée, dit-elle. J'ai perdu le fil des jours, apparemment.

Harper observa son chignon désordonné, son T-shirt trop grand et son pyjama Winnie l'Ourson.

— Je vois ça. Heureusement pour toi, Lucy a apporté le dîner, donc nous n'allons pas mourir de faim.

— Je ne sais pas si je suis d'humeur ce soir, les filles, dit-elle, s'effaçant pour les laisser entrer.

— Dommage, rétorqua Lucy. Je te le rappelle, je n'ai pas le câble et je veux absolument savoir ce qui se passe cette semaine dans notre série. Donc, je ne pars pas.

Harper et elle allèrent directement dans la cuisine. Apparemment, elles allaient rester, qu'elle le veuille ou non.

— Je vais prendre une douche pendant que vous préparez les assiettes, dit-elle.

En traversant le salon, elle ramassa les mouchoirs qui avaient accueilli ses larmes ainsi que les emballages vides de plats préparés, et les jeta dans la poubelle avant de se rendre dans la salle de bains. Quand elle revint quinze minutes plus tard, elle se sentait un peu mieux, et ses amies avaient fini de préparer les assiettes. Ce soir, c'était un menu grec venant d'un restaurant près de chez Lucy

Comme à leur habitude, elles s'installèrent dans le salon. Emma prit quelques bouchées savoureuses. C'était son premier vrai repas depuis des jours, et il était si délicieux qu'elle ne remarqua pas tout de suite que ses amies l'observaient d'un air interrogateur.

— Où est Violet ? demanda-t-elle, espérant que la discussion se porterait sur cette dernière.

— Elle est aux abonnés absents depuis quelques jours, répondit Harper.

— Je crois que Beau et elle ont encore rompu, ajouta Lucy.

Beau était un banquier d'affaires que Violet fréquentait depuis trois ans, par intermittence.

— Qui sait, avec ces deux-là ? Il y a plus important : ce qui se passe entre Jonah et toi, déclara Lucy.

Emma leur parla du coup de fil de Tim, et leur apprit qu'elle avait refusé de reprendre son poste. Lucy semblait aussi étonnée qu'elle, mais Harper parut ravie de cette décision irréfléchie.

— Bravo, la félicita son amie. Tim mérite de souffrir pour t'avoir virée comme il l'a fait. Je parie qu'il a du travail jusqu'au cou maintenant que tu n'es plus là.

Emma n'en était pas si sûre.

— Tu crois que c'était une bonne décision ? demanda-t-elle. J'aimerais en être certaine. Que vais-je faire maintenant ? Il faut que je trouve un travail.

Harper hocha la tête, une lueur malicieuse dans le regard.

— Évidemment, tu dois travailler. Et j'ai le poste parfait pour toi.

12

Jonah observa la boîte de velours bleu de chez Luxury. Aujourd'hui, c'était le grand jour. Il s'était entretenu avec Tim et il espérait qu'Emma avait récupéré son emploi. Il avait aussi parlé à Carl Bailey, le P-DG de Game Town. Noah avait raison, la situation était arrangée. Toutes les pièces que Jonah avait brisées la semaine dernière étaient recollées, excepté une.

Ce soir, quand Emma rentrerait du travail, il irait la retrouver à son appartement. Il la supplierait de lui pardonner, lui jurerait qu'il l'aimait et qu'il aimait leur bébé. Ensuite, il lui présenterait le diamant de deux carats et demi qu'il avait acheté sur la Cinquième Avenue hier soir, et lui ferait sa demande. Il se jetterait à l'eau, comme Noah l'avait suggéré. Et avec un peu de chance, la dernière pièce serait recollée.

Pour l'occasion, il avait même enfilé un costume et une cravate. Un costume Armani classique de couleur noire, et une cravate vert émeraude qui lui rappelait les yeux d'Emma. Les employés qu'il croisait dans les couloirs avaient tous plaisanté sur cette tenue inhabituelle pour lui, en lui demandant s'il passait un entretien quelque part.

Lorsqu'il entendit frapper à la porte, il referma la boîte et la rangea dans sa poche.

— Entrez.

Pam passa la tête par l'embrasure.

— J'ai les CV pour les entretiens.

Mince, il avait oublié. Il avait accepté de recevoir quelques candidats pour le poste de directeur financier. Les ressources humaines avaient déjà présélectionné trois profils. Si l'une de ces trois personnes pouvait empêcher son frère de voler de l'argent de nouveau, elle ferait l'affaire.

Pam déposa les documents sur son bureau.

— Aujourd'hui, c'est le grand jour, n'est-ce pas ?

Il acquiesça d'un signe de tête. Si Pam était toujours au courant de tout, c'était parce qu'elle s'occupait de tout organiser. C'était elle qui avait téléphoné chez Luxury et convenu d'un rendez-vous privé afin qu'il puisse choisir une bague. Elle qui s'était assurée qu'une voiture passe le prendre à l'heure pour qu'il ne manque pas ce rendez-vous. Elle encore qui avait récupéré son costume au pressing afin qu'il puisse le porter aujourd'hui. Elle était ravie de participer à un moment si important de la vie de son patron.

— Elle va l'adorer, lui assura-t-elle. Ne soyez pas nerveux.

— Je ne suis pas nerveux, affirma-t-il avec un sourire.

— Non, bien sûr, dit-elle, même si elle semblait sceptique. Vous devez juste tenir le coup pendant quelques entretiens. La première candidate devrait être là à 10 heures.

Il consulta sa montre. Il avait environ dix minutes devant lui. Juste assez pour lire le CV, terminer son café, et trouver quelques questions intelligentes à poser. Il détestait faire passer des entretiens. Son but était d'engager des gens suffisamment intelligents et compétents pour qu'ils soient capables d'engager d'autres gens intelligents et compétents sans lui.

Mais il s'agissait d'un poste de direction. Après le petit scandale que Noah avait provoqué, il devait choisir le chef du service financier avec soin. Il fallait que Carl et tous les P-DG qui pourraient vouloir collaborer avec FlynnSoft puissent être totalement rassurés.

Avec un soupir de résignation, il avala une grande gorgée de café et prit le premier CV. Lorsqu'il lut la première ligne, il recracha son café, éclaboussant la feuille de papier.

Emma Dempsey.

Il prit une serviette et essuya le café avec soin sur le CV pour pouvoir le lire. Jamais il n'aurait cru qu'Emma postulerait pour le poste ! Un poste qu'il lui avait offert par deux fois, et qu'elle avait refusé. Mais, maintenant que l'audit avec Game Town était terminé, peut-être se sentait-elle libre de quitter son emploi.

Il tenta de lire ses qualifications et sa formation, mais une seule pensée occupait son esprit : Emma serait bientôt ici. Dans son bureau. Dans cinq minutes. Il avait la bague de fiançailles dans sa poche. Pourrait-il tenir pendant tout l'entretien sans la lui donner, et feindre la décontraction ?

Non. Il doutait de pouvoir jouer la comédie très longtemps.

Comment se faisait-il que personne ne lui ait parlé de la candidature d'Emma ? Quelqu'un était au courant, forcément. Pam, à tout le moins. Peut-être cela expliquait-il l'étincelle dans le regard de son assistante tout à l'heure. Il avait cru qu'elle était simplement contente qu'il fasse sa demande en mariage, mais peut-être savait-elle des choses qu'il ignorait ?

On frappa de nouveau à sa porte. Il était exactement 10 heures. Emma était là...

— Entrez, dit-il en se levant.

Pam ouvrit la porte, un sourire malicieux aux lèvres. Emma la suivait. Du moins, on aurait dit que c'était Emma, mais elle avait une allure bien différente aujourd'hui. Le tailleur et le chignon austères avaient disparu. Ses cheveux lâchés encadraient son visage, comme le soir de leur rendez-vous. Elle portait des ballerines confortables, un jean moulant noir, un T-shirt ainsi qu'un blazer bleu roi.

C'était un parfait mélange de sérieux et de décontraction. Comme si Emma avait mélangé son propre style avec le sien, et qu'elle avait enfin trouvé sa place chez FlynnSoft.

Ce style lui allait bien. Très bien, même. Il avait envie de plonger la main dans ses boucles soyeuses. Mais il s'abstiendrait. Avant tout, c'était un entretien, et même si Emma lui avait pardonné il savait qu'elle voudrait rester professionnelle.

— Jonah, voici votre première candidate, Emma Dempsey.

Pam sourit puis s'éclipsa.

Jonah tendit la main à Emma pour la saluer.

— Bonjour, mademoiselle Dempsey.

— Je vous en prie, appelez-moi Emma, dit-elle avec un sourire complice, tout en lui serrant la main.

Il lui fallut faire appel à toute sa retenue pour ne pas la prendre dans ses bras.

— Je vous en prie, asseyez-vous, dit-il, indiquant la chaise visiteur sur laquelle elle s'était assise plusieurs fois.

Une fois qu'ils furent installés, il reprit son CV et tenta de trouver quelque chose d'intelligent à dire. Il décida de mener cet entretien comme s'ils ne s'étaient jamais rencontrés, et de commencer par sa question habituelle.

— Alors, Emma. Dites-moi pourquoi vous souhaitez travailler chez FlynnSoft.

En temps normal, cette question l'aidait à repérer si le candidat ou la candidate partageait les mêmes valeurs de base que la plupart des employés de FlynnSoft. L'amour du jeu vidéo et du design graphique, la passion pour leur travail, et même leur intérêt pour les cafés gratuits valaient la peine d'être mentionnés. Les gens qui appréciaient ses innovations devenaient des employés bien plus heureux et plus productifs.

— Eh bien, commença-t-elle, j'ai récemment eu l'occasion de travailler avec certains membres de la famille FlynnSoft, lors d'un audit que j'ai réalisé pour mon précédent employeur. Ce n'était pas du tout ce à quoi j'étais habituée dans un environnement professionnel, mais après m'être adaptée j'ai réellement appris à apprécier ce que FlynnSoft offre à ses employés.

— C'est-à-dire ?

— La liberté de travailler à leur rythme sur des projets qui les passionnent. Tous les outils dont ils ont besoin, traditionnels ou autres, pour leur permettre d'exploiter leur potentiel. Le temps et les équipements pour entretenir leur enthousiasme au travail. Et aussi un P-DG qui se soucie vraiment de son personnel. Je croyais au départ qu'il n'en avait qu'après l'argent, mais j'ai compris que ce qui le motivait, c'était que son entreprise réussisse pour le bénéfice des employés qui dépendaient de lui.

— Alors, vous comprenez que, en dépit des apparences, il essayait seulement de les protéger ? demanda-t-il.

Elle hocha la tête.

— Et qu'il ne ferait jamais de mal intentionnellement à l'un de ses employés, même un employé temporaire ?

Elle posa sur lui ses grands yeux verts, et il constata avec bonheur qu'il n'y avait aucune souffrance dans son regard.

— Oui, je le sais à présent. C'était difficile à croire, mais j'ai eu un peu de temps pour réfléchir. Et j'ai appris à apprécier la ténacité de ce P-DG.

Donc, elle comprenait pourquoi il avait agi comme il l'avait fait... Il avait envie de pousser un grand soupir de soulagement de remercier sa bonne étoile, mais il attendrait un peu.

— D'accord, réponse parfaite. À présent, expliquez-moi en quoi vous seriez un atout pour FlynnSoft, si nous devions vous engager ?

— Eh bien, dit-elle avec un sourire, je suis très structurée et organisée. J'aime rester professionnelle au travail, mais je sais aussi me détendre. Je crois qu'avec mon expérience, je suis la candidate parfaite pour contrôler le service financier de FlynnSoft, mais aussi pour contrôler le P-DG.

— Ah, vraiment ?

Cela devenait intéressant.

— Oui. Il a certaines faiblesses que je peux exploiter quand c'est nécessaire, pour veiller à ce que tout se passe bien.

— Quel genre de faiblesses ?

Ses lèvres rose pâle se fendirent d'un sourire.

— Moi, pour commencer. Je sais de source sûre que le P-DG a un faible pour moi.

Il s'appuya sur ses coudes, se rapprochant autant que possible malgré le bureau qui les séparait.

— C'est vrai. Vous pourriez sans doute négocier un énorme ensemble d'avantages sociaux grâce à cela.

— Ce qui m'intéresse surtout, c'est un congé maternité. Et

puis, les horaires flexibles et le télétravail seraient appréciables pour la jeune mère que je vais être. Si mon bureau était assez grand, j'aimerais aussi amener ma fille au travail.

Il voulut répondre, mais découvrit qu'il ne pouvait former aucun son. Ils allaient avoir une petite fille ? Comment Emma pouvait-elle être déjà au courant ?

Elle sortit de son porte-documents une photo en noir et blanc et la fit glisser vers lui. Il avait déjà vu des photos d'échographies auparavant, mais celle-ci était étonnamment nette.

— J'ai fait faire une échographie en 3D hier, expliqua-t-elle. Quatorze semaines, c'est encore tôt, mais le radiologue semblait certain que je... que nous allions avoir une petite fille.

Emma était presque sûre que l'entretien était terminé. Jonah avait réussi à se montrer professionnel, mais dès qu'elle avait fait glisser la photo de leur fille vers lui, sa façade s'était écroulée.

À présent, elle était en train de regarder un homme fondre d'amour pour son enfant. C'était une chose qu'elle avait cru ne jamais pouvoir voir, et elle était si soulagée qu'elle avait envie de pleurer. Mais elle retiendrait ses larmes. Jonah avait déjà le regard embué, et si elle se laissait aller, ils allaient éclater en sanglots tous les deux.

Il contempla la photo quelques minutes, avant de s'essuyer les yeux et de la reposer sur le bureau.

— Je suis sûr que nous pourrons accéder à toutes tes requêtes. Je chasserai Noah de son bureau et je le transformerai en chambre d'enfant si tu me le demandes.

Un sourire aux lèvres, il se leva et vint s'asseoir sur la chaise à côté de la sienne.

— Je t'aime, Emma. Et tu m'as terriblement manqué. Je suis désolé de t'avoir blessée. Je n'ai jamais voulu cela.

Elle lui prit la main et la serra doucement, savourant ce contact physique.

— Je sais. Je t'aime aussi. Et je suis désolée, moi aussi.

— Désolée ? Mais de quoi ? Tu n'as rien fait de mal.

— Si.

Elle avait beaucoup réfléchi ces derniers jours et elle voulait s'assurer qu'il connaisse sa position à présent.

— J'ai laissé ma peur du regard des autres m'empêcher de vivre ma vie et de t'aimer comme je le souhaitais. J'ai passé toute mon existence à me soucier davantage de l'opinion des gens que de la mienne. Je n'aimais pas la femme guindée et ennuyeuse que j'étais devenue, mais je croyais que c'était celle que je devais être.

Elle marqua un temps, puis poursuivit :

— Tu aimais des aspects de moi dont j'avais honte, et cela m'a aidée à comprendre que ce que les autres peuvent penser de moi n'est pas mon problème. Tout ce qui compte, c'est que je sois heureuse et que je mène ma vie comme je l'entends. Et je veux la vivre avec toi. Je veux fonder une famille avec toi, Jonah.

Elle se fichait qu'ils se marient au Plaza, qu'ils s'unissent en secret à l'hôtel de ville ou qu'ils ne se marient pas du tout. C'était sa mère qui rêvait d'une grande cérémonie, pas elle. Un mariage n'était important que si l'on y accordait de l'importance. Tout ce qu'elle voulait, c'était que Jonah fasse partie de sa vie et de celle de leur enfant, chaque jour. Elle voulait l'aimer et vivre auprès de lui. C'était cela qui ferait son bonheur.

Il l'observa un instant, et elle crut voir de la nervosité sur son visage. Avant qu'elle puisse dire quoi que ce soit, il sortit une petite boîte de la poche de sa veste, mit un genou en terre, et saisit sa main gauche.

Elle se raidit aussitôt, car elle devinait la suite.

— Jonah..., commença-t-elle d'une voix haletante.

Il tenait à la main une boîte de velours bleu de chez Luxury.

— Emma, la dernière fois que je t'ai proposé de m'épouser, tu as décliné. Tu m'as dit que nous nous connaissions à peine mais que, si je tombais amoureux de toi et que je voulais vraiment t'épouser, tu reconsidérerais la question.

Il caressait nerveusement sa main avec son pouce, et elle avait bien du mal à se concentrer sur ses paroles.

Enfin, il lâcha sa main et sortit de la boîte bleue un petit écrin noir qu'il ouvrit. À l'intérieur, sur un lit de velours, était nichée une bague d'une beauté à couper le souffle. Un diamant taille émeraude, entouré de diamants plus petits, monté sur un anneau de platine délicat également serti de diamants. Le bijou captait la lumière du soleil matinal et projetait un arc-en-ciel de couleurs éblouissant.

— J'espère que tu as reconsidéré la question, Emma, même s'il ne s'est écoulé que quelques jours depuis ma première demande. Cette semaine sans toi m'a paru interminable. Je ne pouvais pas laisser passer un jour de plus, encore moins une semaine de plus, sans te dire à quel point je t'aime. Sans te dire que je veux faire de toi mon épouse.

Il la regarda dans les yeux et déglutit.

— Veux-tu m'épouser, Emma ?

Ces derniers mois, il s'était passé tant de choses... Sa rupture déprimante avec David. La soirée de mardi gras, et le grand frisson d'une aventure avec un inconnu. Puis, cette semaine terrible où elle avait cru perdre tout ce à quoi elle tenait... Et maintenant, le destin lui offrait l'amour. Un mariage. Une famille.

— Bien sûr. Bien sûr que je le veux, Jonah ! répondit-elle, les larmes aux yeux.

Il poussa un cri de joie puis lui donna un baiser à la fois ferme et doux.

Elle tint son visage entre ses mains pour le garder près d'elle aussi longtemps que possible, mais après quelques instants, il finit par reculer. Prenant sa main dans la sienne, il glissa la bague à son doigt.

Elle admira la pierre étincelante puis reporta son attention sur son fiancé.

— Merci, Jonah. Tu es un homme exceptionnel, et j'ai beaucoup de chance de t'avoir trouvé.

Il se releva puis l'aida à se lever et enlaça sa taille.

— Non, c'est moi qui ai de la chance, mon papillon.

Ils ne parviendraient pas à se mettre d'accord sur ce point. Elle mit un terme à la discussion en lui donnant un baiser ardent. Malgré tous les obstacles, tout s'était arrangé, et elle était au comble du bonheur. Parfois, les décisions difficiles menaient aux plus grandes récompenses et, aujourd'hui, sa récompense c'était d'épouser l'homme le plus fabuleux qui soit.

Une sonnerie retentit, provenant de l'ordinateur de Jonah. Il interrompit leur baiser pour consulter sa montre.

— Mince, marmonna-t-il.

— Qu'y a-t-il ?

— Eh bien, pour tout te dire, j'avais prévu de faire ma demande chez toi, ce soir. J'ignorais que je te verrais ce matin jusqu'à ce que je voie ton CV

Elle se garderait bien de lui avouer qu'elle avait fait jurer à tout le monde, depuis les employés des ressources humaines jusqu'à Pam, de garder le secret.

— Et ?

— Et tu étais ma première candidate. J'ai encore deux personnes à voir. Pourquoi ne t'a-t-on pas fait passer en dernier ? Je rêve de rentrer chez moi pour faire l'amour à ma fiancée.

Avec un petit rire, elle s'extirpa de son étreinte.

— Eh bien, il faudra patienter un peu, alors vous feriez mieux de vous reprendre, monsieur Flynn. Même si vous m'épousez, il vous faudra quand même un directeur financier.

Il plissa les yeux, l'air surpris.

— Tu veux dire que tu ne veux pas de ce poste ?

— Bien sûr que je veux le poste ! Mais je veux l'obtenir à la loyale. Je te l'ai dit, je ne laisserai personne dire que je l'ai obtenu grâce à mes charmes.

Il rit.

— Tu tiens vraiment à ce que je reçoive les autres candidats, même si je n'ai aucune intention de les embaucher ?

— Oui. Je suis sûre que ton directeur des ressources humaines serait de mon avis. Et si tu m'engages, ajouta-t-elle, pointant l'index sur son torse, il vaudrait mieux pour toi que ce soit parce que je suis la plus qualifiée.

Certes, elle allait épouser le patron, mais elle avait sa fierté. Elle avait travaillé dur pour arriver à ce niveau de compétences, et elle voulait réussir uniquement grâce à son mérite.

Il l'observa un instant puis acquiesça d'un signe de tête. Prenant une grande inspiration, il lui offrit une poignée de main pour prendre congé.

— Merci d'être venue à cet entretien, Emma. Pam va vous conduire au service des ressources humaines. Ils auront des documents à vous faire remplir et pourront répondre à toutes vos questions sur notre entreprise et sur notre régime de rémunération.

Elle lui serra la main en souriant puis reprit son porte-documents.

— Merci pour le temps que vous m'avez consacré, monsieur Flynn. Quand puis-je espérer une réponse de votre part pour le poste ?

Sans lâcher sa main, il se pencha vers elle et chuchota :

— Je serai chez vous à 18 heures.

Vous avez aimé ces deux romans ?
Retrouvez sur Harlequin.fr les premiers volets de votre série « Petits secrets, grand amour » :

1. *Le retour de Jack Buchanan*
2. *La fuite d'une mariée*
3. *Indomptable passion*
4. *Enceinte d'un inconnu*